KB264749

극문학과 현대공연예술

◆ 발간사

한국드라마학회에서는 우리나라의 연극의 발전을 위해 다양한 문화권의 극문학을 연구하고 상호 교류의 폭을 넓혀왔다. 더불어 연기와 연출 등 현대 공연예술에 대한 이해의 장을 마련해왔다. 이번에도 『극문학과 현대공연예술』을 발간하여 서구 극문학에 대한 심도 있는 논의와 현대 연극운동의 개념 및 연출에 대한 고찰을 심화시키고자 한다.

『극문학과 현대공연예술』에서는 극 언어에 나타난 대립적인 사회상과 정치 · 사회 권력의 억압적인 양상에 대한 논저를 통해 서구 사회의 한 단면을 제시하였다. 또한 현대공연예술의 특징적인 양상을 분석하고 연기 양식 및 무대 미술의 시각적인 해석을 통하여 기존의 인식체계와는 다른 통로를 통해 극예술의 생명력을 표현하고자 시도하였다. 배우의 위상 회복에 대한 고찰과 더불어 화술에 대한 심도 높은 연구, 한국 전통무예와 현대예술의 접목 가능성에의 모색, 그리고 학교 특기 · 적성교육에서 활용할 수 있는 안면 분장에 대한 연구를 통하여 연구 결과가 사회의 각 방면에서 실질적으로 활용될 수 있는 장을 마련하였다.

앞으로도 한국드라마학회에서는 동서양의 다양한 드라마와 현대공연예술에 대한 지속적이며 체계적인 연구를 통하여 극문학과 공연학에 대한 창조적 기류를 형성하는데 기여하고자 한다.

2005. 4.
한국드라마학회

극문학과 현대공연예술
차 례

극 언어에 나타난 대립적 사회상
-독일시민비극을 중심으로-

김 성 철*

I. 들어가는 말

일반적으로 독일시민비극은 레싱 Gotthod Ephraim Lessing(1729~1781)의 『사라 삼손 양 Miss Sara Sampson』(1955), 『에밀리아 갈로티 Emilia Galotti』(1722)에서 출발하여 쉴러 Friedrich Schiller(1715~1805)의 『간계와 사랑』(1784)을 정점으로 하여 헤벨 Friedrich Hebbel(1813~1863)의 『마리아 막달레나 Maria Melgdalena』(1844)로 이어진다. 이 논문에서는 개개 작품에 나타난 침묵과 무언의 원인과 그것의 사회적 의미, 대립적 사회상을 규명해보겠다.

시민비극이 문학사에 대두하면서 드라마에 있어서 가장 큰 변화를 가져온 부분이 언어이다. 이러한 현상은 시민계층이 비극의 주인공으로 등장하면서 야기되었다. 시간, 장소 그리고 사건진행의 3통일의 법

---

* 대불대학교 관광영어과

칙, 희곡의 5막 구성과 엄격하고 절제된 운문의 묘사형식이 점증적으로 사라지고, 시민들의 일상 언어와 함께 자유분방한 산문체가 비극에 수용되었다. 그러나 시민비극에서 더 본질적인 변화 부분은 인물들, 특히 여주인공들에게 공통적으로 일어나는 언어궁핍(Sprachnot)이다. 시민계층의 딸들은 자연스러운 사랑의 욕구, 아버지와의 유대 또는 시민가정의 도덕관념에서 일어나는 갈등에 직면하거나 외부의 적대세계에 대한 대립적인 상황에서 능동적으로 행동하는 주인공들이 아니다. 그들은 수동적이고 종속적인 태도로 일관하는 "희생적 인물(Opferfigur), 즉 세속화된 순교자들"이다(Hiebel 124). 그들이 나타내는 언어궁핍 현상은 개인적 내지 사회적 원인에서 연유하는 의사소통의 무능력과 무의지를 말한다. 이러한 언어궁핍현상은 침묵과 무언(Stummheit und Sprachlosigkeit)의 형태로 나타난다.

II. 선과 악

『사라 삼손양 』에서 레싱은 제왕, 영웅, 귀족 등에게 국한되어 있던 비극성을 시민계급에서도 찾고 있으며 전통적인 알렉산드리너 시행을 산문과 교체시키고 있다. 이 작품에서는 선(善)과 악(惡)의 긴장 속에서 인간적인 인물과 비인간적인 인물이 대립한다. 언어의 진실성 여부는 인물들의 미덕과 악덕에 의해 좌우된다. 덕이 있고 순수한 사라 Sara는 진실을 말하고 진정한 사랑의 감정에 따라 행동한다. 그러나 가부장적 전통의 엄격한 가정질서와 모순되는 자신의 자유의지에 대한 죄책감에서 사라는 그녀가 직면한 문제와 고민을 자유롭게 토로하지 못한다. 사라의 언어는 그녀를 감상적인 미덕 이상(Tugendideal)의 대표적인 인물로 특징짓고 있다. 이에 반해 멜레폰트 Mellent와 마우드 Marwood는 자신들이 원하는 것을 얻기 위해서는 정체를 숨기거나 뭐든지 말할 수 있는 거짓과 위장의 재능을 갖는다. 제 1막 1장에서 윌리암경 Sir William과 바이트벨 Waitwell의 대화에서 사라와 멜레폰트는 상반되게 그려진다. 바이트벨은 "가장 착하고 아름답고 순수한 아이(…) 그 천진난만한 얼굴에서 오성, 공손함의 섬광이 피어올랐습니다—"라고 말하며 사라를 빛의 인물로 묘사한다(81).[1] 이에 반해 바이트벨은 도시의 가장 음침한 여인숙으로 사라를 유혹하여 그녀와 함께 있는 멜레폰트를 어둠의 은유로 특징지운다. 그는 "악한 사람들은 항상 어두운 것을 찾습니다. 왜냐하면 그들은 악하기 때문이죠"라고 지적하면서 사실상 멜레폰트를 악의 인물로 규정한다(81).

사라와 멜레폰트의 태도에 근본적인 차이가 합법적인 결합과 관련해서 드러난다. 멜레폰트는 이전에 마우드를 기만했던 것과 똑같은 거짓과 변명으로 결혼식을 미루어서 의심을 받지만, 사라는 그에게 실천적 결단을 촉구하고 의도적으로 이러한 의심을 억제하려고 노력한다. "오 멜레폰트, 멜레폰트! 제가 당신의 사랑의 성실성을 결코 의심하지 않는 것을 저의 확고한 규칙으로 만들지 않았다면 몰라도, 그러한 상황이 저에게는 — 너무 힘겹습니다. 제가 지금 바로 그 점을 의심하고 있는 것 같습니다."라고 말하는 사라는 멜레폰트의 양심과 도덕성에 맹목적인 신뢰를 갖는다(91). 그러나 그녀는 결혼의 확답을 받아내지 못한 자신을 "벌하는 목소리(strafende Stimme)"와 불길한 예감으로 괴로워한다(87). 사라는 악몽을 꾸고, 이러한 악몽이 현실화될지 모르는 미래를 두려워한다. 그녀는 세계와 인생에 대해 품었던 순수한 이상과 사랑을 모두 잃어버렸다는 심한 좌절감에 사로잡힌다. 그녀는 용서와 화해를 강조하는 바이트벨의 설득에 의해서 고통과 두려움에서 벗어나 아버지

---

[1] 이 논문에서 텍스트의 인용은 페이지만 명기함.

의 용서를 이해하고 받아들인다. 그러나 사라의 자신감과 의사소통능력이 현저하게 위축된다. 당장 결혼해야 한다는 요구를 받아들일 준비가 되어 있지 않는 멜레폰트의 불순한 의식과 행동에 대하여 사라가 침묵함으로써 마우드의 음모가 개입하고 아버지와의 만남과 완전한 화해는 지연된다. 그녀는 아버지가 내린 용서를 가정 질서의 회복과 자아실현을 위한 계기로 삼지 못하고 폭력적인 상황에 몸을 맡긴다.

한편, 멜레폰트는 결혼식의 지연을 비난하는 사라에게 그럴듯하게 말을 꾸민다. 그는 사라가 느끼는 불길한 예감과 불안을 단지 기우(杞憂)나 상상에 지나지 않는다고 강변한다. “뭐? 나의 분별있는 사라는 그것[꿈]들을 보다 의미 있는 것 이상으로 생각해야 되는가! 꿈들, 사랑하는 사라, 꿈들일 뿐이야! 인간은 얼마나 불행한가! 그럼에도 또한 그의 창조자가 현실의 영역에서 인간을 위해서 고통을 충분히 찾아놓지 않았는가? 인간은 그 고통을 배가시키기 위하여 현실의 영역에서 광범위한 상상의 영역을 창조할 수밖에 없는 건가?”(87)라고 불평하며 그는 사라에게 “당신은 그 무의미한 꿈의 무시무시한 그물을 잊어버려!”라고 요구한다(88). 그는 순결한 소녀를 불행으로 빠뜨린 것을 자책하지만, 그것은 연인에 대한 이해라기보다는 그가 사라에게 결혼 약속을 지키지 못한 사실 때문에 느끼는 최소한의 양심의 가책이다. 사라가 느끼는 의심과 불안이 그의 독백에서 분명한 사실로 입증된다. 요컨대 “나는 이미 그녀의 포로이다. (…) 왜 내가 얽매어야 하고 더욱이 궁색한 자유의 그림자까지도 아쉬워해야 하는가?”(125)라고 파렴치하게 지껄이는 멜레폰트의 독백은 악인의 이중적인 태도를 나타낸다. 사라가 꿈꾸며 행복이라고 생각하는 결혼과 가정의 세계는 멜레폰트에게는 구속과 부자유를 의미하지만, 그는 이 사실을 침묵한다. 그는 자신에게 모든 것을 맡긴 연인의 요구에도 불구하고 그녀를 속이고 마우드를 따돌리기 위하여 그녀를 이용한다. 이로써 사건진행의 절정에서 사라와 마우드가 대립한다. 멜레폰트를 되찾기 위하여 음모를 꾸미고 잘 지껄이는 교활한 마우드의 중요한 수단은 "암시적인 비유어"이다(Goebel 82). 그녀는 멜레폰트를 감금되어 있지만 다음과 같이 자유로운 새에 비유하여 사라와 멜레폰트를 떼어놓으려 한다.

> 마우드 : 아가씨, 사람들이 새를 잡을 수 있다는 것을 저는 론 알고 있습니다. 그러나 그들은 새에게 자유롭고 넓은 들녘보다 더 안락하게 새장을 만들어 줄 수 있다는 것을 저는 알지 못합니다. 제가 충고하고 싶은 것은 새를 안으로 잡아들이려 하지 말고 그러한 무익한 노력의 짜증에서 벗어나라는 것이지요. 아가씨, 새를 당신의 올가미 가까이에서 보았던 기쁨으로 만족하시오. 새를 안으로 완전히 유혹해 끌어들일 경우에 그가 당신의 올가미를 틀림없이 갈기갈기 찢게 된다는 사실을 당신은 예견할 수 있기 때문이지요. 그러므로 당신은 올가미를 아끼고 새를 안으로 유혹하지 마시오(138).

사라는 항변하지만 마우드가 말하는 거짓과 속임수를 그대로 믿는다. 언어와 그 언어가 갖는 의미의 일치, 즉 사실과 그 사실을 묘사하는 낱말의 일치를 의사소통의 근거로 삼기 때문에 유덕한 인물은 위장의 언어를 대하였을 때 무방비 상태임을 보여 준다(Schroeder 166). 사라는 죽음에 직면하여 비로소 자신의 무언과 무지의 소극적 자세로 빚어진 비극과 불행을 깨닫고 아버지에게 "아버지, 모든 도움은 소용없게 되었어요. 당신이 목숨을 바쳐 저에게 주고자 했던 그 귀중한 도움이 소용없게 되었어요."라고 고백한다(150). 그녀는 죽어가면서 "경외심으로 가득한 그림자 속에 나타나는 불분명한 희망"을 느낀다(154).

사라는 그녀의 자아실현을 위한 투쟁에서 강력한 개성을 보여준다. 그녀는 가정을 떠나 연인인 멜레폰트와 함께 생활하면서 그에게 자식의 의무와 도리 그리고 기독교적 신의를 주장하고 연적인 마우드 앞에서는 자기 자신과 연인을 옹호한다. 그러나 사라는 자신의 자유분방한 행동에 대한 죄책감에서 벗어날 수 있는 합법적인 결혼의 지연으로 자신감을 잃고 언어장애를 겪는다. 연인의 불성실한 태도의 이면에 숨어 있는 세상의 어두운 면을 인식하였으나 갈등을 해결할 구체적 대안을 찾지 못하면서도 멜레폰트를 믿고 의지하는 사라의 순정과 열정이 그녀의 삶에 치명적인 흉기가 되고 만다.

Ⅲ. 궁정과 시민가정

『사라 삼손양』에서 선량한 인물과 악한 인물의 대립을 드러내는 언어상의 긴장이 『에밀리아 갈로티』에서 궁정세계와 시민세계간의 사고와 행동방식의 사회적 대립성으로 이끌어진다. 『사라 삼손양』에서처럼 『에밀리아 갈로티』에서도 고전적 갈등곡선(Spannungs-bogen)에 따른 극의 5막 구성과 각 장면의 독자성의 미비, 시간과 사건진행의 일치 등 고전적 규칙들이 준수되지만, 장소의 통일이 지켜지지 않는다. 무대는 시민가정과 궁성으로 이원화되어 있다. 갈로티 Galotti 일가(一家)와 아피아니 백작이 시민가정에서, 왕자 헤토레 곤짜가 Hettore Gonzaga와 마리넬리 Marinelli가 궁정에서 출현하여 두 세계의 대립이 두드러지게 나타난다. 궁정은 허영, 위장 그리고 음모를 통해서, 시민세계는 미덕, 냉정과 침착함을 통해서 특징지워진다. 두 세계의 대립성은 언어를 통해서도 드러난다. 엔스 Walter Jens는 개개 언어의 특징들을 다음과 같이 지적한다.

후자[비궁정적 세계]에서는 자연의 수사학이고, 전자[궁정세계]에서는 궁정적 부자연스러운 수다이다, 꼭두각시와 같고 획일적이다; 후자는 인간적인 상상력의 간결하고 철저한 언어이고, 전자에서는 친절의 은어이다. (…) 후자는 비유적이고, 냉담-간결하고, 마음의 언어와 격정의 능변이다. 전자는 긍정과 부정의 의미로 똑같이 해석되고 궁정의 의미 없는 웅변이다: 후자에서는 경직된 예법이고, 전자에서는 웃음과 울음의 경계에 나타나는 생생한 표현이다.

Hier die Rhetorik der Natur und dort das höfisch‐gesuchte Geschwätz, puppenhaft und uniform; hier die bündig-gründliche Sprache der menschlichen Einbildungskraft, dort der Jargon der Galanterie(…); hier, so bildreich wie nachlässig-knapp, die Sprache des Herzens und Beredsamkeit der Leidenschaft, dort die unbedeutende höfische Suada, für die ein Ja soviel gilt wie ein Nein; hier starre Etikette, dort der lebendige Ausdruck an der Grenze von Lachen und Weinen (…)(32)

궁정언어를 대변하는 왕자는 제 1막 1장에서 에밀리아가 그날 당장 결혼할 것이라는 사실을 알았을 때, 그의 언어는 이미 무절제한 정열을 드러낸다. 그는 결혼식을 저지하기 위하여 마리넬리에게 모든 것을 맡기고 무슨 짓을 하든 허락해준다. 그의 언어는 이 순간 광기를 드러낸다. "궁정언어는 유혹의 매체이다. 궁정언어는 감성과 오성, 도덕성과 합리성의 조화를 꾀할 수 없다. 왜냐하면 궁정언어가 대화 상대자의 감정에 호소로 그의 저항을 극복하려 애쓰고 논거의 논리적 일관성을 요구하지 않기 때문이다(Grimminger 472)." 왕자는 에밀리아 Emilia를 상품과 비유하여 소유할 수 있다고 생각한다. "너를 어떤 값으로 사더라도 아깝지 않다. 아! 아름다운 예술 작품이여, 내가 너를 소유하는 것이 사실인가? (…) 여자 마술사야, 너를 너 자신으로부터 사는 것이 제일 좋으련만"(240)라고 말하는 왕자의 정열은 제 1막 7장의 독백에서 상대방의 의지와 태도를 아랑곳하지 않는 지경에까지 이른다. "나는 충분히 오랫동안 애태우고 탄식했어. 그렇게 해야 할 시간보다 훨씬 더 오랫동안: 그러나 행한 것은 아무것도 없어!"(245)라고 그는 에밀리아에 대한 자신의 독선적인 행동방식을 합리화한다. 그의 애원과 탄식은 신에 대한 불경을 저지르는 자의적 행위로 구체화된다.

왕자는 미사 중에 있는 에밀리아에게 맹세와 아첨으로 열렬히 구애한다. 친절을 위장한 그의 언어는 그것의 의미가 낱말의 본 뜻과 일치하지 않고 현실에 구속을 받지 않는다. 에밀리아의 어머니 클라우디아 Claudia의 지적처럼 "그런 친절의 언어에서는 예의를 갖추는 말이 감정으로 되고 듣기 좋으라고 하는 말이 맹세가 된다. 착상이 소망으로 되고, 소망이 의도로 되다. 그 언어에서는 아무 것도 아닌 것이 모든 것처럼 들리고, 또 그 언어에서는 모든 것이 아무것도 아닌 것이 된다(254)." 그의 이러한 의례적인 예법은 마리넬리가 갈로티 일가의 기습사건을 보고하는 제 3막 5장에서 음모 언어(Sprache der Intrige)의 기만과 그 폭력성을 드러냄으로써 사악한 궁정세계의 한 단면을 제시한다. 궁정의 인물들이 사용하는 언어의 특징적인 요소는 의미의 불확정성 (Nichtfestleg‐barkeit)이다. 마리넬리의 상반된 낱말을 통한 궤변적인 변론("다행한 불행"(265)), 긍정적 의문문을 부정 의미로 해석("따라오라구? 우리가 뒤따라오지 말라는 뜻일 테지(267).")과 도성으로 납치된 에밀리아를 설득하는 왕자의 애매하고 풍자적인 언어("그대가 오히려 시인해야 할 환희가 기다리는 곳으로 갑시다(268).") 그리고 딸의 기거장소를 묻는 클라우디아의 질문에 대한 바디스타 Battista의 대답 ("오, 마님, 따님은 천국의 품속에서도 더 온전치 못할 겁니다(268).")을 통해서 의미의 불확정성이 드러난다. 실상을 왜곡하고 기만을 주저하지 않는 왕자의 능란한 대사(Rede)는 구문 상으로 완전한 문장으로 유창하게 구사된다. 왕자는 에밀리아에게 아침에 보여주었던 자기 행동에 대해 용서를 구하고 고백으로 그녀를 불안케 했던 점을 사과하고 자신의 운명을 에밀리아에게 맡기겠다는 허세와 과장을 보인다. "그대가 나에 대한 무한한 힘을 가지고 있음을 한 순간이라도 의심하지 마시오(267)."라고 말하면서 그는 에밀리아가 자신의 보호자인 체한다.

곤짜가의 이러한 유혹을 물리쳐야 할 때, 에밀리아는 침묵의 언어로 대응한다. 그녀의 대답이 "(망설이면서)", "(손을 비비면서)"(266)등과 같은 여러 가지의 무대 지시문으로 대체된다. 이것은 감각의 상실로 눈이 먼 실어증의 상태이다. 즉 엄청난 충격으로 인한 말막힘이다. 그녀는 자신이 갇혀있는 억압된 상황에서 어찌할 바를 모른다. 에밀리아의 언어는 우선 왕자의 말과 관계되지만, 대화의 흐름을 쫓아가지 못하고 복종의 제스처로 나타낸다. "(그 앞에 주저앉으며) 전하, 전하의 발아래—"(266)라고 뒷걸음치는 그녀의 자기비하적인 언행은 대립적 사회상을 잘 보여준다. 에밀리아는 신민으로서 군주의 은총을 기대하지 않고 엄청난 사회적 신분의 차이를 드러낸다. 이에 앞서 성당에서 왕자의 사랑 고백을 듣고 이에 놀란 에밀리아의 당황과 혼란이 같은 맥락에서 이해될 수 있다. 왕자는 성당에서 에밀리아의 태도에 대해서 "온갖 환심을 사는 말과 맹세로도 나는 그녀로부터 대꾸 한마디 끄집어내지 못했소. 그녀는 사형선고를 듣는 죄수처럼 그저 말없이 기죽은 듯 벌벌 떨고 있었소." 라고 말한다(264). 왕자와의 직접적인 대면에서 에밀리아의 경악은 다른 남자의 악의적인 유혹을 떨쳐버릴 수 없는 그녀의 무능력을 나타낸다. 그녀는 왕자에게 감히 맞설 수 없고, 그의 부도덕을 비난할

용기조차 갖고 있지 않다. 이 장면에서 그녀는 지배계급에 전혀 대항하지 못하는, 자기보호의 능력조차 상실한 수동적이고 소심한 모습을 보인다. 에밀리아는 뻔뻔스러운 왕자가 받아 마땅한 경멸을 보여 주지 못하고 오히려 왕자에 대한 두려움 때문에 활력과 오성을 잃어버린다. 그녀는 단지 도주할 수밖에 없다. 집으로 도망쳐와 어머니에게 일어난 일을 설명하는 에밀리아의 말은 다음과 같이 역설, 외침, 문장의 중단과 끊김, 질문으로 이어진다.

> 에밀리아 : 그런데 제가 몸을 돌리자, 저는 그분을 보았어요,
> 클라우디아 : 아가, 누구를?
> 에밀리아 : 어머니, 알아맞춰 보세요. 알아맞춰 보세요(…)
> 　　　　　 그분 자신을.
> 클라우디아 : 그분자신 누구를?
> 에밀리아 : 왕자님을.
> 클라우디아 : 왕자님이라구(252)!

　"그분"이라고 먼저 말하고 나서 들었던 내용을 확인하는 대화 상대자의 질문이 이어진다. 그리고 놀라운 사실이 확인된 후에 대화 상대자의 당황한 인식이 뒤따른다. 절대권력자에 대한 시민의 두려움과 거부감이 단적으로 드러나는 대화패턴이 제 3막 4장의 클라우디아와 에밀리아의 대화에서 그리고 제 3막 8장의 클라우디아와 마리넬리의 대결에서 다시 반복된다. 왕자의 이름이 거명되지 않고 "그분"이라고 연극의 진행과정에서 일관되게 언급된다. 이러한 수사적인 강조는 왕자의 높은 사회적 지위를 나타낸다. 지배계급의 폭력과 음모에 복종의 몸짓과 도주로 대응할 수밖에 없는 에밀리아는 비극의 결말에서 냉정을 되찾는다. 그녀는 의사소통 능력을 회복함으로써 폭력 상황을 극복할 수

있다. 그러나 악의적인 유혹은 다시 그녀의 냉정한 태도를 위협한다. 에밀리아는 논리와 설득으로 유혹을 물리치지 못한다.

한편 권위와 강제력에 바탕을 둔 가족 구성원들 간의 관계가 갈로티 가정의 커뮤니케이션 방식을 결정한다. 오도아르도는 자신이 기대하는 일이 실현되지 못했을 때, 끊임없이 분노하고 당당한 태도를 취하는 권위적인 가장이다. 제 2막 5장에서 진행되는 아내와의 대화에서 '시의와 분노(Argwohn und Zorn)' 그리고 제 5막 4장에서 왕자와의 대결에서 '격노(Wut)'가 그의 대화 문체를 결정한다. 클라우디아는 그녀의 남편에 대하여 "도대체 어찌 된 사람인가! 미덕이 달리 이름을 지니게 된다면, 오, 이렇게 거친 미덕이 있나! 그런 미덕으로 보면 만사가 의심스럽고 벌 받아야 할 것뿐이지."라고 말한다(251). 가부장적 권위로 침묵과 복종만을 강요하는 오도아르도는 가족간의 활발한 의사표시와 토론을 허용하지 않고 합리적이고 반권위적인 대화 원칙을 마련하지 못한다.

남편의 도덕적 엄숙주의를 비난하지만, 클라우디아 부인 자신도 딸과의 관계에서 자유로운 의사소통을 저해하는 권위와 강제력의 상황을 보여준다. 그녀는 딸을 설득하여 성당에서 일어난 사건을 백작에게 알리지 못하게 함으로써 합리적인 사고와 협의를 통한 문제해결을 불가능하게 한다.

에밀리아는 결정적인 순간에 단호한 행동에로의 결단을 내리지 못하고 줄곧 복종과 도주의 수동적 태도를 취한다. 그녀의 어리석은 어머니는 궁정의 의례적인 어법의 이면에 감춰진 위험을 간파하지 못하고 딸에게 침묵하라고 충고하고, 오도아르도 역시 침착한 대화로 타협점을 찾아내지 못한다. 그 결과 가족들 중 누구도 궁정언어에 내재하는 기만과 폭력성 그리고 음모를 막아낼 수 없다. 시민계급의 고집과 무언, 편견과 오해가 궁정언어와 함께 가정의 파멸에 책임이 있다.

22

쉴러의 시민비극의 본질적인 변혁은 세계 계층(Weltschichten)의 표현 수단인 "언어층들(Sprachschichten)의 논리적이고 적확한 구성"에 있다 (Martini, 1952, 24).『간계와 사랑』에서 언어는 서로 다른 목적들을 충족시킨다. 그것은 화자를 특징짓고 객관적인 실상을 나타낸다. 그리고 그 것은 심리적 통찰과 사실성을 넘어서 형이상학적 의미를 보여준다 (Binder 255). 정직하고 성실한 밀러 Miller는 수공업자와 아주 비슷한 어법을 사용하고, 어리석고 천박한 밀러의 아내는 서투른 외래어를 사용해 시민의 입장을 대변하고, 교만한 얼간이 폰 칼프 von Kalb와 파렴치한 권력자인 재상 그리고 재상의 언어를 습득한 부름은 궁정의 입장을 대변한다. 궁정 언어는 위장과 거짓의 언어이다. 화자의 감정이 공허한 미사여구의 이면에 숨어 있다. 그러나 시민의 직선적이고 통속적인 언어와 계산적이고 합리적인 궁정언어외에 내적 상이성을 가진 페르디난트 Ferdinand와 루이제 Luise의 "제 3의 언어층"이 있다(Martini 1952, 24).

제 1막 3장에서 루이제가 출현하자, 처음 두 장면(제 1막 1장과 2장)에서 밀러와 그의 부인 사이의 대화 그리고 밀러 부부와 부름간의 대화에서 드러난 인물의 사고와 묘사의 사실성이 상당히 약화되어, 새로운 현실과 이념이 이렇게 표현된다.

> 루이제 : 제가 그를 처음 보았을 때, (…) 그 당시에, 오 그 당시에
> 제 영혼 속에 최초의 아침이 떠올랐어요. 봄이 되면 땅속에서
> 꽃이 피어나듯 제 마음속에 수많은 춘정의 감정들이 솟아났어
> 요. 저는 더 이상 세상을 알아보지 못했어요. 그러나 그 때보다
> 세상이 아름다웠던 적이 없다고 생각해요. 저는 더 이상 신을
> 알지 못했어요. 그러나 저는 그 때보다 그를 그렇게 사랑했던
> 적이 결코 없어요(270~271).

페르디난트와 루이제는 그들의 사랑을 통해 사회 현실의 저편에서 이상사회(Utopie)를 경험한다. 두 사람의 유대와 사랑에 근거를 두고 있는 독자적인 이상세계는 계급적이고 윤리적인 질서를 따르는 실제의 현실을 대신한다. 이 같은 현실의 언어, 즉 루이제의 언어와 제 1막 4장 이후 페르디난트의 언어는 더 이상 현실에 연계되어있지 않고, 격정적이고 때로는 감상적인 것으로 상승한다. 루이제는 그녀의 아버지에 의하면 감상적인 작품에 심취되어 현실감을 잃고 현실을 똑바로 보지 못한다. 제 1막 1장에서 재상은 페르디난트를 "바람둥이(Romanenkopf)"라고 조소한다(277). 밀러와 재상의 이러한 지적은 혈기왕성한 루이제와 페르디난트의 언어를 설명하고 특징짓고 있다. 그러나 중요한 것은 연인들의 언어의 파토스가 사랑의 현실을 확증하고 있다는 사실이다(Ibel18). 그들이 지향하는 현실은 순수한 마음과 애정을 통해서 이루어진 연인들의 세계이다.

루이제와의 대화에서 사용하고 있는 페르디난트의 언어는 처음부터 수사적이고 독백조이다. 그의 파토스는 첫 번째 사랑의 대화에서 다음과 같이 분명히 드러난다.

> 페르디난트 : 나를 믿어. 그대는 더 이상 천사가 필요 없어.
> 나는 그대와 운명 사이에 몸을 던져 그대를 위해 어떠한 상처라도 감수하고 환희의 잔에서 흘러내리는 물방울 하나하나를 그대를 위하여 받아 사랑의 그릇에 담아 그대에게 바치리라(272).

이러한 페르디난트의 수사적이고 열광적인 언어는 인물의 자연스러움(Näturlichkeit)을 억제하는 저속한 언어이다. 제 1막 3장에서 루이제의 언어적 특징이 드러난다. 루이제의 언어는 "시민적 소녀의 언어"이다

(272). 그녀의 언어는 내적인 진지한 자세를 나타내지만, 말은 계속 끊어지고 일관성 없이 더듬거린다. 그녀가 말하는 것은 논리적 연결이 부족하고 비약이 빈번히 생긴다. "아버지—오 저는 중한 죄인이예요" 그리고 "어머니, 그분이 왔어요?"라고 루이제는 묻는다(270). 루이제에게 양심은 현실의 모든 질서와 의무를 간과하는 절대적 사랑을 용인하지 않는다. 그녀의 언어궁핍과 무언은 현실의 환멸적인 통찰에서 일어난다. "두려워요.—두려워요. 저는—그분을 아주 조금만 생각하겠어요. 그런 거야 돈이 들지 않아요."라고 그녀의 말은 계속 끊기고 더듬거린다(270). 그녀가 말을 중단하는 것은 "근심의 징후"이다(Hiebel 140). 다시 말하면 그녀의 무언은 그녀가 갈등을 해결할 수 없음을 보여준다. 페르디난트와 루이제가 나누는 최초의 대화는 페르디난트의 유창한 언변과 루이제의 단절된 답변으로 이어진다. 페르디난트는 그녀와 함께 있겠다는 열망을 토로하지만, 루이제는 현실이 갖는 한계에 대한 그녀의 명백한 통찰에서 자신의 의사를 완전히 표현할 수 없다. 그녀의 주저하는 태도가 페르디난트의 마음속에 의혹을 불러일으킨다. 앞에서 언급된 페르디난트의 장광설에 루이제는 "그만! 제발 말하지 마세요!"라고 침묵을 요구한다(273). 결국 루이제의 예언적인 징후가 무대 지시문에서 이와 같이 현실화된다.

> **루이제** : (그녀는 뛰어 나간다. 그는 말없이 그녀의 뒤를 따라 나간다(273).)

그들은 합일점을 찾지 못한다. 연인들은 각자의 언어에 사로잡혀 상대방을 이해하지 못하고 단지 비타협적으로 대립한다. 그러므로 페르디난트의 숙명적인 오해는 말의 엇갈림(Aneinandervorbeireden)을 통해 생겨난다. 제 3막 4장에서 사랑의 마지막 대화에서 페르디난트가 함께 도망칠 것을 제안했을 때에, 그들의 언어는 파국적인 갈등을 드러낸다. 페르디난트의 결심이 그의 격앙된 언어에서 표현된다. 그러나 루이제는 "제발 그만 하세요. 저는 행복한 날들을 더 이상 믿지 않아요."라고 다시 침묵을 요구한다(304). 루이제는 '머물러 인내하는 것'만이 그녀의 의무라고 말하고 도주를 거절한다. 이러한 루이제의 태도를 이해하지 못하고 페르디난트가 다른 연인을 가지고 있다고 생각할 때도 루이제는 자신에 대한 그의 부정적인 생각을 해명할 수 없다. 그 결과 그녀의 이러한 태도는 페르디난트에게 깊은 의혹을 남긴다. 현실의 환멸적인 통찰에서 오는 루이제의 언어궁핍은 그녀의 아버지와 신(神)의 이름으로 강요된 맹세와 침묵을 통해서 절대적인 것으로 변화된다. 동시에 페르디난트의 비극적인 오해도 극단에 이른다.

제 5막 5장에서 루이제는 마침내 침묵의 위기를 극복하고 "폰 발터 씨, 당신이 저를 위하여 반주하겠다면, 저는 피아노에 맞추어 노래를 부르겠어요."라고 대화를 시도한다(337). 그러나 페르디난트는 이해하지 못하고 "오! 우리들은 끝난 거요."라고 미친 듯이 혼자말로 대화를 중단한다(338). 두 사람은 서로 엇갈리어 제 3의 상상의 인물들과 대화를 한다. 루이제가 강요되어 쓴 편지를 설명할 때, 그녀는 거짓과 진실을 동시에 이야기한다. 페르디난트의 말은 아주 애매하고 자살을 암시한다. 그는 "나는 그대, 나의 신부를 제단으로 데려 가기 위해 지금 왔어요."라고 협박하며 이성을 잃은 행동으로 일관한다(330). 말의 어긋남과 내면의 침묵은 절정에 이르며, 결국 파국에서 발견(Anagnorisis)과 대화를 통해 풀리게 된다. 루이제는 죽음의 순간에 모든 것을 고백하고, 비극적 갈등이 화해로써 해결된다.

뵉크만 Paul Böckmann은 쉴러의 드라마에서 이념은 언어를 통해 행위로 나타난다고 주장한다. 그러므로 루이제의 무언은 "무행위(Nicht – Handeln)"의 의지를 나타낸다. 쉴러의 비극에서 행위는 "죄를 짓는 것(schuldig werden)"을 의미한다(Seidel 143). 루이제는 자신이 사랑 때문에 연루되는 행동의 범죄세계에 굴복하면서도, 그녀의 윤리적 순수성과 양심적 행동에서 이 세계보다 우월하다. 그녀는 행위로 인한 모든 범죄세계에서 벗어나기 위해 침묵을 고집한다. 그러나 페르디난트는 루이제의 도덕적 절대성을 이해할 수 없을 정도로 그녀보다 행동에 있어서 우월하다. 이 두 젊은이들은 기성세대의 가치관과는 다른 자유와 평등 사회의 비전을 가지고 있으나 동시에 그들은 각기 속한 계급적 한계와 행동방식을 지니고 있다. 그래서 그들은 자신들이 속한 계급에 따른 가치관의 차이로 그들의 세계에서 의사소통의 어려움이 가중되고 서로 오해하게 되며, 그 오해는 연인들을 파멸로 끝나게 만든다.

IV. 시민사회

이전 시민비극과는 달리 3막으로 구성된 『마리아 막달레나』에서 비극의 언어는 시민들이 사용하는 일상적인 어휘들과 구어체로 이루어진다. 목수장 안톤 Meister Anton은 산업화와 사회적 변혁의 시대에 유행하는 천박한 상투어를 자주 인용하기도 하고 방언을 사용한다. 3인칭 단수의 호칭(er)과 Dock(Puppe), Fahnenstück(Schmuck), der Gewatter Fallmeister 등과 같이 현대어 대신에 고어들을 즐겨 쓰는 그의 문체는 전통을 소중히 여기는 당당한 시민의 모습을 보여준다. 그가 대화에서 자주 인용하는 정확하지 않은 많은 성경 구절과 경구적 문구들은 전적으로 소시민의 표현방식을 따른 것이다. 또한 젊은 세대의 대표자인 프리드리히 Friedrich와 카를 Karl의 대사는 현대극에서 빈번하게 사용되는 상당히 거칠고 격정적인 언어로 다음과 같이 이루어져 있다.

> 카를 : 술을 급히 마시면서. 이제 우리는 또 시작할 수 있지. 대패질하고 톱질하며, 망치질한다. 우리가 계속해서 대패질하고, 톱질하고 망치질 할 수 있기 위하여 그 사이에 먹고, 마시고 잠잔다. 그리고 주일마다 신 앞에 엎드려 읊조리겠지: 고맙습니다요. 하느님! (…) 술을 마신다. 쇠사슬에 묶인 채 아무도 물지 않는 충성스러운 개같이 살아 갈테지! 그는 다시 마신다. 다시 그렇게 살아 갈테지(376)!

이러한 외적인 어휘의 변화와 더불어 언어의 내적인 변화는 연극에서 빈번히 사용되고 있는 독백에서 찾아 볼 수 있다.『마리아 막달레나』에서는 8개의 장들이 인물의 주장과 의견, 심경과 반성을 관객에게 알리는 독립된 독백들로 되어 있고, 그 외에 등장인물들 간의 대화에서 "이야기 전개식의 독백"(das erzählerische Monologische)이 나타난다(Martini 1981, 158). 이러한 독백조의 대화는 상호이해를 가능하게 하는 의사소통의 수단이 되지 못하고, 인간관계의 단절과 고립의 상황을 강화시켜 줄 뿐이다. 등장인물들은 제한된 세계에 갇혀 배타적 사고와 독선에 빠져 타협의 실마리를 찾지 못하다. 제1막 5장에서 결혼지참금 문제가 궁금하여 찾아온 레온하르트 Reonhard와의 대화에서 목수장 안톤은 클라라 Klara의 지참금 문제를 논의하기보다는 자신의 근면과 성실, 강인한 의지를 과시하기 위하여 "내 아버지는 열심히 일하셨지. 밤낮을 가리지 않고 너무 열심히 일하셔서 나이 서른에 돌아가시고 말았어. 홀로 되신 어머님께서 물레질로 나를 근근이 양육하셨지, 그래서 교육도 받지 못했고 성장했어(…)" 라며 자신의 유년시절의 이야기를 장황하게 늘어놓는다(345). 안톤이 대화 상대자의 의도와 상관없이 대화를 일방적으로 이끌고, 레온하르트는 겉으로는 안톤의 말을 경청하는 척하지만, 사실 그의 말에는 이처럼 관심이 없다.

레온하르트 : 혼자서. 악마 앞에 서 있는 것 같아(253)!

위의 인용문에서 나타나는 바와 같이 두 사람의 대화에서 합의점이나 공감대를 찾기가 힘들다

제 2막 1장에서 목수장 안톤과 클라라의 대화도 그의 긴 독백이 주조를 이룬다. 클라라의 짧은 대답은 대부분 외마디의 감탄문이거나 단지 아버지의 비위를 맞추는 말들로 아버지 앞에서 제대로 자신의 상황을 말하지 못한다. 파혼을 알리는 레온하르트의 편지가 전해지면서 긴장이 고조된다. 클라라는 그녀의 추악한 유혹자를 더 이상 포기할 수 없다고 말함으로써 그녀가 정절을 지키지 못한 사실을 단지 간접적으로 드러낸다. "그까짓 놈 내버려두어라."(352) 라고 아버지는 충고하지만, 클라라는 "아버지, 아버지, 그럴 수는 없어요." 라고 대답한다(352). 안톤은 다시 당황해서 "그럴 수가 없어? 그럴 수가 없다니? 그 무슨 이유인가? 그럼 네가 혹시?"라고 묻는다(352). 그의 말이 중간에 끊기고, 불안감 때문에 말문이 막힌다. 그는 딸의 품행을 의심하지만, 딸에게 무슨 일이 일어났고, 왜 그 일이 일어날 수밖에 없었는지에 대한 사실을 확인하지 않는다. 안톤은 아들이 절도죄로 누명을 쓰고, 설상가상으로 딸마저 가문의 명예를 실추시킬 수 있는 절망적인 상황을 상상할 수도 없다. 그래서 그는 딸에게 "죽은 어머니의 손을 잡고 도리에 어긋나는 일을 하지 않았다는 것을 맹세하여라!"라고 맹세하도록 명령한다(352). 언어궁핍에도 불구하고 클라라는 "저는 아버지의 체면을 더럽히

는 짓을 하지 않겠다고 맹세합니다.”라고 말하면서 자신의 이전 실수를 간접적으로 고백하는 동시에 침묵한다(352). 딸의 정확한 답변 기피와 아버지의 말의 중단은 금기된 사실을 폭로하고 동시에 은폐하는데 기여한다. 이러한 언어능력의 마비는 클라라에게서 심리적 압박과 공포의 징후이고, 인내하는 클라라와는 달리 자신의 불안을 협박으로 표출하는 목수장 안톤에게는 자기 자신을 지키기 위한 절망적인 몸짓이다. 결국 안톤은 질책을 들을 필요도 없고, 말이 필요 없는 침묵의 장소로 도주한다. 그는 귀머거리 친구를 방문하기 위하여 떠난다. 클라라도 동시에 고립된 상황으로 빠져든다. 그녀는 독백의 기도에서 인간의 타락을 통해서 참을 수 없게 된 이 세계를 기꺼이 떠나고 싶다고 이렇게 고백한다.

> 클라라 : 아 주님이시여! 아 주님이시여! 불쌍히 여겨 주십시오! 늙으신 분을 불쌍히 여겨 주십시오! 저를 당신께 데려가 주십시오! (…) 저는 당신을 부릅니다! 그들의 마음이 당신 앞에서 아주 많이 비비꼬인 사람을 보호하여 주십시오. (…) 그들 대신하여 저를 불러주십시오(358).

아버지와 딸의 관계가 단절되어 그들 사이에 대화를 통한 문제 해결의 가능성이 더 이상 존재하지 않는다.

카를과 클라라와의 대화에서도 남매는 각자의 방식대로 가정을 떠나 그들이 서로 다른 길을 가야 한다고 생각한다. 오빠는 아버지의 사랑을 받는 누이동생을 아버지 곁에 남겨두고 바다로 가겠다고 결심하는 반면에, 루이제는 오빠가 늙은 아버지의 버팀목이 될 거라고 믿고 우물에 뛰어 들려고 작정한다. 남매는 상대방의 속셈을 전혀 예견치 못하기 때문에 그들의 말이 더욱 무섭게 어긋난다. 외출한 아버지를 위하여 마지막 저녁식사를 준비함으로써 자신의 의무를 다하고 클라라가 가정을 떠나가려는 반면에, 카를은 술에 취해서 끊임없이 선원의 노래를 부른다. 양심의 가책으로 의지할 데 없는 클라라가 그녀의 결심을 실행하기 위하여 주기도문을 더듬거리면서 용기를 얻는 반면에, 카를은 기도하는 누이동생의 인간적인 고뇌를 알지 못하고 물을 가져다 줄 것을 부탁한다. 무의식중에 카를은 클라라가 빠져 죽으려 결심한 바로 그 우물에서 그녀에게 물 한 컵을 떠다 줄 것을 부탁함으로써 누이동생의 자살을 방조한다. 클라라가 구원의 마지막 가능성으로 기대하는 프리드리히와 대화에서 그녀는 복잡한 감정을 직접적으로 토로할 뿐만 아니라 극도의 곤경에 처해있는 자신의 처지를 반복하여 설명한다. 분노하는 클라라는 벌벌 떨면서 자신의 절망적 상태를 사랑의 고백으로 나타낸다. 그녀는 혼자 있는 것처럼 울음을 터뜨리고 미친 듯이 웃는다. 그리고 다시 그녀는 "네! (…) 어서 가주세요. 가주세요! (…) 제발 가주세요!"라고 대화를 거부한다(366). 당대의 진보적인 지식인으로 순수한 신념과 고결한 마음을 가진 프리드리히도 생사의 갈림길에 서 있는 클라라를 구제할 대안을 마련해주지 못하고 연적에 대한 복수심만을 드러낼 뿐이다. "참 남자로선 참을 수 없는 일이로군!"라는 그의 피상적인 분노는 소극적이고 무기력한 이상주의자의 태도에 지나지 않다(336).

연극의 모든 인물들은 무언, 오해와 몰이해, 오판 등과 같은 의사소통 행위에 많은 장애들을 극복하지 못한다. 상호이해를 위한 의사소통이 등장인물들에게 불가능하거나 무의미한 것처럼 보인다. 이것은 전적으로 가장 제한된 범위에서 비극적인 것이 가능하다는 헵벨의 의도와 "철저하게 해결되기 어려운 것, 필연성에 제한된 것"(das durchaus Unauflösliche, das Notwendigkeit Bedingtes)을 의도하는 비극술과 같은 맥락에서 이해될 수 있다(326). 『마리아 막달레나』에서 사회의 구성원들은 몰이해와 무언으로 의사소통과 인간관계가 단절된 협소한 세계에 갇혀 파멸한다.

V. 맺는 말

시민비극에서 가장 큰 변화를 가져온 부분이 언어이다. 등장인물들의 언어에서 사회상이 드러난다, 특히 여주인공들은 수동적이고 종속적인 태도로 일관하는 희생의 인물들이다. 그들의 무언은 개인적 혹은 사회적 원인에서 야기되는 의사소통의 무능력과 무의지를 말한다.

『사라 삼손양』에 두 개의 상이한 언어층이 있다. 사라의 언어는 그녀를 감상적인 미덕의대표자로 특징짓고 있다. 마찬가지로 마우드의 언어는 위장과 거짓을 포함하고 부도덕과 사악함이 숨겨져 있는 암시적인 비유어이다. 『에밀리아 갈로티』에서 궁정의 언어는 명백한 은유들, 특히 이기적인 논리를 앞세우는 상업주의적 사고를 통해서 특징지어진다. 궁정의 언어는 부자연스러운 수다이고 의미 없는 웅변이다. 이에 반해 시민세계의 언어는 마음의 언어와 격정의 능변으로 비유적이고 냉담-간결하다. 에밀리아에게 구애하는 왕자는 기만적이고 수다스럽다. 이에 대해 에밀리아는 무언의 당혹속에서 반응하고, 말이 제스처로 대체된다. 『간계와 사랑』에서 새로운 변화는 서로 다른 개별세계의 표현수단인 언어층들의 논리적이고 적확한 구성에 있다. 밀러는 수공업자와 비슷한 어법을 사용하고, 밀러의 아내는 서투른 외래어로 시민의 입장을 대변하고, 교만한 얼간이 칼프와 권력의 파렴치한 재상은 궁정의 입장을 대변한다. 페르디난트와 루이제의 수사적이고 독백조의 언어는 이상적인 사랑의 현실을 표현한다. 그 결과 계층간의 대립이 극

전체를 지배한다. 현실의 차원에서 소시민적 도덕에 기초한 시민사회와 타산적이고 부도덕한 궁정세계가 대립하고 있으며, 이 현실은 기존의 질서보다는 인간의 감정을 더 중요시하는 페르디난트와 루이제의 사랑의 이상세계에 대립하고 있다. 『마리아 막달레나』에서 모든 인물들은 많은 오해와 오판이 일어날 수밖에 없는 무언의 공간에 갇혀 있다. 특히 클라라는 주변 인물들과 의사소통과 타협을 거부함으로써 철저하게 고립되어 간다. 언어는 이 작품의 인물들에게 불가능하거나 무의미하게 보인다. 단지 그들이 의사소통의 수단으로서 사용하는 설명적 독백과 내적 독백은 상호이해를 가능하게 하는 의사소통의 수단이 되지 못하고, 인간관계의 단절과 고립 상황을 강화시켜 줄뿐이다.

첫째로 시민비극에서 보편적으로 나타나는 침묵과 무언은 아버지가 절대적인 권한을 쥐고 있는 가부장적인 가정에서 대화의 단절과 믿음과 신뢰의 상실로 비극적 파멸의 위험에 직면해 있으면서도 협의를 통해 구조책을 찾지 못하는 불완전한 가족관계를 보여준다, 이는 『마리아 막달레나』에도 그대로 적용된다. 둘째로 오해와 침묵은 원하는 대로 자신의 욕망을 채우고 이러한 욕망의 충족을 최고의 목적으로 삼고 있는 영주와 귀족들의 봉건적 절대주의 시대에 지배계층에 대한 피지배계층의 불평등한 사회적 예속관계를 반영하고 있다. 동시에 이러한 언어궁핍의 수동적 자세는 폭정의 무자비한 횡포에 대한 시민계층이 자신을 희생시킴으로써 자신들의 도덕적 고결함과 윤리적 독립성을 지키려하는 소극적 투쟁행위로 해석할 수 있다. 셋째로 『마리아 막달레나』에서 오해와 무언은 이전 시대의 문화, 도덕과 질서의 기반이 무너지고 자유주의적-개인주의적 경쟁원칙과 물질주의에 의해 생겨난 산업사회 속에서 고립되고 소외된 자아상실의 인간들과 그들 사이에 단절된 인간관계를 보여준다.

참고문헌

Goethe, Johann Wolfgang: *Goethes Werke Hamburger Ausgabe in 14 Bänden*. Bd. IX, hrsg. v. Erich Trunz, 11. Aufl. München, 1982.

Hebbel, Friedrich: *Werke in fünf Bänden*, hrsg. v. Karl Pörnbacher, München, 1978.

Lessing, Gotthold Ephraim: *Gesammelte Werke in drei Bänden*. hrsg. v. Wolfgang Stammler, München, 1957.

Schiller, Friedrich: *Werke in drei Bänden*, hrsg. v. Herbert G. Göpfert, München, 1976.

Balet, Leo und Gerhard, E. : *Die Verbuergerlichung der deutschen Kunst, Literatur und Musik in 18. Jahrhundert*. Frankfurt/M, 1973.

Barner, Wilfred und Grimm, Gunter E.: *Lessing, Epoche-Werk-Wirkung. Arbeitsbuch für den Unterricht*. München, 1975.

Beyersdorf, Peter, Eversberg, Gerd und Poppe, Reiner: *Erlaeuterungen zu Hebbels Maria Magdalena. Koenigs Erlaeuterungen und Materialen, Bd. 176*, Hollfeld, 1980.

Binder, Wolfgang: "Schiller. Kabale und Liebe". In: *Das deutsche Drama, Bd. 1* hrsg. v. Benno von Wiese, Düsseldorf 1958. S. 248-268.

Baeckmann. Paul: "Die innere Form in Schillers Jugenddramen". In: *Wege der Forschung, Bd. 323*. hrsg. v. Klaus Berghahn und Reinhold Grimm, Darmstadt 1972, S. 1-54.

_____________, "Gedanke, Wort und Tat in Schillers Dramen". In: *W. d. F. ,*

Bd. 323. S. 274-325.

Dosenheimer, Elise: *Das deutsche soziale Drama von Lessing bis Sternheim*. Darmstadt, 1974.

Durzak, Manfred: *Poesie und Lessing. Vier Lessing-Studien*. Bad Homborg, 1970.

Grimminger, Rolf: *Deutsche Aufklaerung bis zurFranzue sischen Revolution 1680-1789*, Muenchen und Wien, 1980.

Hiebel, Hans Helmut: "Mißverstehen und Sprachlosigkeit im Buergerlichen Trauerspiel zum historischen Wandel dramatischer Motivationsformen". In: *Jahrbuch der Deutschen Schillergesellschaft*, Bd. XXVII. Stuttgart, 1983, S. 138-145.

Ibel, Rudolf: "Friedrich Schiller. Kabale und Liebe als buergerliches Trauerspiel", In: *Jahrbuch der Deutschen Schillergesellschaft, Bd. XX*. Stuttgart, 1976, S. 209-228.

Jens, Walter: *In Sachen Lessing. Vortraege und Essays*. Stuttgart, 1983.

Lutkacs, Georg: *Entwicklungsgeschichte des modernen Dramas*. hrsg. v. Frank Benseler, Darmstadt, 1981.

Fritz: "Schillers *Kabale und Lieb*e. Bemerkungen zur Interpretation des Martini, Buergerlichen Trauerspiel". In: Der Deutschunterricht, 1952, H. 5. S. 18-39.

____, *Deutsche Literatur im buergerlichen Realismus*. Stuttgart, 1981.

Mueller-Seidel, Walter: "Das stumme Drama der Luise Millern". In: *W. d. F., Bd.* 323, S. 131-147.

Schroeder, Juergen: *Gotthold Ephraim Lessing, Sprache und Drama*. Muenchen, 1972.

Ter-Nedden, Gisbert: *Lessings Trauerspiele: Der Ursprung des modernen Dramas aus dem Geist der Kritik*. Stuttgart, 1986.

Abstract

Eine Studie ueber dem gegensaetzlichen Gesellschaftsbild durch die Sparche im Deutschen Buegerlichen Trauerspiel

Kim Sung-chul

Das Gesellschalftsbild zeigt sich durch die Sprache der Personen im buergerlichen Trauerspiel. Die Heldinnen sind entsagungsvolle Opferfiguren. Sie sind passiv und sprachlos. Die Sprachlosigkeit meint hier soviel wie individuell oder sozial bedingte Kommunikationsunfaehigkeit oder auch -unwilligkeit. In Miß Sara Sampson gibt es zwei verschiedene Sprachebenen, der Kontrast ist allerdings noch nicht so scharf ausgepraegt wie im spaeteren buergerlichen Trauerspiel. Saras Sprache charakterisiert sie als Vertreter des empfindsamen Tugendideals. Die Sprache der Marwood ist ebenfalls charakteristisch, sie enthaelt Verstellung und Luege. In Emilia Galotti zeichnet die Sprache des Hofes sich durch bestimmte Metaphern, etwa Kaeuflichkeitsdenken aus. Sie ist das hoefisch-gesuchte Geschwaetz, die unbedeutende Suada. Dagegen ist die Sprache der buergerlichen Welt die Sprache des Herzens und die Beredsamkeit der Leidenschaft, so bildreich wie nachlaessig-knapp. Der Prinz, der Emilia den Hof macht, ist betruegerisch und geschwaetzig. Emilia reagiert in sprachloser Bestuerzung. Zunehmend wird verbale Sprache durch Gesten ersetzt.

In Kabale und Liebe bedingen die drei Ebenen - Hof, Buergerwelt und Idealwelt - drei verschiedene sprachliche Ebenen. Der Praesident und sein Gefolge, insbesondere Hofmarschall von Kalb, repraesentieren die hoefische Sprache. Sie ist geziert und bietet sich fuer Verstellung und Lüge an. Die wirklichen Gefuehle des Sprechers bleiben verborgen hinter leeren Floskeln. Die buergerliche Sprache des Millers zeichnet sich durch einen derben, bodenständigen Stil mit sehr direkter, oft plastischer Bildersprache aus. Ferdinand und Luise stehen fuer Natuerlichkeitssprache. Das ist die Sprache der Empfindsamkeit, des Herzens - und Gefuehlsbereiches. Herz ist ihr Zentralbegriff. Sie ist unabhaengig von sozialen Stand, so wie die Ideologie, von der sie herkommt, Standesgrenzen als trennend ablehnt und sich auf Seelenadel beruft. Jede der drei Sprachebenen hat ihre eigene Bilderwelt.

In Maria Magdalena umgibt alle Figuren ein Raum von Sprachlosigkeit, in dem Unverstaendnis und Fehldeutung gedeihen. Besonders manoevriert Klara sich in die Isolation, indem sie eine Mauer von Unausgesprochenem um sich herum errichtet. Sprechen scheint fuer die Figuren dieses Stueckes unmoeglich bzw. sinnlos geworden zu sein. Das erzaehlerische Monologische und der innere Monolog, die sie als Kommunikationsmittel benuetzt, koennen die Bahn der isolierten Existenz nicht durchbrechen, sondern nur die isolierte Situation und das Unverstaendnis unter den Figuren verstaerken.

Die Stummheit und Sprachlosigkeit in dem deutschen bürgerlichen Trauerspiel deutet einerseits auf die unterdrueckte Atmosphaere in einer patriarchalischen Familie, andererseits das willkuerliche Herrschaftsystem des Absolutismus und spaeter auch die Unterbrechung der menschlichen Beziehung in der modernen unmenschlichen Industriesgesellschaft hin.

주제어 : 사회상, 독일비극
Key Words : social image, German tragedy

욕망의 그림자: 『상복이 어울리는 에렉트라』 연구

서 용 득*

I

미국 현대연극의 아버지라고 불리어지는 유진 오닐(Eugene O'Neill)(1888~1953)은 초기단막극에서 후기 연극에 이르기까지 다양한 형식의 극을 썼다. 그는 초기의 해양극 중심의 단막극에서 중기의 다양한 형태의 실험극 및 후기의 사실주의 연극에 이르기까지 다양한 형식뿐만 아니라 다양한 주제를 극에 형상화시키고 있다.

본 논문은 오닐의 중기극 가운데 대표극인 『상복이 어울리는 에렉트라』1)(*Mourning Becomes Electra*)(1931)의 극중인물들의 '욕망'에 초점을 맞추어 고찰하고자 하는 것이다. 지금까지 열세개의 막으로 된 삼부작

---

* 경상대학교 사범대학 영어교육과 교수, 경상대학교 교육연구원 책임연구원.
1) 레이날드는 이 극이 셰익스피어(Shakespeare)나 라신느(Racine)와 견줄 수 있을 정도로 충분하며, 이 극이 오닐이 산 시대에서 가장 우수하고 진지한 극작가로서의 위치를 확고히 했다고 주장한다. [Margaret Loftus Ranald, The Eugene O'Neill Companion (Westport, Conn.: Greenwood Press, 1984), p. 503.]

40

『상복이 어울리는 에렉트라』에 대한 연구는 주로 이 극과 희랍극작가 에이스큐러스(Aeschylus)의 『오레스테이아』(Oresteia) 삼부작 및 유리피데스(Euripides)의 『에렉트라』(Electra)와의 비교연구2)나 이 극의 여성인물에 대한 연구3) 등으로 이루어져 온 것이 대부분이다. 또한 프로이트(Freud)나 융(Jung)의 심리학 이론에 근거를 두어 연구된 경우4)나 이 극에 대한 셰익스피어의 영향에 관한 연구가 되어져 온 것5)이 사실이다.

본 논문의 목적은 『상복이 어울리는 에렉트라』와 다른 심리학 이론이나 다른 극작가들과의 외형적인 비교가 아니라, 이 극에서의 가족 비극의 원인을 규명하기 위함이다. 그 이유는 포트(Porter)가 지적한 바대로 "오닐이 기존의 틀을 거부하고, 그 나름대로의 형식을 만들어야 했던"6) 노력의 흔적을 이런 작업을 통해 발견할 수 있기 때문이다. 그가 내심으로 그리이스 비극에 이끌려서 내용과 형식을 어느 정도 빌려오긴 했지만, 그는 이 극을 미국 상황에 적용하여 극화시키고 있다. 따라서 본 논문은 매논(Mannon) 집안의 각 구성원들의 행동의 기저에 깔려 있는 무의식적이고 의식적인 행동의 근원을 욕망으로 보고, 그 욕망으

---

2) Norman Berlin, Eugene O'Neill (London and Basingstoke: The MaCmillan Press, 1982), pp.108~111. 및 Stark Young, "Eugene O'Neill's New Play[Mourning Becomes Electra}," in O'Neill: A Collection of Critical Essays, ed. John Gassner (Englewood Cliffs, N. J.: Prentice-Hall, 1964), pp. 82-86 등이 있다.

3) 용필례, "유진 오닐의 『상복이 어울리는 엘렉트라』에 나타난 여성 인물에 대한 기호학적 분석," 『신영어영문학』 제 9집(1997. 8.): 135-63.

4) Winifred L. Dusenbury, The Theme of Loneliness in Modern American Drama (Gainesville: University of Florida Press, 1960), pp.75~78을 비롯하여 부분적으로 많이 언급되고 있다.

5) Norman Berlin, O'Neill's Shakespeare(Ann Arbor: The University of Michigan Press, 1993) 등이 있다. 버린은 주로 셰익스피어와 오닐이 "시간과 장소를 초월하여 인간조건에 관한 '진실'을 드러내면서 인간 개개인을 이해하고 있다"(p.8.)는 점에서 유사성을 찾고 있다.

6) Thomas E. Porter, Myth and Modern American Drama(Detroit: Wayne State Univeristy Press, 1969), p. 27.

로 인한 비극의 양상을 라캉(Lacan)의 욕망의 구조 이론에 입각하여 고
찰하고자 한다. 이 욕망의 구조 이론은 기본적으로 주체와 대상과의 관
계를 전제하고 있다.

보가드는 『상복이 어울리는 에렉트라』를 "욕망에 관한 심리극"[7]이
라고 규정하고 있다. 이 극에 등장하는 인물들의 삶의 배후에 있는 감
추어진 생명력(life forces)은 그들이 어찌할 수 없는 "운명"[8]이 아니라,
그들의 자유의지로 행동할 수 있는 부분이다.

II

욕망은 인간의 행동을 하게 만드는 동인(動因)이 된다. 어찌 보면 욕
망은 거의 본능에 가깝다고 볼 수 있다. 욕망은 식욕, 성욕, 권세욕, 수
면욕, 활동욕, 모방, 호기심, 도피, 투쟁, 집단소속의 욕구, 애정의 욕구,
성취의 욕구, 자존(自尊)의 욕구 및 자아실현의 욕구 등의 다양한 요소
에 포함되어 있다. 그런데 이것들은 거의 본능에 가까운 선천적인 것으
로 본다면, 또 다른 한편 욕망은 인간이 환경과의 상호작용에 의해 일
어날 수 있는 기본적인 욕구라고 할 수 있다. 그런데 『상복이 어울리는
에렉트라』에서의 욕망은 애정 및 사랑의 욕구와 밀접한 관련성을 맺고
있다.

『상복이 어울리는 에렉트라』에 등장하는 인물들은 모두 억압받은
욕망의 소유자들이다. 극 액션의 진행면에서 보면 라비니아(Lavinia)가

---

7) Travis Bogard, *Contour in Time: The Plays of Eugene O'Neill* (New York: Oxford
   University Press, 1972), 335.

8) *Ibid.*, p. 336.

중심에 자리잡고 있다. 그녀와 다른 인물들과의 관계에 있어서 지배적인 동력은 욕망과 관련이 있다. 그 가운데 여성인물들인 라비니아와 크리스틴의 욕망 즉, 여성의 욕망이 중심이 된다.

매논(Mannon) 집안의 가족 구성원 모두 욕망에 사로 잡혀 있다. 이 욕망은 삼대에 걸쳐 영향을 끼친 "가족의 저주에 대한 강력한 힘"[9]으로서 되물림이 되고 있다. 이 욕망은 사랑의 긍정적인 측면과 부정적인 측면과 관련이 있다. 그런데 가족 구성원 모두가 사로 잡혀 있는 욕망은 부정적인 측면에서 보면 그들의 비극의 원천이 된다.

에즈라(Ezra)의 경우, 되물림 되어온 매논 집안의 청교도적인 분위기에서 자기 자신의 의지와는 크게 상관이 없이 감정을 억압하고 규율을 중시한 삶을 살아 온 것이다. 이런 면은 크리스틴(Christine)이 아담(Adam)과의 애정관계를 정당화시키기 위해 라비나아와의 대화에서 매논 가문에 대한 언급을 통해 확인된다.

> 오린은 경찰에 보낼 수 없을 걸. 설령 애미가 아버지를 독살했다고 네가 확신한다 해도 그럴 수 없을 거야. 살인 재판 시비로 가문의 이름을 다치게 하는 짓 따위 오린은 질색하거든. 너도, 아버지도, 조상님들 그 누구도 그렇지만 말야. 그렇게 되면 모든 것이 드러날 테니까 말이지! 하나부터 열까지 말이야! 아담의 출생도, 나의 부정도, 네가 그것을 알고 있다는 것도, 그러면서도 아담을 좋아하는 것도 말이야! 만약 재판이라도 하게 된다면 모두 밝혀내 줄테니까! 자기 애미의 애인에게 마음을 두고, 증오와 질투심 때문에 애미를 사형시키려는 딸을 세상 사람들에게 알려 줄테니까![10]

---

9) S. Georgia Nugent, "Masking Becomes Electra: O'Neill, Freud, and the Feminine," in *The Comparative* Vol. 22, No. 1 (Spring 1988): 38.

10) Eugene O'Neill, *Nine Plays: The Emperor Jones · The Hairy Ape · All God's Chillun Got*

어느 누구 보다도 그녀는 매논 집안의 맹점을 훤히 꿰뚫어보고 있기 때문에, 오히려 그런 맹점을 역으로 이용하여 자신의 행동을 정당화시키면서 상대방을 공격하기 위한 효과적인 수단으로 사용하고 있다. 이런 규율을 중시하는 삶은 에즈라의 감정표현을 억압하게 된 것이다. 그가 남북전쟁을 치른 후 집에 돌아오면서 부인 크리스틴에게 그가 무의식적으로 갈구해 온 "애정과 사랑"(p.740)을 표현하고자 시도한다.

그런데 크리스틴은 매논 집안의 청교도적인 분위기와 남편 에즈라의 정서표현에 대한 불만과 매논 집안에서 억압을 받은 욕망을 제대로 표현하기 위한 방법을 아담과의 관계를 통해 이루고자 한다. 한편 아담은 그의 어머니의 불행한 삶에 대한 증오심 때문에, 매논 집안에게 복수를 하려고 크리스틴 및 라비니아와의 관계를 맺게 된다. 그의 복수심은 그 나름대로 그가 의도한 일종의 목적을 성취하기 위한 욕망에서 비롯된다.

매논 집안의 가족 구성원은 서로에 대한 증오심에 가득차 있다. 어머니 크리스틴은 남편인 에즈라와 딸 라비니아를 증오한다. 딸 라비니아는 어머니 크리스틴을 증오하고, 아들 오린은 그의 아버지 에즈라를 증오한다. 그런데 이런 증오심은 그들의 마음 깊숙한 곳에 내재하고 있지만, 사실은 자신의 사랑에 대한 욕망을 충족시켜주기 위한 이기적인 마음에서 비롯된다. 가족 내에서 어머니와 아들 사이에 강렬한 사랑이 있고, 아버지와 딸 사이에 강렬한 사랑이 있다. 이런 사랑 때문에 오히려 서로를 소외시키는 역할을 하게 된다. 묘하게도 라비니아는 어머니

Wings • Desire Under the Elms • Marco Millions • The Great God Brown • Lazarus Laughed • Strange Interlude • Mourning Becomes Electra(New York: Random House, 1952), p. 778. 이후 본문에서의 인용은 이 텍스트에 근거하고 인용문 뒤에 페이지수만 기입함.

의 연인인 선장 아담을 사랑한다.

에즈라는 크리스틴을 사랑하려고 한다. 그렇지만 그녀는 아담을 사랑한다. 그래서 라비니아와 오린은 그들이 갈구하는 부모의 사랑을 제대로 받을 수 없다. 그 까닭은 그들 사이에 걸림돌이 놓여 있기 때문이다. 가족 구성원 사이의 증오심, 시기와 질투가 욕망의 구도에 있어서 진부한 주제이긴 하지만, 이런 요소들은 욕망을 진작시키는 중요한 요소가 되는 점은 부인할 수 없다.

인간과 인간 사이의 관계를 막고 있는 것은 현실적인 벽 보다 더 중요한 의미를 지니고 있는 인물들의 가면과 같은 모습이다. 이것은 그들의 외형적인 모습만은 묘사하는 것이 아니라, 그 가면 뒤로 욕망과 관련된 감정들을 철저히 숨기고 있다는 것을 보여주기 때문이다. 그들이 가면을 쓰고 있는 한, 어느 누구도 욕망에서 자유로울 수 없다. 어떤 방식이든 대부분의 매논 집안 사람들에게는 욕망을 충족시키는데 어려움이 있기 때문에, 욕망을 채울 수 있는 곳을 찾게 된다.

욕망에 사로 잡혀 있는 매논 집안의 사람들이 공통적으로 탈출하여 가보고 싶은 곳은 남쪽 바다의 섬(South Sea Island)이다. 남쪽 바다의 섬은 일차적으로 오닐이 그의 작업노트에서 밝힌 "해방, 평화, 안정, 아름다움, 양심의 자유, 죄가 없음 등"[11])과 같이, 그들이 처한 현실에서 벗어날 수 있는 심리적인 해방처로서의 역할을 수행하고 있다. 그렇지만 근본적으로 욕망에서 벗어나지 못한 인물들에게는 그곳이 일시적인 도피처는 될지라도, 진정한 의미의 욕망으로부터의 지속적인 해방처는 되지 못한다.

그런데 남쪽 바다의 섬은 단순한 그들의 심리적인 해방처로서의 역할을 수행할 것처럼 보인다. 그것은 욕망을 충족시켜주기 위한 대상이

---

11) Berlin, *Eugene O'Neill*, p.25에서 재인용.

현실에서 좌절될 때, 또 다른 곳에 있는 대상이 그들의 욕망을 충족시켜줄 수 있다고 심리적으로 믿기 때문이다. 라비니아와 오린이 이 섬으로 도피하지만, 그 섬에 대한 그들 사이의 견해는 차이가 난다. 오린과 같이 죄의식에 많이 사로 잡혀 있는 사람에게는 그곳이 근본적인 해결방법을 제시해주는 곳이 되지 못한다. 그런데 형제 사이이면서 라비니아는 그곳이 오히려 해방처로서의 역할을 수행하는 곳으로 생각하게 된다. 따라서 이 섬에 대한 이들의 대조적인 반응은 죄의식과 관련된 심리적인 반응의 결과와 일치한다. 욕망을 충족시켜줄 수 있다고 믿는 곳에서마저, 그 뜻을 이루지 못하기 때문에 매논 집안의 구성원 각자는 차츰 욕망을 추구하는데 있어서 한계에 직면하게 된다.

그렇다면 욕망의 끝은 죽음인가? 욕망이 삶의 원동력이라면, 욕망이 제대로 실현되지 않을 때, 현실에서도 죽음과 같은 삶의 형태(death-in-life)가 나타난다. 그래서 욕망이 현실적으로 실현될 수 없는 삶은 곧 죽음과 같은 것이 될 수 있다.

> **크리스틴**: (눈을 떼지 않고) 왜 당신은 죽음을 이야기 하는 거죠?
> **매논**: 그건 늘 매논 집안 사람들의 사고방식이었어. 집안 사람들은 일요일에 흰색으로 칠해진 교회에 가서 죽음에 대해 명상했어. 삶이란 죽어가는 것이지. 태어난다는 것은 죽어가기 시작하는 거지. 죽음은 태어날 때부터 있는 거야.(p.738)

이 극에서 이런 인물에 해당되는 사람은 에즈라와 오린이다.

위에서 인물들의 관계를 통해 본 그들 사이의 갈등 및 대립, 욕망의 추구 및 좌절의 과정을 고찰하였다. 그런데 그들이 사랑의 욕망을 좇지만, 결국 좌절되어 가는 이유를 라캉의 욕망의 이론을 통해 규명하고자 한다.

라캉(Jacques Lacan)에 따르면 욕망은 환유이다. 욕망의 대상은 신기루처럼 그 대상을 잡는 순간 저만큼 물러난다. 대상은 욕망을 완전히 충족시킬 수 없기 때문에 인간은 그 대상을 향해 나아가게 된다. 그들에게는 죽음만이 욕망을 충족시키는 유일한 대상이 된다.[12] 기표로서의 욕망은 완벽한 기의를 갖지 못하고, 끝없이 미끄러져 그 의미를 지연시키는 텅빈 연쇄고리가 된다. 그렇다면 기표의 특성이 은유와 환유이듯이 욕망의 구조도 은유와 환유가 된다. 주체는 대상에서 욕망을 느낀다. 그것이 자신의 결핍을 완전히 채워줄 것이라고 믿기 때문이다. 그 대상만 얻으면 아무 것도 욕망하지 않으리라 믿게 된다. 그러나 그 대상은 얻어도 욕망은 여전히 남게 된다. 아무 것도 욕망하지 않는 것은 곧 죽음이다. 그렇다면 대상은 "실재처럼 보였지만, 결국 허구"[13]가 된다. 라캉의 표현을 빌리면, 대상을 실재라고 믿고 다가서는 과정이 상상계요, 그 대상을 얻는 순간이 상징계요, 여전히 욕망이 남아 그 다음 대상을 찾아나서는 것이 실재계이다. 그리고 이 때 실재라고 믿었던 대상이 대타자이고, 허구화된 대상이 소타자이다. 그래서 '◇'라는 욕망의 공식이 나온다. 여기서 'S/'는 주체, '◇'는 대상이 결코 주체의 욕망을 충족시키지 못한다는 결핍이다. 이것은 실재계에 나타나는 틈새요, 구멍이다. 'a'는 오브제 아, 혹은 쁘띠 아는 주체로 하여금 욕망을 끊임없이 불러일으키는 허구적 대상이다.

에즈라가 추구하는 크리스틴에 대한 사랑의 욕망을 추구하려고 하자 마자, 그 욕망의 대상인 크리스틴은 한없이 멀리 떨어져 나간다. 크리스틴이 추구하는 아담에 대한 사랑의 욕망은 시작되어 성취하려고

---

12) Jacques Lacan, *The Four Fundamental Concepts of Psycho-Analysis*(New York and London: W. W. Norton & Company, 1977), p.257.

13) Vincent B. Leitch, *Deconstructive Criticism: An Advanced Introduction*(New York: Columbia University Press, 1983), p.14.

하자마자 그가 죽게됨으로써 욕망을 이룰 수 없게 된다. 오린이 추구하고자 하는 어머니 크리스틴, 누나 라비니아에 대한 사랑의 욕망 역시 그 욕망의 대상에게 다가가려고 하자마자 저 멀리 멀어져 간다. 아담이 추구하는 복수심과 더불어 일어나는 사랑의 욕망의 대상인 라비니아와 크리스틴은 그가 접근하여 그 결과를 성취하려고 하지만, 일차적으로 라비니아가 거절하고, 나중에 자신이 죽게 됨으로써 욕망의 실현이 불가능해진다. 라비니아가 추구하고자 하는 사랑의 욕망의 대상인 아버지 에즈라, 연인 아담과 피터 역시 멀어져버린다. 그 가운데 그녀의 삶의 변화와 더불어 마지막으로 죽음의 분위기에서 탈출하여 새롭게 삶을 이루려는 그녀의 삶에 대한 강렬한 욕망마저 결국 성취하지 못하고 살아있지만, 죽음과 같은 삶을 살기로 결심하는데서 극은 끝나게 된다.

　인물들의 다양한 형태의 욕망의 추구는 그 자체로서 실현될 수 없는 한계를 스스로 드러내게 된다. 결국 욕망을 실현시킬 수 있다고 믿는 그들의 심리적 욕구는 성취되지 못한다. 그들의 심리적 욕구를 해결해줄 욕망의 대상인 사람들도, 그들의 심리적 욕구를 해소해줄 것 같이 기대되는 장소인 남쪽 바다의 섬이나 중국여행도 한갓 그들의 욕망을 끊임없이 불러일으키는 허구적 대상에 불과하다. 따라서 이 극에 등장하는 인물들이 추구하는 욕망이라는 기표는 계속 기표의 밑으로 미끄러져가면서 기의를 만들어내지만, 기의는 기표를 그대로 반영하지 못하고 미루어진 채 기표와 기의의 간격은 언제든지 남게 된다. 그러니까 욕망의 실현은 계속해서 지연된 채, 실현되지 못하고 결국 죽음을 맞이하거나 죽음과 별 다를 바 없는 상황을 맞게 된다. 이런 결과는 라캉이 말한 바와 같은 욕망이 실현되는 것이 죽음이나 죽음과 같은 삶이 아니라, 욕망의 끝으로서의 죽음이나 죽음과 같은 삶이 됨을 의미한다. 문제는 기표와 기의의 간격을 인정하면서, 욕망의 그 어떤 지점에서 만족할 수 있는 인간의 마음을 다잡는 것이 중요한 과제로 남게 된다.

Ⅲ

　본론에서 고찰한 바와 같이 『상복이 어울리는 에렉트라』에 등장하는 가족 구성원 모두 의식적이거나 무의식적으로 욕망에 사로잡혀 있다. 이런 그들의 욕망의 사로잡힘은 바로 그들의 비극의 원천이 된다. 그들의 욕망은 의식적이든 무의식적이든 그들의 삶에 그림자처럼 따라다닌다.

　인간의 심리적 욕구인 욕망은 일차적으로 인간의 삶에 있어서 활기를 불러일으키는 추진력이자 원동력이 된다. 긍정적인 측면에서 욕망은 인간의 애정, 관심과 사랑으로 표현되며, 인간의 삶을 보다 더 풍요롭게 만들고, 인간을 보다 더 행복하게 만드는 요인이 된다. 그러나 또 다른 측면에서 욕망은 개인의 이기적 욕심의 결과로 나타난다. 이런 경우 욕망은 개인의 삶에 부정적인 영향을 끼칠 뿐만 아니라 다른 사람들에게 악영향을 끼친다. 그런데 욕망은 끊임없이 채워질 수 없는 속성을 어느 정도 갖고 있기 때문에, 어느 시점에서 어느 정도 심리적으로 만족을 할 필요성이 있다. 인간이 욕망을 추구할 때, 부정적인 측면이 해소될 수 있는 방안은 올바른 의미의 인간에 대한 애정, 이해 및 사랑이다. 이런 가치가 매논 집안에는 보이지 않는다. 그래서 그들은 가족의 저주로서 작용하는 욕망의 그림자를 떨쳐버리지 못한다. 주체인 각자는 욕망의 대상을 붙잡지 못하게 되고, 그 대상은 계속 저만치 물러서 있다.

　결국 사랑의 뒤틀린 욕망에 사로 잡혀 제대로 욕망이 실현되지 못한 상황은 에즈라 가정의 비극이자, 동시에 매논 집안의 삼대에 걸친 비극이다. 비극의 근원은 매논 집안의 구성원 모두 사랑의 욕망에 사로잡혀, 그 욕망을 실현시키고자 하는 각자의 심리적 욕구를 드러낸다. 결국 그들의 사랑의 욕망은 실현되지 못한 채 그들의 비극적 삶은 종지부를 찍게 된다. 라캉에 따르면 주체가 욕망의 대상인 타자를 통해 실현시킬 수 없기 때문에 이것은 결국 사랑의 욕망의 추구 실패를 통한 주체의 결핍을 드러내는 것이 된다. 욕망의 추구로 인한 인간의 계속된 상실감에 대한 인식은 주체의 정립을 위한 불가피한 과정이다. 따라서 욕망의 그림자는 주체의 결핍을 자초한다. 그리고 이것은 주체의 불확실성을 확인시켜주는 또 다른 장치가 된다. 결국 인간은 그들의 진면목을 가면과 같은 표정에 숨기고 증오심에 타오른 채 죽음으로 욕망은 끝나고 그 허상인 그림자만 남는다.

참고문헌

용필례. "유진 오닐의 『상복이 어울리는 엘렉트라』에 나타난 여성 인물에 대한 기호학적 분석." 『신영어영문학』 제 9집(1997. 8.): 135-63.

Berlin, Norman. *Eugene O'Neill*. London and Basingstoke: The MaCmillan Press, 1982.

___________. *O'Neill's Shakespeare*. Ann Arbor: The University of Michigan Press, 1993.

Bigsby, C. W. E. *A Critical Introduction to Twentieth-century American Drama Volume 1900-1940*. Cambridge: Cambridge University Press, 1982.

Bogard, Travis. *Contour in Time: The Plays of Eugene O'Neill*. New York: Oxford University Press, 1972.

Dusenbury, Winifred L. *The Theme of Loneliness in Modern American Drama*. Gainesville: University of Florida Press, 1960.

Lacan, Jacques. *The Four Fundamental Concepts of Psycho-Analysis*. New York and London: W. W. Norton & Company, 1977.

Leitch, Vincent B. *Deconstructive Criticism: An Advanced Introduction*. New York: Columbia University Press, 1983.

Nugent, S. Georgia. "Masking Becomes Electra: O'Neill, Freud, and the Feminine," In *The Comparative* Vol. 22, No. 1 (Spring 1988): 37-55.

O'Neill, Eugene. *Nine Plays: The Emperor Jones · The Hairy Ape · All God's Chillun Got Wings · Desire Under the Elms · Marco Millions · The Great God Brown · Lazarus Laughed · Strange Interlude · Mourning Becomes Electra*. New York: Random House, 1952. pp.683~867.

Porter, Thomas E. *Myth and Modern American Drama*. Detroit: Wayne State Univeristy Press, 1969.

Ranald, Margaret Loftus. *The Eugene O'Neill Companion*. Westport, Conn.: Greenwood Press, 1984.

Young, Stark. "Eugene O'Neill's New Play [*Mourning Becomes Electra*]." In *O'Neill: A Collection of Critical Essays*. Ed. Gassner, John. Englewood Cliffs, N. J.: Prentice-Hall, 1964. pp.82~86.

Abstract

The Shadow of Desire: A Study of *Mourning Becomes Electra*

Suh Yong-deuk

The powerful force of family curse is working through generations in *Mourning Becomes Electra*. The main characters in this play are the Electra figure herself and Christine. Especially their feminine desires have important roles. All of the Mannons possessed suppressed desires. And they are obsessed with desire for love. But the love is distorted by their selfish mind. The situation which is obsessed with desire for distorted love is the tragedy of the Mannons. That becomes the origin of their tragedy.

The signifier is that which represents the desire for the other signifier. Hence there results that, at the level of the other signifier, the desire is displaced. We often want an object of desire that could be given only to us, but there is no such object. Because all the signifiers of desire are distorted from the start.

According to Lacan the object of desire is not accomplished by the Other, therefore the psychic displacement of desire from a "true" object to an insignificant "false" one reveals the "lack of being" inherent in the repressed desire.

Finally each person of the Mannons with mask-like faces is filled with hatred one another and ends in the death of desire. At the end of the this play the shadow of desire remains behind in the Mannon white house.

주제어: 기표, 욕망, 증오심, 가면, 죽음
Key Words: signifier, desire, suppressed desire, hatred, mask, death

조지 버나드 쇼의 『성녀 조안』 연구
— 푸코의 권력개념을 통한 분석 —

장 은 영*

I. 서론

조지 버나드 쇼(George Bernard Shaw, 1856~1950)가 희곡을 쓰기 시작했던 당시의 영국 연극은 전통적이고 인습적인 형식에 인위적인 구성과 진부한 등장인물들과 멜로드라마가 주를 이루고 있었다(Nightingale, 24). 반면 유럽 대륙은 입센(Henrik Ibsen)의 주도 하에 현실 속의 여러 가지 문제들을 다루는 사실주의 극이 본격적으로 전개되고 있었다. 쇼는 이런 사실주의 극을 영국에 도입하여 현대극을 등장시켰다. 에릭 벤틀리(Eric Bentley)는 이런 쇼에 대해 셰익스피어(Shakespeare) 극의 잔재와 스크라이브(Scribe) 류의 감상극이 지배적이었던 극 무대에 입센과 바그너의 뒤를 이은 예술가가 등장했다고 칭찬했다(1987: 140).

이렇듯 쇼는 극을 통해서 현실을 직시하고 바로잡아 이상세계로의 가능성을 추구하여 사회를 개선해야 한다고 생각했다. 자신의 견해를

---

* 경상대

반영할만한 연극이 영국에는 없다고 생각한 그는 인간과 사회 문제를 제기하고 개선하고자 하는 자신의 사상을 극을 통해 표현했다. 즉, 사상희극(Comedy of Ideas)을 창안하고 사회문제극을 발전시킴으로써 영국극 무대의 전통을 혁신시켰던 것이다. 『불쾌한 희곡들』(*Plays Unpleasant*)에서 그는 자신의 사상극에 대한 입장을 다음과 같이 밝히고 있다.

> 순수한 감정을 다룬 극은 더 이상 극작가의 손에 달려 있지 않다……이제는 확실히 사상극을 제외한 어떠한 극에도 미래는 없다.(196~97)

쇼의 작품들 중 가장 많은 비평적 주목을 받아온 『성녀 조안』(*Saint Joan*)[1] 역시 그의 이런 입장을 잘 대변해 놓은 작품이라 하겠다. 이는 영·불간의 백년 전쟁 당시의 역사적 실제 인물인 잔 다르크(Joan of Arc)를 주인공으로 삼고 있다. 프랑스의 시골 처녀인 조안이 프랑스 군대에 기적적인 승리를 안겨주었지만, 종교재판에 회부되어 이단죄로 화형당한 이야기를 기본 뼈대로 하고 있다. 1412년에 출생하여 1431년에 화형에 처해진 후 1456년에 다시 복권되고 1920년에 이르러 성녀로 추대된 그녀를 통해, 쇼는 조안(Joan)의 범죄 유무에 대한 역사적 평가가 아니라, 그녀의 인생 과정을 통해 인간 사회의 구조적 문제점을 표출시켜 이상적인 세계를 구현하고자 했던 것이다. 그리고 당시 왜곡된 사회 구성원들인 정치인들과 종교인들의 억압 속에서의 조안의 정신적인 승리를 그리고자 했다.

극의 역사적 배경이 되는 15세기는 대 변혁기였다. 십자군 전쟁의

---

1) H. J. Donaghy는 이 작품에 대해 "쇼 예술에 있어서 절정에 해당된다."(1742)라고 했으며, Sidhu는 "이 극이야말로 20세기 최고 걸작 중의 하나"(175)라고 평가했다.

실패와 종교개혁, 르네상스 등의 새로운 기운이 중세를 종식시키며 근세로의 전환을 꾀하였으며, 종교적으로는 구교가 신교에 의해 잠식당하고, 정치적으로는 봉건주의 사회체제가 붕괴되면서 절대 왕정이 수립되기 시작하던 시기였다. 그러나 쇼는 극의 배경이 되었던 당시의 역사적 사건만을 설명하려 한 것에 그친 것이 아니라, 제 1차 세계대전 전후의 현대 영국 사회의 부조리와 모순을 지적하고, 더 나아가 보다 진보된 사회를 위해 나아감으로써 사회개혁을 주장했다.

쇼가 『성녀 조안』에서 상정하는 것은 개인을 억압하는 그릇된 사회현실과 모순에 대한 저항 등의 문제인데, 이런 인식은 현대의 영향력 있는 역사 철학자인 미셸 푸코(Michel Foucault)의 사회인식을 연상시킨다.

푸코는 인간의 문명사를 권력의 역사로 보았다.(Mark Poster 93) 그는 다양한 권력 관계들이 사회 전체를 구성하고 그 성격을 규정한다고 보고 권력개념으로 사회를 설명한다. 권력은 지배문화를 구성하고 스스로 유지하고 강화하기 위해서 지식과 결탁하여 사회적 가치나 체제 등과 같은 사회적 구성요소들을 생산해 낸다고 보고 있다. 따라서 인간은 권력에 의해 만들어진 사회 구성요소들과의 상호관계를 통해서 사고나 가치, 행동규범 등을 형성하고, 지배 권력에 의해 조작된 사회 속에서 허용된 사고나 행동을 하는 제한적 존재라는 것이다.

그는 권력에 따른 억압의 매커니즘을 개인·집단·계급적 차원에서 다양하게 분석하고 있다. 그리고 권력을 세력간의 갈등 관계로 보고, 이는 저항을 수반한다고 보았다. 쇼는 『성녀 조안』에서 권력의 희생양으로서 죽음을 선택한 주인공을 통해 권력이 남용되는 억압사회에서 고통을 겪으며 이에 저항하는 모습을 보여주고 있다. 그릇된 사회를 직시하고 냉혹하게 파헤쳐 이보다 더 진보된 이상세계를 모색하고 있다는 점을 상기해 볼 때 쇼와 푸코의 사회인식이 서로 연관성이 있음을 부인할 수 없다.

본 논문에서는 이런 점에 근거를 두고 『성녀 조안』에서 나타나는 그릇된 사회의 모습을 푸코의 권력개념과 연결시켜 보고, 사회가 개인을 어떻게 억압하는지, 그리고 주인공이 어떻게 이에 용기있게 저항하는지 살펴보고자 한다.

기존의 연구가 대부분 쇼의 서문에 언급된 내용을 단순히 극에 적용하고 있을 뿐 아니라 그가 주장했던 "생명력(Life Force)", "창조적 진화론(Creative Evolution)"이나 "초인(Superman)"과 같은 개념을 기계적으로 적용한 수준에 그치고 있었음을 감안해 볼 때, 필자는 푸코의 권력개념을 이용해 새로운 시각으로 극을 분석하는데 의의를 두고자 한다.

본론에서는 푸코의 권력개념 형성의 이론적인 배경을 먼저 살펴보고, 작품에서 나타나는 권력의 억압적 양상들을 정치·사회와 종교적인 차원에서 분리하여 살펴보도록 하겠다.

Ⅱ. 푸코의 권력개념

역사 철학자인 푸코는 역사, 철학, 언어학, 문학비평에 이르기까지 폭넓은 영향을 끼치며 그의 문제의식 자체가 지식 일반의 모든 가능성에 대한 새로운 의문과 도전으로 출발한다고 볼 수 있다. 그의 사상은 현상학과 실존주의의 대두와 몰락, 맑시즘의 융성, 구조주의의 발생과 후기 구조주의로의 변천과정 속에서 형성되었다.

푸코는 니체와 프랑크푸르트 학파의 영향을 많이 받았다. 전자는 권력이란 여러 형태로 외부로 발현하는 내적 의지의 힘으로 생명이 활동하는 도처에서 발견된다고 보았다. 권력에의 의지(will to power)는 다윈의 개념 중 도태와 생존경쟁에 있어 강한 자를 맹수, 금발의 야수로 규정하는 것과 같이, 인간의 본질 즉, 자기 생존의 유지 및 그것을 위한 투쟁으로 남보다 우수하고 남을 지배하려는 의지로 해석할 수 있다. 니체에게 있어 "모든 지식은 권력에의 의지의 표현"(Raman Selden 152)이었는데, 이는 절대적인 진리나 객관적인 지식을 부정하는 것을 의미한다. 왜냐하면 사람들은 당시의 지적·정치적 권력자들이나 지배계급의 이데올로기에 의해 틀 지워진 진실에 들어맞을 때에만 특정 학문의 이론을 인정하기 때문이다.

푸코는 이러한 니체의 사상의 영향을 받아 순수한 지식의 존재를 부인한다. 지식이 나타날 수 있는 실천적 계기는 지식의 내부로부터 주어지는 것이 아니라 외부 즉, 권력에 의해서라는 것이다. 따라서 권력이 달라지면 지식도 변한다.

후자인 프랑크푸르트 학파는 1923년 독일에서 설립된 사회연구소를 중심으로 당시 독일 사회가 공산주의나 파시즘의 형태로 권위주의화하는 시대상황에서 무엇이 인간의 자율성을 억압하고 예속시키느냐를 규명하는데 학문의 관심을 두었다. 이 학파는 우파 맑시스트로 산업 자본주의 체제에 숨겨진 전체주의적 요소를 고발하여 인간성과 이성의 회복을 기도한 사회철학으로 노예화시키는 사회적 제관계로부터 인간의 해방을 목표로 한다.

서양사회에서 이성은 인간의 중요한 본질이며 이성으로 말미암아 자율적 행동력, 상상력, 독립적 판단력 등과 같은 능력을 가진다고 생각되어, 인간의 정신이나 사회, 자연의 질서를 규율하는 객관적 힘의 활동이 곧 이성의 활동이라고 인식되어 왔다. 그런데 오늘날 이성은 대상을 분석, 분류, 계산, 추리, 연역, 체계화하는 도구적 이성만 강조되어

왔다고 이 학파는 말하고 있다. 즉, 이성의 자율적 사고 능력보다 도구적 가치만이 강조되어 이성은 자기 이해관계에만 이용됨으로써 쉽게 이데올로기적 조작이나 선전에 수단화 되어왔다는 것이다.

니체와 프랑크푸르트 학파의 영향을 받은 푸코는 서양철학이 권력의 개념이나 사상과 같은 추상적인 것에만 집착하고 있다고 비판하면서 권력의 실체를 파악하고 권력의 폭력성을 폭로하여 이에 대면하고자 하였다. 그는 이제까지 인문과학에서 인류의 역사를 이성에 의한 진보의 역사라는 것에 반기를 들고, 이성은 오히려 인간을 억압하는 도구로 사용되고 있으며 인류문명사는 곧 권력의 투쟁사라고 보았다. 다시 말해, 이성적이고 과학적인 진리나 지식의 기원이 사실은 지배, 종속, 여러 세력 사이의 관계 즉 권력에 뿌리를 두고 있다고 보고, 지배를 위해 지식, 진리의 체계를 생산하고 그 생산된 체제를 통해 권력을 강화하며 결국 다른 권력에 의해 무너지는 투쟁과정을 어디에서나 볼 수 있다는 것이다.

권력은 지식과 담합하여 담화(discourse)[2]를 만들고 이를 통해 정치적·경제적 힘과 이데올로기적·사회적 조종을 한다. 그러므로 푸코는 어떤 이론이 제도적 권력의 의견과 부합되지 않으면 당대에 인정을 받지 못한다고 했다. 다시 말해, 각 사회는 진리체계를 갖고 있지만 이는 그 사회의 지배계층의 권력과 불가분의 관계를 가지고 있다는 것이다.

푸코는 권력을 "제도도 구조도 어떤 특정한 사람에게 부여된 특정한 힘"(1991: 131)도 아니라고 정의하며, 이는 오히려 "사회 내에 어떤

---

2) 지식은 언어를 통해 체계화되므로 지식의 생산에 언어가 중요한 역할을 한다. 푸코의 담화는 실천으로서의 언어를 의미한다. 지식의 생산과정은 담화의 생산과정이며 담화의 생산에는 규칙이 있는데 이는 권력에 의해 조절된다는 것이다. 따라서 권력의 효과로 설정된 담화는 그 구체적 내용이 언어의 작용을 거쳐 체계적으로 나타난 것이며, 이것이 푸코가 말하는 지식이다.

복잡하고 전략적인 상황에 부여된 명칭"(1991: 131)이라고 정의내린다. 그의 권력은 지배되는 대상인 인간을 노예처럼 복종으로 몰아넣는 메카니즘이 아니라, 인간 상호간에 권력 관계를 형성시켜주는 힘으로써 정의된다. 그래서 언제나 모든 인간관계에 권력이 나타난다는 것이다.

또한 양운덕은 푸코가 주장하는 권력이란 "사회 속에서 유통되면서 하나의 사슬처럼 엮어져 있는 그물망으로, 권력은 그 속에 살아 있고 유기체처럼 섬세하게 퍼져있는 그물망을 통해 작용한다"(22)고 말하고 있다. 다시 말해, 권력은 이러한 그물망을 통해 영향력을 행사하며 자연과 본능을 억압하고 개인과 계급을 억압한다는 것이다. 여기서 권력을 행사하는 개인은 권력이 유통하는데 필요한 매개체이지 권력 현상의 주체가 아니라 오히려 권력이 겨냥하는 대상이 된다. 푸코는 권력자들이 각종 사회기제들을 권력 유지를 위한 수단으로 생각하여 사회 구성원들이 지배문화에 순응하도록 강요하는데 사용하며, 권력에 의해 개인이 여지없이 억압당해 왔다는 것이다. 따라서 푸코는 권력의 실체 분석을 통해 인간이 권력에 억압받아 자신의 주체성을 잃어왔음을 인식시키고, 잃어버린 인간의 주체 회복을 주장하고 있다.

그는 권력의 주체가 누구냐는 문제보다 권력의 행사자는 권력 순환의 복잡한 유통 구조에서 하나의 매개 고리를 할 뿐이라고 했다. 예를 들자면 의사는 환자에 대해, 교사는 학생에 대해, 신부는 신자에 대해 상대적으로 권력을 행사할 수 있다. 이때 특정한 의사, 교사, 신부가 권력의 주체라고 할 수는 없다. 왜냐하면 의사는 병원장에 대해, 교사는 교장에 대해, 신부는 교황에 대해 다시 권력 행사를 받는 대상이 되므로, 그리고 병원장, 교장, 교황도 각각 자기 권력을 가능케하는 지식의 유통선 즉, 지배구조를 떠나서는 행사할 수 없기 때문이다. 이런 점에서 푸코는 권력의 이론화를 꾀했다기 보다는 사회에서 권력 행사가 갖는 문제들에 대해 새로운 통찰력을 제시했다고 볼 수 있다.

Ⅲ. 『성녀 조안』에 나타난 권력의 억압적 양상들

앞장에서 제시한 푸코의 권력개념을 바탕으로 주인공 조안이 어떻게 권력의 억압을 받았는지 살펴보는 것은 흥미롭다. 대부분의 쇼의 사상극이 그러하듯이 『성녀 조안』에서도 그는 당시 왜곡된 사회의 지배문화가 내세우는 가치와 규범체계에 순응하지 못하고 저항하는 주인공을 통해 사회를 비판하고, 더 나아가 이상적인 세계를 위한 사회개혁을 말하고자 한다.

역사적 실존 인물인 잔다르크를 소재로 한 이 작품은 여섯 개의 장과 한 개의 에필로그(Epilogue)로 이루어진 역사극(Chronicle Play)이다. 앞 세 장은 영국군으로부터 프랑스군의 승리를 이끌기 위한 조안의 기적과 같은 일들이 이루어지는 과정을 담고 있고, 뒤 세 장은 조안이 붙잡혀 종교재판을 받고 화형에 처해지는 부분으로 이루어져 있다. 마지막 에필로그에는 조안의 사후인 1456년을 시작으로 그녀의 죽음에 직·간접으로 연루된 모든 인물들이 시공을 초월해―조안이 실제 성인이 된 1920년이 고려되면서―저마다의 입장을 밝히는 장면으로 이루어져 있다. 1923년에 뉴욕에서 처음으로 공연된 이 작품은 때마침 잔다르크의 재추앙이라는 역사적 사건과 맞물려 크게 인기를 얻고 마침내 1925년에는 쇼에게 노벨문학상을 안겨주었다.

맥카시(Desmond MacCarthy)는 "조안의 투쟁은 예수, 갈리레오 혹은 그보다 덜 중요한 후대의 사람들 중 한 개인의 투쟁과 같다."(Nightingale, 76)고 말하고 있다. 이는 권력세력에 항거하는 개인의 투쟁은 조안 혼자만의 투쟁이 아니라, 어느 시대에도 보편적으로 있을 수 있다는 것이다. 쇼 역시 이 작품에서 당시의 역사적인 사건을 그대로 보여주려고 한 것이 아니라 인간 사회에서 보편적으로 발생하는 문제인 횡포한 정치세력이나 종교세력과 같은 전제적인 힘이 어떻게 인간을 억압하는지를 무대를 통해 보여주려 했다. 다시 말해 조안을 화형으로 몰고 갔던 당시 사람들의 행동은 어느 시대라도 생길 수 있는 인간을 억압하는 힘의 상징으로 볼 수 있는 것이다. 이런 관점에서 『성녀 조안』은 역사적인 사건을 극화함으로써 보편적 의미를 찾는다는 견지에서 분석해야 할 것이다.

이데올로기가 어떤 집단 구성원들의 사고를 조종하고 행동을 유발시키는 믿음이나 가치체계라 할 때, 당시 15세기 사람들의 신앙과 일상생활의 규범원리였던 로마 카톨릭과 봉건주의는 당대 이데올로기라 볼 수 있다. 푸코는 권력의 작동에는 이데올로기 생산문제가 중요하다고 했는데, 예를 들어, 교육이나 군주의 권력 행사나 의회 민주주의가 실현되려면 그에 상응하는 이데올로기가 필요하다는 것이다(1991: 134). 권력은 스스로의 체제를 유지하고 강화하기 위해 지식과 결탁하고 이데올로기를 조작하여 사회구성원으로 하여금 지배 이데올로기에 순응하도록 섭외하고 순응하지 않을 때 억압한다.

쇼는 『성녀 조안』에서 기득권을 가지고 기존의 가치 체계를 유지하려는 정치·사회 세력과 종교세력3) 즉, 당시 이데올로기였던 카톨릭과

---

3) 벌스트(Charles A. Berst)는 "조안의 정신적인 힘에 맞서는 것은 그녀를 둘러싼 사회, 정치, 그리고 종교이다"라고 밝히고 있다."(269)

봉건주의를 고집하는 세력이 조안이라는 한 개인에게 어떻게 그들이 가진 권력으로 억압하는지 보여주고 있다. 즉, 이 극은 인간의 한계를 초월하여 인류를 개선하려는 의지로 노력과 희생을 아끼지 않는 한 개인과 현 체제에서 기득권을 유지하려는 세력간의 갈등과 대립을 그리고 있다. 다음 장에서는 먼저 봉건제도하의 정치·사회권력을, 그리고 중세 말기의 로마 카톨릭으로 대표되는 종교권력이 개인을 어떻게 억압하는지 살펴보도록 하겠다.

1. 정치·사회 권력의 억압적 양상

당시 여성에 대해 보수적이었던 중세사회에서는 여성이 남성처럼 행동하는 것이 매우 불경스러운(blasphemy) 행위였다. 그러나 조안은 여성다운 여성(womanly woman)으로서의 면모보다는 남성적인 복장을 함으로써 당시의 인습에 대항하며 조국을 위해 자신을 바치는 군인으로서의 신념을 고수한다.

> 나는 결코 결혼하지 않을 거예요.… 나는 군인이라 여자로 생각되기를 원하지 않습니다. 여자 옷은 입지 않겠어요. 나는 여자들이 좋아하는 것은 좋아하지 않아요. 그들은 연인과 돈을 꿈꾸지만 나는 돌격대 선봉이 되거나 대포를 설치하는 꿈을 꿉니다.[4]

결혼을 거부하고 군복을 입고 군대를 이끄는 지도자가 되겠다는 생각은 당시의 여성으로서는 감히 상상하지도 못하는 것이었다. 줄리안 코울리(Julian Cowley)는 그녀를 "정형화된 성(gender stereotype)을 거부하

---

4) George Bernard Shaw, *St. Joan* (London: Penguin Books, 2001), p.92. 이후 이 논문에서 극의 본문을 인용하는 경우에는 쪽수만 기입한다.

고 인습적인 기대를 무시하는 반항자"(74)로 묘사한다. 평범한 시골처녀였던 조안은 극의 1, 2, 3장에서 보이듯이 전쟁을 승리로 이끌기 위해 군인의 복장을 입고 남자로 변장한 후, 왕의 도움을 받아 뒤누아(Dunois)로부터 군대의 지휘권을 이양받는다. 그리하여 도핀(Dauphin)을 정식으로 프랑스의 국왕인 찰스 7세(Charles Ⅶ)로 등극시킨다. 조안이 국가에 충성을 다하기 위해 남장을 한 것은 전쟁을 이끌기 위한 단순한 수단에 불과했다. 하지만 그녀의 불경스러운 외모와 신념은 화형에 처해지는 첫 번째 이유가 된다.

또한 당시 봉건제도하의 정치·사회제도는 국가 차원의 결속이나 공공의 이익을 도모하지 못하고 봉건 영주 개인의 이익이나 목적을 위해 체제 속의 모든 것을 지나치게 희생시키고 착취했다. 특히 영국의 통치 하에 있었던 프랑스 서북 지방은 사회 전반에 걸쳐 혼란에 빠져 있었다. 더욱이 프랑스의 친영국적인 봉건 영주들은 자신의 이익을 위해 독립에 대한 의지를 전혀 보이지 않았다. 봉건귀족제를 고수하여 자신의 이익을 지키고자 하는 정치집단의 대표적 인물이 워윅(Warwick)이다. 그는 프랑스 주둔영국군 사령관으로 있으면서도 전쟁의 승패보다는 자신의 정치 상황의 변동과 부, 그리고 사회적 지위에만 관심을 보이는 인물이다. 그는 조안이 주장하는 대로 왕권이 회복되어 왕이 국가를 통치하게되면 기존의 봉건체제가 무너져 귀족들의 권력이 약화될 것을 두려워한다.

절대 그렇지 않습니다. 귀족을 무너뜨리고 왕을 절대군주로 만들려는 교활한 계략입니다. 왕이 봉건 영주들 가운데 단순한 일인자가 아니라 그들의 주인이 되는 것입니다. 저희들은 받아들일 수 없습니다. 어느 누구를 주인이라 부를 수 없습니다. 명목상으로 저희들은 왕으로부터 봉토와 작위를 받아 보유하고 있습니다. 그

것은 인간사회를 받치는 종석이 있어야 하기 때문입니다. 그러나
저희들은 우리의 봉토를 우리 손에 보유하고 있으며 우리 자신과
우리 소작인들의 칼로 지켜냅니다. 그런데 이제 그 처녀의 주장대
로 하면 왕이 우리 땅을 빼앗을 겁니다. 우리 땅을 말입니다! 그
리고는 그것을 하나님께 선물로 바친다는 겁니다. 그러면 하나님
은 그 땅의 권리를 모두 국왕에게 부여한다는 것이구요.(106)

그래서 워윅은 영국 귀족임에도 불구하고 영국군의 패배에 분노하
는 신부의 입장에 동조하기보다는 조안에 의해 이루어질지도 모르는
봉건귀족제의 붕괴에만 관심이 있다. 그가 조안을 종교재판에 회부하
여 처형시키려는 것도 군사적 목적에서나 개인적 원한 때문이 아니라
왕권을 강화하려는 조안의 정치적 신념이 자신과 같은 봉건 영주에게
큰 위협이 된다고 판단했기 때문이다. 자기의 이익과 직결되는 정치적
인 상황에만 관심이 있는 속물적인 인간인 것이다.

코촌(Cauchon) 또한 조안이 주장하는 가치체계를 국가주의(Nationalism)
라 규정하고, 그녀의 애국심과 충성심에 의해 표방되는 국가주의가 봉
건제도를 악화시킬 것이라고 주장한다. 이들 각자는 서로의 이익을 달
리하는 적이지만 조안을 공동의 적으로 여긴다. 자신들의 이익을 고수
하기 위해 서로 단결하여 조안을 제거하는데 앞장선 것이다.

각자는 자신의 이익을 위해, 그리고 자신의 영향력을 행사하기 위해
그녀를 마녀, 이단자, 이교도, 마법사 등으로 취급하며 집단적인 광기
(madness)를 드러낸다. 사회에 만연된 집단적 공포는 사람들의 이성을
마비시키고 개인의 양심을 박탈하기까지 이른다. 그리하여 자신의 이
기적인 목적을 위해 상대방을 비정상적인 인간으로 취급하여 매도한다.
이는 이익집단의 매카시즘(McCarthyism)적 행위와 같은 것으로 볼 수 있
다. 그녀는 왜곡된 사회 구조를 바꾸어 보려 하지만 소수의 기득권 층

이 갖고 있는 권력에 의해 실패로 끝나고 마는 것이다.

2. 종교 권력의 억압적 양상

조안을 억압하는 또 하나의 세력은 종교 권력인데, 이는 극의 전체적인 비중을 차지하며 정치·사회 권력과 맞물려 나타난다. 당시 지배 이데올로기였던 중세 로마 카톨릭 교회는 하나님과 직접적인 소통을 하는 자는 마녀로 간주하고 마녀재판은 사회구성원들이 따라야만 하는 진리로 보았다.

조안은 그러나 "나는 내게 할 일을 말해주는 목소리를 들어요. 이것은 신으로부터 오는 거예요"(68)라고 말하며 자신이 전쟁에 참여하게 된 것이 신의 소리에 의한 것이라고 주장한다. 한 개인이 신의 소리를 들었다는 사실 하나만으로도 교회에 대한 일종의 도전으로 간주되는데, 이에 대해 대주교(Archbishop)는 "지상의 신의 목소리는 투쟁적인 교회의 목소리다. 당신에게 오는 모든 목소리들은 당신 자신의 외고집에서 울려나오는 것이다"(118)라며 조안의 주장을 부정한다.

또한 그녀는 교회의 특권인 왕의 대관식을 직접 행하고, 신의 이름으로 각 국의 왕에게 서한을 보내기도 한다. 이런 행동들은 카톨릭 교회의 입장에서 볼 때 이단적인 것이다. 이에 카톨릭 교회를 대표하는 코촌은 조안에 대한 다음과 같이 교회의 입장을 밝힌다.

그녀는 마치 자신이 교회나 되는 것처럼 행동해요. 그 여자가 신의 전갈을 찰즈에게 가져오면 교회는 옆에 비켜서 있어야 되지요. 그 여자는 라임 성당에서 그에게 왕관을 씌워줄 겁니다! 교회가 아니라 그 여자가 말입니다! 그녀는 영국 왕에게 편지를 보내

는데 그녀를 통한 신의 명령인 거지요.(103)

이렇듯 대주교를 비롯한 성직자들은 교회의 절대적 권위를 주장함으로써 조안의 개인적 신탁수수를 인정하지 않는다. 왜냐면 개인의 신탁수수를 인정하는 것은 곧 신의 대리권자인 교황 뿐 아니라 카톨릭 교회 전체를 뒤흔드는 중대한 문제이기 때문이다.

또 국가재정의 궁핍함을 호소하는 왕에게 조안이 "교회는 폐하보다 부유하고 나는 교회를 믿어요."(117)라고 말하자 대주교는 "사람들이 당신을 거리로 끌어내어 마녀처럼 불사를 거요."(117)라며 격노하기에 이른다. 이런 모습에서 교회의 성직자들이 지키고자 하는 교회의 권위란 결국 개인의 이익을 고수하려는 욕심이며 종교의 형식적이고 위선적인 가면에 지나지 않음을 알 수 있다. 여기서 쇼는 성직자들의 권위자체를 비난하려는 것이 아니라 그들이 지위를 이용해 욕심과 명예를 내세우려는 태도를 비판하고 있는 것이다.

푸코가 제시하는 문제의식은 권력이 무엇인가가 아니라, 권력이 어떻게 움직이고 개인에게 어떤 영향력을 미치는가 또 권력행사의 진행과정에서 권력이 정도를 넘어서는가 등이다. 이런 점에서 볼 때 사람의 영혼을 구원해야하는 대주교나 코촌과 같은 성직자들이 자신의 본래 직분에 개의치 않고 직권을 남용하여 자신의 이득만을 취하려 한다고 볼 수 있다.

마침내 6장에서 종교재판과 화형식이 이루어지는데, 에릭 벤틀리(Eric Bentley)는 이 장면을 "쇼 극작품 중 가장 위대한 장면"(149)이라고 평하고 있다. 재판이 시작되기 전, 워윅은 코촌을 만난 자리에서 조안의 재판이 지연되는 것에 대해 불평하며, 그녀의 죽음은 정치적 필요성에 의한 것이라고 말한다. 이에 코촌은 분노하며 카톨릭 교회는 정치에 예속될 수 없다고 반박한다. 그들의 이런 태도는 서로 우위에 서고자 하는 정치와 종교의 투쟁을 나타낸다.

종교재판을 이끄는 재판관(Inquisitor)과 성직자들은 조안이 신의 중재 없이 직접적인 교류를 하는 것과 신을 모독하는 것을 이유로 화형에 처하자고 주장한다. 이성적으로 재판을 중재해야 하는 이들이 자신들의 권위적 태도에 빠져 비이성적으로 불의를 자행하는 것이다. 법정은 진실을 판가름해야 하는 곳인데도 불구하고 카톨릭 이데올로기가 정한 척도에 따라 자신들의 이익을 위해 법적 수단을 이용하여 개인을 억압하고 있는 것이다.

이는 푸코가 여러 영역에서 권력이 이성을 도구화하고 당대의 이데올로기와 결탁하여 만든 사회기제들을 통해 개인을 억압해왔다는 주장과 일치한다. 그는 『광기의 역사』에서 이성이 인류발전에 이바지한 것이 아니라, 권력의 다른 모습으로 인간이 인간을 지배할 수 있도록 해준 합법적인 수단이었고 광인을 감금하는데 사용된 수용소나 병원이 억압적인 권력이 이성의 이름으로 인간을 지배했던 제도에 불과했음을 밝히고 있다. 다시 말해, 국가장치들이 권력과 이데올로기의 보조수단에 불과하다는 것인데, 이 작품에서는 죄를 판단하여 처벌하는 사법기구가 인간을 억압하는 수단으로 전락한 것이다.

종교재판관은 조안을 죽음으로 이끈 결정적인 힘이 무엇인지 다음과 같이 밝히고 있다.

> 누구나 그것에 익숙해지지. 모든 건 습관이야. 나는 불에 익숙해졌어. 그것은 곧 지나가 버리지. 그러나 젊고 순진한 사람이 이 두 거센 힘인 교회와 법 사이에 치인 것을 보기란 참 끔찍하군.(145)

　여기에서 보듯이 교회로 대변되는 인물들은 조안의 무고함을 인정하면서도 그녀를 화형에 처한다. 쇼는 이에 대해 서문에서 "이런 살인의 비극은 그 살인이 살인자들에 의해 자행되지 않는다는 점이다. 그것은 재판을 통한 살인이며, 종교를 빙자한 살인이다."(51)라고 말하고 있다. 결국 조안은 강력한 두 권력 세력에 의해 화형에 처해지는 것이다.

　그러나 조안의 화형을 주장했던 스토검버(Stogumber)는 그녀의 실제 화형장면을 목격한 후 크게 변한다. "제가 무슨 짓을 하는 지 몰랐습니다.… 모르면서 말만하기란 쉬운 일이지요."(147)라고 털어놓는 그는 자신이 조급한 바보임을 깨달으며 조안이 신의 품에 안길 사람이라고 인정한다. 조안의 사형집행인 또한 "그녀의 심장이 타지 않았다."(148)고 증언하며 그녀에게 있어 죽음은 끝이 아닌 또 다른 시작으로 간주된다. 이는 육신이 파괴되었음에도 불구하고 그녀가 정신적으로 살아남았다는 것을 나타낸다.

　그녀의 정신적인 승리는 에필로그에서 그녀가 죽은 지 25년 후에 그녀의 처형에 직·간접으로 연루된 인물들이 등장하여 그들의 잘못을 인정하는 대사에서 다시 확인된다. 찰스 국왕은 종교재판을 재심한 결과 무효화되었음을 알려주고, 재판관은 법조문에만 얽매여 진실을 보지 못했음을 인정한다. 사형집행인은 사람의 육체가 죽은 후에도 그 영혼은 살 수 있다는 사실을 알았다고 고백한다. 코촌은 개인과 천당 사이에 다른 매개체가 존재하지 않음을 깨달았다고 하고, 워윅 또한 화형은 개인적인 감정이 없는 정치적인 실책이었음을 말한다. 이와 더불어 20세기의 옷을 입은 한 신사가 나타나 조안이 성인으로 추대되었다고 공식발표를 한다. 이런 예를 통해 한 사회에서 통용되는 진리는 시대와 장소에 따라, 그리고 그 지배 이데올로기에 따라 달라질 수 있다는 푸코의 목소리를 들을 수 있다.

그러나 극의 종결부에 가서 자신들의 잘못을 인정하고 조안을 찬양했던 인물들이 그녀가 다시 살아 돌아오면 어떻게 하겠느냐는 질문에 한결같이 거부의 의사를 나타낸다. 그리하여 조안은 "오. 이 아름다운 땅을 만드신 신이시여, 언제 이 땅은 그대의 성인들을 받아들일 준비가 되는 것인가요? 얼마나, 오, 얼마나 기다려야 하나요?"(164)라며 절규하게 되는 것이다.

쇼가 에필로그에서 보여주려고 했던 것은 현 시대에도 성인들에게 박해를 가하고 있으며 우리 또한 조안 시대의 사람들보다 진보하지 못했음을 나타내려 했다는 것이다. 즉 조안을 화형시킨 15세기 사회의 어리석음이 현대에도 계속되리라는 가능성을 암시하고 있는 것이다. 쇼는 이 극에서 인류의 진보를 위해 헌신하는 개인의지를 높이 평가하면서 그 의지를 좌절시키는 사회에 각성을 요한다고 볼 수 있다.

Ⅳ. 결론

지금까지『성녀 조안』에서 정치·사회와 종교권력이 개인을 억압하는 것을 푸코의 권력개념에 비추어 살펴보았다. 권력을 가진 자들이 만들어낸 거대한 메커니즘의 횡포와 거기서 희생되어지는 개인의 문제를 다룬 이 작품에서 쇼는 이런 억압의 힘에 의해 파괴되는 개인을 푸코의 권력개념으로 설명한다. 권력은 지식과 결탁하여 이데올로기를 조작하고 이데올로기는 제도, 관습, 종교 등에 존재하여 우리의 일상생활과 밀접하게 연관되어 있다. 개인은 그 속에서 자신의 주체성을 형성하기 때문에 자신은 자유롭다고 믿는다. 그러나 사실은 사회적 맥락 속에서 사회가 규정한 범주 안에 있기 때문에 진정한 자유나 주체성은 없다. 따라서 만일 개인은 사회가 규정한 개념에서 벗어난 말과 행동을 할 때 여지없이 제외되고 배제되고 억압당한다는 것이다.

극작품을 통해서 사회에 만연된 부조리와 타락을 개선하고 인류의 보다 나은 삶을 제시하고자 했던 쇼는 조안을 통해서 기존의 인습적인 사회에 순응하지 않고 자신의 신념을 관철시키기 위해 권력 세력에 맞서는 모습을 보여준다. 그녀는 군인으로서의 삶을 고집하고 조국이 전쟁에서 승리하기 위해 자신을 희생시키는 강인한 성격의 소유자로서 나타난다. 또한 그녀는 개인의 행복을 추구하는 이기심에서 벗어나 개인의 의지를 발전시켜 인류를 구원하기 위해 노력하는 여성이기도 하다.

역사적 실제 인물인 조안을 극화한 이 작품은 15세기 당시 사건을 통해 현 인간 사회가 가질 수 있는 부조리를 재현하며 자신의 신념을 고수하기 위해 죽음을 선택한 조안을 그리고 있다. 쇼는 조안이 정치적 이익을 위해 국가주의에 반대하고 봉건주의를 고수하려는 정치집단과 종교적 이익을 위해 카톨릭을 고수하려는 종교집단 사이에서 어떻게 억압을 당해 화형에 처해지는가를 보여주었다. 그는 푸코가 말하는 권력이 어떻게 움직이며 진행되는지 코촌과 같은 성직자들의 모습을 통해서 드러내고, 자신들의 이익을 위해 그들이 가진 직권을 남용하여 한 개인인 조안을 억압하는 과정을 보여주었다. 다시말해 당대 사회의 이데올로기가 만들어 낸 사회기제들 즉, 법이나 사회제도가 개인을 억압하여 죽음으로 이끌어 가는 모습을 통하여 언제 어디서나 편재해 있는 권력을 보여준것이다. 하지만 조안은 비록 화형으로 육신이 죽었으나 마침내 성인의 반열에 오름으로써 억압세력에 대항하는 인간의지의 위대한 승리를 보여준다.

그녀는 이데올로기적 왜곡에 의해 진실이 가려진 사회인 역사적 사건 당시뿐만 아니라 에필로그에서 보여지는 극작 시기인 1920년, 그리고 우리가 살고 있는 현 시대에서도 있을 수 있는 인물이다. 하지만 그녀는 권력의 힘에 의해 좌절당하는 패배자가 아니라 사회의 부조리와 투쟁하여 승리를 이끈 영웅인 것이다.

푸코나 쇼가 비난하는 세계는 지배권력과 결탁한 각종 사회기제들이 개인에게 순응을 요구하는 억압의 세계이다. 그들은 사회의 기제들이 권력유지의 수단으로 인간의 사고와 행동을 어떻게 억압했나를 보여줌으로써 사람들에게 경종을 울리고 사회체계를 개선함으로써 개인을 억압하는 그런 사회의 도래를 막아야겠다는 생각을 하게 해 준다는 점에서 중요한 의의를 갖는다.

참고문헌

양운덕, 『미셸 푸코』, 살림출판사, 2004.

이행수, 『조지 버나드 쇼오의 희곡 연구: 역설과 아이러니의 이상세계』, 도
　　서출판 동인, 1999.

Barnet, Sylvan. Ed. *Types of Drama Plays and Contexts*. New York: Longman, 1997.

Bently, Eric. *Bernard Shaw*. New York: Applause Theatre & Cinema Books, 2002.

____________. *The Playwright as Thinker*. New York: Harcourt Brace Jovanovich,
　　1987.

Berst, Charles A. *Bernard Shaw and the Art of Drama*. Urbana: University of Illinois
　　Press, 1973.

____________. Ed. *Shaw and Religion*. University Park, Penn. and London:
　　Pennsylvania State University Press, 1981.

Brown, G. E. *George Bernard Shaw*. London: Evans Brothers, 1970.

Cowley, Julian. *Saint Joan*. London: York Press, 2000.

Dinaghy, Henry J. "George Bernard Shaw." *Critical Survey of Drama Authors
　　Shaw-z 5*. Ed. Magill, Frank N. Englewood Cliffs, N. J.: Salem Press,
　　1985.

Foucault, Michel. *Surveiller et punir*, 오생근 옮김, 『감시와 처벌』, 나남출판,
　　2003.

____________. *Histoire de la folie a l'gae Classique*, 김부용 옮김, 『광기의 역
　　사』, 인간사랑, 1991.

Gordon, Colin. *Power/Knowledge: Selected interviews and other writings 1972-1977*, 홍성민 옮김, 『권력과 지식: 미셸 푸코와의 대담』, 나남, 1991.

Jackson, Stevi. and Jones Jackie. Ed. *Contemporary Feminist Theories*. New York: New York University Press, 1998.

Nethercot, Athur H. *Men and Superman: The Shavian Portrait Gallery*. New York: Benjamin Bloom, 1966.

Nightingale, Benedict. *An Introduction to Fifty Modern British Plays*. London: Heinemann Educational Books, 1982.

Peters, Sally. "Shaw's life: a feminist in spite of himself." In *The Cambridge Companion to George Bernard Shaw*. Ed. Christopher Innes. Cambridge: Cambridge University Press, 1998. Pp.3-24.

Poster, Mark. *Foucault, Marxism and History: mode of production versus mode of information*. 조광제 옮김, 『푸코와 마르크스주의』, 민맥, 1989.

Rockman, Robert. *The Plays of G. B. Shaw*. New York: Monarch Press, 1964.

Rosenblood, Norman. Ed. *Shaw: Seven Critical Essays*. Toronto: University of Toronto Press, 1971.

Selden, Raman. *A Reader's Guide to Comtemporary Literary Theory*, 현대문학연구회 역, 『현대 문학이론』, 문학과지성사, 1987.

Shaw, Bernard. *Saint Joan*. London: Penguin Books, 2001.

__________. *The Quintessence of Ibsenism*. New York: Dover Publications, 1994.

Shindu, C. D. *The Pattern of Tragicomedy in Bernard Shaw*. Atlantic Highlands, N. J.: Humanities Press, 1978.

Silver, Arnold. *Saint Joan: Playing with Fire*. New York: Twayne Publishers, 1993.

Whitman, R. F. *Shaw and the Play of Ideas*. Ithaca: Cornell University Press, 1977.

Wilson, Colin. *Bernard Shaw: A Reassessment*. London: Hutchinson & Co, 1969.

Abstract

A Study on G. B. Shaw's *Saint Joan*
— An Analysis Based on Michel Foucault's "Power" Concept —

Chang Eun-young

George Bernard Shaw, one of the greatest figures in the history of modern literature, raised and attempted to resolve the conflicts between the individual and society in Comedy of Ideas. He was concerned about the established social institutions and authorities, which struggled to retain control over the individual.

Shaw shares Michel Foucault's view, in that individuals are facing the loss of their subjectivity under severe pressure from social forces. Foucault observes that all the aspects of this phenomenon are associated with the power of authority.

The purpose of this thesis is to trace such established authority, as expressed in *Saint Joan*, a play by Shaw. He demonstrates how such authority, particularly that of politics, society, and religion, suppresses the individual. Joan, the protagonist in the play, is portrayed as a rebel who defies authoritarian rule by choosing death. In *Saint Joan*, Shaw demonstrates what individual ought to do when they find themselves under heavy repression and authoritarian control.

주제어 : 성녀 조안, 미셸 푸코, 권력, 국가주의
Key Words : Saint Joan, Michel Foucault, Power, Nationalism

2부   공연학 분야

현대 공연예술의 연출방법, 연기양식,
무대미술의 시각적 분석

권 용*

I

20세기 초반까지만 해도 연극은 아리스토텔레스 이후 별다른 진전을 보이지 못했다. 지금도 그렇지만 당시 희곡은 문학 비평가[1]들의 소유물이었던 반면 무대 공연은 체계적인 연구를 적용하기에는 너무나 일회적인 현상이라는 보편적 인식 때문에 연극 평론가들과 과거 회상적인 노배우들, 역사학자들 그리고 제작 비평가들의 고유 영역으로 인정되었다. 그러나 현대에 들어오면서 여러 혁신가들에 의해 공연예술이 가지고 있던 제의식과 축제라는 원초적인 의미와 정신적인 의미를 되살려가고 있다. 특히 공연예술이 영화와 텔레비전이라는 대중매체와 경쟁을 하게 되면서 사실의 재현이라는 의미에 한계에 다다르고 본래 가지고 있던 상징과 은유, 그리고 아이콘을 적극 활용하면서 그 영역을

---

*호남대학교 예능대학 다매체영상학과

1) 극작가란 서양 연극의 시각에서 바라본 공연 예술의 시각으로 언어와 이를 기본으로 한 텍스트를 중심으로 공연예술을 이해하려한 입장

더욱 넓혀가고 있다.

이러한 현대의 공연 예술의 한 특징으로는 예술의 탈 장르화라는 것을 꼽을 수 있겠다. 미술과 연극, 무용의 구분이 사라지고 통합되어가고 있으며 시각, 청각을 이용하여 각각의 특징을 서로에 도입하고 서로에게 영향을 미친다는 것이다.

미술에서는 공간을 이용한 설치미술과 해프닝(happening)이 등장하여 평면적인 캔버스의 제한성을 탈피하여 벽에 걸린 고정된 이미지가 아닌 공간과 인간의 상호관계 혹은 움직이는 인물을 통한 인간 내면의 미에 대한 갈망을 표현하고 화가의 환경의 일부인 물감 이외의 재료로써 찾을 수 있는 다차원적인 경험을 추구하기에 이르렀다. 관객이 곧 참여자일 수 있는 상황이면 어떠한 환경에서도 공연 될 수 있었다. 해프닝의 연기자들은 전통적인 의미에서의 배우들이 아니었으며 자신들의 있는 그대로를 동작으로 만들어 내었음으로 인물을 창조하려고 시도하지도 않았고 배역에 맞추기 위해 내적 삶을 구축하려고 애쓰지도 않았다. 이러한 해프닝의 특징을 열거해 보면 첫째, 독립된 이벤트와 이미지가 서도 단절된 채 연속적으로 혹은 동시적으로 제시되는 비논리적인 구조를 지니고 있다. 둘째, 비규정적인 장소를 의미하는 '환경' 개념으로 인해 공간이 자유로이 확장된다. 셋째, 작가가 의도하는 스토리 라인을 따라가는 수동적인 관객을 요구하는 것이 아니라 관객이 공연에 참여함으로써 공연환경의 일부로 인식시킨다. 넷째, 참여자들은 단순한 시나리오에 의거하여 자신들의 생각으로 공연에 임하여 즉흥적인 행위를 하는 '행위자'로서 자신의 있는 그대로를 동작으로 만든다.

무용에서는 빛과 무대를 이용하여 그 안에 존재하는 무용수의 아름다운 선과 무용수를 둘러싸고 있는 환경과의 아름다운 구도를 창조해 내는 일이 중요하게 인식되어졌다. 현대무용은 발레를 출발점으로 20

세기에 개발된 창조성과 현대성을 명제로 하는 새로운 무대무용이었으며 선구세대가 이룬 현대무용의 관습에서 벗어나 종래와는 다른 새로운 접근 방식을 취하였다. 즉 줄거리나 성격, 극적 분위기 등의 낡은 주제를 버리고 움직임에 내재된 가능성에 흥미를 갖게 되어 우연성이나 즉흥성, 동시진행, 일상적 동작 등을 임의로 사용하는 극도로 신체적인 무용을 만들어냈다. 조명과 장치의 개척자 A. 니콜라이는 인간을 곧잘 동요시키는 감정적인 움직임뿐 아니라 모든 움직임의 세계를 자신의 움직임의 선택대상으로 하였다. 그는 무용수조차 조명디자인과 상상적인 무대장치의 일부로 계획하여, 인간을 뛰어넘는 더 넓은 공간과 우주를 볼 수 있도록 관객의 시야를 넓혀주고자 하였다. 이렇게 현대무용에서는 의상이나 장치도 장식적인 것에서 기능적인 것으로, 회화적인 것에서 조각적인 것으로 발전하였다.

연극은 프랑스의 연출가 안토닌 아르토(Antonin Artau) 이후 가능한 모든 매체를 사용하여 그 의미를 대사로 전달하는 것이 아닌 소리와 형태를 위주로 한 분위기를 전달하려는 데에 주력을 기울이고 있다. 아르또는 관객에게 연극의 꿈을 현실의 복사가 아닌 꿈 그 자체로서 믿게끔 하는 조건일 때 관객은 비로소 연극의 꿈을 믿을 것이라고 주장하였다. 어차피 연극에서 사용하는 모든 것이 약속에 의한 상징과 은유로 꾸며진 것이므로 더 과장하고 뒤틀려진 모습을 보여 줌으로써 모방이 아닌 창조를 하고자 하려는 의도였다. 이를 뒷받침 하여주기 위해 사실의 장소를 재현하기에만 급급하던 무대도 직선과 곡선 그리고 다양한 종류의 색과 빛을 사용하여 단순히 장소의 재현을 넘어 무대 그 자체로 시각적인 의미와 대사를 전달하려는 시도가 리차드 바그너(Richard Wagner)로부터 시작하여 아돌프 아피아(Adolph Appia)와 고든 크래이그(Gordon Craig)에 의해 이루어졌고 무대의 기능을 최대한으로 살린 장소를 배우에게 제공하게 되었다. 이들은 전통적인 상자형 무대 (box set)에서 탈피하여 다차원적인 공간으로 무대를 대치 시켜 수직선 과 사선의 다차원적인 요소를 전달하기에 주력하였고 이것은 공간 속 에서의 입체적이고 동적인 요소를 공간으로 확대시킴으로써 움직이는 입체적 빛이 요소가 된 동적이고 다차원적인 건축물이 연극공간의 중 심을 형성하게 하였다.

(그림 1)

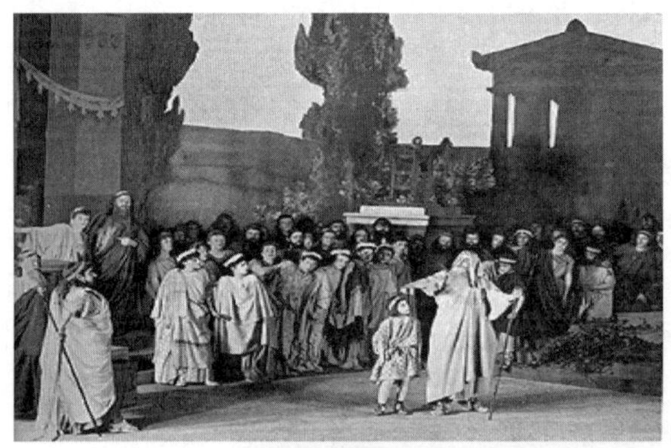

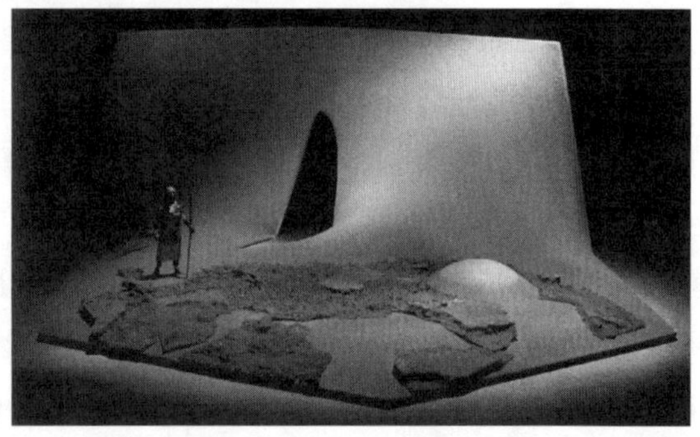

(그림 1)은 오이디푸스 공연으로 위 사진은 현실의 장소를 재현하고

있으며 무대는 단순히 장소를 나타내는 기능을 하고 있으나 아래 사진은 장소뿐만 아니라 작품 전체의 주제와 분위기를 단순하나 계산 되어진 선과 빛으로 표현하고 있다. 여기서 무대는 현대 연극의 배우가 사용하는 언어와 마찬가지로 지극히 절제되어 있으나 많은 의미를 내포하여 관객에게 강요하기보다는 자유로운 상상을 할 수 있도록 도와주는 역할을 하고 있다. 이렇듯 우리가 무대에서 느낄 수 있는 감각에는 수평의 지상에 서 있는 수직의 탑과 같이 수직과 수평이 결합되어 형성되는 안정감을 들 수 있는데 수직선은 중력을 시사하며 수평선은 지지를 나타낸다. 이렇게 무대에서 사용하는 선은 입체를 표현하며 길이, 속도, 굵기, 색깔에 따라 느낌을 자유롭게 표현할 수 있다. 하나의 선을 생각해 보면 선에는 가는 것과 굵은 것, 긴 것과 짧은 것 등이 있고 그 주위 공간의 넓기에 따라 선으로서의 효과가 다르게 된다. 또 선으로 여러 형을 둘러싸게 되면 면을 느끼게 된다. 이러한 선의 배치 및 모양에 따른 느낌을 본다면 수평선은 넓음, 안정, 휴식 등의 정적이고 소극적인 느낌을 느끼게 하며 수직선은 성장, 엄격, 단정, 그리고 낙하, 상승의 순간성이 강한 운동력이 가해져 직접적이고 긴박한 긴장감을 표출한다. 사선은 운동감, 불안정, 방향감, 속력, 방사선은 집중 혹은 확대, 등 운동감에서 공간을 가르는듯한 약동을 느끼게 하고 수평 수직선의 기본적이고 딱딱한 인상과는 달리 불안정한 속에서도 활동력이 있는 현대적이고 젊음이 넘치는 에너지를 표현한다. 자유 곡선은 부드러움이나 무질서, 기타 곡선은 단조로움 및 질서를 느끼게 한다. 또한 일반적으로 곡선에서 받는 심리적인 인상은 유연, 풍요, 우아, 간접적, 경쾌, 약동, 리드미컬, 온화 등의 감정이다. 또 곡선은 생리적 심리적 각도에서 보아 여성적 요소가 강하다.

(그림 2)는 수직선과 수평선 그리고 사선을 사용하여 각기 다른 느

낌을 주는 간단한 예로써 (1)은 차가 정지되어 있고 안정적인 느낌을 주며 (2)는 (1)의 그림에 있는 수평선을 사선으로 대체하여 차에 역동성을 부여한 그림으로 사선과 곡선이 주는 시각적 느낌과 의미를 적극적으로 활용한 예이다. 즉 사선의 특성은 그 선 옆에 수평선이나 수직선이 있을 때 더욱 강조된다.[2]

(그림 2)[3]

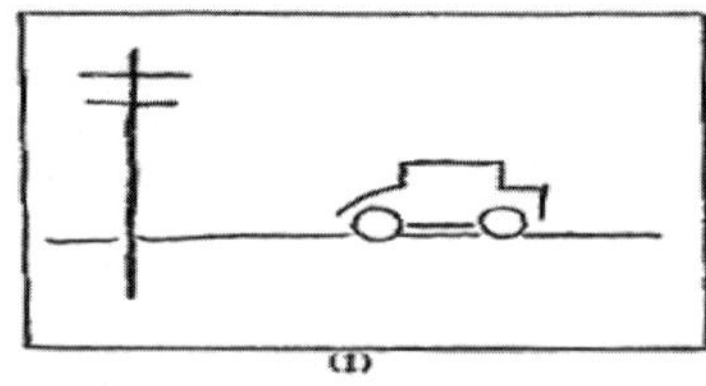
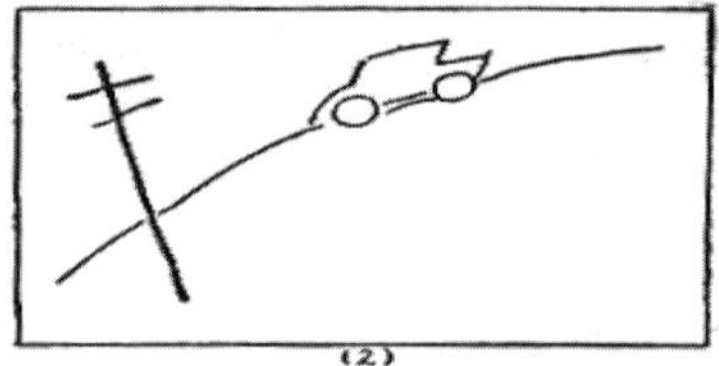

　　사실주의 이후 작품의 장르와 다루는 주제도 더욱 다양해지고 과거의 발단-전개-위기-절정-결말이라는 직선적인 구조를 탈피하여 인간의 삶은 복잡하고 부조리함으로 결과를 지어주지 않고 관객 스스로가 생각하게 하여 극이 끝날 때 다시 처음으로 돌아와 있는 순환적인 구조를 가지고 있는 작품이 등장하게 되었으며[4] 더 나아가 현실의 모방에 안주하는 연극은 존재하지 않으며 무대에서 일어나는 모든 것은 실재라는 개념이 더욱 강화되었다. 이러한 작품에서 사용하는 언어는 가끔 절박한 행위와 모순되며 간결하고 풍자적인 언어를 사용하였다. 즉 언어를 통해 의미를 전달하기보다는 언어를 사용하여 분위기를 전달하는 것을 목적으로 하였다. 의사 전달의 소용없음을 나타내기 위해

---

2) 일반적으로 직선은 강함과 웅장함 등의 분위기를 창출하며 곡선이나 원 등은 우아함 여성적인 부드러움을 표현하는데 주로 사용한다.
3) 새뮤엘 셀던 지음, 김진식 옮김, 『무대예술론』, 현대미학사, 1993, pp166.
4) 이오네스꼬의 "대머리 여가수" 베케트의 "고도를 기다리며" 등

의미 없이 빠르게 지껄이는 말이나 불분명한 소리의 반복들을 사용하여 언어 속에 내재하고 있는 내용보다는 다른 차원의 의미, 즉 리듬감을 가지게 된다. 이리하여 연극에서 언어는 비교적 작은 기능으로 하락하며 이러한 현대 연극에 적응하기 위해 배우의 연기 방식에도 큰 변화가 일어나게 된다.

연출가들은 배우의 몸으로써 혹은 무대에서의 배우의 위치를 통한 구도로써 언어 이외의 암시적인 의미를 전달하고자 하였고 연기자들은 이러한 연출가의 의도에 부합하기 위해 부단한 신체 훈련을 통해 몸을 자유자제로 사용 장면, 장면마다 무대 위에서 공연에 적합한 그림을 만들어 내는데 그 목적을 두기 시작하였다. 배우들은 일상복을 입고 허구적 인물이 아닌 자기자신을 연기하며 공연에 실제 훈련을 사용하며 관객의 참여를 허용한다. 배우는 무대의 제한을 받지 않으며 관객은 객석의 제한을 받지 않는다. 배우들은 공연의 현실에 초점을 모으기 위해 여러 역을 연기했으며 공연을 통해 바라본다는 관점을 유지하였다. 자극과 반응 사이의 관계를 가로막는 이성이라는 장애를 제거하려는 시도가 이루어졌으며 신체와 발성은 표현주의적으로 사용되었다. 어떤 공연에서는 전통적 배우의 역할보다는 관객의 자유로운 창조성과 관객을 적극적으로 극에 개입시키기 위해 집단적 의사나 레크리에이션 지도자의 역할을 하기도 한다. 배우들은 근본적으로 새로운 상징적 몸짓 언어로 되어있는 새로운 연기형식을 창조하려 하였다. 이러한 모든 기법들은 관객들의 심리가 등장인물, 시간, 공간으로 이루어지는 허구적 환영에 매몰되지 않고 지금 여기에서 이루어지는 살아있는 공연에 관심을 집중시킬 수 있도록 도와주고 있는데 이러한 연기법을 개발한 인물들로는 메이어홀드(W. E. Meyerhold)와 그로토프스키(Jerzy Grotowski)를 대표적인 인물로 들 수 있겠다.

(그림 3)5)

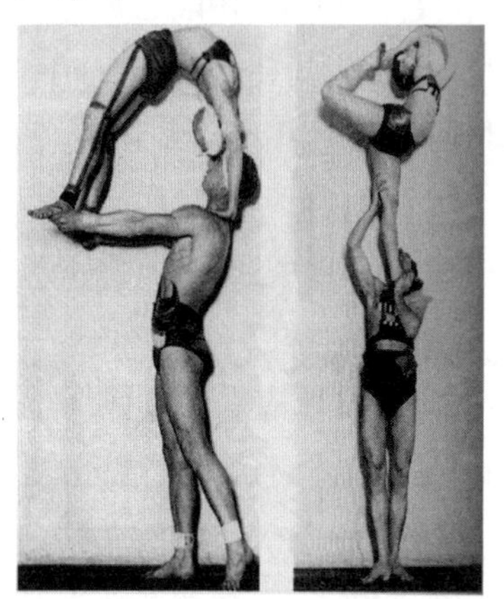

연기에서 신체적인 측면이 심리적인 것보다 감정전달에 효과적인 방법이라고 믿었던 메이어홀드는 유형화된 동작이나 클리쉐로 가득찬 어조보다는 연기자의 시선, 입술, 대사 전달시의 몸가짐, 목소리에 의해 신비한 내적 호흡을 전달해야 된다고 믿었다. 메이어 홀드는 그의 방법론으로 '조형성(plasticity)'을 주장하며 조형성이란 말로 표현할 수 없는 것을 표현하는 수단이며 움직이는 형태와 침묵, 눈짓, 포즈와 제스처를 통해 언어로 표현하기 어려운 신비감을 표현할 수 있다고 믿었다. 여기서 그는 연기자의 목적은 인물의 심리적 특성을 일관서 있게 하기 위하여 이에 적합한 제스처나 리듬을 신체의 각 부분에서 찾는 것이고 이를 위해 "생체역학(biomechanics)"이라는 훈련법을 만들었다. 메이어홀드의 연극에서는 전통적인 무대, 의상 등이 제거되었고 어느 작품도 절대불가침의 신성을 지니지 못했다. 메이어홀드의 연극실험은 새로운 연기양식과 배우형을 찾는 과정이었으며 이 과정을 통해 그는 신체적 표현과 조형성을 극대화시킨 일상적 동작의 재현이 아닌 연극이 예술이며 거짓임을 보여주는 것이라는 연기양식을 발전 시켰다.

폴란드의 연출가 그로토프스키는 연극이 영화와 텔레비전의 출현과 매스컴의 발달에 의하여 침식되고 있다고 규정하고 연극의 본질을 새

---

5) 메이어홀드의 신체역학을 훈련하는 배우들

롭게 정립하기 위한 실험을 행하는 중에 형성되었다. 그가 주장하는 연극은 테크닉이 지배하는 것이 아니며 의사, 장치, 조명, 음악의 도움을 필요로 하지 않는 "가난한 연극(poor theatre)"이었다. 그래서 그의 연극에 중심을 이루는 것은 배우의 육체이며 배우의 움직임, 리듬, 목소리를 통하여 극본의 문화적 특권을 상실시키려 하였다. 1956년 중앙아시아를 여행하며 주로 인도철학에 심취하는 중에 동양적인 연기방식이 그의 연극관에 많은 영향을 주었으며 배우의 역할은 축문과 상징적인 행동을 통하여 신비적인 행위를 창조하는 것이며 그 속에서 관객은 능동적으로 자기를 무대와 접촉시켜 자기자신을 분석하는 것이라고 믿었다. 그는 연기자들에게 신체를 통해 내면의 심리를 유도하도록 하였으며 동물적인 에너지를 발산시킬 수 있는 제스처와 연결된 본능적인 연계성을 발견할 수 있는 신체 동작 및 언어를 사용하기 바랬다.

(그림 4)[6]

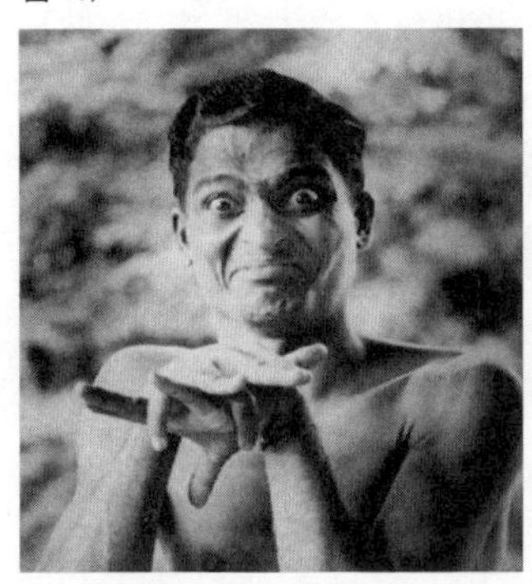 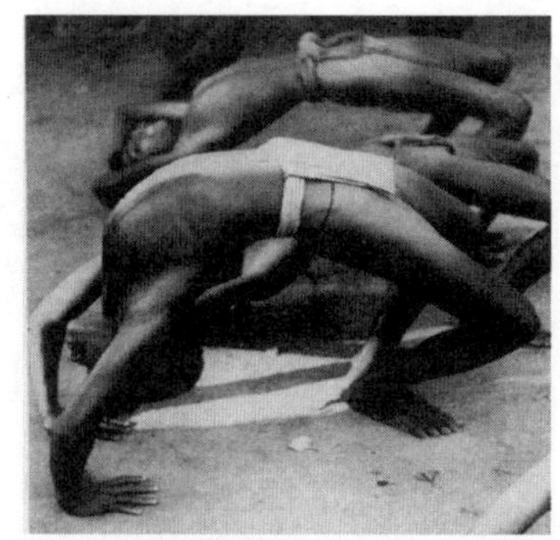

위의 그림은 그로토프스키가 영향을 받은 인도의 전통연극인 카타칼리 배우들이 신체훈련을 하는 사진이며 배우들은 보통 6~7세에 배

---

6) Farley P. Richmond, *Indian Theatre*, University of Hawaii Press, Hawaii, 1990. pp. 324.

우훈련을 시작한다. 배우는 언어가 아닌 몸의 움직임과 얼굴 표정으로 자신의 감정을 전달하여 관객과 대화를 한다. 사진의 배우는 호랑이를 손과 얼굴의 표정으로 제시하고 있다.

1951년 리빙씨어터(living theatre)는 연극에 시적 언어를 부활시키려는 시도를 하였다. 그들의 실험은 다른 언어를 사용하는 국가에서 활동하던 시기에 이루어졌으며 언어가 너무 합리적이기 때문에 사람들은 경험을 회피하고 지식을 받아들이기 때문에 언어를 파괴하는 것이 목표가 아니라 언어보다 못하거나 언어 이상인 혹은 언어와 함께 사용되는 일종의 감정과 사상의 의사소통에 접근하는 것이 목표였다. 아르또의 모델대로 이들의 작품은 문학성보다는 스펙타클 위주의 것이었고 사실적인 연속성을 지닌 형식보다는 푸가 형식[7]의 연출로 이야기 구성보다는 은유에 의존했다. 동작은 연쇄적이고 공간적으로 구성되어 연기자들의 신체를 이용한 배치로 구성되었다.[8] 언어는 소리, 신음, 투덜거림, 비명, 낭송에 의도적인 침묵과 의식적인 신호를 균형 있게 대치시켰다. 이러한 리빙씨어터의 정신과 기법은 리차드 쉐크너와 에우제니오 바르바 그리고 로버트 윌슨 등에 의해 계승 발전 되어 현대의 연극에 큰 변화를 가져오는 계기가 되었다.

II

우리는 기호에 둘러싸여 있고 기호로 우리 자신을 둘러싸며 기호는

---

7) 모방대위법에 의한 음악 서법 및 형식. <도망가다>라는 뜻의 라틴어 푸게레(fugere)에서 유래하며, 둔주곡, 추복곡이라고도 한다. 주제에 대하여 5도 및 4도 관계를 가지며, 모방적으로 응답하는 서법을 말한다.
8) 이렇게 함으로써 그들은 아르또의 추상적인 표현의 개념을 실체로 표현하려 하였다.

어떤 의미에서 우리의 삶을 결정하는데 우리는 이러한 사실을 인식하지 않으며 살아가고 있다. 즉 우리의 삶에서 어떤 사물이 어떻게 해석되느냐만 중요한 것이 아니라 무엇이 해석되느냐 하는 것도 중요하다. 문화와 하위문화들은 기호로 해석되는 대상의 범위와 그 해석 정도에 따라 서로 구별되는데 한 집단의 다양한 생활 영역 속에 자리 잡은 기호성의 척도가 바로 이 집단에 부여되는 문명성의 척도이다. 다시 말해 문화는 일상의 사물에 기호성을 부여하는 일이다. 이러한 문화는 상징적 구조에 의해 결정되며 문화는 학습된 기호적 행동이다. 즉 행동을 기호로 만드는 것이 규칙성이며 우리가 원시문화라는 말을 쓸 때 그것은 그 문화의 일상에서 기호성과 무관한 부분이 우리보다 많거나 아니면 거기에 있는 기호성을 우리가 기호로 인식하지 못하는 문화를 말한다. 공연을 해석하는 데 있어 중요한 이차적인 의미들을 이해 할 수 있는 관객의 능력은 특정한 사물들과 담화의 양상들 혹은 행동 방식의 유형들이 내포되어 있는 연극 외적이면서 일반적인 문화적 가치들에 달려 있다. 이렇듯 사회적으로 약속된 가치들을 활용함에 있어 연극 기호학은 불가피하게 그리고 무엇보다도 그 자체를 함축하고 있다. 즉 앞에서 언급한 예와 같이 색에 대한 다른 문화를 가지고 있는 집단 간의 차이에서와 같이 오랜 세월 동안 이질적인 문화와 언어, 관습을 이민족 간에 존재하는 문화적인 차이를 어떻게 매울 수 있느냐 하는 문제가 시각화를 지향하는 현대 연극이 가지고 있는 가장 큰 열쇠라 할 것이다.

언어는 기호의 일부분에 해당하며 우리가 사용하고 있는 언어는 그 자체가 가지고 있는 제약으로 인해 배우가 검정색9)이라고 말할 때에 관객은 획일적인 검정색 하나만을 생각하게 됨으로 배우가 주고자 하

---

9) 검정색에 대한 각 문화 공동체간의 다른 느낌(중국은 충절, 충신을 나타내는 색인 반면 우리는 어두움, 악의 색으로 인식)

는 그 이면의 검정색을 보지 못하는 경우가 허다하다. 또한 슬픔이라는 감정을 배우가 언어로 말해버리기 보다는 슬픔으로 인해 나타나는 배우의 표정이나 신체를 통해 나타내는 시각적인 표현10)은 훨씬 효과가 크다 하겠다. 이렇듯 수없이 많은 기호들 중 극히 적은 부분을 차지하고 있는 텍스트를 위주로 한 스토리텔링 방식을 주로 하는 연극은 직선적이고 직접적인 의미를 전달함으로써 관객으로 하여금 상상할 수 있는 자유를 빼앗아 가버리는 일방적인 정보전달의 형식을 취하고 있었다. 그래서 현대의 공연예술은 관객이 현실의 시공간에 관심을 집중할 수 있도록 하는 다양한 수단을 발전시켰으며 배우와 관객이 쌍방향으로 정보를 전달하고 영향을 줄 수 있는 관계를 맺을 수 있도록 만드는데 역점을 두고 있다. 관객이 현실 속에서 충격을 받도록 함으로써 관객의 감정과 행동을 억누르는 문화적으로 강요된 구속을 깨버릴 수 있도록 기여하기 때문이다.

아르토는 연극성이 말에 의해서만 표현되는 것이 아니라고 주장하며 "무대는 물리적이고 구체적인 장소로 채워져야 하고 구체적인 언어로 말해져야한다. 이 구체적인 언어는 무엇보다도 감각과 맞닿아 있다. 왜냐하면 언어를 위한 시가 있듯이 감각을 위한 시도 존재하기 때문이다"11)라고 주장했다. 모든 감각이 참여하는 연극은, 음악과 춤, 팬터마임, 조명, 배경, 어조 등이 그 구성 요소가 되는 일종의 총체극이다. 그것은 머릿속에 있는 이미지에서 실제 이미지로 이행하는 것을 의미한다. 이렇듯 아르토가 제안하는 것은 말을 제거하자는 것이 아니라, 그것을 사용 목적을 변화시키거나 그 지위를 축소시키자는 것이다. 즉 말

---

10) 일본의 전통극 노의 경우 배우가 손으로 눈을 가려 슬픔을 표시하고 더 슬플 경우 두 손으로 눈을 가려 아주 슬프다는 것을 표현한다.
11) 안토닌 아르또 지음, 박형섭 옮김, 『잔혹연극론』, 현대미학사, 1994, pp.59.

로써 표현할 수 없는 것을 표현할 수 있는 새로운 언어의 필요성을 강조한 것이며 언어를 주술의 형태로 되돌리자는 것이다. 이런 상황에서 언어는 또 하나의 가치, 서정성의 가치를 띠게 되는데 아르토는 언어의 도움을 받아 느낌이나 교감, 유추의 은밀한 흐름, 심오한 의미의 표출 등을 창조하고자 했다. 이것은 바로 언어의 은유적 표현이며 이 은유적 표현은 감정과 감각으로 생성되며 이를 사용함으로써 예술가는 자신의 표현 한계를 초월하고 자유로워짐과 동시에 예술적인 형태와는 달리 나타낼 수 없는 존재의 정의하기 힘든 신비로운 세계에 도달하게 되는 것이다. 즉 아르토가 언어의 서술적 특징에 이의를 제기하는 것은 말로써 표현할 수 없는 것을 표현할 수 없는 것을 표현할 수 있는 새로운 언어의 필요성 때문일 것이다.

이렇게 언어를 하나의 기호체계로 취급하는 것은 언어란 사실상 여러 체계들 그림, 몸짓, 태도, 동작 및 그 밖의 많은 체계들 중의 하나일 뿐이며 인간존재들이 세계와 자신에 관해 어떻게 소통하는가를 이해하는 데는 이 모든 여러 가지 기호체계들을 분석하는 것이 유용하고 생산적인 방법이기 때문이다. 조명, 음향, 움직임은 공연에서 어떤 의미를 갖는가? 어떠한 방법으로 육체를 언어와 대체시킬까? 기호란 말, 이미지, 행동, 인간과 동물의 여러 배열 등을 뜻하는데 그 의미는 그에 상응하는 외적 표현들에 의해 부과된다. 즉 연극 장면을 표현할 수 있는 방법은 항상 공간적, 건축학적, 배경화적 수단을 통해 유추적으로 표현될 뿐만 아니라 마임의 경우에서와 같이 제스처를 통해 표현되거나 소리나 언어와 같은 음향적 수단을 통해 표현될 수도 있다는 이야기이다.

공연에서 구현하는 공간을 가상현실 공간이라고 부르며 가상현실 공간이란 허구적인 무형의 이미지를 말하며 이는 이미 주어진 제한된 구역(무대, 캔버스 등) 내에 형성되는 형식적 관계의 결과로 생성된다.

(그림 5)[12]

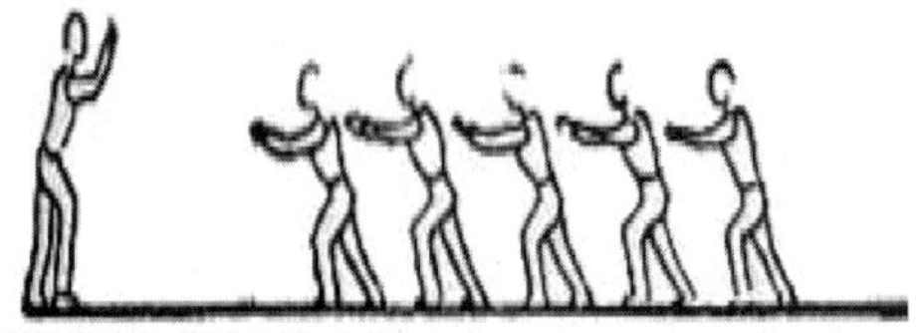

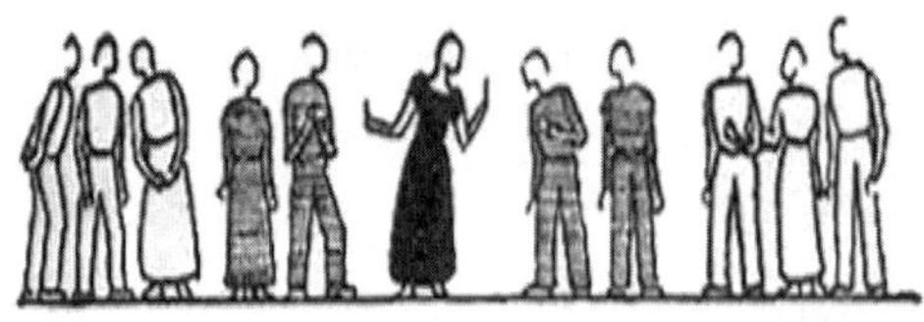

　(그림 5)는 위의 설명의 예로써 배우의 움직임과 구도, 그리고 다양한 색의 의상을 사용하여 연출이 특정한 배우에게 관객의 주의를 의도적으로 집중하게 만든 보기를 든 것이다. 또한 다양한 색감이주는 다른 의미를 활용하여 인물의 성격이나 환경 등을 암시적으로 창조하기도 한다. 예로 오렌지색의 점은 푸른 색 점이 그 옆에 찍혀 있어서 보완이 될 때 더욱 광채를 낸다.[13] 이렇게 색이 지닌 의미와 상징 그리고 감정은 다르다. 색이 지니는 이미지는 같은 색이라도 지역과 풍토에 따라 다르게 나타난다. 또 어떠한 관습, 지역, 민족에 따라 특수한 이미지로

---

12) 새뮤엘 셸던 지음, 김진식 옮김, 『무대예술론』, 현대미학사, 1993, pp.181. 집단과 개인의 대비를 통하여 개인을 강조하고 있으며 중앙에 위치한 배우에게 가장 짙은 색의 의상을 착용하여 중요도를 강조한 예.
13) 여기서 주의해야 할 사항은 서로 다른 문화에서 다른 전통을 가지고 살아온 문화집단들은 같은 색에 대해서 다른 감정과 느낌을 가지고 있다는 사실이다. 일예로 우리나라에서는 흰색이 순결과 고고함을 나타내지만 중국에서는 간사함 혹은 교활한 의미로 인식된다.

고착되기도 한다. 그리고 인간의 감정은 색보다 훨씬 다양하기 때문에 서로 상충되는 이미지를 연상한다. 또 색은 독자적인 이미지로 존재하기는 드물고 주변색과 어떻게 배색되고 조화를 이루느냐에 따라서 그 이미지는 천차만별로 해석되기 마련이다. 색의 이미지는 크게 두가지로 나뉘는데 첫째는 사람의 감성적 측면에서 연상할 수 있는 연상적 이미지와 둘째는 널리 공통적으로 사용돼 규정되어진 상징적 이미지가 있다. 연상적 이미지는 사람들이 어떤 색을 보며 저마다 다른 이미지를 떠올리게 되는데 색은 심리적으로 느끼는 온도감, 무게감, 향기, 음률, 촉감 등을 내포하고 있으며 사람들은 시각적으로 이러한 색에 대해서 연상과 의미를 부여한다. 그러나 어떤 색에 대한 연상 작용을 모든 사람이 똑같이 떠올리는 것은 아니다. 예를 들어 빨간색을 보고 태양을 떠올리는 사람이 있는가 하면 어떤 사람은 태양을 연상하는 사람이 있다. 이와 같이 색을 대할 때 연상하는 이미지는 개인적인 취향이나 성격 그리고 환경에 따라 많이 달라진다.

앞서 말한 개인마다 다른 연상적 이미지와는 달리 여러 사람이 공통적으로 연상하고 공감하는 색의 이미지가 있다. 이것은 자연스럽게 상징성을 갖게 되는데 이것이 색의 상징적 이미지다. 특정한 색을 공통적으로 연상하여 사용하는 색의 상징성은 색에 대한 정서적인 반응과 학습에 따라 정해진다. 신호등의 빨간색은 정지를 의미하며 초록색은 진행을 표시한다. 이는 사회적으로 약속된 규칙이다. 특히 종교와 계급사회를 살펴보면 가장 화려하고 찬란한 색을 신 또는 왕과 결부시켜 숭배하였으며 이러한 색은 아무나 사용할 수 없는 색으로 금기시 하였다. 계급과 신분에 따라 색이 주어지며 동서양을 막론하고 태양을 상징하는 황금색과 노랑, 빨강은 최고 권위자를 상징하였다. 현대에 와서는 국가에 따라 색을 정하기도 하고 국가의 상징인 국기는 각 나라의 전통과 의미에 따라 하나의 상징으로 사용되고 있다.

또한 색에는 맛을 느끼게 하는 특성이 있는데 사람들은 음식의 맛을 색과 함께 연동하여 느낀다. 따라서 음식의 색을 보고 시식하기도 전에 색만을 보고 그 맛의 느낌을 알 수 있다. 난색 계열의 음식이 단맛, 신 맛 등 미각을 자극하는 반면 한색 계열 색의 음식은 쓴맛, 짠맛과 관계 가 있다.[14] 이러한 색채는 계절에 따라 변화하는데 특히 우리나라처럼 사계절이 있는 나라에서는 계절에 따라 변하는 다양한 자연의 색채를 느낄 수 있다.[15]

이미지에 따라 색채를 분석해 보면 클래식 이미지는 '고전적' 또는 '전통적'이라는 의미가 있으며, 보수적이며 품격이 높고 고상하고 중후 한 느낌이 있다. 또 이 이미지는 시대를 초월한 가치와 보편성을 갖고 있다. 고대 그리스·로마 시대의 스타일과 예술이 여기에 해당하며 바 로크, 로코코, 신고전주의 양식이 여기에 해당한다. 형태로는 곡선과 섬 세한 디테일을 중시하며 어두운 색조를 주로하고 갈색 계통을 중심으 로 베이지, 심홍, 자주, 진녹색 등 풍요롭고 따뜻한 색을 위주로 배색하 고 차가운 색을 사용할 때는 금색과 같은 화려한 색상을 곁들여 장식 적인 느낌을 강조한다. 내추럴한 이미지는 한마디로 자연을 가장 많이 닮은 자연스런 이미지라고 말할 수 있으며 자연에서 느끼는 포근하고 자유롭고, 부드럽고, 친근한 감각에 잘 어울린다. 형태로는 따뜻함을 느 낄 수 있는 단순하고 소박하며 투박한 조형과 자연적 형태를 기본으로 하며 베이지와 아이보리, 녹색의 조화로 자연스런 느낌을 강조한다. 모 던 이미지는 상식적인 스타일과는 달리 새롭고 특이한 디자인과는 달

---

14) 단맛: 레드, 핑크, 오렌지. 신맛: 옐로우, 옐로우그린. 쓴맛: 브라운, 올리브그 린, 블랙. 짠맛: 블루그린, 화이트, 라이트그린.
15) 봄: 옐로우, 옐로우그린, 그린. 여름: 레드, 그린, 다크블루. 가을: 브라운, 오렌 지. 겨울: 화이트, 블루, 그레이.

리 새롭고 특이한 디자인을 지적인 멋으로 승화시켜 표현하거나, 대비되는 강한 배색을 사용하여 현대적인 이미지를 표현한다. 형태로는 모던한 기하학적인 무늬나 직선을 많이 사용하여 절제된 깔끔한 조형이 특징이다. 기본적으로 무채색 계열의 색을 선호하며 색상과 형태의 과감한 대비를 통해 이미지를 창출한다. 일반적으로 차가운 색을 기조로 하여 대담한 색상대비와 명암대비를 주어 미래지향적인 감각을 느끼게 한다. 캐주얼 이미지는 자유분방한 분위기와 활동적이며 역동적인 이미지를 내포하고 있으며 밝고 명랑한 느낌을 주어 젊음을 상징하기도 한다. 단순하고 편안하며 가벼움을 느낄 수 있는 형태로 누구나 쉽게 이해하고 접근할 수 있는 부드러움을 지닌다. 밝고 선명한 채도가 높은 1차색을 주로 사용하며 스포티하고 대비가 강한 배색을 하여 젊고 밝은 느낌을 강조한다. 로맨틱 이미지는 여성다운 부드러움, 우아함, 귀엽고 사랑스러운 이미지로서 꿈꾸는, 공상적인, 낭만적인 의미로 표현된다. 매우 부드러운 곡선이 주를 이루며 빨강에 다양한 양으로 혼색한 색들이 주조를 이룬다. 핑크, 노랑, 붉은보라 등의 색을 주색으로 하여 명도와 채도를 약간씩 낮춘 색채 등을 선택하여 배색한다. 퓨처 이미지는 제일 먼저 도시 한가운데 있는 초고층 건물의 약동감과 속도감을 연상시킨다. 마음의 여유보다는 항상 긴장하고 바쁜 이미지를 내포한다. 이 이미지에서 연상할 수 있는 색채는 짙은 청색과 검정, 은색이다. 형태는 현대 도시의 건축처럼 단순하고 직선적인 선, 차가운 유리와 같은 형상과 같은 부드러움과 날카로움이 적절히 조화된 단순한 형상이 적당하고 청색 계열의 신비로움에 둘러싸인 듯한 희망적인 색채가 적당하다. 이 색채는 동시에 차가운 이미지도 공유한다. 알루미늄, 유리, 철, 플라스틱과 같은 재질은 그 자체에서 차가움과 무거움을 함께 느낄 수 있으며 대체로 청색 계열 색채를 대비하거나 금속성 색채와 무채색을 적절히 배색하면 효과적이다. 액티브 이미지는 활동적인, 활발한, 민활한, 적극적인, 의욕적인 이미지를 가지고 있다. 이 이미지는 매우 역동적이고 활발하게 느껴지며 강하고 행동적인 형태와 근육질의 강인한 남성미를 표현하기에 적당하다. 강렬하고 자극적인 느낌을 주는 색상을 중심으로 채도가 높은 원색 계열인 빨강, 노랑, 파랑, 초록 등의 색채가 주조를 이루며 보색 대비에 의해 시각적으로 빠르고 강하게 인지되는 색채들이 적당하다. 채도가 강한 원색으로 두세 가지를 적절히 조화시키고 원색에 가까운 유채색과 무채색을 배색하면 효과적이다.

위에서 말한것과 같이 색채는 우리 일상의 모든 분야에서 중요한 역할을 하며 특히 사람에게 미치는 영향은 매우 크다. 인간의 여러 감각 중에서 사물을 인지하고 판단할 때 가장 큰 역할을 하는 기관은 시각 기관이다. 즉 시각적 측면이 가장 큰 역할을 하기 때문에 시각적인 요소는 공연의 메시지를 전달하는데 가장 효과적이다. 특히 사람은 물체를 지각할 때 가장 먼저 색채를 인식하고 다음에 형태를 인식함으로 어떠한 색채를 사용하여 무대를 시각적으로 표현 하느냐하는 문제는 현대 공연에 있어서 첫 번째 관건이 된다고 할 수 있겠다.

동일한 무대 도구는 어떻게 드러나는가에 따라 각기 다른 기의를 표현할 수 있다. 즉 한 장면에서 칼의 손잡이를 나타내던 것이 다음 장면에서 위치를 바꿈으로써 십자가를 나타낼 수도 있다. 이와 마찬가지로 한 장면에서 울타리를 나타내던 무대장치가 아무런 구조상의 수정 없이 변형되어서 벽이나 정원의 담을 나타낼 수도 있다. (그림 6)은 죤 스타인 벡 작품 "생쥐와 인간"의 무대로 무대 기본 구조의 변화 없이 울타리가 실내 공간의 벽으로 전환되는 무대이다. 현대 공연예술의 이러한 외연적 신축성은 단일한 물리적 도구가 충족시키는 극적 기능들에 의해 보완되는데 절대적으로 고정된 재현적 관계는 존재하지 않는다는 것이다.

(그림 6)[16]

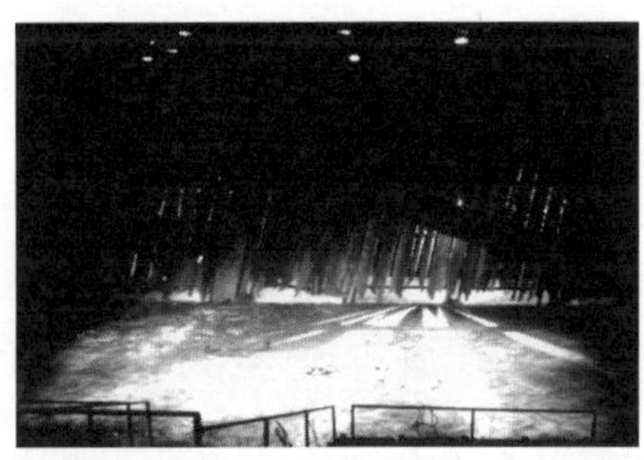 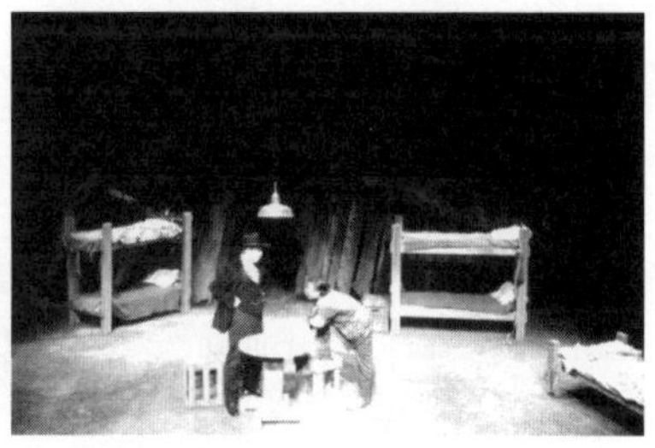

　같은 맥락에서 배우가 극중 인물을 어떤 방식으로 재현해야 한다는 공식화된 법칙은 없다. 현대의 기술을 적극적으로 활용해서 무대, 조명, 음향 등 다양한 볼거리들을 제공하는 연극이 그 좋은 예이다.

(그림 7)[17]

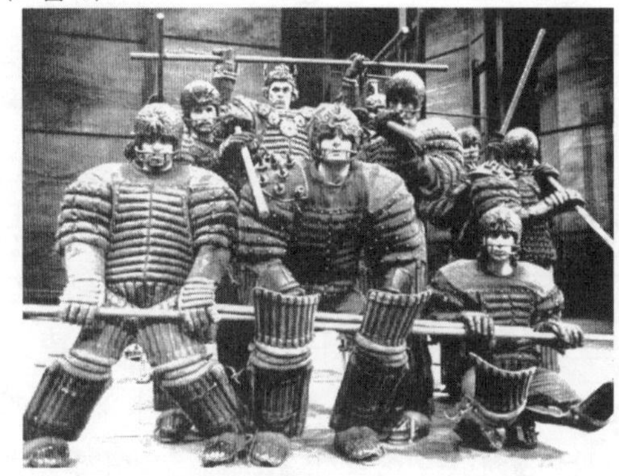

　(그림 7)은 셰익스피어 작, "헨리 5세"로 무대는 정글 짐으로 설정하였으며 프랑스 군대를 근육을 강조한 아이스하키 의상을 입힘으로써 더욱 강하게 보이게 했다. 여기서 연출가는 극의 시대를 바

---

16) 존 스타인 벡 작, 권용 피어리드디자인, "생쥐와 인간", Missouri Repertory Theatre, 1998.

17) Dennis Kennedy, *Looking at Shakespeare*, Cambridge University press, New York, 1993, pp230.

꿈으로써 무대와 의상도 그에 일치하게 변화하였고 거기에 따른 배우의 연기법도 대사보다는 몸을 사용한 시각적 전달을 위주로 하였으며 안정된 마름모 모양의 구조로 배우를 위치시킴으로 시각적으로 강함을 성취하였다.

사실적이거나 환상주의적인 연극 재현[18]은 기호의 가능성을 극도로 제한한다. 서양연극에서 우리는 일반적으로 기호화된 분류가 그 분류의 하나로 인식되는 한 가지 매체를 통해서 재현되리라 기대한다. 물론 동양 연극에서는 명백한 관습을 따르기 때문에 각 무대, 도구마다 의미론적 범위가 폭넓게 허용된다. 즉 우리가 잘 알고 있듯이 중국과 인도의 배우들은 많은 부분을 장면적 기능을 담당할 기호를 생산하는 일에 집중한다. 왜냐하면 배우의 일상적인 연기는 적절한 무대 장치가 제공되지 않는 극중 장면에서 모든 극 행동들을 관객에게 전달할 수 있어야 하기 때문이다. 배우는 활용 가능한 관습적인 동작들을 통해서 가상의 장애물을 넘고 가상의 계단을 오르고, 높은 문지방을 통과하거나 아니면 문을 여는 등의 행동을 수행한다. 연기로 표현된 행위 기호들은 관객에게 가상의 대상들의 성격에 대해서 일러주며 상상의 구덩이가 비어 있는지 아니면 물로 차 있는지 알려주고, 존재하지 않는 문이 대문인지 아니면 일반적 이중문이거나 쪽문인지 등에 대한 정보를 제공해 준다. 무대 재현의 '변형적 규칙'은 무대 요소들의 상호전환성 뿐만 아니라 기호체계들 또는 코드들의 호환성에 더욱 의존하는데 예를 들면 일정한 의미론적 단위(문의 예를 들면)는 건축학적 체계나 배경화적 체계보다는 마임에서 나타나는 것처럼 언어학적 또는 제스추어적 체계에 의해 더 잘 의미화 된다. 예를 들어 어느 건물의 문 앞에 경계자세로 서있는 군인은 그 집이 다름 아닌 군인 막사라는 사실을 암시하고

---

18) 아리스토텔레스의 "연극은 모방이다"라는 연극관에 입각한 서구의 연극

있으며 여기서 배우는 효과적으로 무대장치의 일부로서 기능한다. 반면에 무생물체인 무대 도구가 주체-객체 연속체 상에서 기능상승을 꾀하여 그 자체로 특정한 행동력을 취득할 수도 있다. 무대 소품으로 사용하는 단검의 예를 들면 단검은 의상의 일환으로 착용자의 신분을 나타내는 순수한 기능을 초월하여 줄리어스 시저의 살해 장면에서처럼 어떠한 도구로서 극 행동에 직접 참여하는 경우가 있는가 하면 피로 범벅된 단검은 '살인'이라는 의미를 함축할 수 있어 특정한 행위와 독자적인 관계를 맺을 수도 있다.

극단적인 상황에서는 인간이 완전히 배제된 상황에서 기호학적인 주도권이 무대장치나 소품에 맡겨질 수도 있는데 이 경우 무대나 소품은 배우에 필적하는 즉흥적인 주체들로 인식된다. 이러한 현상은 주로 20세기 연극계에서 소위 말하는 전위적 실험들에서 많이 사용하고 있으며 무대장치를 기호현상의 '주체'로 삼고 있는 동시에 배우의 '행동력'을 상대적으로 제한하는 것을 의미한다.

(그림 8)[19]

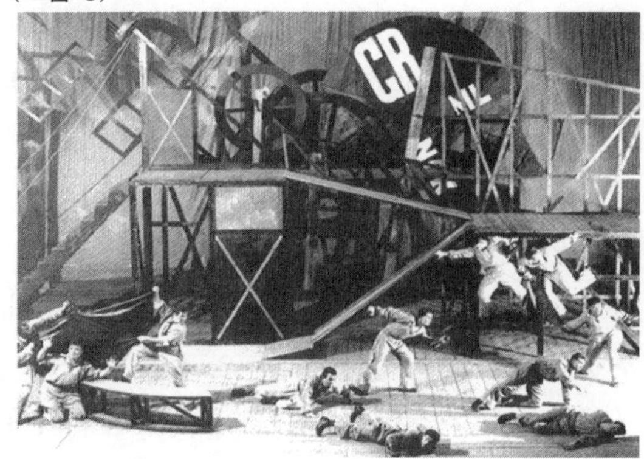

옆의 사진은 "The Magnanimous Cuckold"라는 작품으로 작품의 배경이 되는 풍차의 기능을 최대한으로 살리고 확대, 과장하였을 뿐만 아니라 이 무대는 배우의 연기에도

---

19) Nancy Van Norman Baer, *Theatre in Revolution Russian Avant-Garde Theatre Design*, Thames and Hudson, New York, 1992, pp.65.

영향을 주어 기계적으로 움직이는 배우의 연기를 요구하게 되었다.

Ⅲ

　서양의 근대사라는 문명사적 패러다임이 보여주고 있는 다양한 위기현상 때문에 최근 서양 근대사가 정력적으로 추진해 왔던 모더니티에 문제에 대한 비판이 포스트모더니즘이라는 이름 아래 제기되었다. 그리고 포스트모더니즘은 문학, 무용, 건축, 디자인 등에 심각한 영향은 미쳤으며 연극에 있어서는 대사 위주의, 관객의 능동적인 참여를 거부한 사실주의에 대항하여 브레히트, 쥬네, 아르또, 베케트 등의 반사실주의 연극들이 등장하기 시작한다. 관객들은 더 이상 사실인척 하는 현실을 모방하는 연극에 만족하지 못하고 실제로 무대에서 일어나는 사실을 원하게 된다. 연극과 비연극 사이와, 일상의 삶과 연극적 삶 사이에는 차이가 있어야 한다. 사실적인 연기와 사실적인 무대는 영화나 텔레비전이 훨씬 더 잘 만들어 낼 수 있기 때문에 연극은 연극적이 될 때 다시금 생명력을 지니게 된다. 이러한 새로운 연극의 특징으로는 문학적인 연극으로부터의 탈피를 특징으로 꼽을 수 있으며 리차드 포만, 로버트 윌슨, 마이클 커비, 피터 실러, 핑총 등을 들 수 있다. 이들은 탈의미의 작업을 시도하고 있으며 논리적 인과구조의 극 구성은 완전히 배제되어 파편적인 이미지들의 나열로 이루어진다.

　이제 연극은 인간의 신체가 가지고 있는 모든 것을 동원하여 모방이 아닌 진실을 무대 위에서 창조하게 된다. 연극은 문명의 상징인 언어를 멀리 하고 인간 본연의 소리로 돌아가며 온갖 조명과 장치로 도배되어진 가공의 현실을 벗어나 진실과 대면하기를 원하게 되었다. 텔레비전과 영화 그리고 컴퓨터와 함께 성장한 관객들은 듣는 연극에는 싫증을 느끼게 되고 보고, 듣고, 느끼는 연극을 원하게 된다. 작가, 연출가, 배우에 의해 설명되어지고 결정되어진 연극은 더 이상 그 존재 가치가 약화되어지고 던져진 현실이면 족하다. 그 안에서 스스로 판단하고 느끼고 결론짓기를 갈구하게 되었다. 혹은 결과를 못 지어도 무방하다. 관객은 제의를 원하고 경험을 원하고 창조자가 되기를 원하게 되었다. 지금까지 무대와 관객의 의사소통의 유일한 통로였던 언어를 배제하고 그 대안으로 '공간내의 패턴들', '그림과 같은 묘사들', '아이콘'을 통해 무대와 관객의 소통을 추구하고 있다. 이런 점에서 연기자들의 움직임과 그 움직임이 만드는 장면의 이미지, 전체 극의 구조 등이 독립적이면서 동시적으로 패턴화되어 나타난다. 따라서 이러한 연극에서는 다양한 시청각적 요소들이 관객에게 주어지면서 관객이 이미지들을 스스로 선택하여 보도록 추구한다. 이러한 환경인식은 관객으로 하여금 적극적으로 그 환경에 참여하게 만들며 능동적으로 이미지를 조합할 수 있게 하였다. 이제 연기자의 개념은 사라지고 행위자로 이해되며 작가의 의도한대로 만들어진 허구의 연극이 아닌 공연에 참가한 개개인의 경험이 리얼리티로 무대에 구현된다. 그래서 단순화되거나 패턴화된 반복적인 움직임들이 주를 이루게 되며 하나의 사물처럼 기계적으로 움직이는 경우도 허다하다. 결과적으로 시각화를 중요시한 현대의 연극은 기존의 인식 체계와 다른 통로를 통해 삶의 모습을 표현하고자하는 시도가 되는 것이다.

참고문헌

새뮤엘 셀던, 김진식 역,『무대예술론』, 현대미학사, 1993

안토닌 아르또, 박형섭 역,『잔혹연극론』, 현대미학사, 1994

마틴 에슬린, 김문환 역,『극마당 기호로 본 극』, 현대미학사, 1993

루돌프 아른하임, 김춘길 역,『미술과 시지각』, 홍익사, 1981

프랭코 토넬리, 박형섭 역,『잔혹성의 미학』, 현대신서, 2001

Farley P. Richmond, Indian Theatre, University of Hawaii Press, Hawaii, 1990

Nancy Van Norman Baer, Theatre in Revolution Russian Avant-Garde Theatre Design, Thames and Hudson, New York, 1992

Denis Bablet, Edward Gordon Craig, Theatre Art Book, New York, 1966

J. M. Burian, The Secret of Theatrical Space, Applause, New York, 1993

Josef Albers, Interaction of Color, Yale University Press, New Heaven and London, 1963

Abstract

Visual Analysis of Modern Performing Art in Directing, Acting and Scenography

Kwoun Yong

History of art thus made to consist of chronological list of such works and of their different methods. We have music, architecture, sculpture, painting, as though art must necessarily consist of carven stones, sounds, colors, even words. Not twenty years ago, our museums, concerts, and libraries seem to confirm this view.

To day, they are so no longer.

We have left our chairs. We seek for art and wish to find it in ourselves. We break the barriers asunder, surmount in a stride the steps that separate us from the stage, descend unflinching into the arena. Since after Second World War, theatre has changed dramatically. Realism we believe has no longer truth in late 20th century. People do not go to see every day life on the stage. They want to have a real experience which has truth in it. People do not want to be forced by a director or an actor even a writer. They want to see what they want to see, they want to feel what they want to feel. Therefore, theatre has suddenly gushes out reveals the need to opposed the irrevocability of a profession which is based on the demand to fix and repeat words and actions.

People grow up with film, television, and computers. Art, and meaning of art, the form and function of the visual component of expression and communication, have changed sharply in the technological age without a corresponding shift in the aesthetic of art. As the character of the performing art and their relationship to society and education has shifted dramatically, the aesthetic of art has become more fixed, anachronistically locked into the notion that the primary influence in the understanding and forming of every level of visual message should be based on noncerebral inspiration. Visual analysis to theatre has many different ways because visual expression is many things, in many circumstances, to many people. It is product of highly complex human intelligence of which there is little understanding. To understand our modern performing art little better, I took few modern direcrors, and their way of training and designs as examples in my study.

주제어 : 공연예술, 연기양식, 무대미술, 공연예술
Key Words : Directing, Acting, Scenography, performing art

배우의 위상회복에 대한 고찰*

김 균 형**

Ⅰ. 20세기의 연극

연극은 배우의 예술이다. 배우가 무대에 등장하고 행동함으로써 연극은 비로소 그 외적인 형태가 생기고 내적인 생명을 얻을 수 있기 때문이다. 연극을 구성하는 그 어떤 요소들도 배우의 실재적 등장 없이 가치를 획득하지 못한다. 배우가 자신의 표현수단으로 사용하는 목소리와 몸짓의 구성과 조합에 의하여 역할은 탄생하고, 이런 역할과 배우의 관계성립에 의하여 연극은 존재한다. 배우의 존재가 없는 연극이란 있을 수 없다.[1] 무대상에서 행해지는 모든 공연에 배우는 필수적인 요소이다.

---

* 이 연구는 2002 호남대학교 논문장려연구지원에 의하여 지원되었음.

** 호남대학교 다매체영상학과

1) 많은 사람들이 바로 '배우'의 존재로 인하여 연극과 영화를 유사한 예술형태로 분류하고 있지만, 사실 이런 배우의 존재 혹은 역할의 차이에 의하여 연극과 영화가 구별되기도 한다. 실제로 연극이란 배우에 의해서만 모든 것이 가능해지는 반면, 영화란 배우가 없이도 가능하기 때문이다.

배우의 존재는 당연히 연극의 탄생부터 시작된다. 연극의 기원을 말하는 모든 이론들이 공통으로 지적하고 있는 것은 최초의 연극에 배우와 관객이 있었다는 사실이다. 그것이 유희기원설이든, 제의기원설이든 아니면 모방(표현)본능설이든[2] 모든 연극은 그 기원에 표현하는 사람으로서의 배우와 거기에 함께 동참하는 사람인 관객이 존재하고 있다는 것을 보여준다. 물론 이들이 오늘날 우리가 접할 수 있는 연극에서의 배우/관객과 유사한 관계를 형성하고 있지는 않았을지라도 나름대로 당시 사회형태에 어울리는 배우/관객의 관계를 형성하고 있었을 것이다.

이렇게 배우와 관객에 의하여 시작된 원형적인 연극에 시대가 변화하고 기계와 기술이 발달하면서 다른 요소들이 첨가되기 시작했다. 고대 연극의 시작으로 평가하는 그리스 시대에 이르러 드라마를 포함하는 희곡이 하나의 중요한 요소로 개입되기 시작했고 더불어 구체적인 형태인 반원으로서의 극장과 그 극장에서 희곡을 보다 구체적으로 표현하기 위한 공간구획의 개념으로서 매우 단순하지만 무대가 생기기 시작했다. 이후 로마와 중세를 거쳐 르네상스 시대에 들어 지붕을 갖춘 본격적인 실내 극장이 생기고 그 내부에 다양한 기계 설비를 갖춘 근대적 개념의 무대가 생겼다. 그리고 이런 무대를 활용할 수 있는 오페라가 등장하면서 연극에 음악이 매우 중요한 요소로 첨가되기 시작했고, 인쇄술이 발달되면서 희곡의 중요성이 더욱 강화되기 시작했으며, 나아가 가스등이 보급되고 이후에 전기등이 무대에 도입되면서 연극에서 무대와 조명의 기능이 매우 강조되기 시작했다. 마침내 20세기 들어 사실주의 연극이 보편화되고 현실을 무대에 보다 근접하게 재현하기

---

2) 논자는 여기에서 모방본능설보다 표현본능설이라는 표현을 쓰고자 한다. 이미 일반화되어진 논리인 인간의 모방본능이란 실제로 모방에 대한 본능이기보다는 표현에 대한 본능이라 생각되기 때문이다. 어쨌든 이 주제는 보다 진지하게 연구해야할 독립적인 연구대상일 것이다.

위하여 연출이라는 역할을 담당하는 사람이 등장하면서 다른 모든 스
탭의 영역에 속하는 요소들도 중요한 하나의 부분으로의 역할을 담당
하기 시작했다.

이렇게 연극을 구성하는 다양한 요소들이 배우와 관객이라는 필수
적인 요소에 추가되면서 연극은 '부유한'[3] 예술형태로 인식되어 사람
들은 흔히 연극을 종합예술이라 표현한다. 실제로 연극을 제작하는 과
정에는 매우 많은 요소들이 추가된다. 특히 배우의 연기를 확장시킬 수
있는 분장, 의상 등이 있고 감정적인 측면에 개입하여 배우와 관객의
정서적 기억을 연결시켜주는 음악이 있으며, 극장이라는 주어진 하나
의 장소를 다양한 공간으로 전이될 수 있도록 하는 장치, 조명 등이 있
다. 이외에도 다양한 시청각적 요소들이 추가되며, 이는 많은 부분 기
계와 기술의 발전에 근거하는 현상이다. 그러나 그 많은 변화를 겪으면
서도 처음부터 현재까지 지속적으로 존재하고 있으면서 연극의 핵심을
구성하고 있는 것은 바로 배우와 관객이다. 그로토브스키(Jerzy Grotowski)
의 표현을 빌려 말하자면 연극이란 "배우와 관객 사이에 일어나는 어
떤 것"[4]이다.

그렇지만 이런 배우와 관객 중 보다 실질적인 요소를 선택하라면 역
시 배우를 선택해야 할 것이다. 왜냐하면 배우는 연극을 실제로 진행해
나가는 능동적인 존재이기 때문이다. 이에 비하여 관객은 배우의 행동
에 의하여 그 지위가 달라지는 다소간 수동적이며 특히 상대적인 존재
이다. 관객이 아무리 능동적이려 애쓸지라도 거기에는 한계가 있다. 실
제로 연극을 진행해 나가는 것은 바로 배우이기 때문이다. 배우가 던지

---

3) 여기에서 '부유한'이라는 단어는 그로토브스키(Jerzy Grotowski)가 말한 '가난한
   연극'의 반대의미로 사용되고 있으며 배우와 관객 뿐 아니라 다양한 여러 요
   소들이 포함되는 소위 혼합예술이라는 의미로 사용되고 있다.

4) Jerzy Grotowski, 『Vers un théâtre pauvre』(Lausanne, L'Age d'homme, 1986), 3쪽

는 미끼에 의하여 관객은 반응하고 배우의 연기에 의하여 관객은 연극에서 참여자나 혹은 방관자가 되는 상대적인 지위를 차지하기 때문이다. "배우는 행동하고 실체는 상상에 의하여 관객이 만들어간다."[5]

그런데 오늘날 이런 무대에서 행동하는 연극의 핵심인 배우의 존재가 다소간 경시되는 경향이 있다. 특히 사실주의가 보편화되고 연극이 일상을 무대에 재현하려 애쓰면서부터 배우는 일종의 무인격체가 되어가는 현상이 매우 확실하게 보여지고 있다. 배우의 유일한 가치를 희곡에 존재하는 자기 역할로의 전이로 보는 경향이 생기면서 이런 배우의 탈인격 경향은 더욱 강화되었다. 이런 개념으로 배우를 본다면 배우란 실재하지 않으며 실재하는 것은 단지 역할이라는 뜻이 된다. 그러나 배우의 존재 없이 역할이 있을 수 없는 것처럼 아무리 역할이 중요할지라도 배우는 그 역할을 선행하는 것이다. 그리고 배우의 선택과 배우에 의한 역할에 대한 인격화 과정에 의하여[6] 배우와 관객의 관계가 형성되는 것이다.

이처럼 배우의 존재에 대한 이해는 어떤 면에서 보면 사실 매우 복잡하고 허구적으로 보일 수 있다. 이처럼 배우의 존재가 애매하며 다중적으로 변화하게 된 것은 아마도 많은 부분 사실주의의 영향이라 볼 수 있을 것이다. 20세기 연극에서 사실주의의 패권적 독점현상과 그것

---

5) Ariane Mnouchkine, "Le masque : une discipline de base du théâtre du Soleil," in 『Le Masque du Rite au théâtre』, (Paris, CNRS, 1985) 232쪽

6) 20세기 연극에서 배우와 역할의 관계에 대한 논의는 기본적으로 스타니슬라브스키와 브레히트라는 상반되는 두 경향을 중심으로 구분하여 연구할 수 있을 것이다. 전자가 '배우/역할의 동일화'라를 기본 개념으로 잡는다면 후자는 '배우/역할의 분리'를 그 원칙으로 하고 있기 때문이다. 여기에 아방가르드의 등장 이후 그로토브스키를 중심으로 하는 실존적 존재로서의 배우와, 본질적 존재로서의 역할 사이의 동일화 과정을 추가해서 말할 수 있을 것이다. 이 논의는 추후에 별도로 논의하고자 한다.

에 대한 반발이 결국 배우의 역할과 위상에 대한 다양한 탐구를 이끌어 냈기 때문이다.

우리가 여기에서 관심을 가지는 것이 바로 이 부분이다. 즉 사실주의의 등장으로 인하여 배우의 존재가 매우 애매하거나 혹은 허구적인 존재로 성립되게 되었다는 것이다. 이로 인하여 파생되는 결과는 배우의 중요성이 약화되게 되었고 그 결과 연극에 또한 많은 변화가 개입되게 되었다는 것이다. 그렇다면 사실주의의 출현 이후 어떠한 요소들이 배우들의 중요성을 약화시켰는가?

우리는 수많은 다양한 원인을 말할 수 있지만, 특히 중요한 세 가지 원인을 확인할 수 있다. 첫째 희곡의 지위상승, 둘째 표현방식의 변화 그리고 마지막으로 연출의 등장. 이런 세 가지의 요소들에 대한 분석을 통하여 최종적으로 우리가 도달하고자 하는 이 연구의 목표는 배우의 본질회복에 있다. 즉 현재와 같이 여러 요인들에 의하여 배우의 자율적인 창작이 제한받기보다 스스로의 작업범위를 보다 분명하게 인식하고 보다 독립적인 창조자로서의 위상을 회복할 수 있는 가능성을 찾자는 것이다.

Ⅱ. 배우의 위상

앞에서 이미 살펴본 것처럼 20세기에 들어 사실주의 연극이 성행하면서 배우의 중요성이 상당부분 약화된 것을 인정하지 않을 수 없다. 이에 따른 결과로 연극의 가장 중요한 기능인 커뮤니케이션 양식에 변화가 개입되기 시작했다. 즉 무대상에서 커뮤니케이션이 다소간 쌍방향의 주고받는 형식에서 이제 거의 무대에서 객석으로만의 일방적인 전달이 있을 뿐, 그 외의 피드백은 사라지거나 거의 존재하지 않게 되었다. 이런 현상은 특히 "연극인들이 무대의 환각을 유지하고 강화하기 위하여 배우를 관객으로부터 분리하고자 하는 필요를 인식"[7]하는 것으로 더욱 확실하게 자리 잡아 갔다. 결국 무대는 객석으로부터 분리되어 독립적으로 존재하는 공간이 되었다. 더불어 배우는 관객의 체험과 경험을 대신 수행하는 단순한 '대리인' 역할로 추락하게 되었다.

그러나 이런 무대의 소외와 대리체험에 대한 반발의 목소리도 작지 않다. 특히 아르또(Antonin Artaud)를 계승하거나 혹은 그의 이론을 따르는 많은 아방가르드(Avant-Garde) 계열의 연출가들에 의하여 무대, 즉 배우의 존재를 보다 관객에게 밀접하게 연관시키려는 시도가 생기게 되었다. 이런 시도들과 더불어 배우의 존재를 보다 구체적으로 합리화시키기 위한 노력으로 표현수단에 대한 새로운 점검이 개입되게 되었으며 그 결과 배우의 표현수단이 20세기 초반 언어 위주의 시대에서 벗어나 언어와 신체를 모두 활용하는 총체적 표현의 시대로 접어들게 되었다.

우리는 여기에서 배우의 위상을 추락시킨 세 가지 원인에 대하여 살펴보고 그를 통해 배우에게 새로운 가능성을 줄 수 있는 방법을 모색해 보고자 한다.

1. 희곡의 지위

연극의 핵심적인 구성요소로 위에서 우리는 배우와 관객을 들었다. 물론 연극에는 이 외에도 매우 다양한 요소들이 개입된다. 장치, 조명, 의상, 분장, 음향, 효과 등 수많은 스탭의 작업이 개입되는 것이 사실이

---

7) Jean. Luc Saulnier, "Le lieu théâtral du XXe siècle", remises en cours transformations, innovations, in 『Axis』(No2, 1977) 15쪽

다. 그리고 여기에 희곡의 존재 또한 무시할 수 없다. 아니 어떤 면에서 본다면 그 어느 요소에 비하더라도 핵심적인 것이 사실 희곡일 것이다.

희곡은 물론 그리스 시대 연극의 기록이 시작되면서부터 존재하고 있다. 그러니까 아마도 연극의 가장 오래된 구성요소 중 하나로 볼 수도 있을 것이다. 그러나 그것이 보다 본격적으로 연극에서 그 중요성을 획득하게 되는 것은 르네상스 시대 인쇄술이 발달하면서부터라 볼 수 있다. 그리고 20세기 사실주의 연극이 일반화되면서 일상을 가장 손쉽고 편하게 그릴 수 있는 언어의 능력은 더욱 중요해져 갔고 이런 언어의 중요성 획득과 더불어 희곡은 연극에서 가장 중요한 요소로 변화되어갔다. 희곡이란 이처럼 시대를 거쳐오면서 그 중요성이 변하게 되어 오늘날에는 앞에서 말한 것처럼 배우의 위상을 위협하는 첫 번째 요소로 등장하게 되었다.

사실 많은 사람들이 연극의 창작을 분명하게 구분되는 두 개의 다소간 서로 다른 과정으로 이해하고 있다. 그것은 우선적인 희곡의 창작과 부수적인 연극적 시각화라는 과정을 말한다. 또한 많은 사람들이 희곡의 존재에 대하여 매우 중요한 가치를 인정하고 있다. 실제로 연극의 제작이란 이미 창작되어 있는 희곡의 시각화라 이해되고 있다. 그리고 희곡을 창작한 작가를 연극의 유일한 창조자이며 그것을 공연으로 제작하는 것은 다소간 부수적이며 나아가 희곡의 이해를 돕는 과정 정도로 밖에 인정하지 않는 경우도 매우 많다.

실제로 희곡은 연극이 존재하기 이전에 이미 공연의 모든 것을 포함하면서 연극의 존재를 어느 정도 한정짓고 있는 것도 사실이다. 희곡에 의하여 연극은 그 형태가 우선적으로 제한되고, 또한 희곡에 의하여 배우가 표현하여야 하는 것이 대부분 결정되어진다. 이런 개념으로 보면 분명 연극에서 가장 중요한 창조자는 작가일 것이며 배우를 비롯하여 연극제작에 참가하는 모든 사람들은 "작가의 생각을 손상시키지 않으면서 어떻게 무대화할 것인가"[8]에만 관심을 가지면 된다. 여기에 연극인들의 창조자로서의 존재는 인정되지 않는다. 이는 현재 연극이 제작되는 과정만 살펴보더라도 분명하게 드러나는 사실이다.

오늘날 연극제작은 어떤 과정을 거쳐 진행되는가? 연극제작에서 가장 먼저 시작되는 과정은 역시 희곡의 결정이다. 아니 때에 따라서 희곡의 결정이란 본격적인 연극제작을 선행하고 있다. 즉 연극을 제작하기 위한 본격적인 작업을 시작하기 이전에 이미 희곡이 결정된 상태에서 다음 작업을 진행한다는 의미이다. 이처럼 희곡이란 오늘날 연극의 제작에서 무엇보다도 중요한 자리를 차지하고 있는 것이 사실이다. 그리고 그 이후에 연출이 선택되고 배우가 결정된다. 물론 경우에 따라 배우가 가장 먼저 선택되고 그 이후에 대본이 쓰여지거나 혹은 연출이 선임되는 경우도 있다. 그러나 이런 경우에서도 보다 중요한 것은 작가의 의도를 훼손하지 않는 것이라 우리는 믿고 있다.

어쨌든 오늘날 연극제작에서 가장 먼저 개입되는 작업은 그 목적이 무엇이든 목적에 부합되는 희곡을 선택하는 과정이다. 그리고 만일 연출이 결정되어 있지 않다면 연출을 선임하는 작업이 그 이후에 따르게 된다. 따라서 연출이 희곡을 선택하든 아니면 희곡이 연출의 선임을 선행하든 어쨌든 연극의 출발은 분명 희곡이다. 희곡의 존재가 없이 연출은 의미가 없어지기 때문이다.[9]

그 다음을 따르는 과정은 소위 분석과 해석의 과정이다. 이미 선택된 희곡에 대한 이해와 지각이 필요한 과정이다. 물론 이 분석과 해석

---

8) Jerzy Grotowski, 『Jour saint et autres textes』(Paris, Seuil, 1974) 13쪽

9) 경우에 따라 배우가 먼저 결정되고 그 배우에게 어울릴 수 있는 희곡을 선택하거나 창작하는 경우도 있다. 그러나 이런 경우에서도 배우나 연출의 존재는 희곡에 완전하게 종속적이지 않을 수 없다.

과정의 대상 또한 당연히 희곡이다. 이미 선택된 희곡에 대하여 어떻게 이해하고 또 어떻게 남들과는 다른 새로운 시각을 거기에 추가함으로써 새로운 창작을 유도할 것인가? 어떻게 기존에 이미 창작되어 있는 다른 연극에서의 인물과는 다른 새로운 인물을 창작할 것인가? 그리고 연기를 제외한 다른 분야에서도 어떻게 기존의 작품과 차별을 유도할 것인가? 즉 한마디로 말해 희곡은 이미 창작되어 존재하고 있고, 그것에 대한 끝없는 새로운 분석과 해석이 바로 연극제작[10]이라는 관점이다.

어떤 면에서 보면 이는 분명 올바른 판단이다. 연극제작을 통하여 무대화 시각화되는 것은 분명 희곡임에 틀림없기 때문이며, 연기를 통하여 탄생되는 인물도 분명 희곡 속에 이미 존재하고 있음에 틀림없기 때문이다. 그러나 그렇다고해서 연극을 반드시 희곡에 종속시켜야 하는가? 연극과 희곡을 서로 다른 표현양식으로 이해할 수는 없는가? 특히 희곡의 재료와 연극의 재료가 서로 다른 것을 우리는 고려해야 하지 않는가? 희곡은 그 재료가 언어와 문자인데 비하여 연극은 그 재료가 인간을 비롯한 다양한 삶의 요소들임을 인정해야 하지 않는가? 이에 따라 희곡은 희곡으로서 연극은 연극으로서 서로 독립적인 예술형태로 인정하는 것이 합리적이지 않은가? 그리고 나아가 희곡을 연극제작의 한 요소로 인정해야 하지 않는가?[11] 마치 조각가가 나무를 이용하여 자신이 원하는 것을 만들어 (혹은 발견하여) 나가듯 연극도 배우 (혹은 연출)에 의하여 희곡 속에서 자신이 원하는 것을 만들어 (혹은 발견하여) 나가는 과정으로 이해해야 하지 않는가?[12]

---

10) 보다 구체적인 연극제작 과정에 대해서는 『연극제작 이렇게 한다』(김균형저, 서울, 예니, 1998)를 참조할 것.

11) 이런 연극과 희곡의 차이라는 문제에 대해서는 다음 책 <김균형, 『한국연극 그 탈출구는…』(예니, 1996)> 63-66쪽을 참조할 것.

더구나 희곡이란 창작된 상태로 완벽하게 존재하는 것은 아니다. 그것이 마치 악보와 같이 구체적인 하나의 코드와 기호로 구성된 것도 아니다. 반대로 동일한 언어적 표현을 가지고도 수없이 많은 또 다른 표현이 가능한, 어떤 면에서 본다면 독립적이기에는 너무도 부족한 표현수단이 희곡이라 말할 수 있다. 거기에 반드시 배우가 개입되고 그의 숨결에 의하여 역할이 생명을 얻을 때 연극으로서의 새로운 탄생이 가능해지는 것이다.

그러므로 희곡을 마치 연극이라 평가하는 것은 분명 잘못된 시각이다. 희곡은 그 자체로 문학적인 가치를 가지며 그것은 연극에서 보여지는 생명과는 분명 다른 것이다. 그리고 연극을 제작함에 있어 연출의 역할 또한 조각가와는 차이가 있다. 왜냐하면 그가 다루는 재료는 나무나 돌처럼 생명없이 조각가의 끌이 움직이는 대로 변화하는 무생물이 아니라 자신의 의지를 가지고 행동하는 살아있는 인간이기 때문이다. 따라서 희곡의 존재를 인정하고 연출의 역할을 인정할지라도 연극의 최종적인 마무리는 결국 배우에게 달려있다.

아무리 희곡과 연출의 지위가 중요하고 그들이 담당하는 역할이 연극에서 핵심적이며 중요할지라도 연극은 최종적으로 배우에 의하여 가능해진다. 배우가 관객들과 형성하는 관계에 의하여 연극은 그 실체가 완성된다. 그로토브스키가 감산의 원칙[13])을 통하여 연극의 본질을 밝

---

12) 여기에서 논점이 바뀔 수 있음에 유의하자. 위에서 언급한대로 표현하면 연극에서 창조자는 희곡 작가에서 연출가로 변하는 것이다. 그러나 이 문제는 이렇게 단순하게 얘기할 수 없으며, 또한 연극이라는 한 부분을 놓고 반드시 단일 창작자만 인정해야 한다는 규칙도 없다. 이 문제는 조금 더 논의를 할 것이며, 일단 우리는 연출과 연기 그리고 희곡 작가 모두를 연극제작에서 각각 독립적인 창조자로 인정하며 이 논의를 계속하고자 한다.
13) '감산의 원칙'이란 연극을 구성하는 요소들을 하나씩 제거해 나감으로써 최종적으로 배우의 연기만이 남는 "가난한 연극"의 핵심이론이다. 특히 Jerzy

힌 것처럼, 연출이 없는 연극도 가능하고 희곡이 없는 연극도 가능하다. 그러나 배우가 없는 연극이란 불가능하다. 배우의 존재가 없이 연극의 존재란 인정받을 수 없다. 배우가 등장하고 배우가 최종적으로 만들어내는 역할의 존재에 의하여 연극은 가능해진다. 따라서 희곡이 아무리 중요하다하더라도 그것이 배우의 지위 혹은 역할에 대한 근본적인 위협일 수는 없다. 배우에 대한 언급이란 곧 연극 자체의 존재와 본질에 대한 언급이기 때문이다.

따라서 앞에서 말한 연극을 희곡과 그것의 시각화로 분리해서 보는 것이 어느 정도 타당성을 인정받을 수 있다. 여기에서 한 가지 주목해야 하는 사항은 희곡의 시각화를 희곡과는 별개로 분리해서 보아야 한다는 것이다. 단지 희곡을 시각화한다고 해서 연극의 제작을 그 희곡 아래에 종속시키려 해서는 안된다는 것이다. 희곡은 희곡 자체로서, 그리고 연극은 희곡과는 다른 창작으로 인정해야 한다는 것이다.

사실 연출과 배우들이 행하는 연극제작을 해석적이라 말할 수 있다. 그러나 그 해석이라는 것을 창조가 아니라 말할 수는 없을 것이며 나아가 그것이 반드시 희곡에 종속되어야만 한다고 강요할 수도 없을 것이다. 연극과 희곡을 분리해서 생각한다면 이 둘은 그 구성요소들이 서로 상이한 다른 예술형식일 뿐이며, 분리하지 않고 동시에 생각한다면 희곡이란 연극을 구성하는 여러 요소들 중 하나일 뿐이다. 한마디로 말해 연극은 연극이고 희곡은 희곡이라는 것이다. 그리고 이 과정에 참여하는 배우의 작업을 희곡에 종속시킨다는 것은 더욱 불가능한 일이다. 배우의 작업이란 희곡에 의하여 인도되는 것이 아니라 자기 스스로의 삶으로부터 우러나오는 자연스러운 분출이기 때문이며, 희곡이란 이

Grotowski, 『Vers un théâtre pauvre』(Lausanne, L'Age d'homme, 1986), 31쪽을 참조할 것.

과정에 개입하여 분출의 길을 열어주는 일종의 "수술 칼"14) 역할을 담당하기 때문이다.

2. 표현방식의 변화

배우의 위상이 약화된 두 번째 이유로 우리는 배우가 무대 상에 존재하면서 사용하는 표현방식의 변화를 들 수 있다. 표현방식의 변화로 우리는 두 가지를 얘기할 수 있는데, 하나는 배우 외적인 요소의 변화를 말할 수 있고 또 다른 하나는 당연히 배우 자체의 변화를 들 수 있다.

배우 외적인 요소의 변화란 당연히 기술 발달에 따른 시청각적인 표현상의 보조도구가 발달했다는 것을 말한다. 즉 규모가 큰 극장에서도 확실하게 배우의 시각과 청각을 확장시켜줄 수 있는 카메라나 마이크의 등장을 말할 수 있을 것이며, 이외에도 극장에 도입된 수많은 시청각적 효과를 제작할 수 있는 효과기의 등장을 말할 수 있다. 즉 아주 단순한 포그머신부터 시작해 다양한 형태의 조명기 그리고 무대를 근본적으로 바꿀 수 있는 다양한 기계장치 등 과거에는 생각할 수도 없었던 너무도 많은 시청각적 효과가 연극에 도입되어 연극을 시청각적으로 매우 풍성하게 꾸미는 것을 가능하게 하고 있다. 그리고 이런 시청각적 도구들의 발달은 당연히 배우의 표현방식을 변화시키게 되었으며, 그 변화란 보조적 수단의 도움을 이용하든 아니면 그것을 직접적으로 사용하면서 활용하든 어쨌든 배우의 표현이 과거에 비하여 수축의 방향으로 진행되어 배우의 위상에 영향을 끼치게 된 것이 당연한 결과일 것이다.15)

---

14) Jerzy Grotowski, 『Vers un théâtre pauvre』 op.cit., 35쪽

이런 시청각적 요소의 개입은 물론 실외극장이었던 그리스 연극에서도 찾아볼 수 있다. 가면이나 가발 혹은 신발이나 확성기 등의 사용이 그것이다. 그러나 그런 것들이 단순하게 시청각적인 확장을 위한 목적으로 사용되었다면, 오늘날의 공연제작에 개입되는 시청각적 요소들은 확장이라는 기본적인 목적을 넘어 배우의 표현에 원하는 효과의 도입과 그를 통한 표현의 강조라는 보다 중요한 역할을 담당한다 말할 수 있다.

이런 시청각적 요소들의 본격적인 개입 역시 르네상스 시대부터라 말할 수 있다. 당연히 실내 극장이 건립되면서부터이다. 실제로 실내 극장이란 연극의 표현적인 면에서 가장 혁신적인 변화를 가져 온 첫 번째 요인일 것이다.

연극이 실내로 들어오면서 표현과 수용의 측면에 개입된, 즉 배우의 표현상 전이를 유도한 가장 큰 변화는 무대와 객석이 분리되기 시작했다는 것이다. 즉 이전 시대에 비하여 한쪽은 표현하고 다른 쪽은 수용하는 양극체제로 변화되기 시작했다는 것이다. 그러나 이런 체제에 대한 반발이 또 다시 통합을 요구하게 되었고 이후 연극사에는 분리와 통합이 반복적으로 나타나고 있다. 특히 20세기 사실주의에 이르러 분리는 정점에 달하게 되었고 이에 대한 반발로, 특히 연극에서 배우와 관객의 보다 효과적인 표현과 수용을 달성하기 위하여 어떤 정해진 무대와 객석의 관계보다는 보다 다양하게 변화시킬 수 있는 공연에 따라

---

15) 이런 현상은 오늘날 연극과 영화나 텔레비전의 연기를 비교해보면 매우 쉽게 이해될 수 있는 현상이다. 기본적으로 연기란 결국 동일하다. 차이가 있다면 연극은 온몸으로 행한다는 것이고 영화나 텔레비전은 선택적으로 행한다는 것이다. 즉 연극연기가 다른 요소들의 도움을 받는 것이 비교적 어려워 항상 신체 전체를 활용하는데 비하여, 영화나 텔레비전은 마이크와 카메라라는 도구를 이용하여 연기를 부분적으로 강조할 수 있다는 것이다.

120

임의로 설정할 수 있는 무대와 객석의 관계가 중요하게 대두되기 시작
했다.

무대와 객석의 관계란 사실 연극에서 가장 핵심적인 문제이다. 왜냐
하면 무대와 객석이 어떤 형태를 취하고 있는가에 따라 배우의 표현양
식이 결정되기 때문이다. 따라서 20세기 사실주의에서 배우의 표현양
식이 일반적인 전달형태로 변화된 것에 대한 반발로 정해진 극장에 무
조건 연극을 적용시키려는 극장 우선주의 보다 "새로운 무대와 객석에
새로운 형태의 작품이 적용되어야"16)한다는 극장 변화 이론이 20세기
후반 들어 보편적으로 인정되기 시작했으며 나아가 "각각의 공연에 고
유한 공간이라는 많은 연출가들이 요구하는 원리"17)가 보편화되어 공
연에서 무대와 객석의 관계는 보다 중요한 의미를 부여받게 된 것이
너무도 당연하다 하겠다. 특히 "각각의 공연에 고유한 관객/배우의 관
계를 설정하는 것이 본질"18)이라 강조했던 그로토브스키의 연극은 이
런 무대와 객석의 관계를 매우 실질적으로 설명하고 있다 하겠다.19)

다음으로 실내로 들어오기 이전의 연극과 실내로 들어온 이후의 연
극에서 또 다른 매우 중요한 변화는 공연의 기본적인 성격이 바뀌었다
는 것이다. 즉 전자가 다소간 모두가 함께 참가하는 축제적 성격이 강
했던데 비하여 후자에 들어서는 축제적 성격이 약화되면서 비교적 표

---

16) Denis Bablet, "La remise en question du lieu théâtral au XXe siècle", in 『Le Lieu
théâtral dans la Société Moderne』, op.cit., P.22

17) Georges Banu et Anne Ubersfeld, "L'espace théâtral; recherche dans la mise en scéne
aujourd'hui," in 『*Actualités art plastiques*』, N 45, (Paris, CNDP, 1979), P.45-1

18 Jerzy Grotowski, 『Vers un théâtre pauvre』, op.cit., P.19

19) 이런 커뮤니케이션 양식의 변화는 무엇을 의미하는가? 이것은 바로 배우의
역할 회복을 의미하고 있다. 왜냐하면 '각각의 공연에 각각의 공간'이라는 원
리의 기본원칙은 배우의 연기에 의하여 관객이 변화됨을 의미하기 때문이다.
기계나 기술적인 요인이 아니라 배우 스스로의 표현에 의하여 관객이 수용하
게 됨을 의미하기 때문이다.

현하고 바라보는 관점을 중시하는 무대에서의 볼거리 위주 연극이 되었다는 것이다. 이에 따라 무대는 볼거리를 제시하는 기계설비를 다양하게 포함하면서 점차 독립된 공간으로 발전하기 시작했다. 그러므로 배우의 표현은 기계장치에 의하여 도움을 받게 되었고 그만큼 배우의 표현의 폭은 작아지게 되었다.

르네상스 시대 극장에서 엄청난 기계장치를 이용하는 무대장치를 사용하는 오페라가 상연되기 시작하고 공간이 제한되면서 배우의 표현을 보충할 수 있는 다양한 시청각적인 장치가 사용되기 시작했다. 17세기에 가스등이 보급되면서 이런 변화는 획기적으로 진행되기 시작했으며, 19세기말에 전기가 보급되고 극장의 모든 조명을 한 곳에서 화재나 폭발의 위험 없이 안전하게 제어할 수 있게 되면서 특히 시각적인 부분이 배우를 보충할 수 있게 되었다. 물론 음향기기의 발전이 청각적인 부분에 개입하면서 연기 뿐 아니라 연극 자체의 변화에 또 다른 기여를 한 것도 사실이다.

이처럼 배우 외적인 요소들의 변화 혹은 발전과 더불어 배우 자체의 표현양식 변화도 매우 중요한 요인이라 하지 않을 수 없다. 단적으로 말해 공연이 실내로 들어오기 이전의 연극이 신체를 주로 활용하는 시각적 표현에 많은 부분 의존하고 있었다면, 이후 극장이 실내로 들어오면서 연극은 청각이 강화된 시청각적 표현으로 변화하게 되었고[20], 이전 시대 중요성을 그리 확보하지 못하고 있던 스탭의 여러 작업들, 그중에서도 특히 조명의 작업이 매우 중요하게 되었다.

---

20) '시각보다 청각이 더 중요해졌다'라 단언할 수는 없을지도 모른다. 그러나 분명한 사실은 '시각적인 부분이 이전에 비하여 덜 중요해졌다'라 말할 수는 있을 것이다. 청각이란 어차피 이전의 야외 연극에서 그리 중요한 자리를 차지하지는 못하고 있었다. 따라서 '시각의 중요성이 청각과 유사하게 되었거나 혹은 상대적으로 청각이 더 중요해졌다'라 말할 수 있을 것이다.

청각이 더욱 중요하게 되어가는 증거의 하나를 우리는 중세 말기부터 시작된 "코메디아 델라르떼(Commedia dell'arte)에서도 찾을 수 있다. 코메디아 델라르떼는 신체를 위주로 하는 표현양식이며 이는 르네상스를 대표하는 공연양식이다. 그러나 결국 코메디아 델라르떼는 르네상스를 마지막으로 쇠퇴하게 되고 18세기에 이르러 모두 극장공연으로 편입되게 된다. 왜 이런 결과를 맞이하게 되었는가는 또 다른 연구의 내용이 될 것이지만, 분명한 것은 이 공연의 핵심적인 표현수단이 신체였다는 것만은 분명하다. 그리고 이 공연은 야외에서 이동형 무대를 중심으로 진행되었다. 실외를 무대로 하는 공연은 이와 같이 신체를 위주로 진행되어야만 한다. 그러나 오늘날 우리에게 전달된 연극은 신체보다는 언어를 위주로 하는 연극이다. 즉 공연이 실내로 유입되면서 적극적인 시각적 표현을 위주로 하는 배우의 연기가 다른 요소들의 도움을 받는 다소간 소극적 시청각적 표현, 특히 언어 중심으로 변화되었음으로 의미하며, 이는 곧 배우의 표현상 위축이라 표현할 수 있을 것이다.

이처럼 내적이며 외적인 표현방식의 변화 역시 배우의 위상에 직접적으로 밀접한 영향을 끼치고 있다. 적극적으로 자신의 신체를 이용하여 자신을 표현하고 보여주려했던 과거의 노력이 지금은 외부적인 기계와 기술의 보조와 극장이라는 제한된 공간 덕분에 많은 부분 수축된 것이 사실이다. 그리고 이에 따라 배우의 역할이 많은 부분 그 중요성을 실제보다 덜 인정받고 있는 것도 사실이다. 배우는 마치 다양한 여러 요소 중 하나 정도로 인식되고 있는 것도 사실이다.

그러나 20세기 후반 이후 연기에서 신체의 중요성을 강조하는 사람들이 많아져 가고 있고 또 실제로 신체가 또 다시 표현의 중심으로 등장하고 있다. 이에 따라 배우들이 자신들의 표현방식을 스스로 확대하며 자신의 지위를 회복해 나가고 있는 것이 현재의 상황이라 말할 수 있을 것이다.

3. 연출의 등장

배우의 위상이 상대적으로 약화된 세 번째, 그리고 마지막 가장 중요한 이유로 우리는 연출의 등장을 들 수 있다. 앞에 언급한 두 가지 이유들이 다소간 해결되거나 혹은 나름대로 적응이 되고 있는 문제라면, 연출의 등장이란 어떤 면에서 볼 때 연극에 도입된 너무도 혁신적인 변화였다. 왜냐하면 연출이 등장하면서 동시에 20세기를 특징짓는 논리, 합리, 이성, 과학적 사고가 연극제작에도 함께 도입되었기 때문이며, 이에 따라 순수하게 감정적이거나 혹은 임의적인 표현양식이 교육을 중심으로 과학적으로 변화하게 되었기 때문이다. 그리고 이런 연출의 등장은 연극의 본질 자체를 위협할 수 있는 매우 심각한 변화가 되었다.

앞에서 이미 언급한 것처럼 20세기 연극은 사실주의로 대표된다. 현실의 한 장면 혹은 여러 상황을 무대에 재현함으로써 나와는 다른 또 다른 사람들의 살아가는 모습을 통하여 나의 삶을 되돌아보고자 했던 연극을 우리는 사실주의라 부른다. 사실주의의 가장 큰 특징은 역시 현실의 재구성에 있다. 이런 현실의 재구성은 연극제작의 첫 단계부터 치밀하게 계산된 비전에 의하여 가능해진다. 어떤 면에서 본다면 현실의 재구성이란 매우 단순하다 볼 수 있다. 있는 그대로를 무대에서 다시 그리면 되니까. 그러나 이렇게 완벽하게 재구성된 무대 상의 현실이란 역설적으로 관객을 무대에서 "더욱 멀어지게"21) 할 뿐이다. 이런 문제

---

21) Georges BANU et Anne UBERSFELD, *L'espace théâtral, recherche dans la mise en scène d'aujourd'hui*, in Actualité des Arts Plastiques, N.45, Paris, CNDP, 1979, P.45

를 해결하기 위하여 객관적인 시각을 가진 제3의 인물이 연극에 등장하게 되었으며 우리는 그를 연출이라 부른다. 그리고 이런 연출의 등장은 연극 역사에서 가장 혁신적인 부분 중 하나라 말할 수 있다. 연출이 등장함으로 인하여 연극은 소위 앙상블 플레이(ensemble play)의 길을 가기 시작했기 때문이다.

실제로 이전 시대 연극은 다소간 즉흥적인 방법으로 구성되었다. 연극제작의 대부분 영역에서 교육이란 도제의 방식을 통하여 일대일로 전승되었으며 그런 전승에 전체를 통합할 수 있는 총체적인 안목은 존재하지 않았다. 당연히 연기를 제외한 다른 부분들은 그렇게 중요하게 여겨지지도 않았다. 연극제작에서 스탭(staff)의 작업이 중요하게 되기 시작한 것도 결국 연출의 등장과 더불어서라 말할 수 있다.

연출이 등장하게 된 본격적인 시대적 배경으로 우리는 또한 극장의 출현을 꼽을 수 있다. 즉 연출의 등장은 르네상스부터 예견되었다 볼 수 있다는 뜻이다. 왜냐하면 이전 시대 지붕이 있는 본격적인 극장이 존재하지 않았을[22] 때와 극장이 존재하면서 공연이 실내로 유입된 이후 연극은 그 기본적인 구성의 원칙이 다르기 때문이다. 공연을 구성하는 다양한 요소들의 조합, 즉 그 구성코드가 근본적으로 달라지기 때문이다.

---

[22] 이전 시대에도 극장이 있었다는 것을 우리는 잘 알고 있다. 그리스 시대부터 로마와 중세에 이르기까지 서양의 역사를 거쳐오면서 극장은 기록이 시작된 이후의 모든 시대에 지속적으로 나타나고 있다. 그러나 르네상스 이전 시대의 극장을 본격적인 극장이라 평가하기는 어렵다. 왜냐하면 그 극장에는 지붕이 없기 때문이다. 물론 그리스와 로마의 일부 극장에서 지붕을 씌웠던 흔적을 찾을 수 있다. 그러나 설사 그렇더라도 이런 극장의 지붕은 영구적인 구조물이 아닌 일종의 천막이나 포장과 같은 임시적인 지붕이었다. 극장의 변천에 대한 보다 자세한 사항은 Richard and Helen Leacroft, 『Theatre and Playhouse』 (London, Methuen, 1984)를 참조할 것.

이처럼 르네상스 시대에 들어 본격적인 실내극장이 탄생하게 되면서 '공간'이라는 개념이 연극제작에서 매우 중요한 요소로 개입되기 시작했다. 이전 시대의 연극에서 공간이란 큰 의미를 가지지 않는다. 공간이란 단순하게 공연이 이루어지는 장소로서의 의미만을 가질 뿐이었다. 그 공간이 필수적으로 다른 공간으로의 전이가 요구되었던 것은 아니었다. 물론 그리스 등의 연극에서 공간을 구획하기 위한 몇몇 시도가 있었다. 그러나 그것은 무대를 구분하고 배우들의 등퇴장을 가능하게 했었던 공간의 기본적인 기능을 확보하기 위한 장치였을 뿐이었다. 근본적으로 르네상스 이전 시대의 연극 무대에서 공간이란 말 그대로 '연극 공간'의 역할을 담당하는 것으로 충분했다. 그것이 굳이 또 다른 어떤 구체적인 장소나 혹은 공간을 제시할 필요는 없었다.

뿐만 아니라 이 시대 공연되던 대부분의 희곡을 돌이켜 보더라도 구체적으로 장소를 명시할 필요는 없었다. 대부분의 작품이 현재 우리가 확인할 수 있는 그리스 극장의 형태와 유사한 전형적인 형태에서 장소의 변화없이 공연이 가능했기 때문이다.

그러나 르네상스 시대 극장이 생기고 공연이 실내로 유입되고 희곡이 점차 연극제작에서 차지하는 중요성이 강조되면서부터 연극에 근본적인 변화가 개입되기 시작했다.[23] 우선 희곡이 실내에 맞추어 변화하기 시작했다. 이전까지의 희곡이 실외를 배경으로 어떤 특정한 장소에

---

23) 전체적으로 보았을 때 르네상스 시대에 들어 개입되는 연극의 변화를 우리는 크게 10가지 들 수 있다. "예술의 창작과 소유가 개인화되었으며, 신이라는 공통분모가 상실되었고, 형태에 의하여 연극이 구속되기 시작했으며, 공연이 상설적으로 이루어지게 되었고, 연극이 일종의 특권화되었으며, 오락적이 되었고, 공연을 보기 위하여 돈을 지불하게 되었으며, 표현방식이 청각위주로 변화하게 되었고, 무대와 객석의 분리가 시작되었으며, 마지막으로 존재의 정당성이 상실되었다." 이상에 대한 보다 자세한 설명은「르네상스와 연극의 반전」(김균형, 드라마논총 XI, 한국드라마학회, 1998, 75~107쪽)을 참조할 것.

대한 지칭이 특별히 요구되지 않았다면, 그리고 그런 장소에 대한 지칭과 표현이 매우 단순한 방법으로 (예를 들면 중세시대의 '팬션(pansion)'과 같은) 충분히 가능했다면, 르네상스 시대부터 창작되는 희곡은 서서히 연극을 실내의 어떤 구체적인 장소로 이끌고 들어왔고 희곡이 요구하는 장소가 시각화되어야 할 필요가 생기게 되었다.

이런 실내로의 이동에 더불어 르네상스 시대의 극장이란 매우 규모가 크고 호화스럽게 건축되었으며 개인적 상업적인 목적들이 개입되었기 때문에 공연이 볼거리 위주로 구성되기 시작했고, 무대의 다양한 변화를 통하여 관심을 끌고자 하는 방법적 변화가 개입되기 시작했다. 이에 따라 무대에 대한 집중적인 투자가 행해지게 되고 엄청난 기계설비들이 무대에 설치되기 시작했다.

이처럼 무대가 변화하면서, 특히 다양한 시각효과를 가능하게 하는 기계설비가 등장하면서 연극이란 과거처럼 하나의 공간에서 하나의 장소를 통하여 표현되는 것이 아니라 하나의 공간에서 여러 개의 장소를 표현하는 형식으로 변화하게 되었다. 그리고 이런 변화를 효율적으로 진행하기 위한 어떤 인물의 등장이 결국 연출일 것이다. 즉 연출이란 르네상스부터 시작해 서서히 그 필요성이 인식되기 시작했고 사실주의에 이르러 본격적으로 연극사에 등장했다는 것이다.[24]

이처럼 르네상스 시대에 들어 연극에 등장하기 시작한 연출가가 20세기 사실주의 시대에 들어 본격적으로 중요한 역할을 담당하기 시작했다. 그 가장 기본적이며 중요한 작업은 무대 상에 현실을 있는 그대로 재현하는 것이다. 이를 위하여 가장 필수적인 작업이 바로 앙상블

---

24) 기록을 통해서도 이런 현상은 확인이 가능하다. 특히 셰익스피어(William Shakespeare)의 작품들에서 배우를 지도하는 상황을 보여주는 장면 등을 통하여 연출의 존재를 확인할 수 있다.

플레이(ensemble play)일 것이다. 정리되지 않고 애매한 현실이 아니라 연극을 구성하는 모든 요소들이 마치 톱니바퀴와 같이 어울려 하나의 통일된 이미지를 만들 수 있는 것이 중요하게 되었다.

실제로 오늘날 연출이란 마치 운동경기에서 감독과도 같이 연극제작에 참가한다. 배우들의 연기에 대한 주문 내지는 교육과 공연에서의 취사선택을 그 첫 번째 임무로 시작하여, 연극의 제작에 관여하는 모든 스탭의 작업에 이르기까지 연극의 모든 부분에서 방향을 결정하고 지휘하는 최후의 결정자이다. 말 그대로 연극의 조물주로 인정되고 있다.

이런 연출의 지위는 상대적으로 연기자의 지위를 매우 애매하게 만들었으며 나아가 절대적인 면에서 연극이 배우의 예술이라는 기본 명제를 뒤흔들었다. 왜냐하면 창작을 인도하는 것이 연출이 되었기 때문이다.

사실 오늘날 앞에서 이미 언급한 두 가지 요인들, 희곡의 지위상승과 표현양식의 변화는 어느 정도 해결되고 있다. 특히 혁신적인 연출가들이 등장하여 과거의 신체적 표현 등 배우들이 상실한 많은 것을 배우들에게 되돌려 주고 있다. 그러나 그러면서 동시에 배우가 직면한 보다 근본적인 문제가 바로 이 연출에 대한 문제이기도 하다. 연출가란 많은 경우에 마치 조각가와 같이 인식되고 있다. 그리고 배우들을 지도하고 인도하여 자신의 작품을 만들고 있다. 마치 20세기 초반 연극의 유일한 창조자가 작가로 인정되었듯이 오늘날 연출이 그런 지위를 차지해 나가고 있다.

그러나 분명한 것은 연극은 "배우와 관객 사이에 일어나는 어떤 것"이라는 것이다. 그리고 이런 사실을 또한 연출가들이 누구보다도 분명하게 인식하고 있다. 따라서 연출과 배우의 문제는 서로의 영역을 보다 확실하게 인정하면서 서로의 작업에 충실할 때 자연스럽게 해결될 것이라 보인다.

Ⅲ. 배우의 자율성 회복

앞에서 우리는 연극에서 배우의 위상이 축소된 이유를 크게 세 가지를 들어 설명했다. 희곡의 독점적인 지위 획득, 배우와 배우 주변의 표현방식의 변화, 그리고 조물주 역할을 담당하는 연출가의 등장. 그리고 이 세 가지가 각각 매우 심각한 변화를 초래했으며 또 한편으로는 연극을 매우 풍성하게 만드는데 기여했다고 말했다. 그렇지만 또 다른 한편으로 이 세 가지 이유는 결국 연극에 너무도 많은 변화를 개입시켰으며 나아가 연극은 배우의 예술이라는 본질 자체를 뒤흔들기도 하였다. 그러나 결국 다소간의 영향은 있지만 본질은 훼손되지 않았다.

희곡의 중요성도 많은 부분 변화되어 현재는 희곡과 연극에 대한 각각의 영역을 인정하는 독립적인 방향으로 정리가 되어가고 있고, 표현양식의 변화도 배우들 스스로의 작업을 통하여 새로운 보다 풍성한 표현방식의 변화로 진행되고 있다. 그리고 문제가 되는 것은 연출이 조물주의 역할을 하고 있다는 것인데 이 문제 또한 연출가들 스스로 자신의 작업과 배우의 작업에 대한 영역 구획에 따라 나름대로 정리가 되어 가고 있다.

특히 연출가들의 역할이 중요하다. 사실 20세기에 등장한 연출은 연극에 매우 강한 영향을 끼쳤다. 특히 배우들 스스로 즉흥연기를 중심으로 진행되던 연극을 처음부터 끝까지 어떤 정해진 원리를 설정하고 그에 따라 합리적으로 진행하며 제작에 임했던 것은 연극예술의 기술적인 발전에 매우 많은 영향을 끼쳤다.

그러나 반대로 연출이 행사하던 너무 큰 권위에 의하여 상대적으로 배우의 작업이 감소된 것도 사실이다. 때로 배우가 연출의 꼭두각시로 전락하기도 하였다. 그러나 현대 연극사에 등장하는 기억할 만한 몇몇 연출가들은 연극의 본질을 분명하게 깨닫고 있다. 연극의 본질이 배우와 관객이라는 것을 분명하게 이해하고 있다. 이들의 작업방법을 통하여 우리는 연극제작에서 배우들이 행해야 하는 작업범위에 대하여 생각해 보고 현재에 적용할 수 있는 가능성을 찾아볼 수 있을 것이다.

스타니슬라브스키는 그의 『역할창조』[25]에서 세 작품을 연습하는 과정을 보여주고 있다. 그리고 그 과정에서 그는 연출이 모든 것을 주도하는 연습과정을 요구하지 않는다. 반대로 주어진 장면들에 대한 즉흥연기를 통하여 배우들 스스로 역할을 발견해 나가는 연습방법을 제안하고 있다.[26] 일반적으로 행해지는 분석의 과정을 거치지만 그 과정에서 연출은 자신의 결정을 배우들에게 통보하고 앞으로의 진행방법에 대하여 설명하고 따를 것을 요구하는 것이 아니라, 분석이란 배우들로 하여금 스스로 역할과 동일시되는 준비과정이며 이 과정을 통하여 인간감정의 진실에 근거한 역할이 탄생할 수 있다고 이해하고 있다.

메이어홀드는 소위 바이오 메카닉(Bio Mechanic)에 근거한 배우 훈련을 기본으로 "행동의 모든 메카니즘"[27]을 적용시킨 배우의 자유로운 동작과 음악을 기본으로 공연을 구성했고, 아르또는 언어의 독점을 거부하고 다양한 "연극만의 고유한 표현수단"[28]을 도입하며 무엇보다도

---

25) Constantin Stanislavski, 『역할창조』(김균형 역, 서울, 소명출판, 2002)
26) 스타니슬라브스키는 사실 우리시대 연극의 모든 방면에서 선구자라 볼 수 있다. 단지 그가 너무 희곡에 종속되어 있었음으로 다소간 너무도 해석적인 연출가였다는 이유에 의해 특히 아방가르드 계열의 연출가들에게 많은 공격을 받았지만, 그가 연극사에 남긴 자취는 그 누구도 부인할 수 없을 것이다.
27) A. Slonimsk, Mises en scène, in <Le Théâtre théâtral>, 175쪽
28) Antonin Artaud, 『Le théâtre et son double』, 106쪽

"행동이 극장의 어느 곳에서건 펼쳐질 수"[29) 있도록 함으로써 "행동 그 자체의 연극"[30)을 창조하고자 했다. 그리고 그로토브스키의 가난한 연극이란 필수적이지 않은 모든 요소를 제거하고 "자신의 육체만을 이용하여 관객이 바라보는 앞에서 역할에서 역할로 전이되는"[31) 배우의 연기를 극도로 상승시킨 연극이었다. 리빙씨어터의 행위예술에 가까운 비언어 혹은 무언어 연극 또한 배우들의 신체표현이 그 가장 핵심을 이루고 있었다[32).

또한 현재 덴마크에서 작업하는 이태리 출신의 연출가 바르바에게는 "교환"이라는 개념이 중요하다. 이것 또한 철저하게 배우들의 연극이다. 배우의 작업이란 "자신의 사회적 존재 그리고 사회 속에서 자신의 인간조건 등에 대한 성찰"[33)이며 이것이 바로 연극에서 관객과 공유되고 교환되어야 하는 대상이다. 프랑스의 므누슈킨도 이와 비슷한 개념으로 작업을 하여 관객을 "대중의 역할을 하도록 불려진"[34) 사람들로 인정하여 이들과 함께 "시장의 연극"[35)을 진행하는 배우들이 연극의 핵심이다. 이들 모두에게 있어 연출 작업의 가장 중요한 핵심적

---

29) 같은 책, 149쪽

30) 같은 책, 148쪽

31) Jerzy Grotowski, 『Vers un théâtre pauvre』, 19쪽

32) 리빙 씨어터는 현실에 대한 거부에서 출발한다. "우리가 사는 세상은 슬픔을 창조하며 우리는 그곳에서 죽어가고 있다"(Julien Beck, 『La vie du théâtre』(Paris, Gallimard, 1978), 11쪽)는 선언에서 시작한다. 그리고 거기에서 탈출하는 방법으로 연극을 이용하기 때문에 이 연극에서 배우가 가장 중요한 역할을 담당한다는 것은 이론의 여지가 없다. 특히 이들의 집단생활 등에 대해서는 Pierre Biner, 『Le Living Theatre』(Lausanne, L'Age d'homme, 1968)을 참조할 것.

33) Toni D'Urso et Ferdinando Taviani, 『L'étranger qui danse』(Rennes, Maison de la Culture de Rennes, 1977), 12쪽

34) _______, Théâtre du Soleil, théâtre diffrent, in <Travail Théâtral VIII>, 1972, 25쪽

35) Raymonde TEMKINE, 『Mettre en scène au prsent, 2ème』, 116쪽

요소는 역시 배우이다. 배우의 연기이다. 연출의 작업이란 배우의 작업이 제대로 정리되기 위한 관찰자 및 충고자로서의 역할을 담당할 뿐이다.

우리는 브룩을 기억한다. 20세기의 가장 뛰어난 연출가의 하나로 인정받고 있는 연출가 피터 브룩의 작업방법으로 이 고찰을 마무리 하고자 한다.

"연습은 배우들이 작품에 대하여 생각하는 것을 자유롭게 제시할 수 있는 분위기를 만들어야 한다. 그래서 연습 초반부에 모든 것이 열려있어야 한다. 나는 배우들에게 아무 것도 요구하지 않는다. 어떤 의미에서 본다면 이런 방법은 일반적인 연습에 완전히 반대되는 것이다. 일반적으로 연습의 진행이란 연출가가 첫날부터 작품의 주제와 자신의 의도를 제시하는 것으로 시작한다. 나도 예전에는 그렇게 했었다. 그렇지만 그렇게 시작하는 것이 연습을 시작하는 최악의 방법이라는 것을 깨달았다.

따라서 우리는 훈련으로, 축제로 그리고 어떤 것을 하든 아무 것이나 하는 것으로 시작한다. 단 생각하지 않고. 나는 모든 사람들에게 좋든 나쁘든 어떤 것이든 제안하라고 부추긴다. 나를 포함해 어떤 것도 그 누구도 비난하지 않는다. 오히려 "왜 당신은 그것을 하지 않는가?"라 자극하고, 그렇게 하다보면 웃음도 생기고 쓸데없는 짓거리도 생긴다. 그러나 전혀 중요하지 않다. 이렇게 많은 재료들이 쌓이고 쌓여 서서히 형태가 생기기 시작하는 것이다.

처음 시작할 때 애매하던 것 중 핵심적인 것과 어울리지 않는 것들이 보이기 시작한다. 모든 것이 명백해지기 시작한다. 연출가는 끝없이 배우들을 자극하고 질문하고 새로운 시도를 해보도록 요구하며, 배우들이 스스로 찾고 뒤지고 파들어갈 수 있는 분위기를 만들어간다. 이렇게 하면서 배우는 스스로 그리고 다른 사람들의 도움으로 작품 전체를 휘저을 수 있는 것이다. 이 과정을 거치면서 형태가 나타나는 것을 볼 수 있다. 연습 후반부에 들어서면 배우의 작업은 작품의 밑바탕에 깔려있는 분명하지 않은 부분을 탐구하고 거기에 빛을 비추는 것으로 진행된다. 그리고 이런 작업을 하는 동안 연출가는 배우들의 생각과 작품 자체에 담겨있는 것들을 구분하는 작업을 한다."[36]

---

36) Peter Brook, 『Points de Suspension』, 16~17쪽

참고문헌

김균형, 『연극제작 이렇게 한다』(서울, 예니, 1998)

김균형, 『한국연극 가능성의 연극』(서울, 소명, 2000)

김윤철 역, 『연극개론』(서울, 한신문화사, 1995)

신현숙, 『20세기 프랑스 연극』(서울, 문학과지성사, 1997)

채윤미 역, 『연극의 이해』(서울, 예니, 1998)

Antonin Artaud, 『Le théâtre et son double』, (Paris, Gallimard, 1964)

Constantin Stanislavski, 『역할창조』(김균형 역, 서울, 소명출판, 2002)

Denis BABLET, 『Le décor de théâtre de 1870 à 1914』(Paris, CNRS, 1975)

Georges Banu, 『Les voies de la création théâtrale XIII』(Paris, CNRS, 1985)

Henri GOUHIER, 『Antonin Artaud et l'essence du théâtre』, (Paris, Librairie
        Philosophique J. Vrin, 1974),

Jerzy Grotowski, 『Jour saint et autres textes』, (Paris, Gallimard, 1974)

Jerzy Grotowski, 『Vers un théâtre pauvre』(Lausanne, L'Age d'homme, 1968)

Peter Brook, 『L'espace vide』(Paris, Seuil, 1977)

Peter Brook, 『Points de Suspension』, (Paris, Seuil, 1987)

Pierre Biner, 『Le Living Theatre』(Lausanne, L'Age d'homme, 1968)

Raymonde TEMKINE, 『Mettre en scène au prsent, 2ème』(Lausanne, L'Age
        d'homme, 1977)

Richard and Helen Leacroft, 『Theatre and Playhouse』(London, Methuen, 1984)

Toni D'Urso et Ferdinando Taviani, 『L'étranger qui danse』(Rennes, Maison de la
        Culture de Rennes, 1977)

Abstract

L'étude sur le totnt de l'acteur

Kim Gyun-hyeong

Aujourd'hui la posisiton de l'acteur est devenu un peu incertaine. Car beaucoup considèrent que tout ce que fait l'acteur est seulement devenir son personnage. L'acteur lui-même disparaît sous ce dernier.

Nous y pouvons distinguer en gros 3 raisons: l'importance mise sur la pièce théâtrale, le changement de modes d'expression et l'apparition du metteur en scène.

Avec le réalisme dans le théâtre la pièce théâtrale est devenue l'élément le plus important dans la production du théâtre, car celle-ci importe avant l'existence du théâtre tout ce qui doit être visualié. Deuxièment le mode d'expression de l'acteur a aussi changé. Autrefois l'acteur montait sur la scène avant tout avec son corps, c'est-à-dire le moyen d'expression le plus important était le corps de l'acteur. Mais avec le réalisme, avec l'importance mise sur la pièce théâtrale et avec l'utilisation monopolisateur de la langue, l'acteur utilise plus sa voix que son corps. Et troisièment le metteur en scène est devenu démiurge dans le théâtre. Non seulement il dirige l'acteur mais aussi contrôle tout ce qui concerne le théâtre. Avec l'apparition du metteur en scène, c'est surtout la position de l'acteur qui est menacée.

Aujourd'hui la position du metteur en scène est devenu vraiment importante. Du premier au dernier il a le pouvoir de faire tout ce qu'il veut dans la production théâtrale. Son travail commence par décomposer la pièce théâtrale et choisir l'acteur pour tel ou tel personnage, et par décider des mouvements des acteur et de choisir pour telle ou telle scène de tempo et de rythme appropriés. Et son travail termine avec l'incarnation des personnages sur la scène avec tous les moyens dont il dispose.

Pourtant on se demande s'il est normal de travailler de cette manière? Est-ce qu'il est normal que le metteur en scène assume le rôle de démiurge dans la production théâtrale?

Les deux éléments qui avons menacés la position de l'acteur sont en train de regagner leurs places initiales par l'intervention du metteur en scène. Pourtant même si l'acteur peut retrouver son importance de l'autrefois dans le théâtre grâce au metteur en scène, celui-là fait en face un autre problème qui est l'existence démiurgique du metteur en scène.

Beaucoup pensent que c'est le metteur en scène qui crée le jeu de l'acteur et celui-ci n'est qu'une sorte de marionette. Mais il n'est pas possible de travailler de cette manière. Personne d'autre ne peut donner un rôle déja fait que l'acteur lui-même. Le rôle est une sorte d'essence que l'acteur lui seul peut accéder. Bien que le metteur en scène peut ouvrir un chemin pour y accéder plus facilement c'est seulement par le travail de l'acteur le rôle peut se dévoiler. Donc l'acteur n'est que seul créateur de son personnage. Il ne faut pas oublier cette vérité au théâtre.

주제어 : 연기, 연출, 배우, 창작, 자유
Key Words : performance, direction, player, production, free action

종합예술의 개념과 현대연극운동*

남 상 식**

I. 들어가는 글

예술의 원형적 일체성, 공감각의 원리나 각 예술의 교류 그리고 거기에 근거한 예술적 통합에 대한 아이디어는 낭만주의 이래 많은 이상주의적 예술가들에 의해 이어졌다. 바그너(Richard Wagner) 이후 유겐트양식의 예술가들, 미래파와 바우하우스, 유럽의 구성주의자들 그리고 보이스(Joseph Beuys)와 같은, 2차 대전 후의 많은 멀티미디어 행위예술가들이 거기에 속한다.

주지하다시피 근대 종합예술의 이론은 바그너에 의해서 구체적으로 확립되었다. 그것은 그의 초기 저술『예술과 혁명』(1948)에서 그리스 비극에 대해 설명하는 가운데 처음으로 등장한다.[1] 바그너는 그리스 비

---

* 본 연구는 2000학년도 경기대학교 학술연구비 지원에 의하여 수행되었음.
** 경기대
[1] 바그너의 종합예술론은 그의 저술『예술과 혁명』(1849),『미래의 예술작품』

극이 공동체 사회의 산물이며, 비극적 예술의 근본적 특징은 그 공공성에 있다고 보았다. 그에 따르면, 그러나 그리스 시대 이후 시간이 지나면서 정치의 근대화에 따라 공동체 정신이 약해지고 이기주의가 확장되면서, 비극도 와해되었다는 것이다. 그러면서 본질상 종합적인 예술이었던 비극은 개개의 예술분야로 갈라졌다. 언어, 조각, 회화, 음악 등이 분화되어 발전하면서 서구 시민사회의 오페라, 발레, 연극을 낳았다. 이제 바그너는 "위대한 인류의 혁명"[2]을 통해 공동체적 사회의 재창조와 그에 상응하는 원형적이며 자연스러운 예술형식, 종합예술의 재탄생을 기대했다.

그런데 "근원적 연합 속에 있는 세 개의 순수한 인간적인 예술형태"인 "무용예술, 소리예술, 언어예술"[3]을 새로 조합하려는 바그너의 생각은 다양한 무대언어의 개발이라는 측면에서 매우 현대적이다. 바그너는 전통적으로 극예술의 변방에 있던 연기. 동작을 무대의 중심요소로 가져다 놓고자 했다. 그리고 그 다음이 음악적 요소이며, 고전 미학에서 중심에 있던 문자적 언어는 가장 낮은 단계에 위치했다. 무용은 당시 파리의 그랜드 오페라에서처럼 눈요기감으로서가 아니라[4] 음악과 대본에 들어있는 내용을 구체적으로 전시하는 요소이며, "인간이 지닌 가장 최고의, 가장 높은 표현 가치의 대상"[5]이었다. 장면의 주요 구성요소인 동작은 음악적 대본에 상응하는 표현매체로, 동작의 기술을 터

(1849), 『오페라와 드라마』(1850/51) 등 자신의 혁명적 정치, 미학 사상을 담은 초기의 대표적 저술, 이른바 '취리히 저술' 속에 나타나 있다.

2) Wagner, Richard, 「Kunst und Revolution」, Wagner R.,『Gesammelte Schriften und Dichtungen』(이하 GSD), (Leipzig, 1907) Bd. 6, 앞의 책, 28쪽.

3) Wagner, R., 「Das Kunstwerk der Zukunft」, Wagner, R., 『GSD』, Bd. 6, 앞의 책, 102쪽.

4) 같은 책, 72쪽 참조.

5) 같은 책.

득하지 못한 채 노래만 할 줄 아는 기존의 가수는 음악극의 연기자가 될 수 없었다. 그런 바그너의 요구는 부차적인 사항이 아니다. 그것은 미래의 연극, 음악극에게 근본적인 것이다. 문제는 음악과 장면의 통일적 연결이다. 바그너가 말하는 동작이 음악을 나르는 동작, 무용이어야 함은 그런 이유에서이다. 음악이 사실의 설명이나 수식에 머무르지 않고, 그것 자체로 본질의 표현이고 또 무대 위에서 비사실적, 비재현적인 형태로 표현 가능하다는 것, 그래서 무용 동작의 수용이 필요하다는 것, 그런 인식은 20세기 초 고전적 전위연극실험을 거쳐 멀티미디어를 활용하는 현대 종합예술 작업에서 계속 확장된다. 동작연극을 개발하고, 그로 인해 현대 연극의 태동에 결정적인 역할을 했던 상징주의 연극이 이런 인식 위에서 발전했음은 주지의 사실이다. 아피아(Adolphe Appia)나 크레이그(E. G. Craig), 푹스(Georg Fuchs), 베렌스(Peter Behrens), 메이에르홀드(V. E. Meyerhold) 등 어느 하나 바그너에게 직접적인 영향을 받지 않은 양식무대 운동가는 없다.

이 글은 20세기 초 현대연극운동에 나타난 종합예술의 아이디어와 실천에 대한 연구이다. 연구의 대상으로는 유겐트 양식, 직접 바그너로부터 영향을 가장 많이 받은 아피아, 연극의 문제를 고유한 연극적 요소의 종합-희곡이 아니라-이라는 테제로부터 접근하고자 한, 연출연극의 주창자 크레이그 그리고 예술과 사회의 통일, 예술의 종합을 목표로 내건 바우하우스로 정한다. 바그너가 그랬듯이 종합예술의 문제는 연극의 개혁이다. 이 논문은 그 문제가 각 사례를 통해 어떻게 구현되었는지를 밝히는 연구이다.

처음 단원에서는 20세기에 처음 등장한 문화운동과 축제연극운동에 나타난 종합예술의 핵심적 사안을 짚어보게 될 것이다. 그것을 통해 그것이 차후에 있을 발전과 어떤 연관을 갖는지도 알게 될 것이다. 그 다음 두 대상은 주로 연출적 측면과 관련해서 언급될 것이다. 그 속에서 각기 모색된 종합의 의미와 그 실천적 특징이 무엇인지를 밝히고자 한다. 그리고 바우하우스의 경우에서는 종합예술에 대한 좀 더 근본적이면서도 포괄적인 접근, 그것의 실험이 검토될 것이다. 그 단원의 논지는 바우하우스가 생각하는 종합의 이상이 건축에 있다는 사실을 염두에 두고서 전개될 것이다.

이 연구는 바그너에게서 분명히 그렇듯이[6] 종합예술의 개념이 예술 내적인, 형식적인 문제만이 아니라 사회적인 이상의 실천을 목표로 하고 있다는 사실을 간과하지 않는다. 그런 정황을 살피기 위해 필요하다고 여겨지는 사회문화적 배경과 모델을 언급하는 일은 당연하다고 할 것이다. 연구의 마지막 대상으로 바우하우스의 연극작업을 택한 것은 그곳의 작업에서 그런 사회문화적 이상의 실현으로서의 종합예술의 실험적 사례를 발견할 수 있으리라고 보기 때문이다.

Ⅱ. 종합예술로서의 연극

1. 유겐트 양식(Jugendstil)과 연극

베렌스는 1900년에 나온 『생과 예술의 축제』에서 양식무대의 의미를 설명하며, '양식'이라는 용어가 근본적으로 "총체적인 인상, 한 시대의 전체적인 삶의 이해로부터 나온 상징"[7]이라고 정의했다. 다분히 바

---

6) 거기에 대해서는 남상식, 「바그너의 '혁명미학'과 종합예술의 의미 연구―'취리히 저술'을 중심으로」, <한국연극학>, 20호(2003) 참조.

7) Behrens, Peter, 『Feste des Lebens und der Kunst. Eine Betrachtung des Theaters als

그녀의 종합예술 개념에서 영향 받은 바라고 하겠다. 베렌스는 그것을, 한편으론 시대의 총체적인 산물로서, 사회와 연결된 예술을, 다른 한편으론 모든 예술을 모아 만든 하나의 통일된 구성체로 해석했던 것 같다. 그는 연극적 기능의 변화를 바랬다. 그는 "민족문화의 축제를 위해 전체 예술에게 하나의 성지(聖地)가 될 극장, 넘치는 민족적 힘의 상징체"8)를 세우고자 했는데, 그런 문화적 성전은 바그너가 세운 바이로이트 축제극장처럼 그리스 극장건축을 모델로 삼았다. 푹스는 무대 앞의 가장자리 면을 없애고 무대와 객석의 사이를 가깝게 만들었다. 그에게 그 면만큼의 분리된 거리는-그것은 원래 원근법을 보장하기 위한 건축적 장치였다-인간의 소외와 주관−객관의 괴리를 의미했으므로 그것의 제거가 뜻하는 바는 적지 않았다. 그것이 상징하는 것은 무대와 객석의 통일이며 나아가 분열된 인간성의 회복이며, 생의 개혁이었다. 개혁된 연극은 거의 대체종교적인 기능을 가지는 듯했다.

그런데 진정한 의미에 있어 유겐트 양식의 독창성은 부조무대의 설치와 그 위에서의 동작연기 그리고 음악적 원리의 시각화로 정리되는 현대적 종합예술의 실현에 있었다. 베렌스는 원근법의 효과를 강조하는 상자갑 무대를, 돌출된 프로시니엄 외에는 깊이가 없어서 평면적인 무대의 인상을 주는 무대로 바꾸었다. 양각을 이용하는 평면적 조각방식을 일컫는 부조의 연극미학적 의미를 베렌스는 "드라마의 근본이 되는 선, 움직이는 선의 독특한 표현"9)의 강조에서 찾고자 했다. 유겐트 양식 고유의 수려하면서 단순한 선의 미학은 연기를 비롯한 모든 무대적 표현의 기본이 되었다. 평면화 하며 강조된 회화성은 자연주의식 모

---

höchsten Kulturszmbols』(Leipzig, 1900), 13쪽.

8) 같은 책.

9) 같은 책.

142

사와 어울리지 않았다. 부조무대는 어떤 대상을 모방하는 것이 아니라, 표현체의 예술적 성격을 드러내고자 했다. '해방된' 연극의 독자적 가치가 거기에 있었던 것이다. 그 성격을 만드는 주매체는 리드미컬한 인체이며, 음악적 리듬은 연기를 결정하는 원리였다. 푹스는 연기의 무용적 양식화를 주창한 영국의 연출가 크레이그와 같이 연기자의 원형을 무용수에서 찾았다. 이것은 연극사상 주목할만한 진전으로, 연극 기호의 혁명적 변화를 이끈 발견이었다. 푹스는 자신의 글『미래의 연극무대』에서 다음과 같이 말했다.

연극은 모든 예술장르의 균등한 참여로 완성되는 것이 아니라, 그 자체로서 하나의 예술이다. 연극은 다른 목적과 다른 기원을 가지고 있으며 그래서 여타의 예술 장르와는 다른 법칙과 자유로움을 갖는다. (...) 드라마는 말과 음악, 장치와 의상 없이 그저 인간 육체의 리드미컬한 움직임만으로도 가능하다. 다만 연극예술은 모든 여타의 예술장르가 가진 자산을 가져다 그 리듬과 형식을 확장할 수 있다.[10]

푹스가 생각한 연기의 본질은 리드미컬한 동작에 있었다. 음악은 세계의 본질과 보이지 않는 세계의 묘사를 가능하게 하는 매체였고, 음악적 동작연기의 개발은 현실을 넘어서서 이상의 세계를 지향하는 문화적 복음으로서의 연극에게 절대적인 일이었다. 여기서 푹스에게 영향을 준 두 가지의 공연 형태가 있다. 그 첫 번째는 '꿈의 춤꾼' 막델레네(G. Magdeleine)가 보여준 최면상태에서의 춤이었다. 푹스는 그 춤을 1902년 심리학회의 모임에서 처음 보았다. 막델레네의 경우에서처럼, 최면술사의 인도에 따라 무아지경에 이른 무용수가 주어진 상황에 맞는 감정을 표현하거나 텍스트가 읽혀지면 거기에 맞춰 춤을 추는 광경을 본 후, 푹스는 일상의 초월을 표현하는 춤의 가능성을 발견했다고

---

10) Fuchs, Georg, 『Die Schaubühne der Zukunft』(Berin/Leipzig, 1905), 8쪽.

생각했다. 이런 '디오니소스적', 비이성적 초월에 대한 관심의 배경에는 물론 쇼펜하우어와 니체가 있다. 위에서 언급한 유사 종교적 행사에 가까운 연극은 이런 황홀경의 무용적 연기가 주도하는 것이다. 객석 앞으로 돌출된 무대건축에서 가능해진 무대와 관객의 만남은 이런 예술적 의도가 무대뿐 아니라 관객까지 장악하고 그래서 공동의 총체적 체험이 형성되도록 계산된 것이다.

푹스가 이상적인 공연형태로 소개하고 있는 두 번째 형태는 일본연극이다. 그는 일본 연극을 1901년 베를린을 찾은 카와카미와 사다 야코의 일본 극단을 통해 보았다. 그는 그 공연에서 극적 표현의 대안적 형태라고 할 몇 가지, 즉 수려한 평면적 단순성-유켄트양식의 회화도 여기에서 영향받은 바 크다-그리고 마치 인형을 연상시키는 극단적으로 양식화된 동작, 장면의 비사실주의적, 색채주의적 회화성을 발견했다. "리드미컬한 색채주의"의 일본 공연예술가가 "의상과 무대장치의 색조 구성을 통해 정말 훌륭하게 작품의 심리적 진행을 뒷받침하고 있다"고 본 푹스는 자신의 연극에서도 연기자의 의상을 "고전이나 현대를 떠나 좀 더 높은 표현원리를 향한 양식화"[11)의 도구로 이용하고자 했다. '리드미컬한 색채주의'는 후에 자신의 양식화된 무대를 위한 중심 아이디어가 된다.

푹스는 이런 생각을 자신이 당대의 건축가 리트만(Max Littmann)과 함께 세운 뮌헨의 '퀸스틀러테아터'(Künstlertheater, 예술가 극장)에서 실현하고자 했다. 그러나 그의 생각은 구체적인 연출적 능력의 부재로 무대에서 온전히 옮겨지지 못했다. 1908년 극장의 개관과 함께 공연된 《파우스트》와 《네 멋대로 해라》도, 가령 만(Thomans Mann)과 같은 사람 몇에게서 받은 긍적적인 평가를 제외하고는 당시 독일에서 그다지

---

11) 같은 책.

144

좋은 평을 듣지 못했다.

그렇지만 그의 생각은 유럽의 반자연주의적 연극운동에 큰 영향을 끼쳤다. 재능 있는 예술가였던 크레이그가 푹스의 아이디어에 영감 받은 바 크고, 특히 러시아의 연출가 메이에르홀드는 자신의 양식무대이론의 정립 과정에서 푹스의 생각, 즉 부조무대와 무용적 동작에 기초하는 연기 그리고 회화적 상징주의 무대디자인 등의 쟁점들을 자세하게 연구했으며 러시아에 소개했다. 메이에르홀드의 상징주의적 연극이론과 공연의 대부분은 거기에서 나온 것들이다.

2. 아피아와 종합의 원리-조형적 공간을 위한 요소의 구성

아피아는 바그너주의자이다. 아피아가 연극과 인연을 맺게 된 것은 바이로이트에 있는 바그너의 축제극장에서 ≪파시팔≫을 보면서였다. 그는 그 음악극에 감탄했다. 그는 다른 오페라와는 비교할 수 없을 정도로 극의 구성을 확실하게 지시하는 언어와 순수하게 '내부적 드라마'의 전달체로 쓰인 음악의 작용을 감지했다.[12] 아피아는 작품이 상연된 축제극장의 건축양식이 시대를 넘어서서 그리스의 민주주의 연극, 그리고 그 극장과 만나는 국면이 디오니소스의 에너지인 음악의 정신에 의해 조성되고 있음도 발견했다. 그러나 그는 비판적인 바그너주의자였다. 비판의 대상은 음악극의 진부한 상연방식이었다. 그는 음악극이 특히 시각적인 측면에서 사실의 모사와 일루션주의에 얽매여 진정한 의미에서의 종합예술을 이루지 못하고 있다고 보았다. 그런 비판적 인식에서 그는 음악의 공간적 표현을 위한 무대구성을 연구하게 된다. 그

---

12) Appia, Adolphe, 『Die Musik und die Inscenierung』(München, 1905), 121쪽 이하 참조.

러나 1892년에 불어판『니벨룽의 반지를 위한 연출』을 통해 제안한 새로운 음악극의 공연방식은 코지마 바그너에게 거절당하고, 1895년에 다시 불어로『바그너 드라마의 연출』을 내놓았으나 이렇다할 반응을 얻지 못했다. 그러다 독일어판『음악과 상연』이 나오자 독일어권으로부터 큰 호응을 받았다. 이 책은 연극의 고유한 성격 확인을 위한 무대요소(연기자, 무대장치, 공간, 조명 등)의 유기적인 교류와 그 종합적 조직에 대해 언급하고 있으며 또한 바이로이트 공연방식의 비합리성과 나아가서는 새로운 시대정신이 필요한 당대의 문화적 상황에 대해 설명하고 있다. 책의 끝에는 부록으로 바그너의 작품 ≪트리스탄과 이졸데≫와 ≪니벨룽의 반지≫의 연출방식을 사례로 소개하고 있다. 이 책의 서론은 삼차원적인 연기자와 이차원의 무대미술(그림) 사이에서 나타나는 부조화를 지적하며 시작된다. 무대 위의 그림은 상세하게 사실을 재현하여 일루션의 생산을 목표로 하지만, 그림의 이차원성은 동적인 연기와 어울리지도 않고, 또 사실의 재현 자체가 어차피 예술적 가공이어야 할 무대의 표현에 걸맞지 않는다는 것이었다. 아피아는 연극에다 연극 고유의, 무대의 본질적 표현요소를 돌려주어야 한다고 주장했다. 무대는 그것들의 종합을 담는 공간이었다. 종합예술로서의 공연을 완성하는 요소는 바로 그 공간이었다.

아피아는 1899년『음악과 상연』을 발표하면서부터 종합예술의 독자적 실현을 위한 자신의 연극을 '언어-음악극'13)이라고 명명했다. 이 언어-음악극이야말로 종합예술에 대한 꿈을 담은 바그너의 음악극이 이루지 못했던 무대 위 시각화된 음악의 표현, 완성적인 종합예술의 징

---

13) 이 용어는 아피아가 그 당시 유행하고 있던 연극, 특히 언어에 의해 주로 이뤄지는 연극을 극복하기 위한 형식으로 설정해본 것이다. 언어-음악극이 사실주의적 언어연극과 가장 다른 점은 모든 상연을 음악의 추상적 분위기와, 동시에 그것이 가진 역동성 그리고 무엇보다 그 정밀성에 맡긴다는 점이었다.

표인 그림공간을 성취할 수 있는 극예술의 모범적인 사례여야 했다. 그런데 여기 언어-음악극의 시각적인 실행과 관계해서 중요한 개념이 있다. 그것은 공간이었다. 음악이 선도하는 시간의 원리가 존재하는 공간의 환경 만들기라는 의미에서 아피아는 자신의 연극을 '공간-시간의 예술'이라고 규정했다.

아피아의 공간 연구가 '빈 공간'에서 시작됨은 시사하는 바가 크다. 그것이 빈 공간을 연극 표현의 대상으로 설정한 첫번째 경우이기 때문이다. 여기서 무대미술의 원리를 결정했던 이차원적 회화의 전통, 눈속임에 불과한 일루션주의는 효력을 잃었다. 공간연극을 만들기 위해 빈 공간을 최소 무대요소들로 채우는 조형적 구성은 네 단계로 이루어진다. 그 첫 번째가 그것과 인체와의 만남에서이고, 두 번째가 그것과 건축적인 오브제(계단, 기둥, 원통형이나 육면체의 입체물 등), 그리고 세 번째가 그것과 인체 및 오브제와의 상관관계 속에서였다. 그러면 그것의 완성은 빛(조명)이 이루는 것이다. 그 조형적 구성을 가능하게 하는 기술은 흥미롭게도 큐비즘과 같은 추상회화의 경우에서처럼 기하학의 세계에서 나왔다. 『살아있는 예술작품』에 나와 있듯이 공간구성을 위한 인체와 공간의 만남에 관한 연구는 다음과 같이 시작한다.

우리는 이제 두개의 기본 선을 생각해야 한다. 우선 수평적인 것부터인데, 그 이유는 인체가 그 위에서 자신의 무개를 드러내며 존재하기 때문이다. 다음이 수직적인 것인데 그것은 인체의 서 있는 상태와 상응하는 그런 것이며, 인체가 늘 안에 보유하고 있는 것이다.[14]

한 점에 고정되어 있던 인체는 자신의 동작을 통해 "공간에 자리를 잡고, 그 공간을 측량하면서 자기를 표현하는데"[15] 이 절대적인 행위

---

14) Adolphe A., 『Das lebendige Kunstwerk』(München, 1968), 16쪽.
15) 같은 책, 25쪽.

(관계)가 무대에 생명을 주는 '살아있는 예술작품'의 근간을 이룬다. 공간의 조형성은 인체가 음악을 나를 때 리드미컬해지는 연기자의 동작, 무용적으로 표현된 움직임에서 더욱 살아난다. 음악의 시간성이 움직임에 전이됨으로써 언어-음악극은 위에 언급한 개념인 공간-시간의 예술의 형태를 갖게 되는 것이다. 이런 공간—시간예술에 대한 인식은 미래파에서부터 윌슨(Robert Wilson)이나 프라이어(Achim Freyer)와 같은 20세기 후반의 회화적 연출가들의 실험연극에까지 지대한 영향을 끼친다.

무대의 최소 단위 중 하나인 인체와 그 동작의 존재가 이미 시각적인 긴장감을 유발시킨다고 보고 그 확인작업을 하는 실험은 1920년대 미술가들의 참여로 이뤄지는 추상연극에서 널리 성행하였다. 물론 그때 무대에 등장하는 요소는 각종 물체에서 에너지(빛, 색)에 이르기까지 다양했다. 아피아가 연구했던 무대미술도 빈 공간에 오브제로서 입체적, 기능적인 물체가 들어서는 상황으로부터 시작되었다. 육면체, 원통, 계단 등은 움직이는 인체와의 유기적인 연결을 통해 회화적 무대의 부동성을 깨고 역동성과 조형성을 창조하는 과제를 가졌다. 숨어있던 빈 공간의 기하학적 긴장은 이 기능적 도구의 개입으로 분명해지고, 풍부해진다. 아피아는 인체가 그의 무대적 환경과 더불어 만들어 내는 무게나 중력, 기하학적, 건축적 효과를 알고 있었다. 연극성이란 그런 무대의 장면적 효과에서 '살아나는' 것이라고 보았다.

정확하게 각이 진 사각면의 기둥 하나가 있다고 하자. 그것은 받침대 없이 평면 위에 서 있다. 이 기둥에 한 인체가 다다간다. 이 인체와 부동의 기둥 사이의 대비로부터 벌써 표정이 넘치는 생의 느낌이 생성된다. [...] 그 뿐이 아니다. 굽고 둥글 둥글한 인체의 선은 기둥의 곧은 면과 능각(稜角)과 근본적으로 차이를 드러내는 것이다. 이 대비는 그 자체로서 이미 표현적이다. 이제 인체는 그 기둥에 닿는다. 대비는 더욱 커진다. 마지막으로 인체가 기둥에 기대는데 기둥의 부동성이 그에게 확실한 지짓대가 된다. 말하자면 그 기둥이 인체에 저항하는 힘을 가진다는 것이다. 그것이 행동을 한다는 말이다! 그 저항이 잠자던 형체에게 생명을 부여했고, 공간은 살아나게 된 것이다.[16]

공간을 구성하는 법칙은 무엇보다도 인체의 동작을 통해 가시화 되는 음악의 리듬에 의해 결정되었다. 모든 요소의 연결은 그야말로 음악의 그것처럼 철저하게 기계적으로 이뤄져야 했다. 연기자의 움직임은 사실주의와 언어연극에서처럼 그 개인의 감정이 만드는 게 아니다. 그에게 생의 경험에서 얻어진 정서적 기억은 불필요한 것이 되었다. 연기자의 움직임을 결정하는 것은 마치 작곡가가 가수나 연주자에게 그러한 관계에 있는 것처럼 언어-음악극의 작가였다. 연기자는 음악의 악보가 생산하는 구성적 조직에 완전히 들어가야 했다. 연주자가 악보를 따라가는 기술을 가져야 하듯이 연기자는 고도의 정밀함과 세련된 기술[17]로 무장하고 자신은 그 기술 뒤로 숨는 이른바 기계와 같은 '탈개인화'된 존재였다. 여기서 크레이그가 원한 바, 초인형의 모습에서 완성되어야 할 상징주의의 전형적 연기자가 그 모습을 드러낸다. 연기자에겐 그 정밀함의 이행을 위해 고도로 숙련된 신체적 조건의 정복이 가장 중요한 선결 과제였다. 연기자는 더 이상 작가와 관객을 잇는 중심이 아니다. 그는 "음악과 공간 사이를 동작이라는 매체를 통해 연결하는 자"[18]로서 종합예술의 이행을 위해 다른 무대요소들과 서로 녹아

---

16) 같은 책, 27쪽.

17) 아피아는 연기자가 하는 극의 진행을 무용에서와 같이 철저하게 지시하는 음악의 악보와 비교될만한 상연대본을 만들고자 했다. 이런 생각은 후에 슐렘머(Oskar Schlemmer)나 슈라이어(Lothar Schreyer), 모홀리 나쥐 (Laszlo Moholy-Nagy) 등이 벌인 추상적 그림연극의 실험에서 실현된다.

18) Kreidt, Dietrich, 『Kunsttheorie der Inszenierung. Zur Kritik der ästhetischen Konzeption Adolphe Appias und Edward Gordon Craigs』(Berlin, 1968), 55쪽.

어울려야 할 또 하나의 요소, 배우라기보다는 무용수에 가까운 그런 요소일 뿐이다. 물론 아피아에게 연기자는 그 동작의 가능성 때문에 모든 요소 중에서 특별한 매체였고, 따라서 그것에 관한 연구도 그의 일생에 걸쳐 끊임없이 진행되었다. 절대적인 권위나 독자성이 사라졌지만, 그러나 연기자는 현실의 모사를 할 필요가 없으므로 거기에서 자유로워져 새로운 차원의 독립을 갖게 된 셈이었다.

아피아에게 공간구성의 완성은 빛에 의해서 이뤄진다. 조명은 무대의 어떤 장소를 밝히는 게 아니라 희곡의 내부를 실어 나르며 음악의 감정적 측면을 보여 주는데 필요한 없어서는 안 될 요소였는데, 그 이유는 그것이 빛 특유의 역동성이나 그 형태(Form)[19]의 입체성으로 공간에 움직임을 부여하고 인체에 옮겨진 음악적 동작과 어울려져 다른 어떤 요소보다 자유롭게 움직일 수가 있기 때문이다. 조명은 장치의 리드미컬하고 조형적인 형태를 변화시키지 않고도 분위기를 바꾸며 스스로 표현하는 능력을 가졌다고 평가되었다. 이런 아피아의 생각을 현대인의 시각에서 볼 때 구태의연하다고 생각한다면, 그것은 아피아가 조명과 관계해서 본 바, 극이 가진 내면적 언어 표현가능성의 탐구라는[20], 현대연출의 중요한 미학적 가능성을 간과한다. 극의 내부 언어를 표현하는 두 요소로서 음악과 조명은 공통적으로 비물질적 존재이며, 이런 성격이 그것들에게 환상적인 표현력을 부여하는 것이다. 빛의 자유스런 리듬이 만드는 신비스러운 조형, 공간을 나누고 구성하여 이룬 경이로운 회화적 세계가 극적 본질을 암시해 보여 준다는 믿음과 거기에 대한 실제적 연구는 현대 음악극이나 무용극과 그림연극이 만나는 국

---

19) 아피아는 조명이 이끌어 내는 상징이나 암시를 위해 쓰이는 것으로 빛과 어둠 외에 회화적 구성에 절대적인 색과 형체(Form)를 들었다.

20) Appia, A., 『Die Misik und die Inscenierung』, 앞의 책, 89쪽 참고.

면을 생각해 볼 때 예언적이다.

리드미컬한 소리와 조명이 만나는 지점은 결국 인간의 육체이다. 아피아는 스스로 "인체는 음악과 빛의 두 부분으로 된 신의 육화된 모습이요, 두개가 화해하는 종점이다"[21]라고 말한다. 이런 의미에서 공간－시간예술인 언어－음악극의 시각적 표현이나 연기와 공간의 만남이 그 구체적인 형태를 갖게 되는 데에는 아피아와 같이 음악교육가 쟈크 달크로즈(Emil Jaques-Dalcroze)의 음악－동작관계연구의 결과인 '율동체조'가 크게 기여했다고 할 수 있겠다. 달크로즈의 학교에서 행해진 교육프로그램의 하나였던 율동체조는 악보의 한 음마다 특정한 인체의 동작이나 태도를 지정하여 결국 음악작품 하나가 동작이라는 공간적인 현상 속에서 통역되도록 하는 실험이었다. 자신의 생각과 유사한 작업을 발견한 아피아는 이곳에서 공간－시간예술이론의 실현 가능성을 확인하기 위해 율동체조교육에 직접 참가했다. 그리고 그는 달크로즈에게 자신이 만든 기하학적 물체의 공간과 그 동작의 다양한 만남을 무대에서 실험하도록 제의했다. 그 실험을 위해 그가 그린 공간디자인이 이른바 '리드미컬한 공간들'이라는 시리즈였다.

1910년, 상징주의와 양식무대로 대표되는 20세기 연극운동과도 걸맞는 슬로건이라 할 '새로운 생의 창조'라는 기치아래 꾸며진 도시 헬레라우(Hellerau)에다 달크로즈가 자신의 학교를 세울 때 아피아는 건축을 포함한 회화적 작업의 자문역을 맡았다. 아피아의 영향은 학교의 축제극장이 상자갑 무대가 아니라 이른바 열려진 '공간무대'[22]의 한 모델로

---

21) Appia, A., 「Zur Reform unserer Inszenierung」, 카탈로그, 『Adolphe Appia 1862 -1928. Darsteller-Raum-Licht』(Zürich, 1982), 47쪽.

22) 공간무대의 개념은 이후 1920년대부터 전위적인 연극예술가나 건축가들이-키슬러(Friedrich Kiessler), 그로피우스, 몰라르(Farkas Molnar), 샤빈스키(Xanty Schawinsky), 바이닝거(Andreas Weininger), 리짓츠키(El Lissitzky) 등이 여기에 속

서 무대와 객석이 혼합된 구조를 하고 있음에서 확인할 수 있다. 무대 공간은 공연마다 새롭게 구성될 수 있도록 만들어졌고 여러 기구와 훌륭한 기술을 동원해서 조명을 완벽하게 형상적 요소로 이용할 수 있도록 해 놓았다. 연극사상 최초의 일이었다. 이 공간무대에서 1912년부터 축제가 거행됐는데, 달크로즈가 작곡한 판토마임극 ≪메아리와 나르치스≫, 글룩(Christoph Wilibald Gluck)의 오페라 ≪오르페우스와 에우리디케≫ 그리고 클로델(Paul Claudel)의 종교적 작품인 ≪선포≫ 등이 상연되었다. 여기서 아피아는 자신의 공간 디자인을 무대에 옮길 기회를 가졌고, 특히 『오르페우스와 에우리디케』는 대단한 반향을 불러 일으켰다. 이 작품을 본 관객 가운데에는 스타니슬랍스키(Konstantin Stanislawski), 쇼우(Bernard Shaw), 호프만스탈, 라흐마니노프(Sergei Rachmaninow), 라인하르트(Max Reinhardt) 그리고 디아길레프(Sergei Diaghilev) 등이 있다. 헬레라우에서 실현의 첫 발을 내딘 아피아의 무대공간디자인은 곧 유럽의 아방가르드 연극에 영향을 주었지만, 그 스스로는 더 이상의 본격적인 실험을 하지는 못했다. 1923년 밀라노에서 ≪트리스탄과 이졸데≫ 그리고 1924/25년 바젤에서 ≪니벨룽의 반지≫의 무대디자인을 할 기회를 가졌지만 작업 자체나 반응에 있어서 성공적이지 못했다. 그러나 그의 영향은 표현주의의 시각화 작업이나 구성주의적 경향의 추상적 공간무대의 실험 그리고 진보적인 바그너 공연에[23] 즉각적으로 나타났다. 그리고 그 영향은 반세기 지나 바이로이트의 바그너 축제극에서 빌란트 바그너(Wieland Wagner)와 볼프강 바그너(Wolfgang Wagner)에 의해 계속

  한다-참가해서 만든 현대의 상징적 건축물로서의 극장설계에 대명사처럼 붙어 다닌다.

[23) 바그너 작품 상연의 전통을 깬 무대미술은 비인에서 롤러(Alfred Roller) 베를린 크롤 오페라에서 뒬베르크(Ewald Duellberg)에 의해 시도되었다. 이들의 디자인은 아피아의 그것을 거의 복사한 것과 같은 분위기를 준다.

이어졌다.

3. 종합예술의 완성을 위한 공간구성-크레이그

크레이그는 연출의 의미를 연극의 요소에 대한 기술적인 장악에서 찾았다. 흥미로운 것은 그 요소가 동작, 언어, 선, 색(빛), 리듬 등 근원적인 연극 고유의 것들이며, 기술적인 장악의 최종 목표가 그것들의 유기적인 구성, 종합에 있다는 사실이다.

연극예술은 연기도 아니고 희곡도 아니며, 또한 무대장치나 무용도 아니다. 연극예술은 그런 각 영역들을 함축하고 있는 요소들의 모임으로 이뤄져 있다. 가령, 동작이 그것이다. 그것은 연기의 근본을 의미한다. 또 언어가 있다. 그건 희곡의 몸체가 된다. 선과 색은 무대장치의 핵심이다. 그리고 리듬이라는 요소도 있다. 무용의 본질을 이루는 것이다.[24]

그런 구성으로 무대가 추상적인 모습을 띄게 되는 것은 자연스러운 일이며, 그것은 근본 요소의 연구와 그것의 구성에 천착한 현대 회화의 경향을 상기시킨다. 연극사적으로는 문학의 전횡으로부터의 해방을 의미하기도 하는 크레이그의 연출에 관한 아이디어는 기본적인 무대 요소의 구성을 바탕으로 하는 종합예술의 진정한 실현을 목표한다. 이제 그 구성이 이뤄지는 공간에 대한 연구가 시작되고, 연극의 시각적인 가치가 강조되었다. 물론 시각적 구성은 리듬으로 전이된 음악이 주도한다. 그런 종합의 공간은 완전히 하나의 키네틱 아트가 된다.

크레이그는 연극적 기본 요소들, 즉 '동작, 언어, 선, 색, 리듬'이-아

---

24) Craig, Edward G., 『On the Art of the Theatre』, 남상식 옮김, 『연극예술론』(서울, 1999), 174쪽.

피아의 경우와 비교할 때 더욱 더―요소 그 자체만으로 축약되어야 서로의 내부적인 결합이 가능하다고 생각했다. 그는 여러 요소의 유기적 결합이 언어의 지배로부터 연극이 벗어나는 길이라고 얘기하면서 그 결합이 언어 외 영역인 시각적 구성 속에서 일어날 수 있다고 주장했다. 그래서 오페라는 자연스럽게 그의 관심을 끌었다.

크레이그는 배우생활에서 물러난 후 예술철학공부에 몰두하면서 바그너와 니이체를 공부하게 되었다. 그리고 바로 그림 그리기 작업을 병행했다. 그후 1899년부터 '퍼셀의 오페라집단'에서 연출을 시작하면서 그는 사실주의 무대를 완전히 허물고 대신 추상적 장치를 선보이기 시작했다. 1901년의 ≪사랑의 가면무도회≫라는 작품을 보고 예이츠(W. B. Yates)는 단순하게 구성된 종합적 무대공간이 상상력을 자극하는 힘에 대해 언급했다. 크레이그는 입체적 조형 및 색과 음의 만남을 효과적으로 연결시키는 법을 알고 있었던 것이다. 이 두 작품을 보고 예이츠는 다음과 같이 말했다.

고든 크레이그는 어떻게 한 공간을 냉정하고 아름다운 그리고 단순한 색의 효과로 채우는가를 발견했는데, 그 효과는 상상력을 자유롭게 만들고 작품의 암시성을 드러낸다. 사실주의적 장치란 상상을 묶는 것이며 기껏해야 형편없는 풍경화에 불과한 것이다. […] ≪디도와 에네아스≫나 ≪사랑의 가면무도회≫가 우리시대에 가장 의미 있는 사건 가운데 하나로 꼽힐 날이 반드시 오리라고 확신한다.25)

크레이그는 특정 작품을 생각하거나 혹은 그가 상상해서 표현한 그림들을 '장면적 암시', '장면적 상상' 등의 테마로 발표했다. 이 당시 그가 섭렵했던 르네상스 시대 이탈리아의 건축가 세를리오(Sebastiano Serlio)의 책과 작업스케치는 크레이그의 공간디자인에 큰 영향을 남겼

---

25) Bablet, Denis, 『Edward Gordon Craig』(Köln/Berlin, 1965), 66쪽에서 재인용.

다. 그는 이제 일반적으로 통용되던 무대미술이라는 말을 쓰지 않고, 그 대신 건축적 공간구성이라는 말을 쓰고자 했다. 그는 기하학적 요소들이 공간 속에서 융합하면서 만드는 효과를 연구하면서, 물체와 공간의 관계, 조명, 공간의 분할 등을 구성하는 작업을 연출의 과제로 여겼다.

건축적 공간은 음악적 공간이기도 했다. 그 공간은 스스로 리듬을 생산하는 무대이다. 이런 추상적 공간의 스케치들은 공통적으로 이른바 '침묵의 연극'이라는 상징주의적 테마와 제목들을 가진다. 거기의 소재들은 인체, 빛(조명), 어두움과 그림자, 조형물들이다. 그리고 그것들은 어떤 '동작'으로 나타난다. 여기서 동작이란 순수한 요소로서의 동작을 말한다. 동작은 크레이그가 1907년 이탈리아로 이주한 뒤 밝힌 것처럼 그의 연기론, 더 나아가서는 연극미학 전체에 중심이 되는 개념이다. 애초에 동작에서 연극이 나왔다고 보는 크레이그는 그것이 언어를 넘어서서 사물의 진실을 표현한다고 본다.

인체-동작-빛-공간의 교류와 종합에 대한 연구에서 나온 ≪계단≫이라는 제목의 스케치는 이러한 맥락에서 소개할만하다. 4개의 장면으로 된 이 작품은 한 공간 안에서 움직이는 요소들의 변화가 만드는 극적 분위기를 그리고 있다. 돌기둥, 계단, 군무, 인물들의 태도와 같은 장면 요소들은 자연의 어떤 모습을 흉내내기 위한 장식물이 아니라 '상황 그 자체'로서 자신들의 비밀스런 '생'을 움직임의 변화 가운데 드러내는 것이다. 그 생을 이루는 요인은 우선 빛의 변화였으며 그리고 인물의 수와 동작의 변화가 만드는 대조가 시각적 인상과 리듬을 창조하여 어떤 극적 분위기를 만들고 있다. 회화의 인상주의가 갖고 있던 의도를 크레이그는 연극의 차원으로 끌어온 것이다. 인상주의가 자연의 인상을 옮기기 위해 색을 중요하게 생각했다고 할 때, 크레이그에게 중요한 것은 의심의 여지없이 동작이라는 요소일 것이다. 회화적 감흥을 연극의 차원으로 올려놓는 매개체인 동작의 힘이 주는 영감은 그가 1904년에 만난 무용수 덩컨(Isadora Duncun)에게서 받은 바 크다. 그런 맥락에서 이해되는 순수한 동작의 '작곡'은 1908년에 그린 2개의 ≪동작연구≫ 같은 작품에서 발견된다.

불특정한 공간의 환상적인 장면의 바탕이 되는 건축적 감각은 건축가 세를리오의 영향이 확실한 공간설계인 ≪동작들≫(1906/07) 혹은 ≪움직이는 장면들≫(1908)에서 확인된다. 판화와 스케치로 된 이 작품들은 무대 자체의 움직임과 그 위 물체의 기하학적 구조와 조명, 공간의 분할 등을 연결해 구성하는 즐거움을 연극적 놀이의 근본으로 보고자 한 것 같아 흥미롭다. 세를리오가 구상한 기하학적 구조물 설계와 같은 무대공간에는 장기판 같이 나뉘어진 무대 바닥 위에 입방체의 공간 구조물(계단, 담, 기둥, 큰 상자)이 각기 표현체로서 시각적 리듬을 형성하며 놓여 있다. 수많은 직사각형의 입방체로 된 무대는 그것들 하나 하나를 올리고 내리거나 여러 방향으로 옮길 수 있도록 설계되었다. 크레이그는 이미 여기서 1920년대 아방가르드 건축가들이 꿈꾼 이른바 총체연극의 극장을 예시하는 자유로운, 속도나 방향을 다양하게 이용하는 무대환경을 내 놓은 것이다. 흥미로운 사실은 이 ≪움직이는 장면들≫과 같은 장면 연구가 플로렌스에 있는 크레이그의 연극작업장이라 할 '아레나 골도니'에서 탄생했다는 것이다. '아레나 골도니'는 그리스 극장의 모양을 본따 만든 노천극장이었다. 크레이그가 이상적으로 생각하게 되는 노천극장이란 실제 건축과 자연이 만나는 이벤트의 현장이었다. 어쨌든 건축적으로 역동적인 조형성을 산출하는 무대는 이제 조명의 도움으로 '눈을 위한 음악'의 완성을 이루는 것이었다. 눈을 위한 음악의 공간 창조, 요소의 종합적 구성에 언어연극으로부터 해방되어야 할 미래의 무대예술이 나아갈 방향이 있었다. 보이지 않는 것―그것의 전형이 음악이고, 이 점에서 크레이그는 바그너와 아피아와 가깝게 만난다―, 사물의 시현(示現)은 건축과 음악 그리고 동작이 이상적인 조화를 이룰 때에야 가능한 것이었다.

건축과 음악과 동작을 중심으로 만들어지는 종합무대는 그 당시로서는 우선 기술적으로 실현되기 어려웠고, 그런 아이디어의 실용적인 응용을 위해 크레이그가 고안해낸 장치물이 바로 널리 알려진 '스크린'이라는 움직이는 건축물이다. 그림 없이 단순하게 채색된 큰 병풍을 연상시키는 이 설치물은 무대를 역동적인 입체적 공간으로 만드는 역할을 했다. '스크린'의 직선구조를 입체적인 차원으로 상승시키는 것은 조명이었다. 크레이그는 이 설치물을 장면이 진행되는 동안에도 변화시켜 그야말로 움직이는 연극을 보여주고자 했다. 이 점에서 그는 아피아를 한 걸음 넘어선다. 건축적 요소가 '춤을 추는' 움직이는 연극의 아이디어는 미래파나 구성주의의 역동적인 무대미술이나 '물체연극'에 영향을 준다.

"한 장면에서 천 개의 장면"26)을 만드는 '스크린'은 크레이그가 1915년에 <더 메스크>에 쓴 글 「스크린」에서 애기했듯이 그리스, 로마연극(1)과 중세 종교극(2), 코메디아 델 라르테 식의 거리무대(3) 이후 르네상스를 지나 도래한 그린 무대(미술)의 시대(4)가 무대를 그림과 움직임으로 양분한 것을 다시 회복시켜 조형성의 원리 아래 통일시킴은 물론 동작과 시간의 무대 상 일치를 가능하게 하는 이른바 '제 5의 무대'의 주요소이다. 이 '스크린'에 대한 연구는 1923년까지 계속되었다.

---

26) 「Screens. The Thousand Scenes in one Scene-Some notes and facts relative to the 'Scene' invented and patented by Edward Gordon Craig」라는 글의 제목에서 인용. 이 글은 크레이그가 발행한 잡지 <더 메스크>(Bd. VII), Nr. 2, Mai 1915)에 실려 있다.

크레이그가 만든 구체적인 '스크린' 모델은 1907년부터 제작되기 시작했으며, 1909년의 『베니스의 상인』을 위한 모델은 만들어 런던에 있는 그의 아틀리에에서 전시되기도 했다. '스크린'의 진가를 누구보다도 먼저 발견한 것은 예이츠였다. 그는 크레이그로 하여금 더블린의 에비극장(Abbey Theatre)에서 그 장치를 실험해 보도록 허락했다. 그리고 1910년에는 그 자신도 직접 크레이그가 마련해준 작은 모델을 실험해 보았다. 그 무대는 예이츠에게 흥미 있는 변화와 무한한 표현의 가능성을 보여주었다. 그는 그것의 조형성이 무대에서 시적 영감을 보충하는 효과에 감탄했다. 그는 <더 메스크>에 다음과 같이 썼다.

나는 단지 작은 판지 실루엣을 그늘과 빛의 즐거운 극 속에 움직이기만 하면 됐다. 무대가 언어를 만들었고 그리고 그 언어는 무대를 만들어냈다. 난 그에게 감사한다. 왜냐하면 그는 나를 괴롭히던 [사실주의의] 값싼 세계를 몰아 내 주었고, 내게 형체와 빛을 주었는데, 그것으로 난 하나의 악기를 연주할 수 있는 것같이 된 것이다.27)

예이츠의 주선으로 크레이그는 1911년 에비극장에서 공연된 그레고리 부인(Lady Augusta Gregory)의 작품 ≪해방자≫와 예이츠의 ≪모래시계≫에 '스크린'의 공식적인 설치를 처음으로 실현할 수가 있었다. ≪해방자≫는 모세를 다루는 듯 하면서 실상은 파넬28)의 이야기를 하고 있는 상징주의 작품이었다. 무대는 한 사원의 앞이었는데, '스크린'은 움직이는 기둥이나 벽면들을 보여주는 것 같았다. 조명은 위와 아래에서 비춰져 명암의 구성이 설치물의 조형성을 강조하고 기둥은 신비한 언어를 함축한 무대를 만들었다. ≪모래시계≫는 극히 절제된 무대

---

27) Yates, W. B., 「The Tragic Theatre」, <The Mask>, Bd. III, Nr. 4-6, October 1910, 81쪽.
28) 파넬(C. S. Parnell, 1846-91)은 아일랜드의 자치정책을 주창한 정치가이다.

분위기를 가졌는데, 크레이그는 여기에 어울리도록 단순하게 '스크린'을 정렬했다. 그 앞에는 최소한의 도구('스크린'과 같은 색을 한 현자의 의자와 향로 및 종 하나 그리고 모래시계)가 전시품처럼 놓였다. 크레이그가 디자인한 의상도 양식화되어 있었고, 그래서 무대에서 움직일 때 전체가 하나의 조각과 같이 나타났다. 예이츠는 이 공연의 회화적 측면, 특히 '스크린'에 빚어지는 빛과 그림자의 시적 표현력에 대해서 칭찬을 아끼지 않았다.

크레이그의 발견이 지니는 의미는 빛이 여태까지보다도 더욱 자연스럽고 아름답게 가치를 발한다는 것이다. 우리는 무대를 짓는 모든 것, 모든 장치와 걸린 장식물 – 이것들이 조명의 자유스러운 연희를 방해한다 – 로부터 해방되었다. 이제 한 장면 안에서 빛과 그림자 그대로를 그것을 그린 그림 대신 사용할 수 있게된 것이다. 오늘날 극장의 그려진 그림자는 조명의 방향과 아무런 관계도 가지지 못하며, 그리고 무엇보다도 거기서 빛과 그림자의 세련된 연희는 사라지는 것이다. 크레이그의 발견은 사실주의를 추방한다. 왜냐하면 그건 그려진 빛과 그림자로만 작업하는 무대미술을 용납하지 않기 때문이다. 우리는 연기자에게 완전히 새로운 의미를 주는 장식효과의 세계로 잠입한다. 자세한 묘사는 적고 그대신 더 많은 아름다움이 주어지기 때문에 연기자가 싸워 얻어야 할 대상은 줄어들었다.[29]

당시 크레이그가 생각한 이상적인 연극예술을 만들기 위한 과제 중에 하나로 완벽한 '무대기계'나 무대장치의 개발, 상연의 완벽한 기술화를 꼽는 데 별 이의는 없을 것이다. 여기에 관해선 그 스스로도 「연극예술에 대하여」에서 얘기하고 있다. 이런 완벽한 기계나 장치에 의한

---

29) Yates, W. B., Evening Telegraph, 9. Jan. 1911, Bablet, D., 『Edward Gordon Craig』, 앞의 책, 156쪽에서 재인용.

연극에 대한 관심은 '기술의 미학'이란 슬로건을 내건 러시아의 아방가
르드 연극인들과 독일 데사우에 본거지를 둔 바우하우스의 연극실험에
서 그대로 이어졌다. 이들 모두에게 공통되는 것은 크레이그가 애초에
원했던 것과 같은 새로운 능력의 연출가, 이상주의적인 종합예술, 총체
예술의 지휘자에 대한 강조였다. 그 연출가는 물론 무대기술의 완벽한
조련사이지만, 다른 편으론 니이체주의적인 열정과 예술사회학적 입장
을 무대에 반영하는 인물이기도 했다. 이런 입장에서 탄생한 작업 중의
하나가 1928년 피스카토어(Erwin Piscator)와 그로피우스가 같이 만들고
자 했던 '총체극장'(Totaltheater)이다. 이 극장의 설계자이며 바우하우스
의 교장이었던 그로피우스는 자신의 계획에 붙여 '폭 넓은 재능이 모든
예술적 창조영역에 이르는 그런 뛰어난 연출가'를 요구했다.

그[연출가]는 다재다능한 사람이어야 한다. 그의 재능과 능력의 총
합이 전체 작업의 성과에 절대적인 것이다.[...] 오늘날 극장건축가의 과
제는 이 총괄적인 연극의 지휘자에게 커다란 조명—공간의 악기를 주
는 것이다. 이것은 물체요, 변할 수 있는 것이어서 연출가를 구속하지
않고 그가 가진 상상력의 모든 꿈에 복종한다. 그러니까 그건 공간으로
부터 정신을 개혁하고 신선하게 하는 그런 건축작품인 것이다.[30]

이것과 원리적으로 같은 맥락에 서 있는 것이 역시 바우하우스에서
활약한 모홀리 나쥐(Laszlo Moholy-Nagy)의 '조명-공간-변조(變調)'를 위
한 기계의 개발과 그것을 이용한 시각적 요소만으로 된 역동적인 '보는
놀이(Schau-Spiel)'의 창조 그리고 그것을 전시하는 구성주의적 '총체연
극'(Theater der Totalität)의 구상이다. 여기에서도 모든 것은 연출자의 이
른바 조명-공간형상작업을 위해 무한한 가능성을 열어주도록 되어 있

---

30) Gropius, Walter 「Theaterbau」, Brauneck, Manfred., 『Das Theater im 20.
Jahrhundert. Programmschriften. Stilperioden. Reformmodelle』(Hamburg, 1984), 163쪽

었다. 연기자인 인간은 다른 물체 연기자들과 동등하며 그의 동작은 정확한 기계체조와 같아서 다른 기계적 요소와 완벽한 조화를 이뤄야 했다.

III. 종합의 완성으로서의 무대건축

1. 바우하우스로 가는 길—독일공방협회 그리고 그 주변

20세기 초에 도래한 산업과 과학의 확장 그리고 정치, 사회적인 긴장 속에서 예술은 혁명적인 변화를 겪었다. 건축과 미술에서 그리고 음악에서 일어난 급진적인 개혁은 자유로운 정신의 확산에 기여했다. 전통적 가치와 권위의 상실의 와중에서 예술에서는 계속적인 실험이, 사회에서는 소외와 분열을 극복하고 새로운 공동체를 모색하는 시도가 일어났다. 그런 경향들은 서로 겹치고 반복되면서 발전해나갔는데, 그런 중에 주목할만한 분위기가 형성된다. 예술을 통한 광범위한 문화개혁을 목표로 하는 가히 낭만주의적이며, 역동적, 혁명적인 성향이 그것이다. 그런데 그것이 종합예술의 이상을 다시 한 번 부흥시키는 분위기가 된다.

건축가이며 바우하우스의 초대 학장이었던 그로피우스가 그 시대 "예술과 건축의 정신적 양태 속에 있는 영원한 변화를 디오니소스적인 것에서 아폴로적인 것으로, 열광과 혼돈으로부터 절제와 조화의 척도 사이"[31]의 충돌과 종합으로 보았지만, 영감은 역시 종합의 원형인 그리

---

31) Gropius, W., 『Apollo in der Demokratie』(Mainz/Berlin, 1967), 9쪽.

스에서 왔다. 다만 예술의 전체성은 더 이상 형이상학적인 현상과 관계하는 것이 아니고 시대의 표현이며, 예술을 낳는 사회적 상징의 문제였다. 예술과 사회의 만남이라는 테마와 거기에서 나온 다양한 예술의 사회적, 도덕적인 의미에 따라 수많은 예술적 개념과 작품이 나왔다. 미술에서 문학, 연극 그리고 건축에 이르기까지 총합이나 종합, 총체 등의 개념은 예술사상 유례없는 호황을 누렸다. 이런 상황에서 특별한 역할을 수행한 것은 연극과 건축이었다. 그것들은 공히 많은 요소들을 조합하고 구성하는 특성 때문에 종합예술의 전형이며, 그 종합 속에서는 문화적인 이상과 조화, 균형이 표현됐다.

20세기 초, 확장되는 산업화의 시대에 건축이 현대 사회의 삶의 형태와 미적 인식, 새로운 공간 개념 그리고 공간을 구성하는 자재로서의 도구들, 물체들과 연결되는 상황은 각별하다. 대도시의 건축은 문명화한 삶의 모든 측면(하늘과 땅, 강이나 바다를 망라한 교통망으로 다차원적으로 변한 도시 공간 자체와, 과학, 기술, 예술 등)을 포괄하는 환경의 종합적인 형상을 표현하고자 했다. 예술의 신낭만주의적 감각과 종합의 경향은 자연스럽게 건축에서 그 실현에 이르렀다.

예술적 종합의 경향을 종합적인 사회체제를 조성하는, 이원적인 세계의 조화로운 극복으로 본 그로피우스의 입장은 그 점에서 살펴 볼만하다. 주지하다시피 종합예술로서의 건축에 대한 그의 생각은 바우하우스에서 실천에 옮겨졌다.

한 시대가 지닌 세계 감정은 그 세계의 건축에서 분명하게 결정된다. 왜냐하면 세계의 정신적 그리고 외형적 힘이 건축 속에서 동시에 가시적 표현을 남기기 때문이다. 또한 그것은 세계의 통일과 분열에 대해서도 확실한 징표를 남긴다. 한 민족의 삶 속에 뿌리 박고 있는 살아 있는 건축 정신은 인간이 만드는 형체의 모든 것, 모든 예술과 기술을

하나의 영역 속에서 포괄한다.[32]

건축에서 기하고자 했던 예술과 기술의 종합은 산업화 이후, 낭만주의 이후 계속된 노력, 산업화가 야기한 예술적인 영역과 생산문화 영역의 분리를 재건하고, 예술과 삶을 다시 모우며, 예술장르의 분열을 저지하는 그리고 결국에 가서는 예술을 문화적, 사회적 재생의 도구로 이용하려는 노력의 전통 안에 있다. 여기서 다시 종합예술의 아이디어가 나타난다. 그런데 고딕 양식의 성당에서 볼 수 있듯이 건축에 동원된 예술장르와 공예의 종합이라는 현상이 조화와 통일에 관한 표명이었다면, 20세기 당시, 그리고 그전 19세기에서도 종합예술의 아이디어는 통일운동의 상징이었다. 그것은 일단 현실이라기보다 이상주의적인 목표로서 회자되었다. 어쨌든 기술로 향한 예술적 관심과 온갖 기술적 요소의 예술적 활용은 아르간(Giulio Carlo Argan)의 지적대로 "고전주의적 독재에 대한 낭만주의 혁명의 마지막 단계"[33]인 것처럼 보였다.

새로운 건축은 당시 예술운동의 화두를 자체적으로 수용했다. 독특한 건축예술의 미적 특성이나 요소 자체의 전시적 강조와 단순한 형태가—'순수'를 지향하는 예술운동과 성격을 같이 한다—쟁점화 되고 경우에 따라서는 이념적인 사회와의 구체적인 조우가 추진되었다. "무대장치로 준비된 철도"[34]의—그 내부에서 유리로 된 공간들이 마주보고 회전하고 있다—구조물처럼 보이는 타틀린(Alexander Tatlin) 건축물 '제3 인터내셔널'의 기념비는 그 대표적인 예이다.

뮌헨의 퀸스틀러테아터(예술가 극장, Künstlertheater)와 드레스덴의 오페라 극장을 설계한 건축가 셈퍼(Gottfried Semper)는 이미 1852년에

---

32) 같은 책.

33) Argan, Giulio Carlo, 『Gropius und Bauhaus』(Hamburg, 1962), 7쪽.

34 Sedlmeyr, Hans, 『Die Revolution der modernen Kunst』(Hamburg, 1957), 68쪽.

과학과 산업을 예술 속에 수용해야 하고 철, 유리, 콘크리트 등 새로운 재료의 종합을 이용해야 한다고 주장했다. 그런 생각은 이제 20세기에 들어 실현에 옮겨지기 시작했다.[35] 20세기의 건축예술은 그동안 건축에서 쓰지 않던 재료를 사용했다. 이 재료가 우선 철과 유리다. 게다가 20세기의 건축예술은 그 재료의 새로운 혼합을 고안했는데, 이것들은 기술적인 입장에서 볼 때 획기적인 일이었다. 콘크리트와 철근 콘크리트가 그것이다. 새로운 건축재료는 새로운 구조방식을 가능하게 했다. 기술적 구성이 새로운 건축에서 결정적인 모범이 되었다. 그리고 구성자로 변신한 건축가는 단순한 건축의 구성자 이상이 되고자 한다. 그는 이상주의적인 생의 개혁자가 되려고 했다. 이런 모습은 현대 건축의 초기 혁명기에 르두(Claude N. Ledoux)가 이상적인 공업도시 쇼(Chaux)를 설계했을 때 나타났다. 그의 최종 목표는 '새로운 도시', 기술적 세계의 도시를 건설하는 것이다.[36] 르두의 설계는 건축구성(architecture parlante)의 순수한 취향, 자율적 건축이 건축 본연의 임무를 져버리는 것이 아니라 오히려 이상적 사회의 중심적 상징이며, 건축이 그 사회의 형성으로까지 확장되려는 의도를 가졌음을 보여준다.

20세기의 첫 30년 정도는 건축 형태의 단순화가 눈에 두드러졌다. 사람들은 입체기하학적 방식에 따라 세워진 구조를 선호했는데, 여기

---

35) 건축에서 새로운 재료의 등장은 건축의 자율성, 독자성 그리고 다른 예술의 경우에서와 같은 순수성의 경향과 궤를 같이 한다. 그것은 이미 1770년에서 1780년경 프랑스 혁명이 일어나기 전, 프랑스의 혁명적 건축가들에게서 나타나지만(앞의 책, 16쪽 참조) 그때의 그것은 아직 새로운 건축재료들의 등장과는 무관했다. 쇠와 유리, 강철과 유리와 같은 재료의 혼합은 19세기가 되서야 나타났는데, 그것도 처음엔 건축으로 간주되지 않던 작업, 즉 영국식 공원과 식물원의 '유리로 된 온실'에 사용되었고 1850년대부터는 만국박람회의 '수정궁'에 쓰였다. 콘크리트와 철근콘크리트는 19세기에서 20세기로 넘어가는 전환기에 가서야 선을 보였다.

36) Sedlmeyr, H., 앞의 책, p. 67.

164

서도 건축 속의 예술적 분위기는 낭만주의의 것을 이어받았다. 이 당시 일어난 많은 건축운동이 고딕 성당의 전통과 종합예술의 이상을 상기하는 것은 우연이 아니었다. 그런 일은 예술과 현실의 만남이나 예술의 사회화가 이상주의적 공동사회의 구현에 이바지 할 것으로 믿는 건축가들의 모임에서 어렵지 않게 발견할 수 있다. 1907년에 결성된 '독일 공방협회'는 그런 대표적인 모임이다.

독일공방협회는 구성 자체가 종합적이다. 거기엔 건축가 뿐 아니라 산업분야, 정치의 제 분야에서 활동하는 사람들이 같이 동참했다. 너무나 다양한 사람들의 모임이었지만―당시 협회를 이끌던 무테지우스(Hermann Muthesius)는 이 모임을 수많은 "가까운 적들의 연합"이라고 표현했다―공통의 목표는 명확했다. 예술과 기술 그리고 산업 나아가서 예술과 사회의 접목이었다. 예술과 기술과의 접목은 산업으로 연결되었다. 사람들은 공예의 장점을 부각시켰다.

협회는 예술과 산업, 수공업 그리고 유행하는 수공예적 능력이 빚어내는 것 중에 가장 뛰어난 것들을 뽑고자 한다. 작업의 세계 속에 있는 수준을 성취하려는 노력을 종합하고자 한다. 협회는 질적 성취를 이룰 수 있는 능력이 있고 의지가 있는 모든 것의 종합체이다.[37]

무테지우스는 이 당시 예술과 산업의 새로운 관계 모색을 과제로 했던 대표적인 건축가이다. 그는 이른바 19세기의 운동으로 장식예술의 전기를 연 유겐트양식을 부르주아 문화의 유산으로 규정하고 재료의 사회적 기호를 더욱 부각시키며, 여러 측면에서 예술의 사회적 의미를 강조하고자 했다. 그의 글에서 우리는 20세기 종합예술의 경향이 주목한 예술의 기본 요소, 재료의 문제란 무엇인지 알 수 있다.

---

37) Gropius, W., 『Die Architektur des 20. Jahrhunderts』(Köln, 1977), 41쪽에서 재인용.

(…) 언급한 모든 선의 감정적 곡선화(曲線化)는 재료를 안중에도 두지 않는다. 그것은 책장정, 청동램프 그리고 가구를 모두 같은 방식으로 정형화한다. 그러나 그것은 바로 그 가구예술에서 구성과 재료의 고려에 관한 한 무책임한 희생을 요구한다. 나무의 가장 확실한 특성은 일정한 나뭇결 속에 있는 힘줄에 있다. 오늘날의 기술이 그것 때문에 나오는 구조작업의 문제를 극복할 수 있음에도 불구하고, 전반적인 목공작업은 여전히 인위적인 방향으로 가고 있는 것이다. 그렇게 해서 그것은 무엇보다도 엄청나게 비싸지고 대부분의 민중은 그 물건을 가까이 할 수가 없다. 재료를 그 본질이 요구하는 바와 다르게 다루는 일은, 시야를 넓게 볼 때에도 우리 시대와 같이 온통 객관적이고 냉철하게 사고하는 시대 정신과는 별로 어울리지 않는다. 자연스러움과 건강한 작업이 있으면 새로운 운동은 설득력을 얻고 민중성을 찾게 될 것이다. 그리고 동시에 그 결과물들이 갖는 상품가치는 민중 속에서 더욱 커다란 반향을 얻기에 적당하고, 그것을 통해 많은 것이 달성될 수 있다. 개혁적으로 작용하는 운동에 있어 문제는 고급 예술을 발전시키는 것이 아니라, 목표는 오히려 우리의 현대적 사회의 상황 전체를 규정하는 시민 사회에게 그것에 어울리는 예술을 만들어주는 것에 있다고 해야 한다.[38]

이 말은 재료의 연구와 생산의 환경 그리고 사회적인 영향력을 요구하는 무테지우스의 생각을 그대로 반영한다. 그는 예술이 산업사회의 도래와 더불어 변화에 직면했다는 사실을 잘 알고 있었다. 그는 기술이 수공을 능가하며, 기술자가 예술가의 자리를 차지할 것이라는 예상 하에 기술, 기계의 활용은 물론 기술이 가져다줄 새로운 미학적 가능성에 대해 인식하고 있었다.

---

38) Muthesius, Hermann, 『Stilarchitektur und Baukunst』(Müllheim/Ruhr, 1902), 52쪽.

특히 공방협회는 건축적인 아이디어를 통해 그 시대를 선도했다. 푈찌히(Hans Poelzig), 베렌스, 그로피우스, 판 데어 로에(Mies van der Rohe) 그리고, 시각예술, 공연예술을 통해 종합예술을 실험한 타우트(Bruno Taut)와 같은 사람들이 이곳에서 자신들의 독창적인 작업을 위한 기반을 닦았다. 이들 속에는 종합예술의 이상이 건축적 상상력을 통해 구현하려던 사람들이다. 종합의 이상적 가치가 거의 신성한 의미를 가졌던 바그너의 생각은 다시 시사성을 얻게 되었다. 중세부터 있었으며 낭만주의자들이 강조하고 바그너의, 가령 ≪파지팔≫ 공연 이후, 그리고 니체의 ≪짜라투스트라≫ 이후 이미지로 전해지던 성배(聖杯), 성석(聖石) 그리고 유리(수정)의 상징성 같은 모티브가 적극적으로 활용되기에 이르렀다. 다양한 현대의 건축적 도구들은 그런 모티브들을 현대적으로 구성하는 데 쓰였다. 베렌스는 「시대와 공간활용이 현대적 형태의 발전에 끼친 영향」에서 그 구성이 정적인 형태를 거절하고, 건축의 공감각적 요소를 지향한다고 주장했다. 기술을 통해 건축에서의 리듬감과 음악성이 표현가능해지면서 그런 생각은 더욱 설득력을 가지게 되었다. 기술의 중심에는 유리와 철골재의 이용이 있었다. 투명성을 통해 공감각적 매개물일 수 있는 그 재료들이 만든 건축의 바탕에는 고딕 성당의 신성한 이상이 있었다.

타우트도 공방협회의 영향 아래 유겐트양식을 넘어설 수 있었다. 타우트는 자신의 ≪유리건축≫에서 다이아몬드나 수정의 특징에서 착안한 유리를 이용한 건축—그것은 고딕 성당의 상징이다-에서 지상에 딛고 있되 하늘을 향해 열려있는 모양을 통해 건축적 종합성을 완성하고자 했다. 고딕성당의 유리는 이제 좀더 적극적인 활용으로 건축적 요소들의 교류와 나아가서는 건축과 세계와의 교류를 상징했다. 산업디자인과 유리 재질을 합쳐놓은 것 같은 그의 건축 형식은 1914년에 있었던 쾰른의 공방협회 전시에 즈음한 유리 건축물, 유리공업전시관의 공간디자인에서 확실히 볼 수 있었다. 그것은 기술과 상상력의 종합에 관한 전형적인 모델이었다. 유리는 단순한 창문에 쓰인 것이 아니라 빛과 색의 효과를 적극적으로 이용하는 도구이며, 건물 바닥의 연못물에 이르는 모든 건축 요소와의 조화가 고려되었다. 융한스(K. Junghans) 쓴 그 건물에 대한 소개는 유리의 건축적 활용이 어떠했는가를 잘 일러준다.

통로는 출입구에서 밝은 유리 계단을 넘어 둥근 천정의 실내가 있는 이층으로 이른다. 여기에 둥근 유리지붕을 통해 번쩍이거나 우유빛 전구로부터 조명되고., 천연색 램프들이 큰 송이로 공간중앙으로 집중시키는 부서진 흰색 빛이 지배하고 있다. 그곳의 인상은 너무나 기이한 나머지 동화적이었으며, 방문객은 이런 분위기에서 진열창을 쳐다보는 일조차 잊어버린다. 바닥에는 큰 원형의 열린 공간이 원형의 계단을 통해 일 층을 볼 수 있도록 되어있다. 바닥에 있는 물은 조명의 영향으로 황금색을 띄고 그 안에 있는 천연색 유리 조각 덕분에 화려하게 얼룩진다. 물은 밑에서부터 조명이 비취는 폭포를 지나 흐른다. 이 폭포가 있는 공간은 둥근 천장의 공간으로부터 환한 빛이 분사되는 두 번째 유리계단을 통해 아래로 내려간다. 천장은 은빛, 황금빛으로 희미하게 빛난다. 둥근 천장 공간의 위로부터는 백색의 빛이 내려온다. 벽에는 막스 페히슈타인과 J. 토른 프리커의 유리그림이 빛을 내고 있다.[39]

교류와 개방의 상징으로서의 유리 건물의 전형은 그 후 20년대 그로피우스가 설계한 '총체극장'에서 일단의 완성에 이른다. 극장 내에서 진행되는 종합예술과 극장 외부의 사회를 연결하고, 그래서 진정한 종합예술을 완성하려는 그로피우스의 의도는 역동적인 유리 구조물의 벽을 통해 이뤄졌다.

---

39) Junghanns, K., 『Bruno Taut. 1880-1938』(Köln, 1977) 59쪽.

　1차 세계 대전은 건축적 이상의 실현을 불가능하게 했지만, 이상 자체가 사라지진 않았다. 그로피우스는 1919년에, "예술의 마지막 목표는 '미래의 성당'의 창조적 개념, 모든 것, 건축, 조형 그리고 회화를 다시 하나의 형상 속에 담는 것이다"[40]라고 말했다. 중세 건축물과 작업에서 보이는 '예술의 통일'에 대한 생각에서 나온 '미래의 성당' 개념은 예술과 민중의 이상적인 통일을 염원하는 성향을 대표한다. 새로운 시대와 미래 민중의 건축에 대한 열망은 당시 예술가들에게 흔하던 낭만주의적 중세 선호에 닿아있다. 민중의 도덕적 교양을 신장하는 공동의 공간, 교회, 축제극장이나 박물관, 대학의 건축이 낭만주의에게 예술적 사원이었던 것처럼, 20세기의 예술가들도 공동체를 구현하는 공간의 창조에 몰두했다.

　그로피우스와 타우트의 건축이론에는 공동체의 제의성이 내재되어 있었다. 그리하여 건축은 공동체적, 제의적 성격을 가졌다. 미래의 성당을 위해 그로피우스는 특정한 예술가 그룹의 결성을 계획했다. 프리메이슨단을 모델로 하는 예술가 그룹은 그것 자체로 새 시대를 위한 공동체의 실현이어야 하는데, 바우하우스는 그런 이상에서 태어났다. 바우하우스의 축제가 공동체의 제의와도 같았다는 애기는 이미 알려져 있는 바다. 원래 사회주의적으로 구축된 국가를 원했던 타우트 역시 1919년, 정치적인 혼란의 시기에 그로피우스와 같은 길을 택했다. 그는 1919년 '무명의 건축가를 위한 전시회'의 참가자를 위한 글에서 '유리 고리'라는 그룹 이름의 건축운동을 주창했다. 목표는 현대 도시의 사회적, 미적 요구에 부응하는 이상주의적, 모든 예술을 아우르는 건축의 실현이었다. 거기에 대한 반향은 컸다. 실제로 건축의 형태는 그것과

---

40) Kunsthaus Zürich, 『Der Hang zum Gesamtkunstwerk. Europäische Utopien seit 1800』(Zürich, 1983), 카탈로그, 343쪽.

사회, 자연, 우주와의 관계 속에서 특이하고도 다양하게 설계되었다. 예를 들면 핀스텔린(Herman Finsterlin)은 유기적인 형태로 자연을 담아낸다며 동물의 뼈를 이용하고, 깁스로 그것을 쌓는 등 건축에 이른바 인지학적 구조를 접목시키는 시도를 하기도 했다.[41] 그러나 '유리고리' 건축 아이디어의 가장 전형적인 형상화는 역시 유리의 이용에서 두드러졌다. 기하학적인 유리건축은 순수한 형태와 원형적인 모습의 조합, 빛의 역동적인 이용, 현대적인 투명성을 바탕으로 독창적인 실험적인 건축의 지평을 열었다. 유리건축은 낭만주의의 형이상학과 통하는 상징이며, 그것은 빛나는 유리가 니이체의 ≪짜라투스트라≫ 이후 이른바 미래 사회를 위한 혜안이나 예언의 상징체였다는 사실과 만난다.[42]

타우트는 실용적인 건축과 종합예술로서의 공연예술작업에도 손을 댔다. 20세기 건축의 중요한 프로젝트 가운데 하나로 꼽히는 베를린 브릿츠 지역 주거단지는 현대의 예술적 원리, 기하학적인 원리를 적용한 대규모 건축물의 전시장이었다. 그런가 하면 타우트는 1920년에 ≪세계건축가≫라는 제목으로 공연적 종합예술을 설계했다. 그것은 색과 형체를 중심으로 그리고 소리를 이용한 '움직이는 건축'의 공연으로서, 칸딘스키가 개발한 추상적 '총합예술'인 '무대구성'과 유사했다. 미술과 건축 그리고 공연예술의 이러한 만남은 바우하우스에서 보다 확실하게 모색된다.

2. 바우하우스와 '총체극장'(Totaltheater) 모델

1919년 그로피우스가 '바이마르 국립 바우하우스'의 교장으로 취임

---

41) 같은 책, 358쪽 이하 참조.
42) 같은 책 참조.

할 때, 그가 생각한 학교는 새로운 예술정신을 동반한 공동체의 대안적 예술대학이다. 바우하우스의 개혁 아이디어는 근본적으로 예술가와 사회, 예술과 삶을 다시 하나로 통일하려는 데에 있다. 시작은 예술과 수공업의 연결이었다. 예술적 상상력과 산업, 공업적인 관점에서의 재료, 물체에 대한 관심을 잇는다는 것은, 예술과 삶의 균형적 종합은 인간과 사회의 자연스러운 발전에 있어 필수적이었다. 거기에서 '나' 혹은 주체와 세계와의 분리와 소외가 극복되는 것이다. 종합의 대표적 상징이 건축인 이유는 그것이 인간과 사회의 만남 자체요, 인간을 위한 인간의 가장 구체적인 작업이기 때문이다. 그로피우스는 건축이 워낙에 그것 자체로 고립된 자연의 '나'가 아니라 인간의 정신과 의식을 함유한 현대 세계상을 표현하는 것이라고 보았다. 그의 목표는 '나'와 '전체'의 두 세계를 극복하고 새로운 세계의 통일상을 보여주려는 데에 있다. 예술, 건축의 정신은 인간의 인식과 체험 밖에 있거나 삶의 위에 있는 것이 아니다. 이로써 바우하우스는 19세기 후반과 20세기 초반 영국과 러시아 독일 등지에서 논의된 바, 현대 산업사회를 선도하는 새로운 예술 개념을 추구하는 경향과 함께 한다. 그것은 예술에다 새로운 기능과 양식을 전제했다. 예술은 이제 '예술을 위한 예술'의 제한적 장식품이 아니었다. 개인의 내면적인 세계와 고립된 자아 대신 물체 세계와 기술 그리고 환경의 정확한 형태가 소재로 등장했다. 예술이 산업적 생산물과 예술적인 형상의 유기적인 총합이기 때문에 바우하우스 작업의 모토는 "기술과 예술, 그 통일"[43]이었다.

그렇다고 바우하우스의 예술작업이 기계세계를 추앙한 것은 아니다. 기술과 기계의 가치는 인간의 '정신력'을 환기하는 결정적인 요소이다.

---

43) Gropius, W., 「Brevier für Bauhäusler」, Wingler, Hans M., 『Das Bauhaus. Weimar-Dessau-Berlin』(Bramsche, 1975), 90쪽.

바우하우스의 교육에서 중요한 하나의 지침이었던 자연과학적 사고도 초감각적 세계를 이해하고 그것을 감각적인 표현으로 옮기는데 필요한 미적 교육의 과정이지, 즉물적 세계관의 결과가 아니었다. 그리고 사실 바우하우스는 특정한 하나의 예술적 입장만을 고수하지 않았다. 거기에는 슈라이어와 칸딘스키와 같은 표현주의자에서부터 모홀리 나쥐 등의 구성주의자에 이르기까지 다양한 예술가들이 속해 있었다. 그러나 어느 경우든 표현에 있어 기본 원리와 법칙의 탐구라는 문제는 중요했다. 바우하우스 연극공방을 이끌며 이른바 추상무용을 선보인 슐렘머는 형이상학적 세계와 형체 세계의 연결을 위해 표현의 '법칙성'을 확립해야 한다고 주장했다. 물론 자연과학적 사고는 일방적인 내적 진술로의 경도를 막는 객관성의 확립에 기여한다. 그런 배경에서 형상의 원리, 형체, 색, 물체의 이론적 연구가 시도되었다. 중요한 것은 자연과학적인 인식의 배양이었다. 슐렘머의 표어, "기계화에 대한 환호가 아니라, 수학에 대한 즐거움"44)은 그런 측면에서 이해해야 한다. 기술과 기계는 인간의 발전된 정신력을 반영하는 도구이며 기계화의 혼돈으로부터 인간을 구하는 도구였다. 바우하우스는 그런 점에서 미래파나 구성주의와 구별된다.

바우하우스는 예술을 "문화적이며 사회적인 개혁의 도구로 이용하기로"45) 하는 한편, 고전주의에 반대하며 예술과 삶의 재결합을 통해 통합의 모델이었던 종합예술의 이상을 추구하는 낭만주의의 최종적 상속자임을 자처했다. 그것은 동시에 중세의 교회건축조합(석수와 조각가들이 주동이 되는)과도 유사한 형태로, 공동체의 조성과 이상적인 수공

---

44) Schlemmer, O., 「Tagebuch」, April 1926, Hünecke, Andreas(ed.), 『Oskar Schlemmer. Idealist der Form. Briefe. Tagebücher. Schriften 1912-1943』(Leipzig, 1909), 163쪽.
45) Schlemmer, O., 「die bauhausbühne」, <Das Werk. Architektur. Freie Kunst. Angewandte Kunst>, 15 Jg., Jan. 1928, 8쪽.

업의 활용에 대한 관심은 바우하우스에서 일대 부흥을 맞았다. 건축은 통일과 조화를 구현하는 시대적 과제의 중심에 섰다. 그것은 종합예술의 표상이었다. 1919년도 첫 번째 바우하우스 출판물은 그 표지에 그런 생각을 압축적으로 표현하고 있다. 거기에는 고딕성당 형태의 건축물이 역동적인 선과 면의 구성 속에 서있다. 성당의 세 개의 첨탑 꼭대기에 걸려있는 별들은 각각 건축과 조각, 회화를 상징하며, 그 세 개의 종합을 품은 성당은 바우하우스를 뜻한다.

그로피우스에게 연극은 현실적으로 어려운 건축적 종합의 예술적 대안이며 동시에 역동적인 종합예술의 진정한 모델이다. 그가 연극을 공간의 문제로부터 접근하려는 것은 그 특유의 건축적 아이디어에서 나온 것이다. 자신의 글 「바우하우스 연극작업」에서 그는 그 작업과 관련해서 다음과 같이 말한다.

바우하우스에서의 공동작업은 우리 시대에 만들어지기 시작하는 새로운 세계상의 창조에 있어 공간과 그것의 형상에 주도적으로 동참하는 노력에서 나온다.[46]

이미 슐렘머(Oskar Schlemmer)에게서 실험된 공간의 예술적 현상은, 새로운 '건축정신'의 주도 아래 있는 모든 회화적 창조영역이 일깨우는 삶의 공간에 대한 새로운 이해를 선사한다. 미술에서 그랬던 것처럼 공간의 현상이란 형체의 움직임을 통해 인식되는 것인데, 그로피우스는 움직임을 만드는 요소들을 조형적 물체에서 빛과 소리로까지 확장하고자 했다.[47] 건축에다 새로운 아이디어를 가져다줄 그런 종합예술적 테

---

46) Gropius, W., 「Die Arbeit der Bauhausbühne」, Wingler, Hans, 『Das Bauhaus. Weimar-Dessau-Berlin』(Bramsche, 1975), 72쪽.

47) 그로피우스는 공간의 인식과 관련해서 인간의 인식능력이 어떤 영향을 가질 수 있는지에 관심을 가졌다. 그는 예술작업이 물체, 형체, 색과의 연결을 통해 드러나는 공간의 특징을 밝혀야한다고 보았다. 일반적으로 바우하우스의 교육

제는 연극작업에서 실험될 수 있다는 것이 그의 생각이었다. 그래서 그
는 자연스럽게 연극과 건축의 교류에 관심을 가지게 된다.

　연극과 건축의 만남, 건축 속에서 예술적인 삶의 공간을 실험하는
일은 그가 피스카토어와 함께 계획한 '총체극장(Totaltheater)'의 설계에
서 가장 확실하다. 이 설계는 그로피우스가 공간적 측면을 두고 이해한
연극의 종합성을 그대로 보여준다. 그것은 모든 무대적 요소들을 공간
적 구조물 속에다 설치하고, 무대의 형상에다 다양한 기술의 형체를 연
결해내는 연극과 건축의 종합적 실험이었다.

　그로피우스에 의할 때 극장건축의 과제는 연출자에게 "거대한 조
명과 공간의 악기를 마련하는 것"[48]이다. 여기서 연출가는 크레이그가
생각한 것과 같은, 시각, 청각, 기술적 요소가 동원되는 "역동적인, 살
아있는, 예술적 공간"[49]의 완벽한 연출가이다. '총체극장'에서 그로피우
스는 그런 예술적, 기술적 총합체로서의 예술공간을 실현하고자 했다.
극장건축은 기술적, 기계적인 요소를 동원한 표현체로 변했다. 다양하
게 움직이며, 다기능적인 건축공간이 연극적인 도구가 되고, 극장건축
은 '공간기계'가 되었다. 공간기계는 피스카토어가 원한 대로, 필요한
경우 수직, 수평으로 움직일 수도 있으며, 역동적인 조명, 음향 기구를
장착해야 했다. 건축의 중심에는 움직이는 무대가 자리한다. 무대는 회
전 가능한 원형의 극장 바닥(오른쪽 그림 번호 1)이 돌면서 그 한 쪽에
있는 원형무대(번호 7)가 객석의 중앙에 위치하기도 하고, 뒤로 돌아가
아레나 형태의 무대를 만들기도 하며, 경우에 따라선 객석으로 바뀐

과 작업이 그런 시각에 바탕을 두고 있음은 주지의 사실이다. 바우하우스 연
극공방의 작업도 기본적으로 그런 요소들과 그것들의 극적 형상화 가능성의
연구에 초점을 맞춘다.

48) Gropius, W., 「Theaterbau」, Brauneck, M., 앞의 책, 163쪽.
49) Gropius, W., 「Die Arbeit der Bauhausbühne」, 앞의 책, 72쪽.

채, 객석에서 떨어져 가장 안 쪽에 있는 무대(번호 3)만을 사용할 수 있게 설계되었다. 물론 그 작은 원형무대는 그 자체로서 움직인다. 그것은 회전하거나 상승, 하강할 수 있도록 되어있다. 안쪽 무대는 옆으로 이어져있어 움직이며 빠른 장면 전환을 가능하도록 하였다. 이 무대는 관객석 뒤쪽으로 이어져있어 관객석 뒤를 끼고 돌아 움직일 수 있게 되어 있다. 이 무대를 통해 장면은 관객석 옆과 뒤, 어느 곳에서도 연출될 수 있는 것이다.

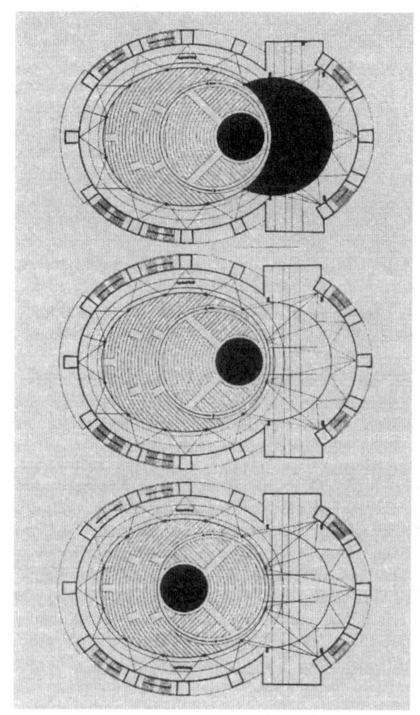
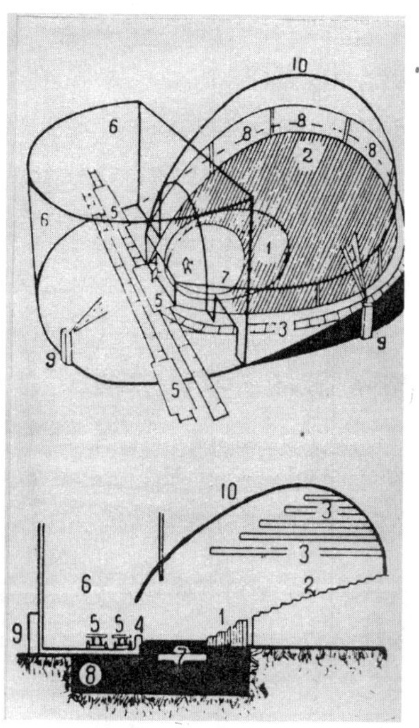

〈그림: '총체극장'(설계: 그로피우스)〉

　이 극장건축의 첫 번째 목표는 무대와 관객 간의 분리를 극복하는 것이며 그렇게 해서 관객이 적극적으로 공연에 끌어들이는 것이다. 원형무대(번호 7)가 가운데로 오는 경우는 물론이려니와 안쪽 무대(번호 5)만 이용하는 경우에도 무대는 관객석과 직접 만나도록 되어 있다. 무대가 어느 곳에 위치하더라도 그것은 위로 올라간 계단식 관객석과 함께 현대적으로 변형된 그리스 극장건축의 모습이 되었다. 무대와 객석의 통일은 다양한 형태의 무대공간이 공연공간이 되는 극장 전체와 하나가 될 때 최고조에 이른다. 그것은 가령, 관객석 뒤켠에 위치한 12개의 기둥 사이에 있는 영사막을 이용한 영상의 제시 등을 통해 가능해진다. 시, 청각을 망라한 공연적 수단의 동원은 이렇게 공간의 제한을 넘어서는 장면연출 속에서 진정한 종합예술을 실현하는 것이었다.

그런데 그 종합예술의 실현은 '총체극장'이 갖는 두 번째 목표에서 더욱 분명해진다. 그것은 예술과 현실의 간극을 극복하는 것이다. 극장건축은 기술과 과학의 도움으로 현대적 세계의 역동적인 전시장이 된다. 종합적인 표현도구이며 동시에 표현체이기도 한 극장건축은 종합성 자체로서 시대의 사회적, 기술적 삶을 형상하고자 한다. 현대 건축과 기술의 유래없는 발전이 사회적 현상 속에서 드러날 수 있는 것으로, 극장의 건축적 공간은 그 종합성으로 사회적인 삶을 상징적으로 표현하는 것이다. 건측과 사회의 연결은 유리로 마감된 거대한 벽면 전체에서도 드러난다. '총체극장'은 극장 내부를 감추지 않는다. 공연까지도 유리 벽을 통해 바깥 세상과 만난다. 관객과 공연에 참여하는 연기자들은 그들이 중심이 되는 세상에 직면하게 되는 것이다. 그렇게 그리스 비극이 보여주는 관객과 민중, 사회의 통일을 현대적으로 부활시키고자 하는 것 같아 보이는 '총체극장'에서는 어떤 작품을 공연할 수 있을까? 그곳에서는 피스카토어의 연극, 이른바 세상 전체를 전시적으로 보여준다는 의미에서, 또한 영상, 동시무대, 움직이는 무대 등 모든 가능한 기술적 요소들을 동원한다는 의미에서 명명된 '서사극', 혹은 현실을 재현하는 온갖 기술과 관객의 참여로 가히 선동적인 해프닝에 가까운 기록극, 나아가 구성주의적 초대형 무대 등 정치연극이 온전하게 실험될 수 있었을 것이다.

무대 혹은 건축 전체의 역동적인 움직임과 더불어 종합예술을 실현하는 전제이자 완성적 조건으로서의 극장건축 설계는 그로피우스의 '총체극장' 이후 바우하우스의 여러 예술가들에 의해 계속된다. 그것은 특히, 바우하우스의 예술적 경향을 표현주의로부터 구성주의로 돌리는 데 기여한 구성주의자 모홀리 나쥐(Laszlo Moholy-Nagy)의 '총체성의 연극'(Theater der Totalität) 이론에 영향받은 바 크다. 그는 다다이즘, 미래파, 신조형주의, 절대주의 그리고 구성주의의 아이디어를 섭렵하면서 매우 현대적인 테마들 즉, 움직임과 물체, 공간 그리고 시간의 문제를 중점적으로 다루게 되었다. 그의 생각은 예술적 작업에서 빛의 이용으로 나타났다. 물체, 공간 그리고 시간의 표현이 빛의 현상에서 가장 명확하게 가능하다고 본 것이다. 빛은, 그의 움직이는 예술, 이른바 키네틱 아트의 기초가 되는 에너지, 힘이었다. 아피아와 크레이그가 연극의 근본적인 요소를 찾아 그것들의 종합을 제안했지만, 모홀리 나쥐는 무엇보다 그것들의 물리적 가치에 집중하고자 했다. 그리하여 그것들의 종합은 가장 순수한 형태로 이뤄지는 것이다. 그는 그런 종합을 기계적인 구성이라고 불렀다. 그가 '총체성의 연극적' 모델로 부르는 "기계적 곡예"[50]는 그렇게 해서 나온다. 미래파나 구성주의의 영향이다. 여기서 인간은 가장 확실하게, 다른 요소와 같은 하나의 무대적 요소가 된다.

'인간적인' 곡예의 불충분함은 끝까지 파악될 수 있는 정확한 형태와 동작의 조직으로 바뀐다. 그것은 역동적인 대조적 현상(공간, 형체, 움직임, 소리, 빛)의 총합(Synthese)일 것이다. 그것이 기계적 곡예이다.[51]

모홀리 나쥐는 1924년에 실제로 《기계적 곡예》라는 제목으로 작품을 만들었는데, 그것은 형체와 움직임의 표현을 위한 추상연극의 대본이다. 대본에 나와있는 내용에 따르면, 무대는 두 개로 나뉘어져있는데, 각 무대에서는 화살표나 원, 직선 등이 공간에서 제각기 다른 방향으로 움직이거나 돌아가게 되어있다. 대본의 나머지 반은 빛(색)과 소리

---

50) Moholy-Nagy L., 「Theater. Zirkus. Varieté」, Brauneck, M., 앞의 책, 154쪽.
51) 같은 책.

178

(악보)를 지시가 차지한다. 여기에 인간이 추가될 수 있겠으나, 그는 인체로서 추상적인 종합예술 공간을 만드는 역동적인 요소일 뿐이다. 그런데 이런 추상적인 '무대구성'[52]은 그것을 위한 독특한 무대공간에서 상연되어야 했다. 바우하우스 예술가인 몰나르(Farkas Molnar)가 설계한 'U-극장'(U-Theater), 샤빈스키(Xanti Schawinsky)의 '구성주의적 공간무대', 바이닝어(Andreas Weininger)의 '구형(球形)극장'(Kugeltheater)은 그런 배경에서 나왔다.

그것들은 모두 추상적 무대구성이 온전한 종합을 위해 필요한 공간적 장치를 실험, 실현하기 위한 극장건축이다. 거기에선 무대와 관객석이 3차원의 공간 속에서 움직이거나 만난다. 현대적인 놀이로서, '기계적 곡예'에서 정지되 있는 것은 없다. 바우하우스에서 '기계적인 종합'(mechanische Synthese)의 이름으로 실험되던 무대작업에서 비정형의 공간은 순수한 표현 요소들과 기술적 도구의 구성, 그리고 그 구성이 만드는 감각적 긴장을 통해 역동적인 건축적, 종합적 공간으로 변한다. 그것에 관해 바이닝어는 '구형극장'에 관한 자신의 글 속에서 함축적으로 설명하고 있다.

공간무대, 공간연극, 기계적인 연극의 장. 공간, 인체, 면, 선, 점 등과 같은 모든 주요 도구의 기점인 움직임은 기계적인 총합(Synthese)으로 형상된다. 건축의 정적인 총합과 정반대로 말이다.[53]

---

52) '무대구성'(Bühnenkomposition)의 개념은 칸딘스키의 추상연극, 순수한 형체, 색, 소리를 이용하는 무대작업에서 나왔다. 그는 그런 추상적 구성에 바탕을 둔 작업이야말로 내적이며 유기적인 요소들의 종합을 이룰 수 있다고 주장한다. 그것은 외형적 종합에 머문 바그너식 종합예술을 넘어서는 새로운 종합예술의 모델로서, 칸딘스키는 그것을 '총합무대'(Bühnensynthese)라고 부른다. 주지하다시피 칸딘스키는 모홀리 나쥐와 함께 바우하우스에서 작업했다.

53) Weininger, Andreas, 「Kugeltheater」, <bauhaus>, Heft 3, Sondernummer 'Bühne', 1927, 2쪽.

그에 의하면 그 작업의 목표가 "새로운 동작 리듬의 형상을 통해 인간에게 새로운 감각 방식을 일깨워주는 는 것, 기본적인 필요성에 대한 기본적인 답을 주는 것"[54]에 있다는 것인데, 그 말은 연극이 무대요소의 구성에서부터 건축적인 퍼포먼스에 이르기까지 현대적, 기술적 세계와 그 세계를 만드는 기본 요소, 기술적 가능성을 도구로 이용하는 종합적인 놀이, '곡예'임을 설명한다.

Ⅳ. 나가는 글

이 글은 20세기 초 현대 연극의 태동기에 형성된 종합예술의 개념과 실천에 관해 살펴보았다. 유겐트 양식의 시대에 연극이 이미 보여주듯이 종합예술의 개념은 삶과 예술이 만나는 이상적인 현장의 창조에서 시작되었다. 축제연극의 개발이 그것인데, 바그너가 생각한 그대로였다. 또 하나 이때 벌써 연극언어는 문자언어, 희곡 중심의 단선적 체계로부터 벗어나기 시작한다. 바그너와 니이체가 주장한 대로 '음악의 정신으로부터 나온'[55] 복합적, 종합적인 무대언어에 관한 관심이 증대되고 또 실제로 실현되기도 했다. 그 가운데 가장 주목할만한 것이 무용적 연기와 양식화된 회화적 무대미술, 색과 형체를 중요시하는 무대미술의 등장이다. 그 경향은 후에 오는 종합예술적 연극작업, 순수한 연극적 요소들의 구성을 연출의 기본 원리로 여기는 작업에서 발전적으로 이어진다.

바그너로부터 직접 영향을 받은 아피아에 와서 종합의 논의는 그 첫

---

54) 같은 책.
55) 이 말은 주지하듯이 니체의 저서 『비극의 탄생』의 부제이다.

정점에 이른 듯하다. 아피아가 이상적인 공연형태로 제기하고 있는 '언어-음악극'이라는 명칭에서부터 그러하지만, 그는 공연을 대본의 이해에서 연출에 이르기까지 음악의 도움으로 구성하는 작업으로 보았다. 음악의 개입으로 인해 연출적 구성에 시간에 관한 새로운 인식이 들어서고, 시간이 실현되는 곳으로서의 공간은 무대미학의 최종적 문제가 되었다. '공간-시간의 예술'로서의 연극의 중심에 서있는 요소는 인체였다. 공간을 구성하는 법칙은 무엇보다도 인체의 동작을 통해 가시화되는 음악의 리듬에 의해 결정되었다. 그런 상황에서 고안된 양식화된 무용적 동작과 조형적인 무대미술이 구성되면서 종합의 진행은 완성된다. 이런 '공간-시간의 예술' 개념이 갖는 현대성이 여전히 유효함은 본론에서도 언급한 윌슨이나 프라이어와 같은 20세기 후반의 회화적 연출가들의 실험연극을 통해 발견할 수 있다. 이를테면 느린 동작의 연출은 시간과 공간의 새로운 체험에 관한 실험 외 다름 아니다. 실험에는 언제나 근본적인 무대요소의 연구와 그것들의 치밀한 구성이 중심 테마가 된다. 그곳에서, 아피아와 크레이그가 발견한 근본적인 무대요소의 확인은 재차 반복된다.

종합의 '종합적' 현장으로서의 공간에 대한 보다 구체적인 연구는 크레이그에게서 이뤄졌다. 그의 관심도 공간에서 구성되어야할 공연적 요소의 발견에서 시작되었다. 그런 구성으로 무대가 추상적인 모습을 띠게 되는 것은 자연스러운 일이며, 그것은 근본 요소의 연구와 그것의 구성에 천착한 현대 회화의 경향을 상기시킨다. 연극사적으로는 문학의 전횡으로부터의 해방을 의미하기도 하는 크레이그의 연출에 관한 아이디어는 기본적인 무대 요소의 구성을 바탕으로 하는 종합예술의 실현을 목표한다. 이제 그 구성이 이뤄지는 공간에 대한 연구가 시작되고, 연극의 시각적인 가치가 강조되었다. 물론 시각적 구성은 리듬으로 전이된 음악이 주도한다. 그런 종합의 공간은 완전히 하나의 키네틱 아트가 된다. 그 움직임의 중심에 인간이 있지만 그는 전통적인 입장에서의 심리적인 연기자가 아니다. 아주 흥미 있는 사실인데, 그는 마치 기계와 같이 동작의 법칙을 보여주는 새로운 무용수이다. 크레이그는 그것이 그로 하여금 음악적인 조형 공간에 어울리도록 하는 길이라고 본 것이다. 크레이그는 그러한 연기자를 '초인형'이라고 불렀다. 연극의 통일성을 위해 인간은 무대 위에서 전통적으로 누렸던 절대적인 지위를 버렸다. 그도 다른 요소와 같은 요소 가운데 하나이고, 필요한 것은 오직 그것들의 유기적인 교류, 구성이었다. 여기에서 칸딘스키가 생각한 추상적 입체공간구성, 총합예술의 거리는 결코 멀지 않다.

재언하거니와 크레이그가 발견한, 종합적으로 구성되어야 할 연극의 요소는 공간에서 구조되는 것이다. 그는 건축적 공간이라는 개념을 사용했는데, 그 공간의 소재들은 인체, 빛(조명), 어두움과 그림자, 조형물들이다. 인체-동작-빛-공간의 교류와 종합에 대한 연구에서 나온 ≪계단≫이라는 제목의 스케치는 이러한 맥락에서 언급되었다.

바그너에게서 그랬고, 유겐트 양식의 연극운동에서 그랬지만, 종합예술은 궁극적으로 사회적 이상, 그것의 실현과 연관된다. 그런 상황은 사회와 예술의 만남, 기술과 예술의 통일을 모색하는 실험적 예술작업 속에서 다양하게 그리고 전례없이 구체적으로 진행된다. 거기에서 건축은 선도적인 장르가 되었다. 극장건축의 수많은 실험적 설계가 나왔으며, 건축적 구조를 가진 3차원적 키네틱 아트의 등장도 이때에 이뤄진다. 움직임을 만드는 갖가지 조형적 요소와 빛의 구성으로서의 그것을 바우하우스의 모홀리 나쥐는 '총체성의 연극'이라고 불렀다. 그것은 실험으로서의 종합예술이었다.

조형적, 음악적 요소들만의 무대는 '물체연극'이 되었다. 그것의 실험은 미래파 분 아니라 표현주의, 바우하우스와 구성주의에까지 간단없이 이어졌다. '물체'의 이해와 그 구성의 원리를 확립하는 일은 그런 작업에 있어 선결 과제였다. 이른바 요소의 편람이니, 예술의 문법이니 하는 개념들이 등장했다. 요소의 구성에 있어 그것들의 교류의 문제가 미학적 관심을 끌게 된 것은 당연한 일이다. 그리고 그런 가운데 종합 또는 총합, 총체예술, 총체연극의 이름으로 각양각색의 논의와 실험이 진행되었다. 예를 들어 메이에르홀드와 칸딘스키는, 전혀 다른 시각에서 접근했지만, 총합연극의 개념을 사용했으며, 그로피우스, 모홀리 나쥐나 피스카토어는 총체연극의 개념을 목표로 내걸었다.

종합예술로서의 극장건축은 그로피우스의 '총체극장'의 예를 통해 살펴보았다. 그로피우스의 설계는 기술의 도움으로―전시되는 기술은 그 자체로서도 연극적 기능을 갖는다-무대와 관객석 사이의 간극을 사라지게 했으며, 새로운 재료의 사용을 통해 극장과 사회, 관객과 사회, 공연과 현실이 서로 교류하도록 했다. 극장의 구조가 그리스의 극장건축을 모델로 삼은 흔적이 역력한데, 그런 점에서 바그너가 생각한 이상적인 극장건축의 온전한 실현이라고 할 수 있을 것이다. 그리고 그 안에서 공연될 피스카토어의 정치연극은 종합예술을 탄생시킨 바그너의 '혁명미학'의 현대적인 구현이다.

참고문헌

남상식, 「바그너의 '혁명미학'과 종합예술의 의미 연구 – '취리히 저술'을 중심으로」, <한국연극학>, 20호(2003)

Adolphe Appia, 『Die Musik und die Inscenierung』(München, 1905)

Adolphe A., 『Das lebendige Kunstwerk』(München, 1968)

Argan, Giulio Carlo, 『Gropius und Bauhaus』(Hamburg, 1962)

Bablet, Denis, 『Edward Gordon Craig』(Köln/ Berlin, 1965)

Behrens, Peter, 『Feste des Lebens und der Kunst. Eine Betrachtung des Theaters als höchsten Kulturszmbols』(Leipzig, 1900)

Brauneck, Manfred, 『Das Theater im 20. Jahrhundert. Programmschriften. Stilperioden. Reformmodelle』(Hamburg, 1984)

Craig, Edward G., 『On the Art of the Theatre』, 남상식 옮김, 『연극예술론』(서울, 1999)

Kreidt, Dietrich 『Kunsttheorie der Inszenierung. Kritik der ästhetischen Konzeption Adolphe Appias und Edward Gordon Craigs』(Berlin, 1968)

Fuchs, Georg, 『Die Schaubühne der Zukunft』(Berin/Leipzig, 1905)

Gropius, Walter, 『Apollo in der Demokratie』(Mainz/Berlin, 1967)

Gropius, W., 『Die Architektur des 20. Jahrhunderts』(Köln, 1977)

Sedlmeyr, Hans, 『Die Revolution der modernen Kunst』(Hamburg, 1957)

Wagner, Richard,『Gesammelte Schriften und Dichtungen』(Leipzig, 1907)

Wingler, Hans, M., 『Das Bauhaus. Weimar-Dessau-Berlin』(Bramsche, 1975)

Abstract

Das Konzept des Gesamtkunstwerkes Wagners und die Theaterreformbewegung um die Wende vom 20. Jahrhundert

Nam Sang‒sik

Die vorliegende Arbeit geht dem Fragenkomplex nach, d.h. untersuchen, welche Einflüsse das Konzept des Gesamtkunstwerkes auf die Theaterreformbewegung der Wende vom 20. Jahrhunder übten. Es wurde untersucht, was das Theaterdenken der Avantgarde unter dem Einfluß Wagners zu einer Theorie des synthetischen Theaters beiträgt. Hier wurden zuerst die experimentellen Arbeiten behandelt, wie von den beiden Stilbühnenkünstlern, Appia und Craig. Zu untersuchen war im einzelnen, welche Vorstellungen und Voraussetzungen des 'Bühnensynthese'(Kandinsky) begründet wurden. Und dann geht die Arbeit auf das Problem der Architektur in und neben dem Baubaus: sie ist das Symbol des Gesamtkunstwerkes, das sich schließlich auf das gesamte Leben bezieht.

Sieht man die Folgen, zu denen die genannten Gegestände der

Untersuchung in ihrer Auseinandersetzung mit Wagners Theatertheorie und dessen Werk gekommen sind, so ist es deutlich, daß sie zu Grundproblemen jeweils analoge Lösungen gefunden haben, welche zu einem guten teil die Grundlagen des 20. Jahrhunderts überhaupt bilden.

Die Entdeckumg Appias besteht erstens darin, daß er die Kunst der Inszenierung als die Kunst versteht, in den Raum zu projeziren, der in sich die Beweglichkeit, der Dynamik und des eigenen Symbolismus des Lichtes enthält. Diese Entdeckung gestattet den totalen Verzicht auf jegliche Form von Illusionsdeutender Bühnenmalerei und die volle Durchsetzung des raumplastischen Prinzips. Als ästhetische Prämisse besagt es einmal die rhythmische Gliederung des Raumes, einschließlich des Bühnenbodens, wobei Licht und Schatten als bedeutungsschaffende und raumgliedernde Kompositionsmöglichkeiten hinzunehmen sind, zum andern die volle Wirksamkeit der plastisch-räumlichen Bühnengesatlt, die in raumgreifender artifizieller Bewegung voll auszuspielen ist.

Craig, der früh mit Musiktheaterformen des 18. Jahrhunderts, Händel und Purcell, experimentierte, ist mit seiner berühmten Aussage, die Kunst des Theaters sei die Gesamtheit der theatralen Grundelemente, Bewegung, Worten, Linie und Farbe, Rhythmus der jenige, der am deutlichsten die Frage des Gesamtkunstwerkes zur neuen theaterästhetischen Diskussion der Avantgarde stellte. Die Inszenierung stellt sich als synthetische Kunst dar, wobei ausdrücklich auf die besondere Qualität des Kunstwerkes aufmerksam gemacht wird, aus der sich die Möglichkeit demonstrativ überhöhter artistischer Spielweise ergibt. Eine der eigentlichen Leistungen Craigs, mit denen er er die Eigengestzlichkeit des Theaters hervorzuheben versucht, liegt wie bei Appia in seiner Konzeption für eine neue Gesataltung des Raumes als des Ortes der gesamten Bewegungen der Bühnenelemente. Die Arbeit der Regie, in deren Imagination Craig alle Gewalt der Theaterkunst legt, ist die Gestaltung dieses Raumes.

Das neue Einheitsprinzip wird hier bei Appia und Craig komplementär oder als Gegenprinzip zu Wagners musikdramatischem Gesamtentwurf formuliert, jewweils so, daß der Anspruch des Wagnerschen Kunstgedankens erhalten bleibt und theatergeschichtliches Neuland gewinnt.

Die Frage, ob von der Theaterarbeit am Bauhaus her überhaupt eine Erneuerung der Theaterkunst zu erwarten ist, ist nach Schlemmer zu bejahen, wenn das Interesse und Bestreben der Theaterarbeit durchaus mit dem Problem des neuen Bühnenbaus verbunden werden. Die Tätigkeit der Theaterarbeit bestimmt durch die Zielsetzung des Institutes, den Raum, die Konstruktion, die Form und die Farbe zu thematisieren, soll als eine vorbereitende Arbeit dazu beitragen. Schlemmers Gedanke eines synthetisierenden Einheitskunstwerkes findet sein zentrales Anliegen nach der von Gropius manifestierten Idee des Baugeistes im architektonischen Gesamtkunstwerk, für das er eine Entsprechung im Bereich des Theaters sucht. Und Gropius ist der jenige, der mit seinem 'Totaltheater' das Modell des architektonischen Gesamtkunstwerkes darstellt. In dem Modell entwirft Gropius ein künstlerisches Raumprojekt, für die Bühnenarbeit als eine küntlerisch-technische Synthese. Das Totaltheater ist nur der erste Schritt für die weiteren Entwürfen der utopischen Theaterräumen wie 'U-Theater', 'Kugeltheater' u.a. Alle diese Entwürfe für die zukünftige Raumbühne sind Beispiele dafür, wie der Begriff der neuen Räumlichkeit die im Bauhaus durchgeführten Untersuchungen jener Wechselwirkungen der

Materie bestimmt, die mit dem Hinzutreten der verschiedenen Stoffe zu verändern sind und aus deren wechselseitigen Spannungen Anziehungen oder Abstoßungen sich ergeben. Damit die grundlegende Beziehung zwischen Architektur und Theater erhellt.

주제어 : 종합예술, 유겐트 양식, 언어음악극, 상징주의 연극, 공간구성, 양식화, 바우하우스
Key Word : Gesamtkunstwerk, Jugend Style, music-word drama, symnolist theatre, space komposition, Stylization, Bauhaus

학교분장의 교육적 효과와 제작에 대한 연구
－초등학교에서의 특기·적성교육 프로그램으로서의
안면분장을 중심으로－

이 재 천*

Ⅰ. 서론

안면분장은 외국에서는 스포츠 경기, 할로윈데이(Halloween Day), 학교의 학예회(學藝會) 등과 같은 행사를 할 때나 심지어 가정에서의 놀이감으로까지 이미 보편화된 지 오래되었으나, 우리나라에서는 지난 '2002 한일 월드컵'을 계기로 신체에 무엇을 표현하는 것에 대한 전통적이고 '유교적인 거부감'을 떨치고 관심을 끌게 되었다.

현재 안면분장은 주말에 아이들이 이용하는 놀이공원의 이벤트, 연극이나 영화를 개봉하는 극장의 홍보행사, 패스트 푸드점의 판촉행사, 스포츠 행사장, 이벤트 행사장, 개업 판촉 이벤트장, 각종 기념식 행사장 등 다양한 장소에서 행해지고 있다.

사람은 누구나 자신 이외의 사람이나 기타의 다른 동식물로 변화하고 싶은 욕망을 가지고 있다. 특히 학창시절에는 많은 상상력을 발휘하

---

* 중부대학교 예체능대학 공연영상예술학부

는 시기이며, 분장을 학교에서 교육의 한 방편으로서의 활용한다면 다 방면에서 교육적인 효과를 기대할 수 있기 때문에 훌륭한 교육적 도구가 될 수 있다.

학교분장은 초중고라는 교육기관에 국한해서 하는 예술활동으로서의 분장을 의미한다. 학교분장의 용도는 스포츠 행사의 응원, 이벤트 행사, 학예회, 가장행렬, 연극, 무용, 오페라, 영화 등 학교 내외에서 학생들의 활동을 중심으로 이루어지는 안면분장을 총칭한다.

일반적으로는 안면분장을 하는데 규정된 형식이나 절차는 없으며, 단지 그리고 싶은 그림을 사용하고 싶은 색깔을 사용해서 자연스럽게 그리면 되나, 학교분장을 통해 교육적인 효과를 기대하려면 학생들의 예술적이고 분석적인 분장능력을 기르기 위한 체계적인 교육시스템을 통해 이루어져야 한다.

이 논문의 목적은 특기 · 적성교육의 한 프로그램으로서의 학교분장을 통해서 학생들이 예술작업에서 필수적인 미적 감각과 창의력을 배양하고, 체계적이고 분석적인 태도, 문제해결 능력, 협동심, 남을 배려하는 마음 등을 기를 수 있는 지의 가능성을 고찰하고자 한다. 학교분장의 교육을 통해서 어렵지 않게 그리고 짧은 시간에 많은 학생들의 흥미와 관심을 끌 수 있는 예술교육이 될 수 있는가, 즉, 학생들에게 동기부여와 동질감을 유발시킬 수 있는 효과적인 교육방법이 될 수 있는가를 고찰하고자 한다.

이 논문의 연구 범위는 초등학교의 특기 · 적성교육 프로그램으로서의 학교분장에서 지도교사의 지도를 통해 이루어지는 안면분장 중에서 타인에 대한 '페이스 페인팅(face painting)'과 학생 상호간의 '페이스 메이크업(face make up)'에 국한시켜 그 과정을 살펴본다. 즉, 의 학교분장 중에서 안면분장을 중심으로 고찰한다.

Ⅱ. 특기·적성교육과 학교분장

1. 특기·적성교육의 정의와 목적

'특기'는 어느 특정인만이 가진 실천적인 활동을 통해 계발될 수 있는 특수한 기능을 의미하며, '적성'은 어떤 과제나 임무를 학습하는데 있어서 특수한 분야에서 능동적이고 적극적으로 임할 수 있는 능력을 의미한다.

학생들은 특기·적성교육을 통해서 소질과 개성에 따라 자신에게 알맞은 분야를 선택하여 다양한 체험을 하고 진로를 선택함으로서 급변하는 미래 사회에 성공적으로 적응하여, 궁극적으로는 '자아실현'을 할 수 있다.

지식정보화사회를 맞이하여 우리나라의 교육정책은 학생 개개인의 소질과 적성에 알맞은 분야를 선택케 하여 잠재능력을 집중 육성하여 특정한 분야의 특정한 능력을 소유한 인재를 양성하여 개인과 국가의 경쟁력을 확보하려고 시도하고 있다. "교육부는 다양하고 급변하게 변화하는 21세기 새 천년을 이끌어갈 인재 양성을 위한 학교교육의 새로운 패러다임을 구축하고자 1999년부터 새로운 명칭으로 '특기·적성 교육활동'을 적극 도입하고 있다.[1]

교육부는 특기·적성교육의 목적과 기본방침을 다음과 같이 밝히고 있다.

---

1) 정철영,「특기·적성 교육의 개념과 영역 및 내용」, 『진로교육연구』, 한국 진로교육학회 편, 1999. p.60.

특기·적성교육의 목적 및 기본 방침[2]

구 분	주 요 내 용
목 적	−학생의 소질·적성 계발 및 취미·특기신장 교육 기회 제공 −특기·적성 교육활동과 연계한 동아리 중심의 학생문화 창달 −학부모의 사교육비 절감 −학교의 시설 및 지역사회 인적자원 활용의 극대화
기 본 방 침	− 교과교육에서 탈피하여 소질·적성 계발 및 특기 신장을 위한 프로그램 운영(고등학교 2, 3학년 보충수업에는 지원하지 않음) − 학교운영위원회의 심의를 받아 학교장이 운영(학교운영위원회가 조직·운영되고 있는 학교에만 지원) − 소요경비는 수익자 부담 원칙으로 운영 − 강사비 보전금 및 일부 극빈자·실직자·보훈 대상자 자녀 및 소년·소녀가장의 방과 후 교육활동 부담금 지원 예산은 수요조사 후 소요액을 파악하여 학기별(연 2회)로 배부 − 주기적인 모니터링·평가 및 환류(feed back) 체제 확립 − 지방자치단체, 민간 청소년단체 및 사교육부문과 연계한 시설이용 − 단위학교, 인근 학교 간 연계, 교육청 주관의 청소년 축제문화로 승화

　특기·적성교육의 개념은 그간 일선 학교에서 보충수업의 일환으로 실시하였던 '방과 후 교육활동'[3]과는 달리 "학생의 소질·적성을 계발 및 취미·특기신장, 동아리 중심의 학생문화 창달을 목적으로 희망하는 학생에 한하여 수익자 부담 원칙으로 학교장의 주관 하에 학교 내외에서 운영되는 교과교육 이외의 교육활동으로 단위학교뿐만 아니라 인근학교와의 협력 프로그램, 교육청 주관 하에 이루어지는 교육프로

---

2) 교육부, '99. 특기·적성 교육활동 운영계획, 교육부, 1999.
3) 방과 후 교육활동은 정규교육활동이 모두 끝난 후 희망하는 학생에 한해서 수익자 부담으로 교내에서 이루어지는 교육활동과 교육시책에 의해서 무상으로 이루어지는 교육활동을 의미한다.

그램 및 학생축제 프로그램까지 포함하는 교육활동"4)이다.

2. 특기 · 적성교육에서의 학교분장의 영역

교육부에서 1999년 3월에 발표한 교육발전 5개년 계획에서는 특기 · 적성 교육의 영역을 ① 교과관련, ② 컴퓨터관련, ③ 음악관련, ④ 미술관련, ⑤ 체육관련, ⑥ 기타 등의 6가지로 구분하고, 사례별로 구체적인 세부 프로그램을 제시하고 있다.

교육부의 특기 · 적성교육의 2가지 영역 중에서 초등학교에서의 학교분장은 '교과관련 영역'에 속하는 '기타 프로그램 영역'으로 분류할 수 있으며, 세부적으로는 기타 프로그램 영역에서의 '자기표현 연극놀이'에 해당한다고 볼 수 있다. 학교분장은 또한 '기타 또는 교과외 영역'으로 분류할 수 있으며, 세부적으로는 '기타 프로그램'의 영역에서의 '행사 영역의 〔학예행사영역〕의 실기대회와 기타 교과외 관련영역의 '심성계발'이나 '그밖에 교과외 관련 영역 프로그램'에 해당한다고 볼 수 있다.

따라서 학교분장은 교육부가 제시하는 특기 · 적성교육의 2가지 영역인 '교과영역(기타 관련교과 영역)'과 '교과외 영역(행사영역, 기타 관련교과외 영역)'에 모두 포함되며, 제7차 교육과정에서의 특별활동 영역별 주요활동 내용의 분류5)로 살펴보면 학생분장은 '계발활동'6)의 영역에 속하며, 학교분장은 '행사활동'7)의 영역에 속한다.

---

4) 정철영, 전게논문, p.65.
5) 교육부에서 발표한 제7차 교육과정에서는 특별활동의 영역을 자치활동, 적응활동, 계발활동, 봉사활동, 행사활동 등의 5가지로 확대, 개편하였다.
6) 계발활동의 주요 활동 내용은 학술문예 활동, 보건체육 활동, 실습노작 활동, 여가문화 활동, 정보통신 활동, 청소년단체 활동, 그밖에 필요한 활동 등이다.
7) 행사활동의 주요 활동 내용은 의식행사 활동, 학예행사 활동, 보건체육행사 활동, 수련활동, 안전구호 활동, 교류활동, 그밖에 필요한 활동 등이다.

3. 학교분장의 정의와 목적

학교분장은 학교라는 교육기관에 국한하는 학생이 하는 예술 활동으로서의 분장이라고 정의할 수 있으며, 학교에서 일어날 수 있는 다음의 모든 행사에서 활용될 수 있다.

① 스포츠 행사,
② 이벤트 행사,
③ 학예회의 가장행렬,
④ 연극, 영화,
⑤ 무용, 오페라.

학교분장은 분장을 실시하는 주체에 따라서 다음과 같이 분류할 수 있다.

① 직업적인 분장사의 학생을 위한 분장,
② 지도교사의 학생을 위한 분장,
③ 학생이 다른 학생을 분장 시켜주기 위한 분장,
④ 학생 자신을 위한 학생 스스로의 분장.

4. 학교분장의 교육적 효과

학교분장을 통해서 학생들은 자신 이외의 사람이나 기타의 다른 동물로 변화하고 싶은 욕망을 충족시킬 수 있다. 특히, 학창시절은 상상력이 풍부한 시기이기 때문에 학교분장을 통해서 예술적 감성을 기를 수 있다.

학교에서 이루어지는 분장에서 '지도교사의 학생들을 위한 분장'과 '학생이 다른 학생을 분장시켜주기 위한 분장'을 통해 다음과 같은 다양한 교육적 효과를 기대할 수 있다.

① 예술교육이 될 수 있다. 학교분장을 통해서 아름다움을 창조할 수 있는 창의성을 배양할 수 있다. 그것은 예술은 아름다움의 창조이며, 학교분장은 예술 활동의 실제적 체험이 될 수 있기 때문이다.

－공간과 색채에 대한 이해력 배양,

－미적, 예술적 감각 배양,

－조화와 대비를 통한 미술적 감각과 균형감각 배양,

－사물이나 대상을 규정 짓는 특징을 표현하는 능력 배양,

－분장작품을 구성하는 재료로 양감과 질감 표현하는 능력 배양,

－분장작품 구성에 영향을 주는 조명과 효과에 대한 이해력 배양,

② 여가를 즐길 수 있고, 배려심(配慮心)과 사회성을 기를 수 있다. 학교분장은 유익하고 즐겁기 때문에 자신과 타인에게 기쁨을 주어 여가를 즐길 수 있으며, 타인의 입장에서 이해하려는 배려심과 사회성을 기를 수 있다.

－건전한 여가를 활용할 수 있다.

－분장의 대상물과 분장을 받는 대상의 입장에서 이해하는 배려심 배양,

－분장의 공동작업을 통해 집중하고 화합하는 조화력, 협동심 배양,

－분장작품 발표를 통한 발표력 배양,

③ 체계적이고 분석적인 문제해결 능력을 기를 수 있다. 분장작업을 작품의 분석을 통해 요구하는 시간 내에 끝마치는 분석력, 집중력, 민첩성 등을 배양할 수 있다.

－대상물을 지각하는 관찰력, 과학적 탐구력, 균형감각 등 인지능력 배양,

－대상물을 둘러싸고 있는 공간과 사물에 대한 지각능력 배양,

－관객을 고려한 제3자의 입장에서 보는 관찰력 배양,

-대상물의 의인화, 사물화 등 표현능력 배양,

-대상물의 분장을 위한 창의력과 발상능력 배양,

-분장작품의 제작을 통한 손의 감각능력과 제작능력 배양,

-분장작품의 분석을 통한 분석능력 배양,

-분장작품 제작을 위한 집중력과 주의력 배양,

-분장작품의 구도를 잡는 구성력과 조합능력 배양,

-분장작품 제작과정에서 도출되는 문제에 대한 적응력, 해결능력 배양,

-분장제작의 순서에 입각해서 작업을 진행하는 체계적인 능력 배양,

④ 다른 분야의 학문을 이해하는데 도움이 된다. 학교분장은 문학, 미술, 음악, 분장재료 등에 대한 이해를 전제로 작품 속에서 분장이 무대미술, 의상, 소품, 조명, 음향효과, 특수효과 등 여러 가지 요소와 조화를 고려해야 하기 때문에 다른 분야의 이해에 도움이 된다.

-연극, 영화 등 분장을 수단으로 하는 관계 예술의 이해력 배양,

-사람이나 동물의 해부학 등 대상물을 이해하는 관계 학문에 대한 지식 배양,

-분장작업에 있어서의 화학적, 물리적 반응 등의 제반 지식에 대한 이해력 배양,

⑤ 성취감과 자신감을 고취할 수 있다. 학교분장은 작품의 내용에 따라 정해진 목적과 시간 내에 완성하여야하며, 이러한 과정을 통해 성취감을 느낄 수 있으며, 추후 자신감도 고취할 수 있다.

-정해진 시간 내에 작업을 마무리했다는 성취감 배양,

-작업의 완료에 따른 자신감 배양.

5. 학교분장의 교육 절차

1) 수업계획서과 수업진행표의 작성

학교에서 이루어지는 분장에서 '학생이 다른 학생을 분장시켜주기 위한 분장'을 실시함에 있어서 지도교사는 학생들의 분장능력을 육성하기 위하여 '수업계획서'와 수업진행표를 작성하고 다음과 같은 체계적인 교육을 하여야 한다.

① 세심한 관찰을 통해 대상물(사람이나 동물)의 구조를 익히며, 보는 각도에 따른 대상물의 변화를 말로 표현한다.

② 눈을 감고 대상물을 손으로 감지하여 인지능력을 기른다.

③ 대상물을 표현할 색채를 삼원색과 같은 기본색을 시작으로 색환(色環)을 통해 다양한 색채의 변화를 익히며, 빛의 삼원색을 중심으로 다양한 조명의 변화도 익힌다.

④ 대상물을 시각적으로 보고 스케치북에 옮겨놓는 작업을 통해서 단순한 표현능력을 기른다.

⑤ 대상물의 등고선을 그려 입체감을 익히며, 빛이 비치는 방향에 따른 입체감을 스케치북에 표현한다.

⑥ 빛의 밝기에 따른 대상물의 형체의 변화를 익히며, 밝기와 어두움의 정도를 점진적으로 높여 입체의 명암의 변화를 스케치북에 표현한다.

⑦ 대상물의 안면을 대상으로 스케치북에 하이라이트와 음영을 구체적으로 표현하여 입체감을 익힌다.

⑧ 다양한 분장도구를 숙지하고 용도에 알맞은 사용법과 사용 순서를 익힌다.

⑨ 분장물감의 원색 사용이나 혼합사용을 통해 다양한 색감을 익히

고, 대상물의 특징적인 모습을 일러스트레이션 한다.

⑩ 분장재료와 도구를 모두 활용하여 특징적인 표현을 통하여 대상물의 모습을 사실적으로 분장한다.

⑪ 분장재료와 도구를 모두 활용하여 한 대상물을 표현하고자 하는 다른 대상물로 치환(置換)하여 분장한다.

⑫ 분장재료와 도구를 모두 활용하여 한 대상물과 다른 대상물을 혼합하여 추상적으로 분장한다.

⑬ 분장재료와 도구를 모두 활용하여 대상물의 안면에 나타나는 심리적, 감정적 표현을 특징적인 표현으로 분장한다.

⑭ 분장재료와 도구를 모두 활용하여 정해진 작품의 일러스트레이션 에 알맞은 분장을 시연한다.

⑮ 분장재료와 도구를 모두 활용하여 정해진 순서에 따라서 작품의 목적에 알맞은 대상물의 분장을 완성한다.

수 업 계 획 서

2004학년도 2학기   ○○초등학교 특기 · 적성교육과정 학교분장반

과목명	학교분장			담당교사	○ ○ ○	
분장반	특기 · 적성 교육	강의요 일	월-금 수업 후	연락처	TEL	042-471-2611
					H.P	011-420-0000
					E-mail	
수업 목표	—분장을 통해 창작력, 표현력, 예술적 감각 등의 능력을 기른다.					
수업 개요	—안면분장의 대상물 인지하고 거기에 명암 표현을 익힌다. —페이스 페인팅의 과정과 절차를 익힌다. —페이스 메이크업의 과정과 절차를 익힌다. —외부 인을 대상으로 안면분장(페이스 페인팅, 페이스 메이크업)을 실시한다.					
수업 효과	—분장 대상물의 관찰을 통해 사물의 인지능력과 지각능력을 기른다. —분장에 필요한 색깔의 인지를 통해 색깔에 대한 감각을 기른다. —분장을 통해 이원화된 대상물을 일원화시키는 창의력을 기른다. —분장과 관련 있는 학교에서 배우는 교과목에 크게 도움이 된다. —분장을 통해 학생 상호간 상대에 대해 배려하는 사회성을 기를 수 있다. —분장을 통해 학생 상호간 협동심을 기를 수 있다. —분장을 가지고 학교의 학예회와 같은 행사에 적극적으로 참여하는 등 여가를 즐길 수 있다.					
교재 및 참고도서	주 교재	백인숙 저, 『퍼포먼스공연과 분장』, 도서출판 레드컴, 2004.				
	참고도서	이상훈 역, 『연극 · 영화 · TV를 위한 실전 메이크업』, 예니, 1994.				
평가 계획	출석	수업 참여도	과제	중간시험	기말시험	계
	20	20	20	20	20	100
기 타 유의사 항	—학교분장은 철저한 출석을 바탕으로 한 기초부터 작품완성까지의 과정을 통해 학생들에게 성취감을 줄 수 있다.					

수 업 진 행 표

2004학년도 제2학기 특기·적성교육(분장반)

주	수업내용 및 주요행사	비고
1	안면분장에 대한 소개	분장의 개요를 설명. 안면분장에 필요한 준비물 소개.
2	페이스 메에크업 대상물 선정 1	학생들이 평소에 친밀함을 느끼는 동물들을 대상물로 선정.
3	페이스 페인팅 대상물 선정 2	월드컵과 같은 이벤트의 캐릭터나 로고를 선정.
4	대상물 익히기 1	스케치북에 대상물을 스케치.
5	대상물에 표현 2	대상물의 명암과 색깔을 익히게 하기위해 빛의 방향에 따라 연필로 명암표현을 한 뒤, 색깔감각을 익히기 위해 물감으로 색깔표현.
6	안면의 형태 익히기 1	스케치북에 얼굴을 스케치.
7	안면에 표현 2	얼굴의 명암과 색깔을 익히게 하기 위해 빛의 방향에 따라 연필로 명암표현을 한 뒤, 색깔감각을 익히기 위해 물감으로 색깔표현.
8	상대 바꾸어 연습 1	분장도구로 상대의 안면에 분장.
9	상대 바꾸어 연습 2	분장도구로 상대의 안면에 분장.
10	의상 및 머리에 쓰는 소품 준비 1 페이스 페인팅 연습	지도교사의 지도로 학생과 공동제작. 페이스 페인팅을 상대 바꾸어 연습.
11	의상 및 머리에 쓰는 소품 준비 2 페이스 메이크업 연습	지도교사의 지도로 학생과 공동제작. 페이스 메이크업을 상대 바꾸어 연습.
12	집단 페이스 페인팅 연습 1	학생별로 분업을 하여 집단을 페이스 페인팅 할 때를 대비함.
13	집단 페이스 페인팅 연습 2	학생별로 분업을 하여 집단을 페이스 페인팅 할 때를 대비함.
14	집단 페이스 메이크업 연습 2	학생별로 분업을 하여 집단을 페이스 메이크업 할 때를 대비함.
15	집단 페이스 메이크업 연습 2	학생별로 분업을 하여 집단을 페이스 페인팅 할 때를 대비함.
16	안면분장 시연	−교장선생님, 전교직원, 학부모 및 내외빈 초청 페이스 페인팅. −학생들의 페이스 메이크업은 미리 준비.

Ⅲ. 학교분장으로서의 페이스 페인팅과 페이스 메이크업

1. 학교분장으로서의 페이스 페인팅

1) 준비절차

① 페이스 페인팅을 의뢰하는 기관의 담당자를 만나 페인팅의 목적과 의도를 파악해야 하며, 사용할 색깔의 조정이나 행사의 목적에 알맞게 캐릭터나 로고타입을 조정하는 등의 사전 조율이 필요하다.

② 평소 아무리 간단한 작품의 분장도 작품분석표를 작성하고 그에 입각하여 분장을 하여야 하며, 안면분장을 할 때도 의뢰하는 작품의 분장 목적과 행사의 목적에 맞는 페이스 페인팅이 될 수 있도록 작품분석을 거쳐야 한다.

③ 페이스 페인팅을 원하는 대상자를 구별한다. 학생들을 대상으로 선호하는 캐릭터나 로고타입을 페인팅 할 경우에는 분장할 캐릭터나 로고타입을 종류별로 준비하여 학생들이 직접 고르도록 선택의 여지를 주는 것이 좋다.

④ 많은 인원을 분장할 경우 공동작업을 할 팀원을 선별한다. 이 때 가능하면 미술적 감각이 있거나 경험이 있는 사람으로 구성하는 것이 좋다.

⑤ 현장에 도착하여 페이스 페인팅을 하기 전에 연습기회를 가져야 하며, 특히 공동작업을 하는 경우에는 팀원의 현장방문과 사전 연습을 반드시 거쳐야 한다.

⑥ 페이스 페인팅의 재료를 준비한다.

2) 작품의 수탁 및 분장 방법

① '무엇을 그려줄까'라고 묻기보다는 분장할 개인이나 팀원의 능력에 맞게 준비된 4~5개의 캐릭터나 로고타입을 대상자가 손쉽게 고르도록 선택의 여지를 준다.

② 많은 인원을 상대할 때는 쉽게 그릴 수 있는 캐릭터를 선택한다.

③ 대상자들이 학생들이라면 캐릭터나 로고타입을 몇 명의 학생들의 팔이나 얼굴에 그려줘 대상 어린이들의 호기심과 흥미를 자극한다.

④ 페이스 페인팅 대상자들에게 개별적이나 전체적으로 특정의 화장품에의 알레르기 반응이나 민감성 피부의 여부를 묻거나 공지하여 사후에 피부트러블로 인해 제기될 수 있는 문제를 예방한다.

⑤ 의뢰하는 기관의 캐릭터나 로고타입에 특별히 강조된 경우를 제외하고는 하이라이트나 쉐이드 같은 입체감을 주는 기교적인 것은 가급적 피하고 단순하게 그린다.

⑥ 가능하면 여러 종류의 색깔을 사용하는 것은 피한다.

⑦ 가능하면 혼합된 색보다는 원색을 사용한다.

⑧ 반드시 캐릭터나 로고타입이 아니라도 헤나의 문양이나 템퍼러리 타투같은 간단한 무늬나 문양도 좋다.

⑨ 페이스 페인팅하는 곳은 얼굴이나 손등, 팔뚝 등 타인에게 잘 보일 수 있는 곳을 선정한다.

⑩ 옷이나 장신구로 가려지지 않은 곳이나 장신구를 대체해서 페인팅을 하면 장신구를 대신하는 좋은 페이스 페인팅이 될 수 있다.

⑪ 페이스 페인팅의 목적에 알맞은 문구나 구호를 적어 넣어 단순한 페이스 페인팅에 의미를 더해줄 수도 있다.

⑫ 마무리를 할 때는 글리터(빤짝이)를 사용하여 타인의 주목을 끌 수도 있고, 단순히 펄이 들어있는 화장품을 사용하여도 좋다.

3) 작업절차 및 준비재료

① 엷은 흰색 펜슬이나 검은색 펜슬로 밑그림을 그린다. 많은 인원을 분장할 때나 복잡한 작품을 분장할 때는 준비된 캐릭터나 로고타입이 그려진 마스킹테이프나 스텐실에 에어브러쉬를 이용하여 밑그림을 그린다.

② 간단한 페이스 페인팅이라도 파운데이션(크림타입이나 리퀴드타입을 써도 좋으나 크림타입이 쓰기에 편리하다.)을 얇게 펴 발라서 피부의 트러블을 예방하고 지울 때를 편하게 한다. 파운데이션의 유분의 도움으로 그라데이션도 편해지며, 피부의 멜라닌 색소와의 색깔혼합으로 인하여 색의 혼합을 방지하여 색의 선명도를 유지할 수 있도록 한다.

③ 사용하는 화장품은 바디페인팅에는 아쿠아칼라(수용성 물감(liquid water make-up))를 사용하는 것이 보통이나, 얼굴이나 일정부위에 사용하는 페이스 페인팅에는 라이닝칼라(유성)를 사용하여 뚜렷한 색감을 주는 것이 좋다.

④ 얼굴에 유분기가 많이 있는 사람은 라이닝 칼라를 사용해야 하며, 밀려나든지 붓 자국이 나기 때문에 파운데이션을 얇게 펴 바르고 파우더 처리를 하고 난 뒤 분장한다.

⑤ 단순하게 선 처리나 색 처리만을 할 경우는 파우더의 사용 양에 신경을 쓰지 않아도 되지만, 꽃이나 물결무늬와 같은 것을 그릴 경우 그라데이션을 많이 하야하기 때문에 파우더 처리를 많이 할 경우는 그라데이션이 잘되지 않는 경우도 있다.

⑥ 주로 피부가 민감하거나 연약한 아이들에게 분장한다는 것을 고려하여 테스트를 거친 저자극의 얼굴에 트러블을 일으키지 않는 화장품을 선정한다.

⑦ 페이스 페인팅용 세필 붓 색깔별을 준비한다. 붓(브러쉬)은 사용

할 색깔 수보다 2~3개 많이 준비한다. 일반 붓도 가능하지만 제한된 좁은 면적을 쉽게 칠하기 좋은 필붓(동양 필붓이나 서양 필붓)을 사용하는 것이 좋다.

⑧ 준비색상은 페이스 페인트 6가지색(흰색, 노란색, 빨간색, 파란색, 녹색, 검정색)이 기본색이며, 반짝이 젤이나 파우더 1가지를 추가하면 좋다.

⑨ 페이스 페인팅 펜슬(색연필), 즉 스킨 칼라펜슬(6색)은 펜슬형태이며 기타의 도구 없이 직접 그릴 수 있는 간편한 페인팅 도구이다.

⑩ 수성 파운데이션 칼라

⑪ 글리터 젤(반짝이 젤) 페인트

⑫ 글리터 파우터(반짝이 가루)

⑬ 스텐실(템플레이트)

⑭ 마스킹테이프

⑮ 스프레이형 접착풀

⑯ 판박이 문신 템플레이트

⑰ 파레트는 색깔을 브렌딩 할 필요가 있을 수도 있기 때문에 준비된 색깔의 수보다 약 배가 많은 색깔을 담을 수 있는 것이 좋다.

⑱ 리무버는 워터나 로션타입보다 크림타입이 좋다. 페이스 페인팅에는 보통 화장이나 분장보다 진한 원색을 쓰기 때문에 리무버를 사용하여 가볍게 여러 번 지워주는 것이 좋다.

2. 학교분장으로서의 페이스 메이크업

1) 준비절차

① 페이스 메이크업의 목적과 의도를 파악해야 하며, 동물을 페이스

메이크업 할 경우에는 특징과 성격을 분석하고 학생들이 좋아하는 만화 캐릭터 중에서 동물의 안면의 컷을 선택하는 것이 좋다.

② 선택한 동물의 특징과 성격 분석에 입각한 분장도 작품분석표를 작성하고 그에 입각하여 분장계획표를 작성하여 목적에 알맞은 페이스 메이크업이 될 수 있도록 한다.

③ 페이스 메이크업을 실시할 학생과 대상학생을 정한다. 한 작품당 두 명 정도의 보조요원을 두어 원활한 작품의 완성을 꾀한다.

④ 페이스 메이크업의 제작순서에 알맞게 학생들이 색깔의 사용 순서와 도구의 사용 순서를 익힌다.

⑤ 외부 인사들이 페이스 메이크업의 현장에서 지켜보는 상태에서의 원활한 작품제작을 위해 실제 제작을 하기 전에 연습기회를 가져야 하며, 특히 공동작업을 하는 경우에는 팀원의 현장방문과 사전 연습을 반드시 거쳐야 한다.

⑥ 페이스 메이크업의 재료를 준비한다.

2) 페이스 메이크업의 방법

보통의 얼굴색은 무대 위에서 강한 조명이 비치면, 대체로 얼굴이 백색으로 보이거나 다소 평면적으로 보인다. 본래 얼굴이 희다면 보다 더 하얗게 보이기 때문에 얼굴에 건강한 모습을 나타내려고 할 때, 만약 평소에 생기가 넘쳐흐르는 얼굴이라면 분장을 할 필요가 없지만, 평소에 약간 하얀 얼굴이라면 볼연지 정도로 페이스 메이크업을 해야 한다.

학교분장에서는 다양한 대상을 안면에 표현한다. 노인, 마법사, 여러 가지 동물들 등 등장인물의 역할에 따라 페이스에 메이크업을 하는 것은 인물창조에 효과가 있기 때문이다. 노인으로 분장할 때는 머리나 수

염 등을 흰색으로 분장하더라도, 얼굴이 젊어 보이는 경우에는 노인처럼 보이지 않는다. 따라서 노인 페이스 메이크업을 하여 완성을 하여야 한다.

또한 페이스 메이크업을 통하여 코나 턱을 뾰족하게 한 기괴한 얼굴을 만드는 것이 효과적인 경우도 있으며, 손오공처럼 분장이 필요한 특수한 페이스 메이크업이 필요할 수도 있다.

3) 작업절차 및 준비재료

전문적인 분장과는 달리, 학교분장에서는 분장재료로서 얼굴에 바르기 위한 고형으로 된 팬 스틱 2~3가지색과 크림 스틱 2~3가지 정도가 있으면 된다. 나머지는 가정에서 일상적으로 사용하는 갈색과 검은 색 아이라이너, 립스틱, 볼연지, 파우더, 콜드크림, 가제 등이 있으면 된다.

학교분장을 하는 방법으로서는 먼저 콜드크림을 발라, 가제로 가볍게 닦아낸 후에 역할에 맞는 색깔의 팬 스틱이나 크림스틱을 바른다. 가발을 씌워야 하는 경우에는 가발과 얼굴 부분의 경계에 팬 스틱을 발라 색의 경계를 없애 준다. 노인이나 마법사 등의 얼굴에 있는 주름은 갈색 아이라이너로 주름을 깊게 그린 후에 그 위를 검은색으로 액센트를 준 다음 파우더로 가볍게 두들겨 준다.

예를 들어 「서유기」에 나오는 손오공은 이마의 주름 외에 눈가와 코 아래의 인중 등을 갈색 아이라이너로 그리고, 원숭이의 빨간 얼굴을 강조하고 싶을 경우에는 얼굴을 분홍색으로 만든 후에 볼연지로 강조하고 눈썹은 마지막에 그린다.

기괴하게 생긴 얼굴의 코, 턱 등은 종이 점토나 고무 점토를 종이에 접착하여 실로 걸개를 만들어 귀에 걸면 되는데, 이 때 실이 드러나 보이지 않도록 위에 화장으로 덮는다.

페이스 메이크업을 지울 때는 주부들이 화장을 지우는 것과 마찬가지로, 2번 정도 콜드크림을 충분히 발라 가제로 닦아낸 후에 비누로 세안을 한다.

Ⅳ. 결론

이 글에서는 지도교사의 지도로 초등학교에서 이루어지는 특기·적성교육 프로그램의 분장반에서 체계적인 교육시스템을 통해 이루어지는 안면분장 중에서 타인에 대한 '페이스 페인팅'과 학생 상호간의 '페이스 메이크업'에 국한시켜 그 과정을 살펴보았다.

사람은 누구나 자신 이외의 사람이나 기타의 다른 동식물로 변화하고 싶은 욕망을 가지고 있으며, 현재 안면분장은 주말에 학생들이 이용하는 시설이나 행사장 등 다양한 장소에서 행해지고 있어서 학생들이 자연스럽게 접할 수 있게 되었다.

이러한 분장을 학교라는 교육체계 안에 도입시킨 것이 학교분장이며, 이를 통해서 학생들은 자신 이외의 사람이나 기타의 다른 동물로 변화하고 싶은 욕망을 충족시킬 수 있다. 학창시절은 많은 상상력을 발휘하는 시기이며, 예술교육으로서의 분장을 통해서 학생들은 풍부한 예술적 감성을 기를 수 있기 때문이다.

따라서 학교분장은 학교라는 교육기관에 국한하는 학생이 하는 예술 활동으로서의 분장이라고 정의할 수 있으며, 현재에도 교내외에서 이루어지는 스포츠 행사의 응원, 이벤트 행사, 학예회, 가장행렬, 연극, 무용, 오페라, 영화 등에서 자주 활용되고 있다.

학생들은 특기·적성교육 프로그램으로서의 실천적인 학교분장 학습활동을 통해 자신만의 '특기'를 계발할 수 있으며, 능동적이고 적극적으로 임하여 자신만의 '적성'을 찾을 수 있다. 이를 통해 장차 소질과 개성에 따라 자신에게 알맞은 분야를 선택하여 다양한 체험을 하고 진로를 선택함으로서 급변하는 미래 사회에 성공적으로 적응하여, 궁극적으로는 '자아실현'을 꾀할 수 있다.

학교에서 이루어지는 분장 중에서 '지도교사의 학생들을 위한 분장'과 '학생이 다른 학생을 분장시켜주기 위한 분장'을 통해 다양한 교육적 효과를 기대할 수 있다. 학교 분장에서 지도교사의 역할은 대단히 중요하며, 학생들이 분장을 통해서 객관적으로 그리고 진정으로 표현하고자 하는 존재처럼 꾸밀 수 있도록 조력(助力)을 하여야 한다. 지도교사는 특기·적성교육 프로그램으로서의 학교 분장반에 참여한 학생들 중에서 각자의 소질에 맞는 부분을 파악하여 각각에게 역할을 분담하고 사전 준비를 시켜야 한다. 즉 학교분장을 통해 교육적인 효과를 기대하려면 지도교사의 지도 하에 학생들의 예술적이고 분석적인 분장 능력을 기르기 위한 체계적인 교육시스템을 통해 이루어져야 한다.

결론적으로 분장을 학교에서 교육의 한 방편으로서의 활용하면 학생들은 특기·적성교육의 목적인 교육부의 학교교육의 2가지 영역 중에서 '교과관련 영역'에서는 미적 감각과 자기표현능력을 배양할 수 있으며, '기타 또는 교과 외 영역'에서는 심성계발을 효율적으로 달성할 수 있다. 학교분장은 다방면에서 교육적인 효과를 기대할 수 있기 때문에 훌륭한 교육적 도구가 될 수 있다. 즉, 학교분장을 통해서 학생들은 예술작업에서 필수적인 미적 감각과 창의력을 배양하고, 체계적이고 분석적인 태도, 문제해결 능력, 협동심, 남을 배려하는 마음 등을 기를 수 있으며, 교사들은 어렵지 않게 그리고 짧은 시간에 많은 학생들의 흥미와 관심을 끌 수 있는 동기를 부여할 수 있으며, 동질감을 유발시킬 수 있는 효과적인 교육방법으로 활용할 수 있다.

참고문헌

백인숙, 『퍼포먼스공연과 분장』, 레드컴, 2004.

이상훈 역, 『연극 · 영화 · TV를 위한 실전 메이크업』, 예니, 1994.

이재천 역, 『연극의 이해』, 瀧口二朗 저, 『學校演劇の 舞臺美術』, 중부대학교
　　　출판부, 2000.

한국문화예술진흥원, 『분장』, 예니, 1981.

황현규, 『황현규의 분장이야기』, 넥서스, 2000.

Corey, Irene., *The Face Is A Canvas*, New Orleans: Anchorage Press, 1990.

Corson, Richard., & James Glavan, *Stage Makeup*, Allyn and Bacon, 2001.

Baygan, Lee., *Techniques of Three-Dimensional Makeup*, New York: Watson-Guptill
　　　Publications, 1982.

Thudium, Laura., Stage Makeup, New York: Watson-Guptill Publications, 1999.

Покидаевой, Т. Ю., *ДЕТСКИЕ ПРАЗДНИКИ*, МОСКВА: РОСМЭН, 1998.

<논문>

김균형, 「중등학교 연극 특기적성 교육방안에 대한 연구」, 『연극교육연구』
　　　제6집, 한국연극교육학회 편, 2000. 79~105.

＿＿＿, 「연극의 교육적 사용방법에 대한 연구」, 『연극교육연구』 제7집, 한
　　　국연극교육학회 편, 2002. 5~44.

김봉한, 「특기 · 적성교육의 운영방안과 전략」, 『진로교육연구』, 한국진로교
　　　육학회 편, 1999. 88-112.

김영자, 「연극분장의 효과적 실행에 관한 연구」, 중앙대학교 신문방송대학원 석사학위논문, 1994.

김지희, 「예술분장에 관한 연구」, 대구효성카톨릭대학교 대학원 석사학위논문, 1995.

송무·이도수·서용득, 「영어 관련 특기·적성 교육 방안」-중등학교 과정을 중심으로-, 『중등교육연구』제12집, 경상대학교 중등교육연구소 편, 2000. 51-90.

정철영, 「특기·적성교육의 개념과 영역 및 내용」, 『진로교육연구』, 한국진로교육학회 편, 1999. 59~85.

ABSTRACT

A Study on the School Make up
—Focused on the Special Ability and Aptitude Program
as an Elementary School Education—

Lee Jae-chun

'Make up' is divided into 'Full body make up' and 'partial make up' according to the parts it is applied. Among 'partial make up', facial make up is limited to application of make up on exposed areas such as the face and arms. It is a field of make up art which evokes self satisfaction and attention from other people by drawing pictures, patterns, or symbols such as plants, animals, character of an art piece, a company or event mascot or logo which can be classified as 'face painting' and 'face make up'.

People all have a desire to change into another person, plants or animals other than themselves. School days are a period when they exhibit exceptional imagination and such imaginative power can become a desirable learning tool for building rich artistic sensitivity even if it doesn't actually help realize their dreams after going through their developmental periods. Therefore, if we use make up as a means of education we can expect educational influences in many ways.

School make up refers to make up as an artistic activity limited to educational institutions such elementary, secondary and high school. School make up is a general term for make up centered around scholastic activities on and off campus used for events such as cheerleading in sports events, school events, school fair, fancy dress parades, plays, dances, operas and movies.

Originally, there are no set forms or procedures for facial make up. All you have to do is naturally draw the picture you want to draw with the colors you want, but if you expect educational results, it must be done with a systematic educational system for cultivating the student's artistic and analytical make up abilities.

Effective facial make up done in schools through a systematic educational system can bring out the artistic talent of students and is a great way to catch attention and interest of many students in a short period of time. Thus, school make up can be an effective talent & aptitude educational method for students which motivates and evoke a sense of homogeneity.

주제어 : 특기적성, 분장, 초등교육
key words : School make up, Special Ability and Aptitude Program, Stage Makeup, elementary school

한국 전통무예와 현대예술의 접목 가능성에 대한 연구*

— 연극을 중심으로 —

정 광 호**

1. 서론

현재 우리가 연극이라 부르는 공연예술은 100여 년 전 서양으로부터 유입되었다. 특히 그것은 조선시대 서구에 개방을 시작하는 단계에서 유입되었기 때문에 많은 서구 신문물의 하나로써 우리에게 받아들여지게 되었다.

이 시대에 받아들인 다른 신문물들과 마찬가지로 연극의 경우에도 그 도입이 매우 급속하게 진행되면서 서양연극의 실체에 대한 이해와 파악도 없이 그대로 우리에게 수용되었다. 최남선은 "귀빈의 접대를 위하야 여러 가지 신식설비를 급작이 진행"[1] 하면서 연극이 도입되었다고 적고 있다. 그리고 이런 신식설비의 급작스러운 진행이란 바로 협률

* 이 논문은 2001년도 한국학술진흥재단의 지원에 의하여 연구되었음
  (KRF-2001-해당 사업코드-100013)
** 호남대학교 다매체영상학과
[1] 이두현, 한국연극사, 199쪽

214

사의 설치를 말하며, 협률사를 이용하는 공연을 말한다. 즉 새로운 공
연예술의 탄생을 의미하는 것이다.[2]

물론 그 이전에 우리에게 연극과 유사한 종류의 공연예술이 없었던
것은 아니다. 궁중에서는 특히, 그 기능은 다를지 몰라도 적어도 형태
적으로는 서양연극의 무대와 유사한 '단'을 이용하는 다양한 놀이들이
행해지고 있었고, 일반 평민들 사이에도 판소리와 탈춤을 비롯한 다양
한 놀이와 공연예술들이 행해지고 있었다.

그러나 서양연극의 도입은 그때까지 존재하던 다양한 종류의 전통
연희를 송두리째 파괴시키는 결과를 초래하게 되었다. 왜냐하면 새로
운 연극을 받아들이던 계층은 마치 우리의 전통연희가 저속하고 유치
하므로 그것을 새롭게 개혁하고 새로운 공연예술로 재탄생시키는 책임
이라도 느끼듯, 우리의 전통을 거부하고 서양 연극을 무차별적으로 받
아들여 그 형태에 맞도록 우리 전통연희의 해체를 시도했기 때문이다.
그 결과 우리에게는 다소간 정리되지 않고 구전되는 형태의 길거리 전
통연희와, 서구로부터 유입되고 지식인들에 의하여 지지를 받던 극장
연극이 공존하게 되었다. 그러나 그 결과의 끝은 당연히 서양연극의 승
리라는 것을 우리는 예견할 수 있다. 그것은 마치 서양연극의 역사에서
극장을 활용하는 연극과 그렇지 않은 연극이 공존하다가 모두 극장이
라는 공간으로 통합되어가는 과정이 보이듯, 우리 연극사에서도 동일
한 진전을 관찰할 수 있다. 즉 극장이라는 것은 하나의 성스러운 장소
가 되어 모든 것이 그 내부로 통합되어져야 하는 절대적인 지위를 차
지하며 근대 한국연극의 탄생을 주도하게 되었음을 의미한다. 연극은
그것이 전통적인 것이든 아니든, 서서히 극장이라는 공간을 중심으로

---

2) 공연예술에서는 공간의 문제가 가장 핵심이므로 새로운 공연공간이 생겼다는
   것은 새로운 예술의 탄생이라 보아도 무방할 것이다.

하나로 통일되게 되었으며 정해진 공간이 연극의 새로운 기준으로 자리잡기 시작했다.

이렇게 시작된 한국 근대연극의 첫 번째 형태는 창극이다. 창극이란 우리의 판소리를 분창의 형식으로 나누어 무대에 올린 것이다. 사실 창극이라는 연극의 형태는 다소간 어울리지 않는 조합임에 틀림없다. 무대라는 공간과 판소리라는 콘텐츠의 조합. 그리고 이 조합의 과정에 그 어떠한 문화적 충격을 완화시켜 두 장르의 유기적 결합을 유도할 수 있는 매개체도 존재하지 않으며, 두 장르가 조합되어야 하는 필연성도 존재하지 않는다. 그러므로 이 조합은 근본적으로 내용과 형식의 부조화라는 문제를 내포하고 있다.

이런 창극 다음 단계로 우리는 신파라는 연극이 발달되는 것을 볼 수 있다. 이 형식은 6·25 전쟁을 거치면서 그 주도자들이 대부분 북한으로 넘어갔기 때문에 우리 사회에는 뿌리가 깊지 않지만 신파극이 한국연극에 끼친 영향은 지대하다. 특히 신파극은 그 최류성의 특징을 그대로 연극에 남겨두어 한국인의 전통적인 정서인 웃음과 풀어냄의 미학을 한(恨)의 미학으로 대치시켰다. 즉 신파극은 "민속극의 웃음을 눈물로 대치"3)시켰다는 것이다. 실제로 이 시대를 거치면서 한국인의 정서는 많은 부분 변화하게 되었고 이런 변화는 대부분 부정적인 방향으로 진행되었으며 그 진행의 많은 부분을 담당했던 것이 바로 신파극이었다.

그러나 이처럼 잘못된 서양연극의 수용에 불만을 가지고 있던 일본 유학파 학생들을 중심으로 연극 혁신운동이 일어나게 되었다. 이런 상황에서의 연극 혁신이란 전통과 현대의 관찰과 연구를 통하여 어떻게 두 부분을 일치시켜 나갈 것인가라는 것이 되었어야 할 것이다. 그러나

---

3) 서연호, 한국연극론, 21쪽

이때 진행된 연극 혁신운동은 전통에 대한 일고의 관찰도 없이 오로지 서양연극을 있는 그대로 우리에게 수용하도록 하는 일방적인 수입의 과정이었다. 즉 서양연극이 변질되어있으므로 그것을 송두리째 원형에 맞추어 있는 그대로 받아들여야 한다는 것이었다. 말 그대로 "서양 각국이나 일본은 개화의 모범일 뿐 아니라 무지한 조선을 구해줄 수 있는 지고지선의 존재"[4]라는 인식이 그대로 남아있는 대표적인 혁신운동이었다.

연극은 이처럼 급작스런 유입과 전통과 무시된 적응의 과정을 거치면서 한국의 문화적인 현상의 하나로 뿌리내리지 못하고 있다. "연극이 아직 민중에게 뿌리를 내리지 못한 시절에 서구취향으로만 가다 보니, 자연 연극과 민중의 거리가 멀어지게"[5] 되었으며, 이런 부조리가 해결될 수 있는 기회를 잡지 못한채 현재까지 연극은 그대로 진행되어오고 있다. 특히 신극은 전통에 대한 배려가 없이 있는 그대로의 서양연극을 수입하려 했으며 그것을 있는 그대로 우리 사회에 정착시키려 했다. 그러나 한 사회의 문화란 그 토양이 근본적으로 같지 않은 다른 사회에 있는 그대로 뿌리 내릴 수 없다.

이처럼 문화와 전통에 대한 배려가 없는 한국의 현대연극은 따라서 지금까지 100여년을 거치면서 단 한번도 부흥의 시기를 맞이하지 못하고 있다. 언제나 마치 삶의 끝에 걸려있는 것처럼 아우성치며 겨우 그 생명을 연명하고 있다. 당연히 그 이유는 연극이 원래 우리 것이 아니었다는 사실이며, 그보다 더 중요한 사실은 우리 것이 되는 과정이 부족했다는 사실이고, 나아가 오늘 현재에 이르기까지도 우리 것이 되어가고 있지 않다는 사실이다.

---

4) 심우성, 한국의 민속극, 10~11쪽
5) 서연호, 앞의 책, 22쪽

연극의 내용과 형식 등 모든 면에서 우리는 이런 사실을 관찰할 수 있다. 앞에서 살펴 본 창극, 신파, 신극으로 이어지는 형태적인 부조화. 그리고 내용의 면에서도 웃음이 눈물로 바뀐 것, 등장인물의 시점 변화, 그리고 카타르시스의 부족 등을 들 수 있다. 또한 기술적인 면에서도 문제를 제기할 수 있는데 가장 큰 것은 연기양식의 변화와 그로 인한 커뮤니케이션 방식의 변화를 들 수 있다.

이런 내외적인 문제들에 의하여 연극은 아직도 우리의 문화현상으로 제대로 뿌리내리지 못하고 있다. 이것은 분명 해결되어야 하는 문제이다. 왜냐하면 연극과 같은 공연예술이란 문화의 형성과 발전에 가장 밀접하게 연관되어 있으며 그 영향력이 강하므로 잘못된 연극을 통하여 한 사회의 문화 자체가 파괴될 수도 있기 때문이다.

이런 의미에서 우리는 문화적인 연극의 한 가능성을 찾아보고자 한다. 그 방법 중 하나로 전통에 대한 관찰을 제안한다. 특히 연극의 가장 중요한 요소인 연기를 보다 우리 양식에 어울릴 수 있도록 수정함으로써 연극에서 커뮤니케이션의 재고를 꾀하고자 한다.

이를 위한 첫 단계로 우리는 택견을 응용하고자 한다. 택견이란 수많은 기록과 그림에서도 보이는 것처럼 우리의 전통적인 놀이를 기본으로 하고 있다. 택견의 많은 움직임들이 우리의 놀이나 일상의 움직임에서 관찰이 될 수 있는 것들이다. 그러므로 우리는 우선 택견이 어떤 놀이의 어떤 동작과 유사한가를 먼저 밝히고자 한다. 이런 과정을 통하여 택견이 우리에게 가장 어울리는 동작임을 밝히고 이를 기초로 배우의 신체 활용에 도움을 줄 수 있는 기본적인 스트레칭을 제안하고자 한다.

2. 본론

택견은 어떻게 연극에 접목될 수 있을 것인가? 아니 왜 택견이 다른 훈련방법에 비하여 우리의 배우들에게 보다 쉽게 그리고 보다 친근하게 다가갈 수 있을 것인가?

우리는 그것에 대한 매우 단순한 대답을 가지고 있다. 택견에는 우리의 정서와 문화, 리듬과 소리 및 행동이 들어있다는 것이다. 즉 우리의 신체에 가장 적합한 우리의 몸동작으로 구성되어 있다는 의미이다.

택견이란 인위적으로 만들어진 것이 아니다. 그 역사는 이미 원시시대까지 거슬러 올라가, 원시시대의 호신술로부터 출발한다. 그리고 부여, 삼국시대, 고려, 조선을 거치면서 지금까지 계승되고 있다. 택견이란 단순히 무술로만 이해되어서는 안된다. 거기에는 무술적인 면을 넘어 유희적이며 제의적인 부분까지도 포함되어 있기 때문이다.[6] 즉 우리의 문화와 일상생활에 그대로 밀접하게 연관되어 있다는 뜻이다.

그렇다면 구체적으로 어떤 놀이에서 택견과 유사점을 찾아볼 수 있을 것인가? 우리는 크게 세 가지를 구분하자. 씨름, 탈춤, 풍물놀이 등이 그것이다. 이 세 형태의 전통양식과 택견의 자세들의 유사성을 비교하자.

---

6) 이용복, 한국전통택견연구회

2.1 택견과 전통놀이

2.1.1. 택견과 씨름

씨름은 대표적인 우리의 민속놀이이다. 그 기원도 택견과 마찬가지로 원시시대의 호신술에서 찾을 수 있다. 이런 출발을 바탕으로 주로 단오, 백중, 추석 등의 정해진 날들에 행해지던 놀이였다. 특히 유숙의 대쾌도의 그림을 보면 택견과 씨름이 동시에 진행되는 것도 볼 수 있으며, 각종 민화에서도 택견과 씨름이 한 공간에서 아주 자연스럽게 자주 이루어졌음을 알 수 있다. 이렇듯 택견과 씨름은 우리의 생활속에 정신과 행동이 그대로 녹아있던 대표적인 놀이었다.

씨름에 있는 몇 가지 동작과 택견을 비교하여 유사한 동작을 구분하면 다음과 같다.

예) 씨름의 오금당기기　　　　　　택견의 저기치기/덧걸이

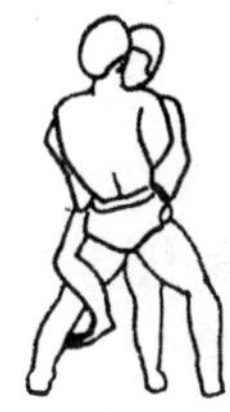 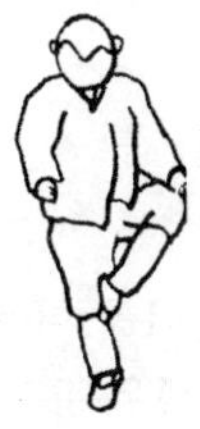

* 씨름의 오금당기기와 택견의 저기치기/덧걸이는 공격자가 방어자의 오금을 다리에 모양을 낫이나 갈고리 모양으로 하여 당겨 뒤로 넘어뜨리는 기술로써 두 기술이 손을 다양하게 운용하면서 사용되지만 힘에 원리나 다리와 허리, 손에 응용동작들이 매우 유사하다.

씨름의 낚시걸이

택견의 낚시걸이

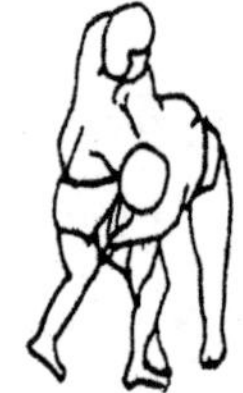

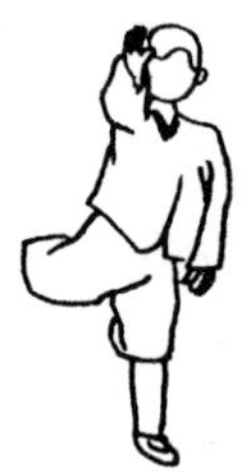

* 공격자가 방어자의 오금을 대각선방향으로 걸어 공격하여 넘어뜨리는
기술로 다양한 손에 응용동작들을 볼 수 있다.

씨름의 엉덩배지기

택견의 엉덩배지기

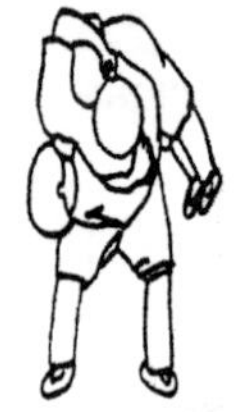

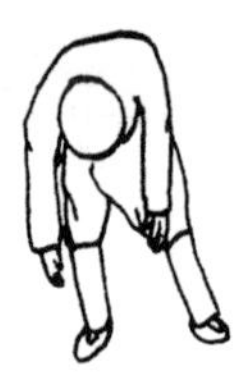

* 허리와 엉덩이를 이용하여 상대를 돌려 메치는 기술이다. 이외에도 택견
과 씨름은 매우 유사한 기술들이 있다.

2.1.2. 택견과 탈춤

탈춤은 판소리와 더불어 대표적인 전통연희이다. 탈춤은 본래 해서
지방의 탈놀이를 일컫는 말로 지방에 따라 산대놀이, 야유, 오광대등의
고유한 이름을 가지고 있었으나 오늘날에 와서는 탈을 이용하여 노는

모든 놀이를 탈춤이라 통칭한다. 현재도 지방마다 각자의 색을 가지고 전해 오고 있으며 특히 모든 탈춤의 기본 춤사위와 보행은 택견의 활개질과 너울대기, 품밟기의 굽실, 능청대는 동작과 너무도 유사하다.

탈춤과 택견의 유사한 동작을 살펴보면 다음과 같다.

예) 탈춤의 춤사위   택견의 활개짓과 너울걸이

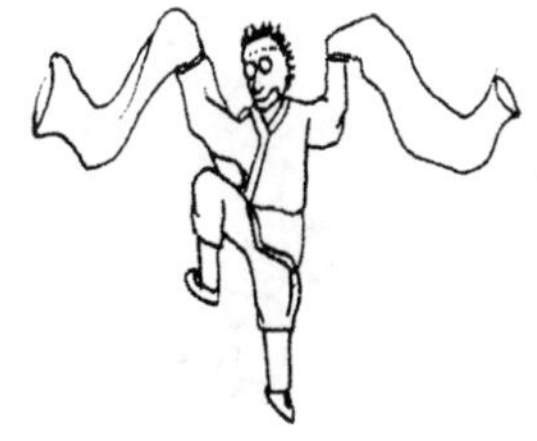
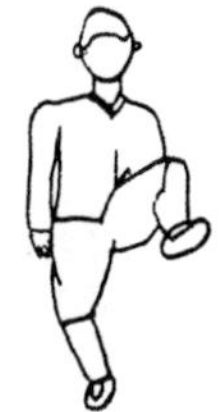

* 택견의 너울대는 동작은 상대가 후려차오면 무릎을 들어올려 몸 안쪽에서 밖으로 헤쳐 막는 동작인데 이때의 동작이 탈춤을 출 때 기본적인 춤사위와 매우 유사한 모양으로 움직인다.

2.1.3. 택견과 풍물놀이

풍물놀이란 무술적인 제례의식과 대동놀이 그리고 레크레이션의 모습 등 다양한 모습으로 우리 곁에 남아있는 대표적인 우리 전통놀이의 하나이다. 풍물이란 북, 장고, 징, 꽹과리, 소고, 나발등을 가리키는 사물을 의미하며 이런 사물을 기본 구성으로 하여 행해지는 놀이를 풍물놀이라 한다.

택견은 이런 풍물놀이와도 밀접한 연관을 맺고 있다. 택견을 행하기 전 관중을 모으거나 알리기 위한 방법과 지신을 밟아 사고를 예방하기 위한 의미 등을 내포하고 있음이다. 또한 풍물놀이와 택견의 동작들을

살펴보면 다음과 같다. 풍물놀이의 기본보행(예: 팔자걸음 등)과 상모놀이시 행하는 동작은 택견에 몸 풀이 동작과 택견의 가장 기본이 되는 보법 품밟기의 응용 동작과 모습이 매우 유사한 동작임을 알 수 있다

또한 풍물놀이와 한마당에서 이루어졌던 열두발 상모돌리기의 모습들이 그러하다.

예) 풍물놀이의 기본보행과 택견의 품밟기

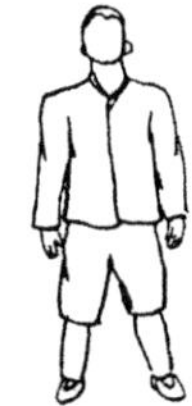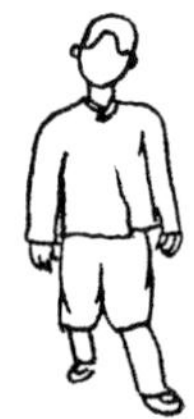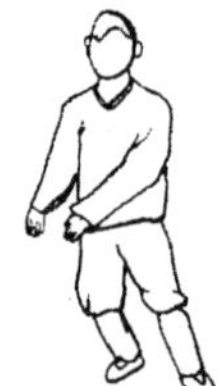

* 품밟기는 택견의 독특한 몸짓을 나타내는 발놀림으로서 원품으로 섰다가 좌품으로 내밟은 동작에서 다시 원품으로 왔다가 우품으로 내밟는 동작을 연속으로 밟는 동작으로 굼실과 능청의 무릎동작을 연속으로 반복한다 이같은 점이 풍물놀이 시 풍물패들의 이동 동작들과 매우 유사하다.

2.1.4 제기차기

제기차기는 그 기원이 꽤 오래 되었다고 한다. 유래에 대해서는 정확히 알 수 없으나 고대중국에서 무술을 연마하기 위하여 고안된 축국(蹴鞠)놀이에서 연유했다고 하며, 그 시기를 중국의 황제 때로 보는 견해도 있다. 우리나라에서는 삼국시대부터 조선시대 후기에 이르기까지

널리 행해져다한다.

예) 제기차기와 택견의 제기차기

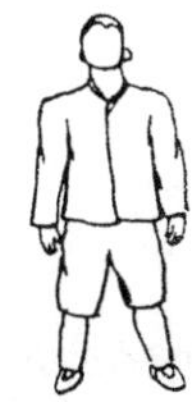 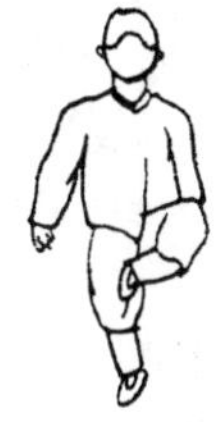 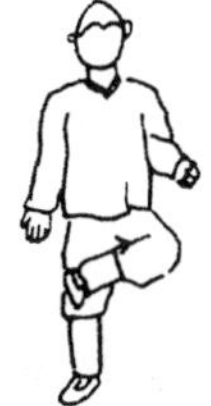

* 택견의 제기차기 동작은 처음부터 놀이로 전해오던 동작을 그대로 받아
들여 택견의 기본 몸풀이 동작으로 활용하고 있으며 제기를 차면서 또
는 빈 공간에 양발을 번갈아 가며 무릎 위까지 올려 동작이 자유롭고
활발하게 반복하며 숙달한다.

2.2. 택견과 스트레칭

위와 같이 우리에 전통 연희와 놀이를 택견의 동작들과 비교하며 살
펴보았다. 제시한바와 같이 전통무예인 택견의 동작들이 우리의 오랜
역사 속에서 전해져 왔으며 우리의 신체 조건과 너무도 잘 맞는 몸짓
이라 단언하며 이 같은 택견의 동작들을 현대 예술에 특히 연극을 중
심으로 배우의 신체 훈련 기법으로써 활용 가능성을 제시하고자 한다.
그 첫 번째로 신체이완훈련에 활용될 수 있다.
다음은 택견의 자세를 이용한 스트레칭 제안이다.

1) 몸풀이 스트레칭시 기본 서기 자세는 원품 상태에서 실시한다.

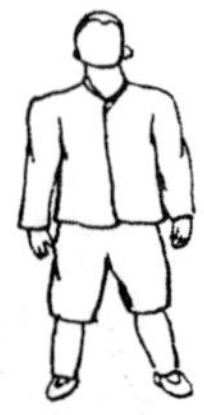

* 차렷 자세에서 오른발을 오른쪽 옆으로 어깨 너비로 벌려선다 이 동작
은 택견의 기본이 되는 자세로써 모든 동작을 실시하고 다음동작으로
이어질 때 반듯이 취하는 동작이다 당당한 자세 사람이 서있는 자세이
다. (양발 끝은 45도를 향한다)

상체의 이완

2) 기지개켜기: 원품 자세로 서서 양손을 깎지긴 채 높이 쳐들어 기
지개 켜듯이 편안한 자세로 위로 뻗쳐 올리고 좌우로 틀기도 하며
편안 안정된 자세로 하고 서서히 온몸을 이완한다 이때 호흡은 깊
은 심호흡이나 복식호흡을 같이 한다.

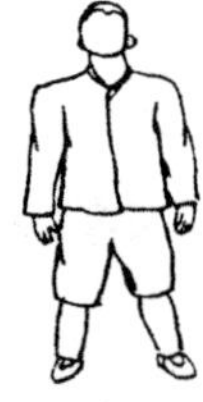
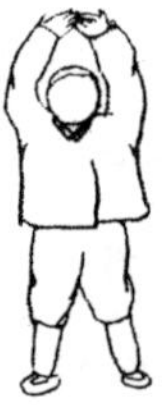

3) 상모돌리기: 손을 허리에 얹고 목을 서서히 좌, 우, 앞, 뒤로 돌리
고 원활해지면 양 방향으로 수차례 돌려준다. 무릎을 약간 구부린

상태로 할 수 있다.

* 얼굴 표정 익히기를 같이 할 수 있다―눈, 턱 돌리기와 하회탈 표정 짓기, 얼굴 쓰다듬기 등

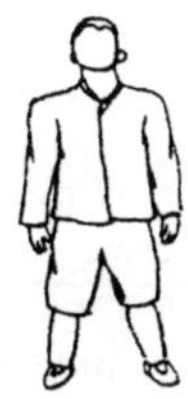 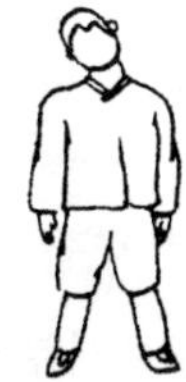 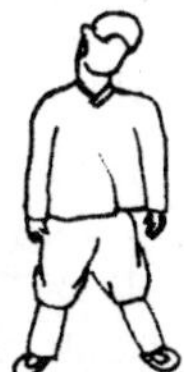

4) 어깨돌리기: 어깨에 견정혈을 손가락 한 개 또는 네게로 힘있게 꼭누르고 어깨를 앞, 뒤로 작게 크게를 반복하여 회전시킨다.

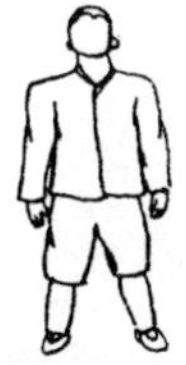 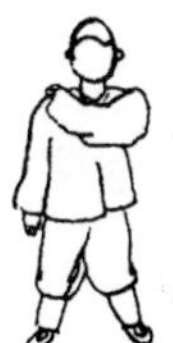 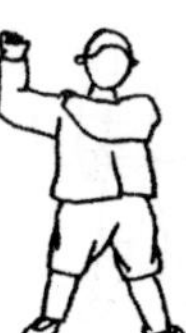

* 이 동작은 기혈자리를 자극하여 어깨 팔관절 손동작의 활동을 자유롭게 할 수 있는 동작으로써 격렬한 동작이전에 실시하면 상체의 부상을 예방 할 수 있는 동작이다

5) 팔꼬기: 왼팔과 오른팔을 대각선으로 상반되게 꼬아 잡고 몸 안쪽과 바깥쪽으로 이완시킨다.

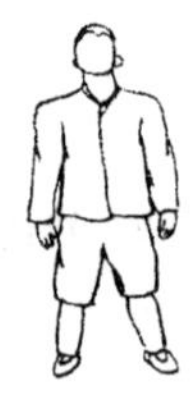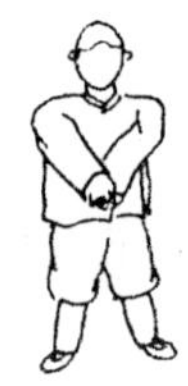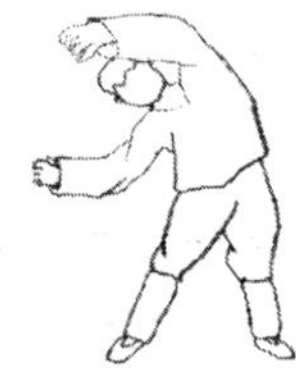

* 팔의 전체적인 이완동작으로 팔이 편안하게 움직일 때까지 반복하면 매우 유용하다.

6) 주먹쥐기: 팔을 어깨 넓이로 앞으로 곱게 편 다음 손등이 하늘을 향하도록 한 다음 손가락 끝에서부터 말아 쥐기를 반복한다. 손등이 바닥과 옆을 향하도록 한 다음 손에 힘이 찰 때까지 반복하여 훈련한다.

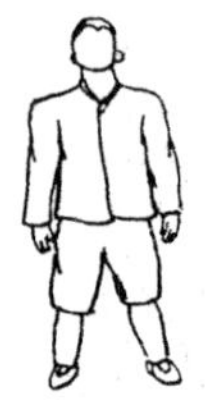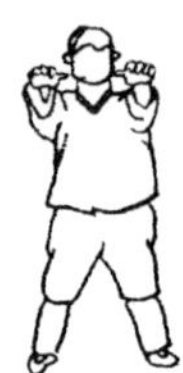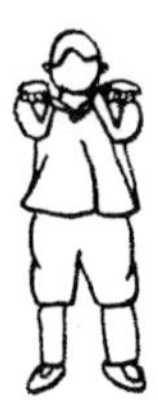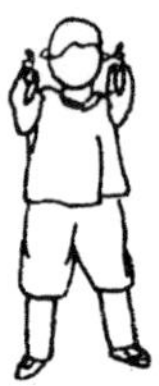

* 손가락 동작을 원활하게 해주는 동작으로 손에 아귀힘을 길러주는 효과가 있다.

7) 몸통 휘돌리기: 양손을 깍지껴 잡고 높이 처든 다음 서서히 작게 허리를 돌려 시작하여 부드러워지면 크게 동작을 반복한다. 상, 하 좌, 우 앞, 뒤로 훈련한다.

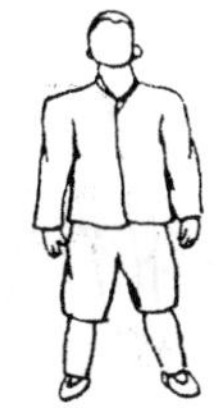 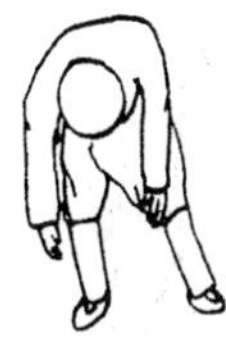

* 허리와 온몸을 이완하는 동작으로 처음에는 작게 움직이고 서서히 큰 동작으로 여러번 반복한다.

8) 허리재기: 양손으로 허리를 잡고 사선 방향으로 앞, 뒤로 흔들어주고 동작을 반복한다.

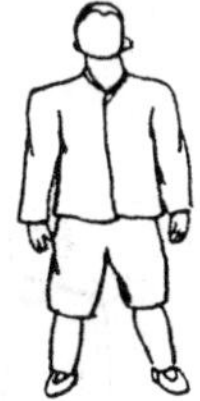 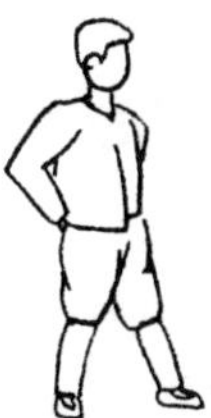 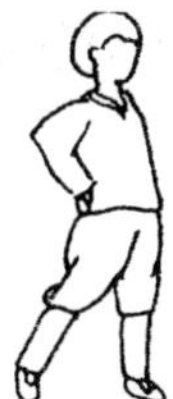

* 이 동작은 허리를 리듬에 맞추어 앞, 뒤로 흔들 듯이 움직이는 동작으로 허리를 부드럽게 이완하는 동작이다.

9) 몸두드리기: 한 손 바닥으로 반대편 어깨에서부터 손바닥 팔 바깥쪽에서 안쪽으로 부드럽게 두드려주고 가슴과 배 허리를 숙여 다리 안쪽사타구니에서부터 발등까지 다시 다리 바깥쪽으로 두드리고 허리와 손이 닿는 등쪽까지를 두드려준다.

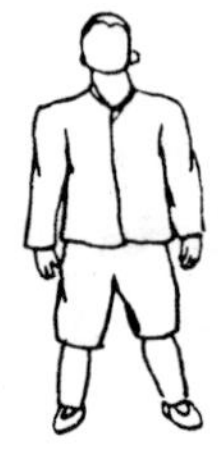 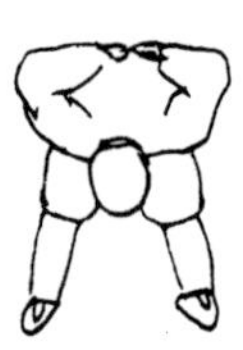 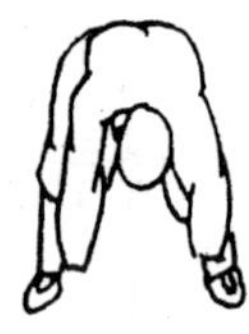

* 격렬한 동작이전에 이 동작을 여러 번 반복하면 부상예방에 매우 유용하며 자신의 몸 상태를 파악할 수 있는 동작이다 처음에는 서서히 부드럽게 두드리고 조금씩 두드리는 정도를 조절하며 실시한다.

10) 흔들기: 무릎을 약간 구부리고 머리 위에서 목 허리로 이어지는 모든 관절에 힘을 빼고 진동하듯이 흔들어 준다. 편안할 때까지 반복한다.

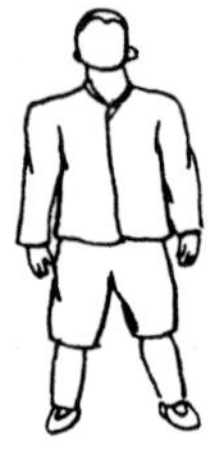 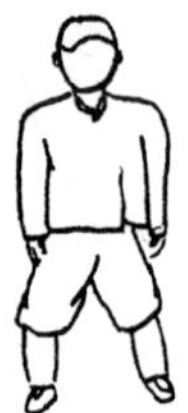

* 이 동작은 거의 모든 기공 수련시에 나오는 동작으로 회춘공이라고도 한다. 이 동작 하나만으로도 젊음을 되찾을 수 있다고 하여 회춘공이라고 하며 온몸에 긴장을 풀고 처음에는 위에서 아래로 무엇인가가 이동하고 있다는 의념을 가지고 몸을 흔들어 이완시키며 땀이 날 때까지 반복하는 것이 효과적이다.

하체의 이완

11) 무릎돌리기: 양손을 무릎에 대고 무릎 전체를 움직여 바깥쪽과
   안쪽으로 작게 크게 원을 그리며 반복하여 돌려준다.

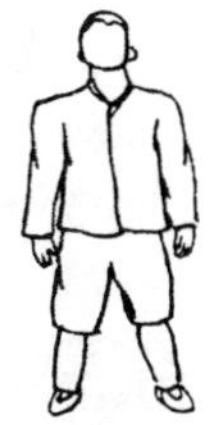 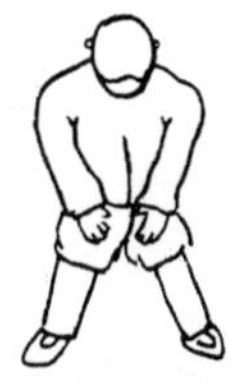 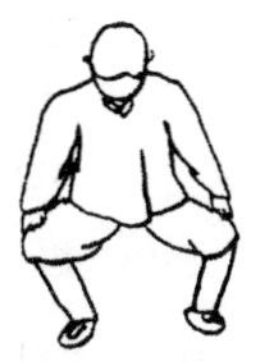

*무릎을 이완시키는 매우 효과적인 동작이다.

12) 무릎굽혔다 펴기/짚기: 양무릎에 손바닥을 대고 앉았다 일어서기
   를 반복하고 발끝을 좌우로 완전히 튼 다음 무릎을 약간 구부렸다
   폈다 하면서 체중을 두 팔을 통하여 다리에 싣는다.

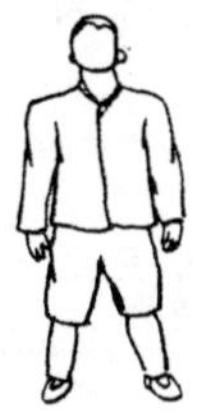 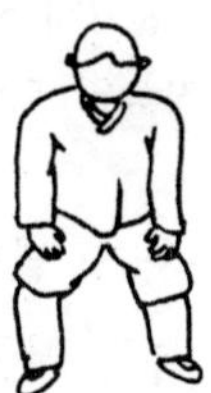

* 다리와 무릎을 깊게 이완시키는 동작으로 반복시에 발을 최대한 바깥쪽
  으로 향하게 하여 실시한다.

13) 오금펴기/길게펴기: 다리를 옆으로 벌려 쭉 편 채 무릎을 눌러준

다. 짧게 길게를 반복한다.

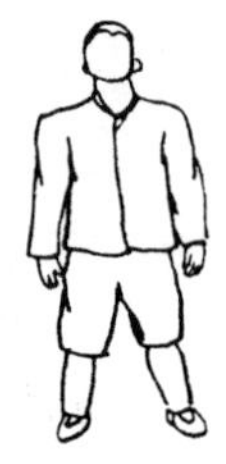 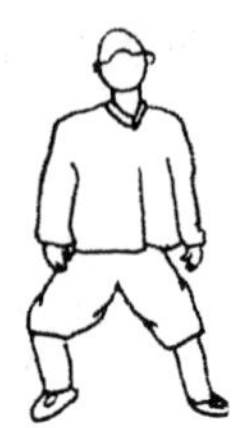 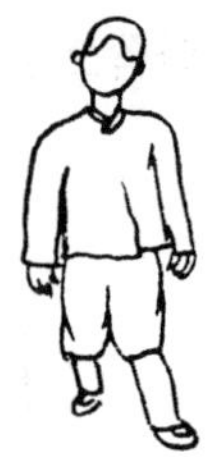

14) 오금치기: 발등을 다리 뒤로하여 리듬에 맞추어 부드럽게 굽실대
며 발등의 힘으로 오금을 쳐주는 동작이다.

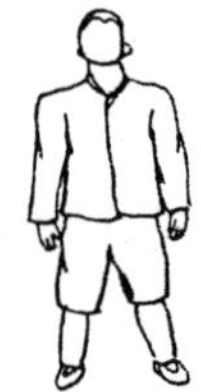 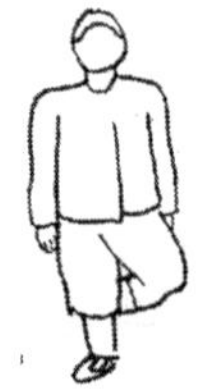 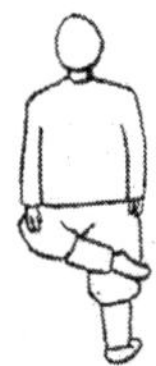

* 다리의 중심에 위치하여 기혈이 모여 있는 오금을 자신의 능력에 맞추어
뚝뚝 치듯이 반복하는 동작이다.

15) 무릎치기: 발바닥(용천혈을 중심으로) 중심으로 리듬에 맞추어 무
릎을 툭툭 쳐준다.

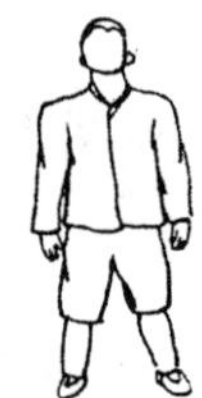 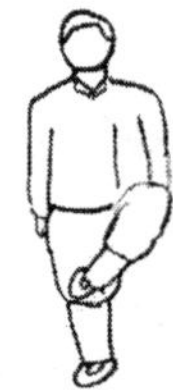

* 오금치기의 반대되는 동작으로 다리의 무릎을 부드럽게 통증이 유발되
지 않도록 하여 여러 번 실시한다.

16) 발재기: 재기를 차듯이 발을 능력에 맞추어 들어 올린다.

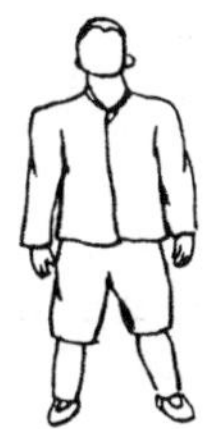 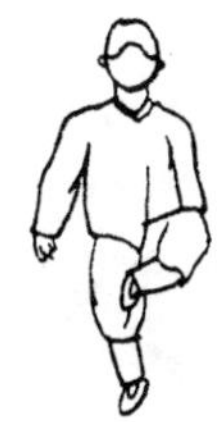 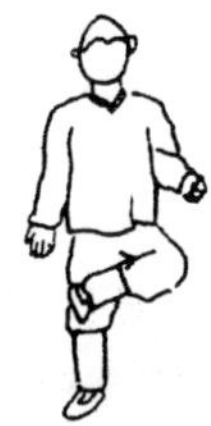

17) 저기치기: 허리를 능청거리며 탄력 있게 발을 앞으로 내밀면서
오금과 허리 높이로 들어 끌어당기는 동작을 반복한다.

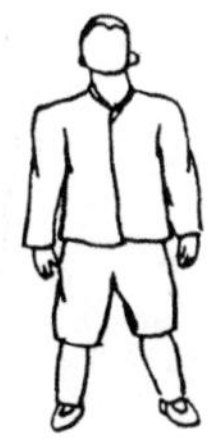 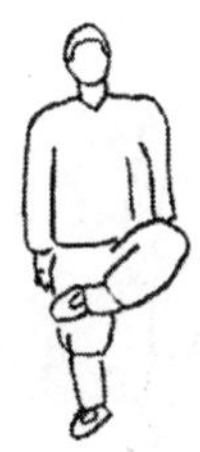

* 이 동작은 덧걸이 기술을 응용하는 동작으로 다리를 낫이나 갈고리 모양
하여 잡아 끌어당겨 앞으로 채듯이 유연하고 부드럽게 실시한다.

18) 무릎재기: 무릎을 가슴쪽으로 구부려서 능력에 맞게 높이 들어
올리기를 반복한다.

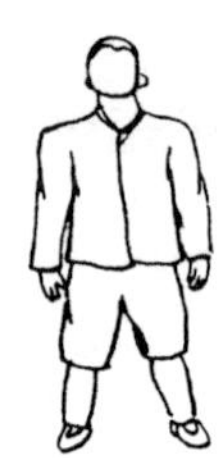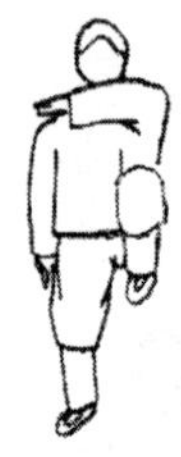

* 무릎을 구부려 굽실 능청을 지속적으로 실시하면서 가능한 높이 반듯하게 들어 올린다.

19) 너울대기: 무릎을 들어 바깥쪽 안쪽으로 크게 돌려주는 동작으로 굽실 능청의 리듬을 같이 하여야 한다.

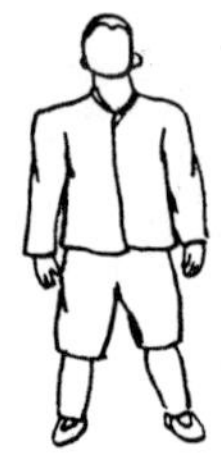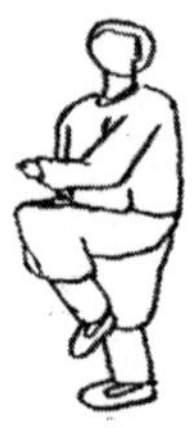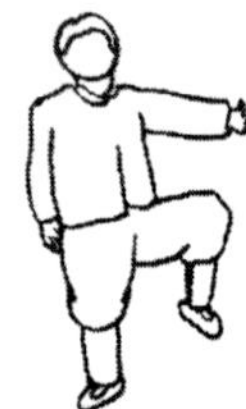

* 탈춤에 춤사위처럼 덩실 덩실 리듬에 맞추어 손과 다리를 펼치고 들고를 반복한다.

20) 발목재기: 무릎을 모아 발목을 회전시키고 원품으로 서서 발목에 적당한 힘을 가한 뒤 좌, 우로 흔들어준다.

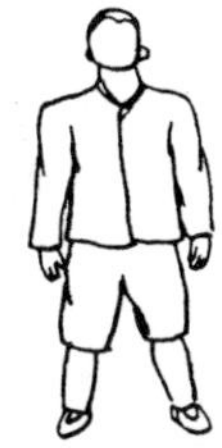 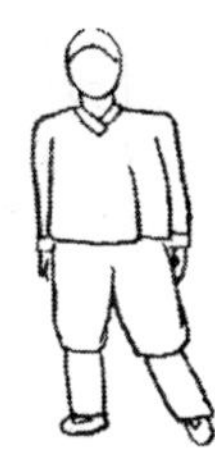 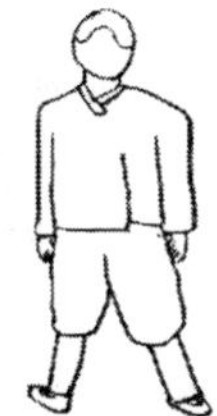

* 서서 하는 동작들이 격렬하게 반복되면 발목을 접지르기 쉬운데 발목재기는 이러한 부상을 예방하고 발목을 이완시키는데 매우 유용하며 좌우로 움직이는 동작이 독특하다.

21) 온몸 흔들기: 무릎을 약간 구부리고 머리에서 발끝까지 완전히 힘을 뺀 상태에서 땀이 날 때까지 진동하며 흔들어 준다.

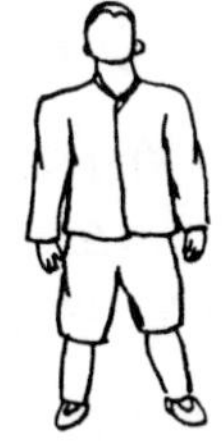 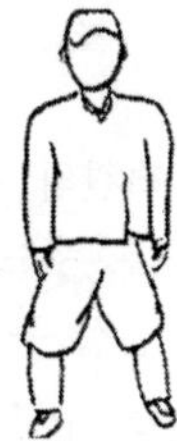

22) 숨쉬기: 양손을 위에서 옆으로 최대한 크게 원을 그리며 돌리면서 호흡을 코로 깊이 들이 쉬고 내쉰다 수회반복하고 양손을 단전 부위에 모았다가 손바닥이 하늘을 향하도록 하여 가슴 위까지 끌어 올렸다가 다양한 큰소리를 내면 아래로 뿌려준다.

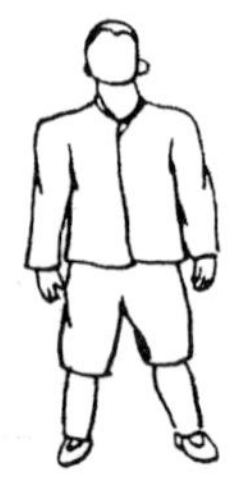 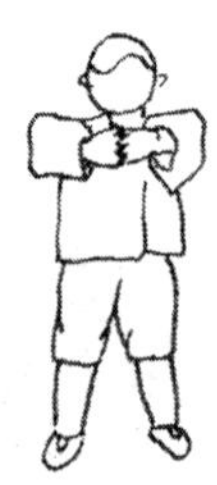 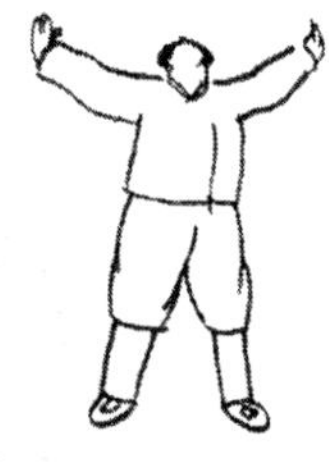

23) 전신이완
품밟기: 빗밟기, 길게밟기, 눌러밟기, 제품밟기 등

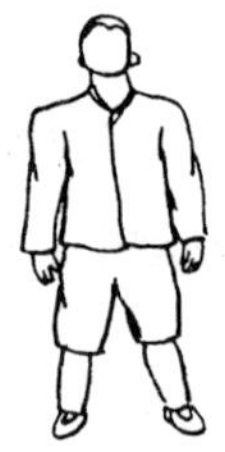 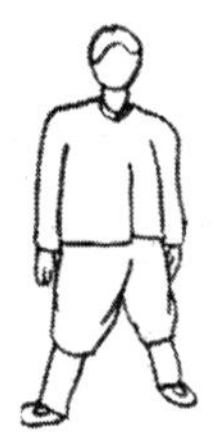 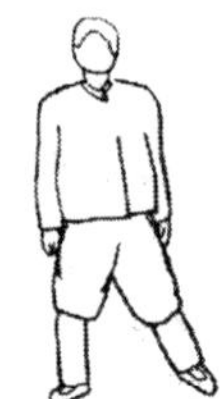

* 품밟기는 택견의 가장 기본이 되는 보법으로써 3박자 리듬에 맞추어 다양한 형태로 부드럽게 양발을 임의의 삼각형 모양으로 번갈아 내딛는 동작이며 굽실 능청 우쭐에 리듬을 생각하며 반복하면 전신이 이완되는 효과를 얻을 수 있다.

24) 발질: 택견의 기본적인 발질을 부드럽게 리듬에 따라 반복적으로 훈련한다.

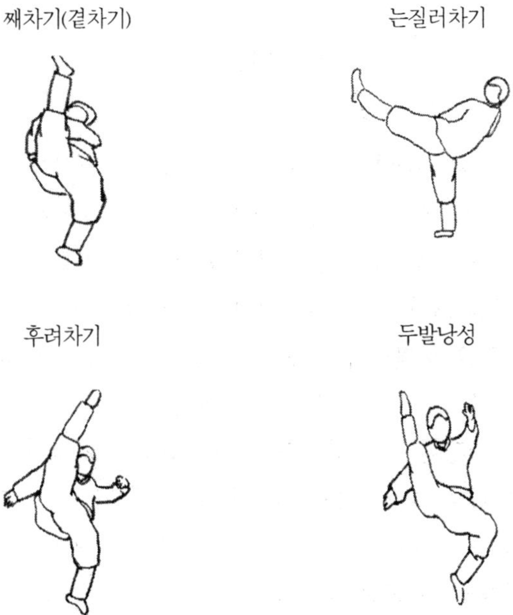

* 택견의 발질은 매우 부드럽고 능청대는 동작이므로 자신의 신체중심잡
  기와 근육을 벋쳐 늘리는 훈련에 효과적이며 발질에 모양이 어렵지 않
  아 누구나 쉽게 따라 할 수 있고 다양한 응용동작을 창조할 수 있는 특
  징을 가지고 있다.

이상 택견을 응용한 24가지 동작들을 연기훈련의 기본 몸풀이 동작
으로 활용 할 수 있으리라 생각한다. 다른 스트레칭과 유사한 자세들도
있으나 또 다른 자세들은 택견에 고유한 것으로서 특히 우리의 전통과
밀접하게 연관되어 있다 할 것이다.

이미 밝힌 것처럼 이번 연구에서는 이런 스트레칭의 제안에 만족하
고자 한다. 택견과 신체를 연결시켜 보다 확실하게 신체의 표현력을 증

진시키는 보다 넓고 깊은 연구가 차후에 필요할 것이다.

3. 결론

한국연극은 이제 100년의 역사를 접고 새로운 역사를 준비하고 있다. 현재까지 한국연극의 역사란 일상의 모방을 근간으로 하는 서구 사실주의 연극에 대한 제2의 모방의 역사라 말할 수 있을 것이다. 창극으로 시작해 신파를 거쳐 신극으로, 그리고 오늘날의 연극에 이르기까지 우리의 현대연극은 아직까지 제대로 그 문화적인 정착에 대하여 관심을 가지지 않았다. 그 결과 현재까지 단 한번도 연극이 우리 사회의 주도적인 역할을 담당한 적이 없으며 올바른 문화의 성립과 발전에도 기여하지 못하고 있다. 그 이유는 여러 가지가 있을 수 있다. 그러나 무엇보다도 큰 이유는 연극이 뿌리를 내릴 토양에 대한 이해, 즉 사회에 대한 인식이 부족하기 때문일 것이다.

사회란 곧 문화의 결정체이다. 그리고 그 형태가 무엇이든 예술현상은 한 사회에 뿌리를 내리기 위해서는 그 사회의 문화현상의 하나로 정착되어야 한다.

연극도 마찬가지이다. 사실 연극이 유입된 100년 동안 연극은 우리 사회에 뿌리를 내리기 위하여 많은 시도를 했던 것이 사실이다. 특히 80년대에 들어 연극과 전통을 접합시키려는 시도의 하나로 마당극이 활성화되었고 90년대에는 보다 밀접하게 관객과 거리를 유지하기 위하여 소극장이 활성화되었다. 그리고 2000년대에 들어서는 관객의 취향과 사회의 분위기를 반영하며 희극적 요소들이 많이 첨가되는 관객취향의 연극이 활성화되었다. 물론 이런 시도들이 가야 할 정확한 길이라는 증거는 없다. 그리고 많은 부분 이런 공연들은 오히려 연극 자체에 대한 가치평가에 부정적인 요소로 작용할 수도 있다. 그러나 이런 시도들의 옳고 그름을 넘어 관객과의 거리를 줄이려는 시도 자체에 대하여 우리는 평가를 하여야 할 것이다.

이제 새로운 세기를 시작하면서 우리는 연극에 대한 보다 진지한 관찰이 필요하다는 것을 느낀다. 특히 우리 문화와의 관계에서 다시 한번 연극의 현주소를 조명해 볼 필요가 있다고 느낀다. 따라서 연극 자체에 대한 다각적인 새로운 시각이 필요하다. 연극의 모든 분야에 대해 새로운 관찰이 필요할 것이다.

그 중 하나로 우리의 대표적인 전통연희의 하나인 택견을 활용하여 연기에 대한 새로운 분야를 개척하는 것을 제안하는 것이다. 연기에 관심을 가지는 것은 결국 연극에서 모든 변화란 최종적으로 배우에 의해서만 가능하기 때문이다. 연극에서 연기를 제외한 다른 부분의 변화라는 것은 근본적인 변화가 될 수는 없다. 그러므로 무대나 혹은 기타 다른 부분을 바꾼다는 것은 부분적이거나 혹은 일시적인 변화에 불과하다. 연극 자체에 대한 변화를 추구할 때에는 반드시 배우에 대한, 연기에 대한 변화가 개입되어야만 할 것이다.

이런 의미에서 우리는 연기의 가장 기본이랄 수 있는 스트레칭에 대한 제안을 했다. 우리의 전통과 유산을 통하여 전승된 택견의 다양한 동작을 이용하는 스트레칭은 단순하게 몸을 움직이고 몸을 준비한다는 의미를 넘어 보다 우리다운 행동을 통하여 연기에서 자연스러운 움직임을 동시에 추구할 수 있는 매우 효과적인 방법이 될 수 있을 것이다.

참고문헌

김균형(편역), 『연기훈련 백서른 두가지』, 예니, 1996

김균형, 『그림으로 읽는 연기훈련100가지』, 태학사, 1998

김정윤, 『한국의고무예택견』, 밝터, 2000

박종관(정리), 『전통무술 택견』, 서림문화사, 1995

박지명(옮김), 『감각 깨우기』, 하남출판사, 1993

방은진(역), 『스크린연기의 비밀』, 시공사, 1999

서연호, 『한국연극론』, 1996

심우성, 『한국의 민속극』, 창작과비평사, 1984

오정환, 『택견전수교본』, 영언문화사, 1991

육태환, 『우리무예이야기』, 학민사, 1990

윤광진(역), 『연기훈련』, 예니, 1994

이두현, 『한국연극사』, 학연사, 1994

이용복, 『민족무예택견연구』, 학민사, 1991

이용복, 『택견』, 태원사, 1995

이용복, 『한국무예택견』, 학민사, 1990

이윤택, 『이윤택의 연기훈련』, 예니, 1996

임동규(주해), 『무예도보통지』, 학민사, 1995

정경화, 『택견원론, 보경문화사』, 2002

조한신(옮김), 『배우와 신체』, 예니, 1997

Abstract

Taekkyeon and Theatre

Joung Kwang-ho

The word "theatre" we call in nowadays has imported from the western culture about hundred years ago. People considered "theatre" as a new field in the age of CHOSUN, when she open the door to the western world. Since it was the first time for Korean people to see western style theatre, it spread everywhere in Korea without deep understanding.

A disaster attacked various Korean traditional performances, which have survived for thousands years. Because people, who introduced western theatre to Korea, treated the Korean traditional performance as lower form of arts. Consequently, traditional performance and westen theatre were coexisted for a while. Because of lack of understanding and poor organization, western theatre became the winner after all. Through the western theatre history we can take a similar example that theatre developed in a play house or performed in the opened space. Any kinds of performances, whether it is traditional one or not, performed in a play house. In this example play house become a sacred place and center of performance.

This is a brief story why traditional Korean theatre has never gets popular in the past. Because western theatre has no relationship with Korean people or culture. To make matter worse, Korean people have not yet understood what the true meaning of theatre, even today!

In this reason, I have try to find a possibility of using a Korean traditional martial art as a model of new Korean theatre. I prefer to use sign language (gesture) than verbal language to achieve better communication.

I assume that Takkyon is not familiar to actors but it will be the best training method for actors. According to the historical documents and pictures, Takkyeon has made based on movements in everyday life. Therefore using a Takkyeon to make a new form of Korean theatre is one way to expressing ourselves in our own way.

주제어 : 전통 무술, 택견, 연기
Key Words : traditional martial art, Taekkyeon, performance

연극(演劇) 연기화술(演技話術) 연구*

정 철**

1. 머리말

연극공연에서 연기자의 화술(話術)은 대사를 정확하게 구사하여 전달하는 연기자의 기술이다. 대사는 연극에서 연기자가 구사하는 '말'을 일컬으며, 전문적인 표현으로는 '언어적 연극언어'라고도 한다. 연극공연에서 사용하는 말은 일상생활에서 사용하는 말과는 근본적으로 성격이 다르다. 일상에서의 언어는 생각과 동시에 발화한다는 것이 언어학적 통설이라고 할 때, 연극공연에서의 대사는 미리 준비된 문장을 분석하고 어떻게 표현해야할지 정해서 연습하는 사전의 준비과정을 거친 뒤에야 비로소 관객들에게 전달되는 것이다.

그러나 연극대사가 일상생활에서 사용하는 언어와 전혀 다른 생성과정을 거치는 작위적인 언어라고 해서 본래 언어가 지니는 기본 성격

* 이 논문은 2003년도 동신대학교 학술연구비의 지원을 받아 연구되었음
** 동신대학교 연기영상학과

으로부터 벗어나는 것은 결코 아니다. 즉, 언어에 대한 사전적 정의로 "사람의 사상, 감정, 의지 따위를 표현하고 전달하는 행위, 또는 그 음성이나 문자의 사회 관습적인 체계"란 뜻의 커다란 원칙은 연극대사에도 그대로 적용되는 것이다.

연극대사에 있어서 '사상, 감정, 의지 따위를 표현하고 전달하는 행위'라는 언어의 첫 번째 원칙을 충족시키기 위해서는 무엇보다도 치밀한 분석과 그것을 토대로 한 정확한 표현이 전제되어야 한다. 즉, 연기자 스스로 자신이 구사하는 대사의 의미를 정확히 알고 있어야 하며, 또한 거기에 알맞은 감정을 실어서 표현하고 전달할 줄 알아야 한다. 이때 바로 그 의미와 감정이 대사의 분석에서 가장 중요한 것이다.

그러나 대사의 분석이 아무리 정확해도 그 내용이 정확하게 표현되지 않으면 관객에게 제대로 전달될 수 없는 것이다. 즉, 전달하는 배우와 전달받는 관객이 표현과 해석에 있어 '공동의 법칙'을 지니고 있다는 전제아래 연기자가 그 법칙에 맞게 표현해야 한다는 것이다.

연기자의 연극대사나 일상생활 언어나 사회관습으로 굳어진 언어법칙의 구속을 받는 데는 다를 바가 없다. 그 언어법칙이 바로 문법과 어법이다. 따라서 연극대사도 일상 언어의 문법과 어법을 따르지 않으면 '사상, 감정, 의지 따위를 표현하고 전달'한다는 언어의 기본 원칙을 지킬 수 없으니, 이는 스스로의 존재 근거를 상실하는 일이 된다.

문법과 어법을 구성하는 요소는 여러 가지로 어휘체계나 통사구조처럼 주로 문법과 관계되는 부분도 있지만, 발음, 휴지, 억양, 강세, 어조 등과 같이 글보다는 주로 말에 관련되는 부분도 있다. 희곡의 대사를 만드는 것은 극작가이고, 그것을 구사하는 것은 연기자라고 할 때, 연극대사가 문법과 어법을 지키는데 있어서 문법이 주로 극작가에게 해당되고 어법이 주로 배우에게 해당되는 것이다.

여기에서 극작가도 대사를 만들 때 문법 외에 어법까지 각별히 주의를 기울여야 한다. 왜냐하면 극작가가 아무리 심혈을 기울여 대사를 만들었다 해도 배우들이 발음하기 힘든 어휘이거나 음절의 조합이 빈번하거나, 한 단락이 너무 길고 휴지가 없어 자연스러운 호흡이 불가능해서는 좋은 대사라고 할 수 없기 때문이다.

하지만 발음이나 휴지, 억양, 강세, 어조 등은 역시 실제 대사를 구사할 때 문제가 되는 사항들로서 이것은 연기자의 몫이며, 이 부분에 연기자들은 일반인과는 비교가 안될 만큼 정확성을 지녀야 한다. 이것을 해결하기 위해서는 우선 배우들이 대사를 구사할 때 어법에 어떤 오류를 범하는지 살펴볼 필요가 있다. 오류가 있다면 그것은 분석이 부정확하거나 분석결과대로 표현하지 못하고 있기 때문이다.

본 연구에서는 연기화술의 원리와 방법을 제시하고 연기자가 안고 있는 발음상의 문제점에 대한 원인은 어디에서 오는지를 밝혀내고자 한다. 또한 연기화술과 발음의 문제를 극복하는 방안도 제시하여 연기자가 단순한 연기의 기술자나 모방자가 아니라 총체적이고도 유기적인 예술창조자로서 미래의 문화산업에 일익을 담당할 수 있는 전문인으로 기여할 수 있도록 하고자 함이다.

좋은 연기자란 신체적인 기술뿐 아니라 감성적, 이성적인 측면에서의 자질과 연기화술 등의 균형 있고 창조적인 재능을 갖춘 종합예술인이어야 하기 때문이다.

2. 연기의 역사와 본질

인류는 저마다 독특한 생활방식 속에서 각기 다른 모습으로 살아가고 있지만, 갑작스러운 위기상황에 직면하거나 적대감 등을 표현할 때에는 흡사 짐승과 유사한 행동반응을 보이거나 비슷한 얼굴표정을 짓는다. 이것은 동서고금을 막론하고 그 행동과 반응에 있어서 인간이 가진 공통적인 유사성을 의미하는 것으로, 다양한 문화와 환경 속에서 서로 다른 생활을 하고 있음에도 신체를 통한 의사소통에서 인간은 보편성을 가지며, 이는 언어나 예술적 표현에서도 다르지 않다고 볼 수 있다.

최초의 언어는 몸의 움직임에서 비롯되었다고 말하고 있다. 이 움직임으로부터 언어가 시작되었다면 어떤 대상에 대한 표현을 목적으로 하는 예술은 자연을 표현하고자하는 인간의 표현욕구와 자연을 모방하고자하는 인간의 움직임에서 시작되었다고 말할 수 있다. 따라서 모방과 표현욕구가 닮긴 인간의 움직임이 바로 연기예술의 근원적 뿌리가 될 수 있다. 그러므로 드라마예술의 본질은 마음의 꼴인 몸의 움직임인 것이다. 하지만 엄밀한 의미에서는 이 움직임을 드라마(Drama)라 부를 수 없다. 인간 개인으로서의 사적인 행위는 드라마가 될 수 없기 때문이다. 드라마란 관객을 대상으로 보여주거나 보여 지는 행위이기 때문이다.

그동안 드라마의 기원에 대해서는 많은 학설이 주장되어 왔다. 서구 기원설의 하나인 'Mime학설'에 의하면 원시드라마는 바로 동작이요, 이 동작이 드라마의 근원이며 원형이라는 것이다. 이 학설의 드라마적 동작이 발생된 원인을 살펴보면, 그 하나는 종교의식에서 원시인이 종교적 감정이나 어떤 영적인 숙원을 발산하거나 해방시키려는 행위가 드라마적 동작으로 나타난 것이고, 둘째로 노동을 효과적으로 수행하려는 과정에서 몸짓동작에 리듬이 붙어 드라마적 동작이 발생했거나, 셋째로 유희 본능의 발로로서 노동 후의 피로나 기쁨을 동작으로 표현해

보려는 의도에서 나타난 것이고, 넷째로는 실용적인 목적으로서 원시 시대의 인간들이 내부적 또는 외부적 위험에서 자기를 방어하기 위한 수단으로 드라마적 동작이 발생했다는 것이다.

이 학설에 드라마기원의 근거를 둔다면 원시드라마는 인간의 노동의식과 제천의식이라는 종교적 행사로부터 출발했다고 볼 수 있다. 자연과 질병과 맹수 등에 대한 공포와 두려움에서 보호받고 풍요와 다산을 기원하는 뜻에서 행해졌던 종교 의식적 행위가 드라마의 출발인 것이다. 변화무쌍한 자연과 사나운 맹수에 비해 인간은 너무나 나약한 존재였기에 초인적인 신의 존재를 믿고 신에게 의지하고자 한 것이다. 이러한 환경 속에서 원시 인간들은 집단을 형성하고 전쟁이나 사냥을 나가기 전에 의식을 행하면서 신에 대한 호소와 주문이 있었고 노래와 춤이 뒤따랐으며, 집단적인 감흥상태와 더불어 그들 사이에 일체감이 형성되었다. 결국 이들은 신에 대한 신앙의 경지를 체험하게 됨으로써 원시 형태적인 종교의 탄생과 이를 통한 드라마 행위가 성립된 것이다. 이러한 원시 집단의식이 드라마의 기원이라 할 수 있겠다.

또 다른 기원설인 'Logos학설'에 의하면 기원전 7세기경 희랍의 축제 때에 디오니소스 신을 찬양하기 위해 부르던 합창 디튀람브(Dithyramb)의 지휘자와 합창대가 주고받던 노래사이에 끼어든 대화의 양식이 드라마 대사로 발전되었다는 것이다. 노래와 춤으로 구성된 최초의 디튀람브 작가는 천부적인 하프 연주가이며 시인이었던 아리온(Arion)으로, 기원전 600년경에 쓴 페리안더(Periander)에게 바친 정열적인 송가가 최초의 디튀람브라고 전한다. 디튀람브는 대화형식을 갖춘 드라마의 원형으로 열다섯 명으로 이루어진 남성들이 춤을 추며 노래를 부른 장편 찬양가이다. 그 형식은 오늘날의 합창 공연과 매우 흡사한 것으로, 코러스 멤버들이 잘 알려진 후렴구를 반복하여 노래하는 동안 코러스의 장은 즉흥적으로 지어진 이야기를 읊어대거나 노래를 부르는 형식이다. 여기에 데스피스(Thespis)는 디튀람브의 코러스 무리에서 빠져나와 무대 위에 혼자 올라선 한 명의 배우가 됨으로서 디튀람브를 비극으로 발전시키는데 큰 공헌을 했다. 데스피스는 프롤로그와 두 사람 이상을 필요로 하는 대사를 무대 위에서 혼자 전달했다. 따라서 디튀람브는 순수 서술체의 이야기 전달형식에서 등장인물들이 대사를 주고받는 연극적인 형태로 발전하게 되었다. 데스피스는 최초의 배우일 뿐 아니라 최초의 비극 작가로 드라마의 기원이 되고 있다.[1]

이처럼 드라마는 집단을 통한 원시 제의적 성격과 더불어 마치 축제와도 같은 유희적 성격을 가진다. 디오니소스 축제(City Dionysia festival)에서 시작되어 서구드라마의 모태가 된 그리스 비극에 대해 일본의 연극연출가인 스즈끼 타다시는 "그리스 비극은 인간이 존재한다는 것을 발견한 연극양식이며, 신만이 살고 있던 세계에 인간이 있다는 것을 주장한 것이고, 발생을 따져 볼 때 관객에게 보이는 것이 아니고 신에게 보이는 것이었다. 즉 드라마는 공동체의 종교적·주술적인 의식을 위해 존재하였으며, 그러한 공동체를 지키는 신이든지 상징에 대해서 연기자는 신이라는 공동체의 상징에게 바쳐지는 그런 역할을 맡은 존재였기 때문에 연기라는 말이 있었다면 그것은 신이라는 중심을 향해 거행되는 행위로 간주할 수 있다,"[2]고 그 특징을 짚고 있다. 연기란 제의 의식을 위해 존재하는 행위였으며 따라서 말과 행위가 향하는 대상도 신을 향해 독백으로 던져졌던 것이다. 이처럼 공동체의 제의였던 것이 연극이라는 추상의 세계로 높여졌는가에 대해서도 "그것은 신앙을 같

---

1) 에드윈 윌슨, 알빈 골드파브, 「세계 연극사」 김동욱 역(한신문화사, 2000), p.42. 참조
2) 스즈끼 타다시, 「스즈끼 연극론」 김의경 역 (현대미학사, 1993), pp.42~42. 참조

이하지 않는 자가 관객으로 나타났고 그리고 보는 자가 되었다. 이때 보이는 자도 이를 연기로 보여주고자 하는 연기의식이 발생한 것으로 본다. 신앙을 같이하는 자들이 무엇인가 공동의 행위를 하고 있는 동안은 그것은 종교적인 의례요 제사였던 셈이다. 거기에 신앙을 같이하지 않는 감상자라는 타자의 시선이 나타났을 때 사회적 관계로서 연기의식이 생기고 놀이라는 연극이 성립된 것이라고 할 수 있다. 즉 자신들의 존재에 악의를 품을 수도 있는 타자의 시선에 몸을 드러내지 않으면 안 되게 되었을 때, 근대적 의미의 자기 객관화가 요청되었고 강렬한 연기의식의 자각을 통해, 이후 신체감각 그 자체를 깊고 예리하게 추구하고자하는 충동을 지속하며 오늘에 이르고 있다."는 것이다. 이처럼 일과 놀이의 경계가 뚜렷하지 않았던 원시공동체시대 이후로 종교적 제의와 연극은 점점 분리되어 가는데, 제례의식이 공동체 구성원 모두의 참여를 통하여 공동체적인 이익을 도모하는 효율성을 전제로 하는 행위라면 연극은 일시적으로 모인 관객들의 자기만족과 개별적인 이해를 기반으로 하여 행해지는 행위이기 때문에 각각의 추구방향에서 차이가 발생했고, 오락과 유희성을 지니는 것, 진지하거나 무겁지 않은 것으로서 힘들고 고된 일상적 일에서 벗어나기 위한 의도적인 활동을 염원하는 자가 늘어났기 때문에 제의와 연극은 점차 분리과정을 겪게 된 것이다.

　이처럼 고대 서구 연극은 일상적인 행위와는 다른 특정한 양식 즉, 원시시대 제례의식의 고유한 행위양식으로 발전되어 오다가 아리스토텔레스(Aristotle, 384-322 B.C.)의 「시학(詩學)」의 정리와 문자발명에 따라 기록이 가능해진 이후 「시학」을 바탕으로 하는 드라마 원리로 대체되었다. 따라서 서구 연극에서의 '행위'는 노래하거나 춤추는 특정한 양식으로서의 행위가 아닌 드라마 대사와 플롯에 종속된 추상적인 표현으로 변질되었으며, 이 과정에서 서구연극은 신체적인 행위로부터 많은 부분이 이탈되어 대사중심의 연극으로 바뀌게 되었다.

서구 연극은 인간의 본질을 모방으로 본다. 아리스토텔레스도 드라마의 본질을 모방이라고 정의하였다.[3] 즉, 연기란 인간의 모방본능으로부터 출발하는 것으로서 인간의 행동을 모방하는 것이며, 완결된 행동을 모방하고 자기행동이 아닌 타자의 행동을 모방하는 것이다. 행동의 모방은 실제 행동의 모방이 아니라 있음직한 행동의 모방을 말하며, 또한 단순히 어떤 것을 흉내내는 것이 아니라 자극에 반응하는 능력을 통해 상상이나 환상을 창조하고, 한 인간의 내적 심상을 표현해내는 욕구를 말한다. 따라서 연기라 함은 단순한 모방이 아니라 창조성이 내재된 창조적 모방이라 할 수 있으며, 단순한 재현이나 재생을 포함하지 않는다.

사실적인 연기도 사실(fact)이 아니다. 사실과 가장 닮은 상상의 소산일 뿐이다. 따라서 이러한 상상을 통해 창조된 사실적인 연기는 관객에게 자극을 주고 감정이입을 일으켜 연민(pity)과 공포를 느끼게 하는 매개체가 되는데, 여기서 말하는 연민과 공포란 관객들에게 감정정화를 제공하며, 주인공과의 감정이입을 통해 준법성을 일신시키게 하는 극적수단으로서의 연민과 공포를 말한다. 이때 연기자는 관객에게 카타르시스(Catharsis)를 유도하는 주된 중개자 역할을 수행하게 된다. 다시 말하면 드라마는 일정한 형식 안에서 줄거리 자체가 갖고 있는 극적인 구조로 인해 관객들은 두려움과 슬픔을 경험하게 되고, 극중 주인공에게 자신의 감정을 이입시키고 동화됨으로써 결과적으로 카타르시스를 느끼게 하는 것이라 할 수 있다.

---

3) 아리스토텔레스, 「시학」 천병희 역(문예출판사, 1976), pp.49~50

3. 사실주의 연기와 비사실주의 연기

서구 연극은 중세를 거쳐 이성주의적 사고의 르네상스(Renaissance)운동 이후 "신은 죽었다"는 니체(Nietzsche, 1844-1900)의 선포와 산업혁명(Industrial Revolution), 시민혁명(Civil Revolution)을 거쳐 사실주의 극으로 정착하게 된다. 서구 근대극에서 현대적 연기는 이태리의 꼬메디아 델 라르떼(Comedia dell'arte)로부터 시작되었다고 보는 시각이 학자들 간에 지배적인 의견이다. 연기는 1545년 이전까지만 해도 아마추어 배우들의 소유물이었기 때문에 그들에 와서야 비로소 진정한 의미의 근대적 연기가 성립되었다는 것이다.

근대리얼리즘 극은 종전의 극과는 매우 다른 양상을 보이는데 그중 가장 큰 변화는 지극히 평범한 인간의 일상적인 생활이나 심리에 관심을 가진데 있다. 근대리얼리즘 극은 평범한 인간을 비로소 발견한 연극사조로서, 근대에 와서야 일상적인 인간의 생활과 심리를 관심대상으로 수용한 것이다. 따라서 드라마에서 다루는 대상이 신에서 인간으로 전환되고, 말과 행위가 향하는 대상도 신이 아니라 옆에 있는 상대방으로 전환되게 되었다.

연극의 이러한 인식전환은 그 시대적 상황으로부터 기인한 것으로 16세기 인본주의를 부르짖은 르네상스 이후 시민혁명으로 야기된 시민계급의 권리인식에 따라 사회 참여적 욕구가 강화되었고, 더불어 산업혁명에 따른 엄청난 변화가 사회구조 자체와 인식전반을 바꾸어 놓게 되어 결과적으로 리얼리즘을 극 예술계 전면에 등장하게 하는 배경이 되었다. 현실의 재현을 통해 과학적이고 객관화된 사회를 묘사함으로써 사회정의를 고취하고 개인의 내적 심리를 무대 위에 보여주기 위해 등장한 사실주의 양식은 연기자를 극중 인물의 개인사와 심리에 몰두하게 하여 무대 위에서 그 인물로 다시 사는 것을 추구하게 하였고, 마치 사진을 찍어놓은 듯 지극히 사실적이고도 자연스러운 연기형태를 무대 위에 실현하게 하였다.

근대주의 미학의 완성자인 칸트(Immanuel Kant, 1724-1804)는 "예술은 인위적이 아니라 자연의 산물인양 자연스러워야 한다. 작품 속에서 작가는 고심한 흔적을 드러내면 안 되고 자유로이 유희하고 있다는 느낌을 주어야 한다"[4]고 하였다. 아리스토텔레스 역시 "모방된 것에서 쾌감을 느끼는 게 인간의 본성"으로 "아주 보기 흉한 동물이나 시체의 형체처럼 실물을 볼 때면 불쾌감만 주는 대상이라고 하더라도 극히 정확하게 그려놓았을 때는 보고 쾌감을 느끼는 게 인간의 본능"[5]이라고 말한 것처럼 근대리얼리즘 극은 매우 사실적인 양식을 지향하였다.

이처럼 드라마적 진실을 추구함에 있어 사실성을 강조했던 리얼리즘 극은 자연스러움의 기준을 일상의 모습에서 찾으려했다는 특징을 가진다. 즉, 리얼리즘 극은 무대 위에 인간의 삶, 특히 내면의 정서를 그대로 재현해 내려는 이상을 가지고 있었다. 따라서 자연스런 연기 양식을 추구하는 과정에서의 정서적 진실성을 찾기 위한 노력은 실제로 연극사의 흐름에 지대한 영향을 주게 되었으며, 내면적 진실을 강조함으로써 연기자를 단순한 재생적 기술자 이상의 존재로 만들었고, 결과적으로 보다 과학적이고 체계적인 연기언어를 보여줄 수 있게 되었다. 근대리얼리즘 극은 실증에 의한 삶의 모습을 재현해내기 위해 내용에 있어서 과장되고 허황한 이야기가 아니라 우리의 일상생활에서 일어날 수 있을법한 사실을 다루게 되었다. 따라서 대본은 철저히 분석되어야

---

4) 진중권, 「미학 오디세이」(도서출판 새길, 1994), p.214
5) 아리스토텔레스, 앞의 책, p.35.

했으며, 특히 인물의 심리는 물론이고 인물상호 간의 관계를 면밀한 분석을 통해 구축해내야만 했다.

연기예술의 큰 스승이자 러시아 연극의 연출가였던 콘스탄틴 스타니슬라브스키(Constantin S. Stanislavski, 1863-1938)는 단첸코(Vladimir N. Dantchenko)와 함께 1898년 '모스크바 예술극장(The Moscow Art Theatre)'을 설립한 후 "연극은 개혁의 본질이다. 우리는 관습적인 연기에 대항하여 문체, 웅변조, 과장연기, 공연의 그릇된 방법론, 관례적인 무대배경, 앙상블을 망치는 스타시스템에 반대한다. 모든 혁명가처럼 우리는 낡고 새로운 것의 과장된 가치를 깨뜨리고자 한다."[6]고 외치며 무대에서의 '연극의 관례화에 대한 전쟁'을 선포한 후 사실적이고 진실한 연기법의 고안에 매진하였다.

기존 연극의 관례화란 18세기에 성행했던 낭만주의 연극의 관례화를 말하는 것으로, 기존의 낭만주의 연극은 스타연기자를 돋보이게 하기 위해서 극적 하모니나 앙상블을 무시하는 등 과장되고 환상을 지향하는 방향으로 흐르는 폐단을 낳고 있었다. 이러한 기성의 관례화된 기법들을 타파하기 위한 스타니슬라브스키의 노력으로 모스크바 예술극장은 그 꿈과 이상을 실현하게 되었고, 창조적 충동을 가로막았던 관례와 진부한 표현을 마침내 깨뜨리게 되어 거의 한 세기가 지난 오늘날에도 그의 영향아래 사실주의 연기는 지속적인 발전을 보이고 있다.

스타니슬라브스키가 전 생애에 걸쳐 고안한 연기 방법을 '스타니슬라브스키 시스템'이라고 한다. 그의 시스템은 초보자 및 기성배우들에게 진실한 역할 창조를 할 수 있도록 과학적이고도 창조적인 연기 법

---

6) Constantin S. Stanislavski, *My Life in Art*(London: Penguin Book, 1967), p.330.
　　김석만 편, 「스타니슬라브스키 연극론」(이론과 실천, 1993), p.111, 147~164 참조

칙을 만들어 공식화한 연기술을 통칭한다. 시스템은 과장된 연기나 틀에 박힌 연기 또는 매너리즘에 대항하는 연기술을 배우가 가질 수 있도록 하기 위한 '초목적', '행동의 논리', '주어진 상황', '교감', '내재된 의미', '템포와 리듬', '신체적 행동법' 등이 시스템의 용어들이다. 간혹 미국의 리스트라스버그(Lee Strasberg)의 '메소드'와 동일시되기도 하지만 엄연히 다르다. 시스템은 두 가지 기본부분으로 '배우 자신에 대한 내면적, 외면적 작업과 역할에 대한 내면적, 외면적 작업'으로 나뉜다. 배우의 내면적 작업은 필요가 있을 때 배우가 자신을 창조적 상태에 빠져들 수 있도록 하는, 영감의 창출을 유도하는 심리적 기술을 완성하는 것으로 이루어진다. 자신에 대한 배우의 외면적 작업은 역할을 신체적으로 표현해 내고 자신의 내면세계를 무대언어로 번역해 낼 수 있도록 자신의 기관을 준비하는 것으로 이루어진다. 역할에 대한 작업은 연극 작품의 정신적 본질을 이해하는 것, 그 작품을 낳게 하고 생명을 불어넣어 주며 전체적 의미와 그것을 구성하는 개개 역할의 의미를 결정해 주는 최초의 씨앗을 이해하는 것이다.

하지만 '스타니슬라브스키 시스템(Stanislavski System)'의 연기론도 일부 비판의 대상이 되고 있다. 그는 "'나는 존재한다'라는 상태에 도달하려면 외적인 신체적 이미지—사람의 얼굴, 몸, 태도 등의 비전—보다 내적인 이미지 즉, 인물의 내적인 의미가 더 중요하다는 확신을 갖게 되었다"고 말하며 인물 내면의 정서를 강조하였다. 그 결과 '나는 존재한다'를 통해 극중 배역과 연기자 자신과의 일치를 이루는데 성공하게 되었고, 무대 위에서 배역과 연기자의 거리가 없어진 합일된 극중 인물을 구현했지만, 결국 연기자 개인을 지나치게 드러내는 결과와 함께 신체행동을 소홀히 하거나 경시하는 풍토를 조장하게 하였다. 이는 그가 원했건 원하지 않았건 연기자가 무대 위에서 감정에만 치우쳐 절제되

지 않은 행동을 하거나, 배역 상의 인물이 아닌 개인의 사적인 개성 또
는 버릇 등을 보여주어도 된다는 식의 의미의 남용을 불러오게 한 것
이다. 결국 이런 문제와 비판에 대해 스타니슬라브스키는 1924년 <재
치로부터의 재앙>의 출연진들에게 리얼리즘의 본질을 주지시키고 있
다. "우리는 우리의 무대 활동에서 인생과 진실의 리얼리즘을 추구하는
데 있어서 자연주의적인 세부묘사에 빠져든다는 비난을 받아왔고 지금
도 받고 있습니다. 우리가 만약 그랬다면 그것은 잘못입니다. 예술에서
리얼리즘이란 인생으로부터 전형적인 것만을 추출하도록 돕는 방법입
니다. 때때로 우리의 무대작업이 자연주의적이라면, 그것은 우리가 아
직도 사건과 인물의 역사적, 사회적 본질 속으로 뚫고 들어갈 수 있을
만큼 충분히 알지 못함을 말해 줄뿐입니다."7) 아무리 연기예술에서 리
얼리티(reality)에 중점을 둔다 해도 연극은 기본적으로 삶의 연극적 문
법화이며, 따라서 삶의 모습을 창조하는 예술이다.

사실을 무대 위에 재현한다는 의미에서 사실주의 연기 양식을 '재현
적 형식의 연기(Representational)'라고 말한다. 재현적 형식의 연기는 지
극히 일상생활에서 보통사람들이 부딪히는 문제들을 다루게 되며, 전
달방법에 있어서도 일상생활에서 사용하는 화술이나 관습에 기초하게
되고 연기자의 연기행위도 일상생활에서 볼 수 있는 자연스러운 움직
임으로 이루어진다. 즉 재현적 형식의 극은 오관에 의해 감지되는 삶의
형태를 과학적으로 고증하여 재현하거나 혹은 적어도 삶의 모습의 환
영을 사실적으로 관객에게 보여주려는 입장에서 만들어진 양식(style)인
것이다. 따라서 일상을 기초로 하는 TV드라마의 연기패턴 또한 매우
사실적이어야 함은 자명한 이유라 할 수 있다.

비사실적인 연기는 TV드라마와 같은 재현적 연기형태의 사실주의 극

---

7) Nikolai M. Gorchakov, *Stanislavski Directs*(New York: Minerva Press, 1964), p.143.

과는 달리 우리들이 종종 전통극, 서커스, TV코미디극, 기타 표현주의 연극 등에서 정형화된 연기양식을 접할 경우가 있는데, '사실성'이라는 측면에서 보았을 때 다소 생소하면서 전혀 사실적이지 않은 연기유형을 통칭하여 비사실적 연기 또는 '제시적 형식의 연기(Presentational)'라고 한다. 제시적 형식의 연기형태는 일상생활에서의 삶의 모습을 재현하기 보다는 연극은 오로지 연극일 뿐이라는 입장에서 극적 문법과 기술을 개발하여 그 기초 위에 연극을 전개하는 형태를 말한다. 그리고 무대에서 벌어지는 모든 것을 연극으로 보아주기로 관객과 약속하고 있다는 것을 전제로 한다. 재현적 형식의 극이 삶의 환영을 불러일으키려는 입장에서 만들어진 것이라 한다면, 제시적 형태의 극은 연극 자체의 문법과 표현방식을 관객에게 제시하여 그들로 하여금 지금 현실을 보고 있는 것이 아니라 단지 연극을 보고 있다는 생각을 갖도록 하는 것을 말한다.

따라서 제시적 형식의 극은 지금 연극을 한다는 약속을 전제로 하며, 이때 하나의 극을 문법화 한다는 것은 극적표현수단을 양식화에 기초하여 전개한다는 것을 의미한다. 양식화란 사실성을 근간으로 하지만 그것이 문법화 되어 있기 때문에 어떤 측면에서는 사실성을 찾아볼 수 없을 만큼 압축되고 생략된 형태로 무대에 전개되는 것이다. 따라서 양식화가 되면 될 수록 보편적인 사실성을 찾을 수 없으므로 익숙하지 않은 관객에게는 그 극이 지나치게 양식적으로 보일 수도 있다. 즉, 물질이나 삶의 세부묘사를 생략하고 절제하고 응축시킴으로써 완성된 양식 미는 내재된 본질로 접근하기 위해 외양을 형식화하는 것이며, 이러한 명확한 형식화는 외양을 재구성함으로써 이루어진다.

양식화는 사실적인 것을 약호화(略號化)시켜 비사실적인 것처럼 만들지만, 반대로 연기예술이나 주어진 시대와 현상을 양식화함으로써 그 시대의 감추어진 본질을 찾아내고 생략된 나머지 부분을 관객에게 맡겨 궁극엔 무대 위에 은유와 상상을 창조하기 위한 것이라 할 수 있다.

4. 연기의 호흡과 발성 및 발음

4.1. 연기 호흡과 발성

일상에서의 말은 대화하는 상대에게만 전달하면 된다. 따라서 소리가 전달되는 공간은 내 입에서 시작되어 상대의 얼굴과 귀까지의 공간이며, 소리를 키워야하는 발성보다는 발음을 정확히만 하면 의사소통에 아무런 지장을 받지 않는다. 하지만 일상에서 벗어난 무대에서는 모든 조건이 달라지며, 긴장이 따르고 특별한 공간 환경에 의해 호흡과 발성이 달라질 뿐만 아니라 일상에서와 같은 리얼리티를 보장받지 못한다. 이런 까닭으로 직업연기자에게는 특별하고도 적절한 호흡과 발성훈련이 요구되어진다.

연기예술은 감정을 불러일으키는 과정과 일으켜진 감정을 전달하고 표현하는 과정으로 나눌 수 있는데, 모든 에너지의 근본 중심이 호흡임을 전제로 했을 때 호흡은 감정을 불러일으키는 호흡에 의해서 극적 에너지가 생성되고 긴장 및 이완의 문제를 조절할 수 있는 능력이 생긴다. 또한 호흡을 통해서 올바른 발성을 얻을 수 있기 때문에 감정을 전달하고 표현하는 모든 연기행위의 기초에 호흡이 존재한다. 물론 호흡 자체는 연기도 아니고 호흡이 연기방식을 규정하지도 않는다. 다만 인간의 육체가 호흡에 의해 생명이 유지되듯이 인간의 몸을 통해 표현되는 연기예술에서도 호흡이 기본이 됨은 당연하다.

4.1.1. 연기 호흡(Breath)법

인간은 호흡으로 모든 감정을 표현한다. 인간의 감정은 호흡을 모태로 하고 호흡변화에 따라 감정의 변화를 가지며, 감정변화에 따라 호흡 또한 변한다. 감정을 주고받는 연기행위를 호흡을 맞추는 예술이라고 부르는 이유가 여기에 있다.

호흡은 인간의 신체조건이나 환경 또는 습관 등에 의해 결정되므로 각각의 사람에 따라 차이가 있고, 호흡의 종류도 살아있는 인구수만큼이나 다양하다고 할 수 있다. 또한 동양인과 서양인의 차이, 여자와 남자가 호흡하는 방식이 다를 수 있는데, 여기서는 연기호흡법에서 가장 많이 활용되어지는 흉식호흡과 복식호흡의 특성을 알아보고자 한다.

호흡이라 함은 폐장 즉, 허파에 숨을 채우는 것을 말한다. 인간은 폐장 이외에는 공기를 채울 수 없으며, 이때 폐장 자체는 스스로 운동을 할 수 없고 주위에 있는 근육들의 도움에 의해 숨을 쉬게 된다. 특히 호흡은 횡경막에 영향을 받는다. 호흡과 말, 호흡과 횡경막은 대단히 밀접한 관계에 있으므로 흉식호흡과 복식호흡의 차이도 횡경막과의 연관성에서 나온다고 볼 수 있다.

흉식호흡은 주로 가슴의 흉곽(늑골)만을 사용하여 숨을 쉬는 호흡법으로 호흡 저장을 폐에 국한하기 때문에 숨이 깊지 않아 잔 숨을 쉬어야하는 특징이 있다. 그러므로 잦은 호흡횟수로 인해 말을 길게 할 수 없으며, 자주 끊겨지기 때문에 긴 호흡을 요구하는 대사를 할 경우엔 단절된 느낌을 주기가 쉽다. 흉식호흡에 의해 나오는 발성음은 복식호흡에 의한 길고 낮은 소리에 비해 음성이 높고 얇은 소리를 가지므로 발랄하고 생동감 있는 젊은 역할에 적당한 맛을 낼 수 있다. 하지만 가슴의 흉곽만을 사용함으로써 폐 아래에 위치한 횡경막이 올라와 폐를 압박하게 되기 때문에 호흡이 짧아지고 긴장을 초래할 수 있다.

여기에 비해 복식호흡은 주로 배(복부)부분으로 하는 호흡으로서 연기훈련에서 많이 쓰이는 호흡법이다. 복식호흡은 폐장을 받치고 있는 횡경막을 배아래 부분으로 끌어당겨 주는 복부근육에 의해 폐의 흡기 공간을 크게 확장시켜주는 호흡법이다. 따라서 연기자가 복식호흡을 하게 되면 폐 속에 많은 공기를 확보할 수 있어 숨이 길어지게 되고, 긴 대사를 무리 없이 구사할 수 있게 된다. 뿐만 아니라 성량에 있어서도 낮고 깊은 소리를 낼 수 있기 때문에 분위기 있고 지적인 인물을 창조하는데 적당한 호흡법이라고 하겠다.

호흡은 긴장과 밀접한 관련을 가진다. 호흡에 있어 유의해야할 점은 복식호흡이라고 해서 단순히 배로만 하는 호흡으로 치부해서는 안 되고, 호흡량을 늘리기 위해 지나치게 복부를 부풀려 배에 긴장을 초래해서도 안 된다는 것이다. 호흡은 신체의 자세와도 관련이 있다. 가령 허리를 굽힌 상태에서는 호흡이 원만할 수 없게 되는데, 이는 허리를 꺾어 배를 압박했기 때문이다.

호흡에 있어서 바른 자세는 허리와 척추를 바로 세우는 것이다. 이것은 복근의 움직임을 최대한 자유롭게 하고 횡경막의 상·하 활동을 원활하게 하여 폐 속으로 드나드는 숨의 움직임과 크기를 확장함으로써 궁극적으로 연기자가 대사를 편안하게 구사하고 움직임을 경직되지 않게 하기 위해서이다. 허리를 세우고 복근의 긴장을 풀며 자유롭게 움직인다. 배를 내밀지 않고 응축하는 방식으로 발성한다. 머리가 울리는 소리보다는 가슴이 울리는 소리를 하며 입모양을 많이 움직인다. 이는 호흡에 대한 복부근육의 과도한 긴장을 삼가고 되도록 자유로운 상태에서 배를 충분히 움직이며 소리 낼 것을 강조한 것이다. 다시 말해 숨을 멈추면 긴장이 유발되듯 단지 숨을 보유하고 확대하기 위해 복근에 힘준 상태를 무리하게 지속시키지 말라는 것이다. 숨쉬기를 자유롭게 함으로써 긴장유발의 요소를 제거하고 이완된 상태에서 필요할 경우에만 복근을 응축하는 방식으로 호흡해야 한다. 왜냐하면 숨을 놓아주었을 때 비로소 소리가 자유로워지기 때문이다.

연기자의 호흡에 대해서 그로토브스키는 「가난한 연극」에서 다음과 같이 말하고 있다. "배우는 가능한 한 호흡에 속박되는 일이 없도록 유기적인 호흡법을 몸에 지녀야 한다. 대사의 낭송에 방해가 될지도 모르는 포즈(사이)를 요구하는 호흡법은 피할 것이다. 유능한 배우는 소리를 내지 않고 재빠르게 숨을 쉰다. 그는 대사(산문이든 운문이든 간에)속에서 논리적으로 포즈를 둘만하다고 여긴 곳에 가서야 숨을 쉰다. 이렇게 하면 시간의 낭비가 생기지 않고 쓸데없는 포즈도 생기지 않기 때문에 기능적이다. 또한 이러한 방법은 대사의 리듬을 규정하는 일도 없기 때문에 꼭 채용할 만하다."8)

연기자는 대사를 할 때 끊임없이 숨을 들이쉬고 내뱉어야 한다. 억지로 숨을 쉬어서는 안 되고 또 숨을 의식해서도 안 된다. 숨을 의식한다는 것은 역할수행에 있어 배역에 몰입하지 않은 상태를 의미하는 것으로 결국 불필요한 긴장을 불러오게 한다. 다시 말해 연기자는 절대로 호흡을 참고 있으면 안 된다. 그것은 잘못된 호흡이며 죽은 호흡이다. 호흡을 한다는 연기자들이 범하는 오류는 호흡을 멈추고 대사를 치는 것이다. 호흡이 빠질 때까지만 대사를 할 수 있다. 그렇게 되면 대사가 끊임없이 이어질 수 없게 되는 결과를 초래하고 역할창조의 길은 멀어지게 된다.

이렇듯 호흡이 신체뿐만 아니라 대사를 넘어 역할수행 전반에 미치는 영향은 막대하여 '호흡조절 능력'을 연기자가 체득해야할 선행조건

---

8) 그로토브스키, 「가난한 연극」 고승길 역(교보문고, 1987), pp.148~149.

으로 언급하는 연극인들 또한 많다. 이런 호흡조절이 대사에 미치는 영향에 대해 이원경은 「연극연출론」에서 다음과 같이 말하고 있다. "대사의 기초적인 요건들을 마무리지어 말한다면 첫째 무엇보다도 중요한 것은 '호흡조절'이라는 것이다. 호흡이 말을 하는 원동력이라는 것을 꼭 명심하고, 이 호흡을 자유자재로 조절하는 훈련을 쌓으면서 구강의 각 기관의 운동을 단단히 하는 훈련을 쌓아 호흡과 잘 조화를 이루게 하여서 정확한 발음을 기하고, 다음 말의 구절을 말의 뜻에 따라 뗄 데서 떼고, 그때는 마지막 자(조사)의 음정을 '사성'으로 변화를 붙여서 한 구절, 한 구절이 똑같게 들리지 않도록 하는 훈련을 쌓도록 하여야 한다. 이러한 일상 훈련을 쌓아서 말을 자유자재로 할 수 있도록 한 다음에야 비로소 대사라는 자기의 말이 아닌 극중 인물의 말을 제 말처럼 하는 기술을 습득하게 될 것이다."9)

4.1.2 연기 발성

연극이나 TV드라마 또는 영화를 보다보면 정확하지 않은 발음과 갈라지는 목소리에 불투명한 대사를 하는 연기자들을 볼 수 있는데, 이런 현상의 원인을 살펴보면 대사의 부정확성이 발성훈련의 부족에서 오는 경우가 많다. 이는 무대 연기자의 경우 기본적인 훈련 없이 반복되는 경험으로 연기를 하고 있기 때문이고, 영상매체의 연기에서는 매체의 특성상 고감도 마이크가 근접해 있으므로 큰 소리를 내지 않아도 되는 환경적 요인에 의해 발성의 중요성이 등한시되었기 때문이다. 좋은 음성은 좋은 발성으로부터 기인되며, 발음이 명확하고 음폭이 넓어 듣기에 편안하고 지루하지 않기 때문에 연기자는 발성훈련이 선행되어져야

---

9) 이원경, 「연극연출론」(현대미학사, 1997), pp.114~115.

한다.

연기예술은 일상을 담는 것이기는 하지만 엄밀히 말해 비일상적인 행위이며, 연기의 대사 역시 일상적인 대화인 것 같지만 극적으로 구성된 특수한 대화이므로 이러한 일상의 소리를 소위 '전문성 소리'로 전환시키는 훈련이 필요하다. 이것은 연기자에게 목소리를 변조시키라는 의미가 아니라 극적환경 내에서 배역이 처한 상황에 어울리도록 음성을 조정할 수 있는 능력을 갖추어야 된다는 것이다. 여러 유형의 인물을 보여주어야 하는 연기자의 직업적 특성상 다양한 음성과 음색을 갖추어 역할이 요구하는 성격을 창출할 수 있도록 변용이 가능한 상태로 만들어야 하는데 이를 발성훈련이라고 한다. 따라서 발성훈련의 영역에는 음성의 크기, 음역, 음조훈련 등이 포함되어야 하며, 이러한 훈련을 통해서 자신에게 맞는 발성을 찾아 궁극적으로 자신만의 개성 있는 목소리를 개발해야 한다.

발성훈련은 대체로 발음훈련과 더불어 병행하게 되는데, 스타니슬라브스키는 「성격구축」에서 목소리를 어떻게 내야할지를 확실히 알기 전까지 허밍으로 부드러운 소리를 내보내는 것에서 출발하여 비음내기, 소리를 얼굴 전면으로 내보내기, 자모음 훈련, 음역확장, 높은 소리 지르기 등을 훈련하도록 했다. 훈련의 순서에 대해선 훈련자 스스로가 적당히 자율적으로 실행하는 것이 바람직하다. 스타니스라브스키는 연기자에게 이러한 발성훈련을 통해 소리의 끊어지지 않는 선을 말을 할 때에도 유지하라고 당부하고 있다. 이는 대사가 단순한 말 정도를 넘어서 '진정한 말의 예술'을 추구해야 하기 때문인 것이다.[10]

모든 이에게 해당하는 좋은 소리란 없다. 다만 연기자가 갖추어야 할 목소리는 보편적으로 음색이 맑아 타인에게 거부감을 주지 말아야

---

10) 스타니슬라브스키, 「성격구축」 이대영 역(예니, 2001), p.114 참조.

하며 또렷하고 건강한 느낌을 주어 의사전달이 잘 되는 목소리를 좋은
소리라고 규정할 수 있을 뿐이다. 따라서 발성훈련의 목적도 연기자에
게 아름다운 소리만을 추구할 것을 요구하진 않는다. 목소리의 다양성
을 찾아 극적으로 요구된 다양한 상황에 적절히 융화될 수 있는 음성
을 갖추는 것을 발성 훈련의 목표로 한다.

4.1.3 연기에서 긴장과 이완

연기자의 역할창조를 저해하는 요소로 긴장을 들 수 있다. 이 긴장
은 호흡과 발성에도 그대로 영향을 미치며, 자연스러운 호흡을 방해하
고 발성을 억제하고 왜곡되게 하여 연기자가 온전히 배역을 수행할 수
없도록 만드는 대표적인 연기의 적이다. 사람이 긴장하게 되면 어깨와
가슴부분의 근육이 굳어지게 되어 발성기관의 움직임을 둔화시키고 조
음기관 또한 제대로 활동하지 못하게 되어 발음이 확실하지 않게 되는
역할수행의 불능상태 ―의사전달의 정지상태― 에 빠지게 된다.

무대나 카메라 앞에 섰을 때 숨이 턱턱 막히고 집중할 수 없는 상태
로 연기자를 이끄는 긴장은 반드시 이완을 통해 풀어주어야 한다. 스타
니슬라브스키는 「배우수업」에서 긴장과 이완에 대해서 "발성기관에 그
런 일(긴장)이 일어나면 타고난 미성의 사람도 목소리가 쉬거나 심하면
전혀 나오지 않게 된다.―한 인간으로서의 배우는 근육의 긴장이 불가
피한 것이다. 그가 관객 앞에 나타날 때는 언제나 근육의 긴장이 일어
난다.―배우는 보통 흥분하는 순간에도 숨을 죽여 얼굴을 새빨갛게 붉
히며 전신에 힘을 쓴다. 그러기에 특히 근육을 완전히 해방할 필요가
있다. 역이 고조되는 순간에는 위축되는 경향보다도 완화하는 경향이
예사로운 것처럼 되도록 해야 한다.―설혹 흥분하면서 긴장을 모조리
제거한다는 것이 불가능하다 하더라도 끊임없이 완화하는 것을 배워야

한다."[11]고 했다.

　여기에서 이완이라고 함은 수동을 뜻하는 것이 아니고, 오히려 적극적인 신체조건을 의미하는 것으로서 이완을 통해 연기자는 심리적, 신체적, 정서적 자유를 찾을 수 있다. 이때 이완훈련에서 주의해야할 점은 이완 포인트를 신체나 정신 중 어느 하나에 맞춰 제한적으로 실행하지 않아야 한다는 점이다. 이완을 하되 연기자의 몸인 신체와 정신의 긴장을 동시에 제거하는 방법으로 이완에 접근해야 한다. 즉, 정신과 신체로 구성된 '몸'이라는 유기체를 하나로 묶어 긴장을 제거하는 종합적인 방법을 택해야 한다. 인간의 신체 한 곳이 아프면 정신집중도 안 되듯이 인간의 몸은 신체와 정신이 분리될 수 없는 하나의 유기체일 뿐만 아니라 '이완(Relaxation)'을 단순히 신체의 이완 정도로만 받아들여 정신의 이완을 등한시할 수도 있고, 자칫 신체 훈련쯤으로 인식하거나 몸 풀기 행위(Stretching) 정도로 생각할 수도 있기 때문인데, 실제로도 교육현장이나 일부 연기서적 등에선 'Relaxation'을 신체의 이완, 근육의 해방 등으로 사용하거나 번역하고 있다.

　연기에서는 이완의 방법을 '신체에서 정신으로의 이완법'과 '정신을 통한 신체의 이완법'으로 크게 두 가지로 나누어 볼 수 있겠다. 첫째, 신체를 통한 이완 훈련으로는 야콥슨(Edmund Jacobsen)의 '점진적 이완법'과 '호흡조절을 통한 훈련법' 등이 있다. 이 중에서 호흡조절을 통한 훈련법은 불안과 근육긴장을 조절할 수 있는 가장 쉬운 방법으로 '크게 내쉬기 호흡', '횡경막 호흡', '1:2비율 호흡' 등이 있다. 둘째, 심리적 이완법으로는 '주의 집중(concentration)훈련'이 대표적이며, '명상(meditation)을 통한 이완' 등이 있다.

---

11) 스타니슬라브스키, 「배우수업」 오사량 역(성문각, 1970), pp.140~144 참조.

4.2. 고저장단과 리듬(rhythm)

세계의 지구촌 안에는 수백여 민족과 국가들이 각기 다른 말과 문화를 가지고 살아가고 있다. 이들 대부분의 민족과 국가들은 이처럼 문화를 달리하고 의사소통에 필요한 언어를 달리하면서 독특한 생활방식을 영위하고 있는데, 이 같은 생활방식의 차이에서 오는 민족문화는 언어를 달리하기 때문에 차별되어 나타난다고 말할 수 있다. 따라서 언어는 각각의 민족 내지 국가의 고유한 여러 습관을 담아낸다. 즉, 언어는 각 민족의 독특한 습관을 가진다.

우리나라 말은 '고저장단'과 '리듬'이라는 언어적 습관을 가진다. 좀 더 구체적으로 말하자면 우리말은 낱말에 있어서 고저와 장단을 가지며, 이런 고저장단에 의해 '성조(聲調)'라고도 하는 고유한 리듬을 가진다. 이처럼 고저장단을 특징으로 하는 우리말은 예로부터 중화문화권에 속하여 한자(漢字)를 차용해 씀으로서 중국어의 '사성(四聲)'의 영향을 받아 나타난 것이 우리말의 '고저'라 할 수 있다.

고저의 유무에 대해 많은 학자들 간에 논쟁이 있으나 우리말의 특징을 고저장단이라 했을 때 고저와 장단을 따로 분리하지 않는 것은 말소리가 가진 '입체성' 때문이다. 고저와 장단은 원래 상호 긴밀한 유기적 관계이며, 그것들은 서로 맞물려 어느 쪽이 선행하거나 후행하는 것이 아닌 동시작용으로 구체적 성음을 빚어내는 것으로서, 살아있는 말소리란 하나의 기하학적인 선으로 표현될 수 없듯이 장단만으로 된 평면적인 소리일 수도 없다. 그것은 반드시 부피를 가진 소리 즉, 고저장단이 동시 작용하는 입체적인 소리이기 때문인 것이다. 따라서 우리말은 상황에 따라 높고 낮은, 세고 약한, 그리고 느리거나 빠른 소리를 가진 입체적인 말이라 할 수 있다.

그러나 오늘날 우리말은 발음에 있어 많은 혼란을 겪고 있는데, 그 중 대표적인 것이 장·단모음의 혼동이다. 즉, 발음의 혼란 중에서도 가장 심각한 것은 긴소리를 짧은 소리로 혼동하여 잘못 내는 장단음의 경우인데, 긴소리는 주로 모음에서 나타나 짧은 모음과 대립을 보이면서 뜻의 차이를 드러내는 소리이다. 의미를 구별하는데 있어 대단히 중요한 모음의 장단을 오늘날 잘 구별하여 사용하지 않아서 언어생활에 혼란과 무질서가 초래되고 있는 것이다.

보기) 가마(솥)/가:마(타는 것), 갈다(바꿈)/갈:다(문지르다),감정(평가)/ 감:정(정서감정), 말(동물)/말: (화술), 병(물건)/병: (질병), 화재(이야기)/화: 재(불)

우리말은 또한 고저장단에 의해 성조 즉, 말의 리듬을 가진다. 말의 리듬에는 기복이 있어 오르내림의 공간적 일면이 있음과 동시에 그 오르내림의 시간적 일면이 있어 이 둘이 상승함으로써 비로소 살아 있는 말소리로서의 입체성과 생동성을 실감하게 되는 것이다. 이는 바로 인간의 호흡과 맥박과도 같은 인체생리의 생활리듬으로 고저장단은 바로 그 생활리듬의 언어에로의 발현인 것이다. 이런 리듬감에 의해 우리말은 마치 살아 있는 듯한 생동적인 운율을 지니게 되며 일정한 규칙 안에서 말의 리듬을 형성한다.

다음은 우리말의 대표적인 두 가지 리듬형태인 "땅디디"리듬과 "디땅디"리듬의 특징을 요약해 놓은 것이다. ㈎ "땅디디"리듬; 쇠: 고기/, 사: 람들/, 타: 자기/와 같이 첫음절에 긴 모음이 들어있는 낱말은 표준발음에서 그 다음 음절보다 길게 발음되어 '장·단·단', '강·약·약' 과 같은 리듬패턴으로 나타난다. "땅디디"에서 '땅'은 길고 강함을 뜻하고 '디'는 짧고 여림을 뜻한다. 이때의 장단음절은 강약에 차이가 나타나서 긴 첫음절은 강하게 발음되고 그 다음 음절들은 약하게 나타난다.

㈐ "디땅디"리듬; 화장: 실/, 기자: 실/, 자전: 거/ 등의 예에서 보듯이 '약·강·강'으로 되어 첫음절이 짧고 둘째 음절이 길며 셋째음절이 두 번째로 긴 것을 알 수 있다.

위의 두 가지 리듬 형태는 비단 3음절 낱말뿐만이 아니고 2음절이나 4음절 낱말에서도 나타나는 기본 패턴이며 우리말의 낱말은 대부분이 이 두 가지 리듬 중 어느 하나에 얹혀서 발음하게 되어 있다.

4.3. 우리말의 표준발음법

표준발음법의 탄생 배경은 인쇄술의 발명과 이에 따른 독서의 확산이 각 언어의 맞춤법 표준화를 촉진했다면, 방송의 시작은 바로 각 언어의 표준발음의 문제를 제기했다. 그러므로 어느 나라든 20세기 초기까지는 표준발음이라는 개념이 거의 없었다고 할 수 있다. 우리나라는 일찍이 1933년에 한글맞춤법 통일안이 나와 언어규범의 통일을 보게 되었고, 그 이후 거의 60여년만인 1988년 1월에 한글맞춤법과 표준어규정을 개정하여 고시했는데, 표준어규정 중에 표준발음법을 제정하여 우리말 발음의 국가 관리체계가 마련되었다고 볼 수 있다.

우리말의 올바른 발음을 규정해 놓은 '맞춤법 통일안'에서는 "표준어는 대체로 현재의 중류사회에서 쓰는 서울말로 한다."고 표준어 사정 원칙 제1장 총칙에 명시하였고, 표준발음법에 의하여 "표준발음법은 표준어의 실제 발음을 따르되, 국어의 전통성과 합리성을 고려하여 정함을 원칙으로 한다."고 총칙 제1장 1항을 규정하였다. 이는 올바른 발화 행위를 수행하기 위해서는 정확한 발음과 함께 표준 억양의 구사가 필수적이라는 의미로, 말하기의 기본정신인 '화자의 사상과 감정을 상대에게 전달하는 것'의 목적을 달성할 수 있게 하기 위함이다.

세계화 추세인 현대사회는 수많은 정보의 소통과 국가와 지역간의 유동적 교류가 빈번하게 일어남에도 불구하고 지역, 학력, 세대간의 언어소통에 많은 문제가 발생하여 한 나라의 국민통합에 지장을 초래하고 있다. 이런 연유에 따라 자국내 원활한 의사소통을 이루고 아울러 사투리나 지역 방언의 난립에 따른 언어생활의 혼란을 극복하기 위해 표준말을 제정하는데, 이처럼 나라마다 특정한 지역의 말을 표준어로 삼는 이유는 정치, 사회, 문화 중심지의 말이거나 역사적으로 잘 다듬어지고 또 널리 쓰이는 말을 표준으로 삼아 씀으로써 기본적으로 언어의 통일을 이루고 동시에 의사소통의 능률을 극대화하기 위함이다.

표준말을 사용함에 있어서 어떻게 하면 올바르게 발음하여 원활한 의사소통과 세련되고도 쾌적한 언어생활을 영위할 수 있을 것인가? 자신의 의사를 전달해야 하는 화자(話者)는 우리말을 사용함에 있어 표준 발음과 표준 억양을 기본으로 하여 청자(聽者)와 의사소통을 한다. 따라서 의사를 표현 할 때 구어(口語)의 주요기능인 이해와 설득, 그리고 감동을 전달하기 위해 입말에 정확한 발음을 얹으면 되는데, 이때 세련되고도 쾌적한 말씨를 위해선 우리말의 표준 억양의 바른 구사가 필수적이다.

억양이라 함은 사전적 의미로 "어조를 눌러야 할 때 누르고 높여야 할 곳을 높이 추어주는 것"을 말한다. 억양의 중심에는 '장단, 고저, 강세'라는 3요소가 있으며 이를 통해 말의 리듬을 형성하고, 표준말로서의 의미와 색깔을 분명하게 해준다. 따라서 표준말을 구성하는 억양의 중심 3요소인 고저, 장단, 강세와 함께 우리말의 리듬에 관해 상세히 살펴보기로 한다.

억양의 3요소 중에는 높이마디라고도 부르는 말의 '고저'가 있다. 말의 고저란 모음을 길게 하면 음정이 변하여 강·약이 만들어지게 되는 것으로서 이때 드러나는 발음의 현상을 가리켜 고저라 한다. 하지만 우리말은 고저가 두드러지지 않는 특성에 따라 비중이 그리 높지 않지만 대체로 한국어의 모음에서 높낮이가 있다면 'ㅓ'를 길게 또는 짧게 발음하여 높고 낮음을 나타낼 뿐이므로, 높은 발음 값을 얻고자 할 때는 모음을 약간 길게 발음하면 된다.

또 억양의 3요소 중 길이마디라고도 하는 말의 장·단이 있다. '장단'은 문장을 구성하는 요소인 낱말의 뜻을 옳고 분명하게 하는 것으로서, 우리말의 낱말의 뜻이 이 장단음의 소리 값에 따라 달라지기 때문에 의미전달에 있어 장단음의 구별이 절대 중요시되며 그 무엇보다도 선행되어야 할 화술요소이다. 문장을 이루는 기본 단위는 낱말이고, 낱말의 뜻을 분명히 한 뒤에야 비로소 문장으로 넘어갈 수 있기 때문이다. 하지만 현재 우리말이 겪고 있는 음운(音韻)상의 혼란 중에서 특히 장단음의 혼란이 심히 가중되고 있는데, 말이 가지고 있는 의미전달의 정확성을 위해서라도 장단음의 구별이 절대적으로 필요하며, 특히 대사와 그 표현을 중요시해야하는 연기자들은 올바른 장단음의 구별에 대한 적절한 학습과 훈련이 필요하다고 할 수 있겠다.

억양의 중심요소 중 세 번째로는 세기마디라고도 불리는 '강세'를 들 수 있다. 스타니슬라브스키는 말의 강세에 대해 "강세는 손가락으로 어떤 곳을 지적하는 것과 같아서 구절이나 마디 안에서 중요한 단어를 지적해주는 역할을 한다"[12]고 하였는데, 강세는 문장의 뜻을 명료하게 하고 전달의 효율성을 높이는 역할을 하기 때문에 말을 평면성에서 탈피시켜 입체화하는 것이라고 달리 말할 수 있겠다.

입체적인 말은 정확한 전달력을 높여주는 효과와 동시에 일률적인

---

12) 스타니슬라브스키, 「성격구축」, 앞의 책, p.170.

것으로부터 탈피시켜 다양한 표현력을 구사하게 함으로써 궁극에는 화자의 개성을 창조할 수 있게 한다. 우리말 억양은 특성상 대체적으로 어조에 기복이 없고 평평한 직선구조를 향하는 느낌이 일반적일 수 있으므로, 전체적으론 말을 평조(平調)로 구사하되 강세를 넣을 곳을 분명히 한다면 의미가 명확해지고 입체화되어 세련된 말씨를 구사할 수 있게 된다.

우리말의 강세위치는 기본적으로 '첫음절에 악센트(accent)가 들어가는 특징을 가지며, 단음절어는 그 단어에 강세가 들어가고, 두 음절어는 첫음절에 주로 강세가 들어가고, 다음절어는 첫음절, 둘째 음절에 함께 강세가 들어간다.' 호흡의 양을 조절하여 그 압력을 달리함으로써 나타난 발음현상을 강세라고 했을 때 결과적으로 발음의 강·약은 호흡의 세기에 따라 이루어진다. 즉, 발음의 강약은 발성기관을 울려주는 공기의 압력에 의해 높으면 강하게 발화되고 낮으면 약하고 낮게 울리게 되므로, 이런 호흡의 양을 조절하는 기술의 습득유무에 따라 발음의 강약을 조절하는 능력은 판가름된다고 볼 수 있다.

좋은 목소리에는 힘이 실려 있다. 힘이 실려 있는 목소리는 입안에서 맴돌지 않고 밖으로 시원하게 발산되어 탁 트인 느낌이 들기 때문에 연기자들은 필수적으로 이런 힘있고도 거침이 없는 목소리를 구사할 줄 알아야 한다. 왜냐하면 힘있는 목소리는 항시 적정한 에너지를 유지함에 따라 상대에게 잘 들리고 표현되어 궁극적으로 말하는 이의 의사와 감정이 명확히 전달되기 때문이다.

우리말의 억양을 구성하는 고저·장단 및 강세와 더불어 매우 중요한 부분을 차지하는 것이 '말의 리듬'이다. 말이란 원래 인간의 몸짓을 대신하여 탄생한 하나의 의사표현의 수단이므로 말의 리듬에 선행하는 '인간 자체의 리듬'이 존재한다. 인간은 태생적으로 몸의 리듬을 소유하고 있으며 몸짓을 대신하여 발전한 언어에도 리듬을 부여하여 말을 직선이 아닌 곡선으로, 정적인 것이 아닌 동적인 것으로, 딱딱하게 굳은 것이 아닌 살아있는 것으로 변화 시킨다. 따라서 리듬을 가진 말은 인간의 삶과 함께 태어나고 생장(生長)하며 사멸하는 과정을 겪으면서, 그 사람의 인성과 습관과 품위 내지는 지위를 함께 공유하며, 그 사람 특유의 인생역정의 발자취를 목소리에 담아낸다. 즉, 몸이든 몸 안으로부터 발현되는 음성이든 리듬이라는 것은 세상에 자신을 존재하게 하는 운동이며 생명의 운동인 것이다.

우리말에 있어 리듬은 모음의 길이를 활용하는 능력에 따라 결정된다. 말에서 발음을 만들어주는 것은 모음이지만, 겉으로 드러나는 말의 구별은 자음의 소리 값에 의해서 나타난다. 계속되는 모음이 길이를 조절하여 화술의 리듬을 만들게 된다. 그러나 자음의 길이도 함께 길거나 짧게, 또는 끊어서 멈추거나 호흡의 쉼으로 사이를 처리할 때, 발음의 리듬이 변화를 가져오게 된다. 결국 모음을 잘 발음한다 해도 자음을 분명히 정확하게 발음하지 않으면 템포와 리듬 그리고 박자와 박자의 차이가 뚜렷하게 구별되지 않는 현상이 일어나기 때문에 모음과 자음에 대한 명확하고도 어법에 맞는 표준발음의 구사가 있어야 하겠다.

우리말 리듬의 세 가지 유형을 살펴보면, 첫째, 첫 음절에 긴 모음이 들어있는 낱말은 첫음절이 길고 강하게 소리나며 그 다음 음절들은 짧고 약하게 발음된다. 이런 경우는 노래할 때 4분의 3박자를 치는 경우처럼 첫 박자를 강하게 시작하는 것과 같다. 예) ′박:수, ′소:대장, ′장:관, ′시:장, ′침:대, ′전:화, ′연:구소, ′선:수단, ′대:통령 등. 그러나 낱말의 첫 음절모음의 길고 짧음은 사전에서 별도로 익혀야 된다.

둘째, 첫 음절의 모음이 길지 않아도 그 음절이 자음으로 끝나고 그 다음 음절이 다시 자음으로 시작되면 역시 첫 음절 전체가 길고 강하게 난다. 예) ´금방울, ´감사합니다. ´금고, ´고맙습니다, ´반상회, ´동그라미, ´금반지, ´불교, ´민주당, ´상속 등. 다만, 강 - 약의 리듬 꼴에서 둘째 음절을 강하게 처리하는 경우는 음절의 끝 자음이 /ㄹ/, /ㅁ/, /ㄴ/, /ㅇ/으로 끝나고, 그 다음 음절의 첫 자음이 /ㅎ/으로 시작되면 둘째 음절이 강하고 길게 발음된다. 예) 김 ´해, 철 ´학, 문 ´학, 방 ´학, 신 ´호, 철 ´학, 실 ´학, 창 ´호지, 점 ´화, 상 ´환 등.

셋째, 그 밖의 경우에는 모두 낱말의 둘째 음절이 강하고 길게 난다. 예) 이 ´야:기, 음 ´악:, 치 ´아:, 기 ´차:, 무 ´지:개, 시 ´간:차, 자 ´동:차, 사 ´장:님 등.

그런데 오늘날 이런 리듬의 혼란이 많이 나타나는데 리듬의 혼란은 주로 장단음의 혼동과 함께 오는 경향이 있다. 왜냐하면 말의 리듬이란 음절의 장단으로 엮어지는 것이고, 긴 음절은 주로 그 안에 들어있는 긴 모음 때문에 길게 나는 것이므로 긴 모음이 들어있는 낱말은 그 긴 모음이 포함된 음절을 중심으로 한 특유의 리듬유형을 형성하기 때문이다. 예) 감사합니다/가암사함니다/를 감사함니다/로, 고맙습니다/고오맙씀니다/를 고맙씀니다/로, 전횝니다/저언횝니다/를 전함니다/로, 죄송해요/줴에송해애요/를 줴송해요/로 잘못 발음하고 있다. 특히 감사합니다/와 전횝니다/라는 말은 감삼니다/, 전함니다/로 잘못 소리를 내면 의미가 변하기 때문에 발음에 각별한 주의를 해야 한다.

그밖에 우리말의 혼란상 중에서 자·모음의 발음문제에 관한 대표적인 몇 가지를 살펴보면, 모음의 혼란상 중에서 애/와 에/의 혼동이 빈번하다. 분절음소가 제 음가대로 발음되지 아니하는 것을 '음가의 혼란'이라고 하는데 요즘 젊은 세대들에게 특히 심하다. 게/와 개/, 네게/와 내게/, 베다/와 배다/, 네것/과 내것/ 등은 의미에 따라 발음의 정확한 구분을 요하는 것들이며, 반 열린 애/와 반 닫힌 모음인 에/의 잘못 발음하는 예로서 왜/를 웨/로, 그래/를 그레/로, 대개/를 데게/로 등이 있다.

'이중모음'의 단순모음 되기 또한 심각한 혼란 중의 하나이다. 우리 말의 모음에는 단순모음과 이중모음이 있는데, 오늘날에 과자/를 가자/로, 과장님/을 가장님/으로, 되지/를 데지/로, 사과/를 사가/로, 권리/를 건리/로 단순모음화 시킨다. 이렇듯 이중모음을 단순모음화 시키는 이유는 말할 때에 힘들이지 않으려는 현대인들의 속성이 발음에 드러난 결과로 이런 경향은 음가의 혼란을 더욱 부채질한다.

자음상의 혼란 중 대표적인 것이 지나친 '된소리 현상'이다. 우리나라말에는 된소리 계열의 소리가 있는데 파열음의 'ㄲ', 'ㄸ', 'ㅃ'과 파찰음의 'ㅉ', 마찰음의 'ㅆ'이 된소리로, 경음화 및 격음화 현상은 시대의 흐름과 더불어 강화되고 있는 실정이다. 닦다/를 딱다/로, 세련되다/를 쎄련되다/로, 세다/를 쎄다/로, 자르다/를 짜르다/로 소주/를 쏘주/로, 새 것/을 쌔 것/으로, 동그라미/를 똥그라미/로, 심지어는 가짜/를 까짜/로, 아주/를 아쭈/로, 돼지/를 뛔지/로, 가득/을 까뜩/으로, 조금/을 쪼끔/으로, 집게/를 찝께/로, 베껴/를 뻬껴/로 발음하기도 하며, 문장을 사용함에 있어서도 /쪼금 늦으시네요/, /쭐이기 위하여/, /짜르지 말고/ 등으로 경음화 시켜서 발음한다. 이처럼 경음화나 격음화현상에서 비롯되는 낱말은 그 소리와 의미가 거칠고 극단적이어서 교양 있는 말씨와는 거리가 멀며 때론 저항감을 느끼게 한다. 이는 현대인들의 심성 중 타인에 대한 배려에 인색하고 공격적인 성향의 강화에 따른 연유로 볼 수 있겠다.

문법상의 혼란상 중에서 '자음첨가' 현상이 두드러지고 있다. 모르고 계세요/를 몰르고 계세요/로, 기르는 게 좋을 듯 합니다/를 길르는 게 좋을 듯합니다/로, 다시 날아가는/을 다시 날라가는/으로 자음을 첨가하여 발음하는 경향이 있는데 이 경우에는 자칫 사투리처럼 세련되지 못한 느낌을 줄 수 있다.

위와는 반대로 '자음 탈락현상'의 문제가 있다. 대표적인 것이 'ㅎ'으로서, 경험담/을 경엄담/으로, 너희들/을 너이들/로, 포함/을 포암/으로, 유심히/를 유시미/로 잘못발음하고 있다. 특히 아래의 예에서 보듯이 자음 'ㅎ'은 매우 유의해야 할 음소로서 발화시 신경을 써야 하는데, 환한 표정을 짓다/를 화난 표정을 짓다/로 잘못발음하면 의미가 완전히 다르게 전도될 수 있다.

5. 연기 화술

화술(話術)이라함은 사람들 앞에서 자유스럽게 자신의 의사표현을 하는 사회적인 의미의 화술이 있겠고, 미리 써놓은 각본에 의해 정해진 말을 자연스럽게 극적인 분위기에 맞추어 말하는 배우적인 화술로 구분할 수 있겠다.

연기자의 화술원칙은 일상에서와 마찬가지로 자연스럽게 말하되 분위기를 극적상황에 맞추어 말하는 것으로서, 예를 들어 대화하는 상대가 가까울수록 작게 부르고 멀수록 목소리를 크게 소리쳐 부르거나, 사랑에 빠졌을 때는 밝고 부드러운 목소리를 선택하고 분노하거나 따질 때는 거친 소리를 내는 것 등을 말한다. 이는 말이라는 것이 인간의 마음속에 품은 생각이나 감정을 상대방에게 전달하는 수단이듯, 연기에서의 대사 또한 인물의 내면세계를 표현하는 중요한 수단이기 때문이다. 이원경은 대사의 심리와 행동에 대해 다음과 같이 말하고 있다. "대사라 함은 간단히 말해서 말(言)이다. 누구나 사람은 필요에 따라 말을 한다. 이 말은 그 사람의 의사의 표시이요, 감정 표현의 수단방법이다. 그리고 말을 할 때 저절로 그리고 자연히 얼굴에, 그 말에, 내용에 따른 표정이 나타난다. 아울러 몸 전체 내지는 일부의 움직임이 따른다. 일상생활에 있어서 말과 표정은 그대로 두고 말을 한다 해도 그것은 극히 짧은 순간의 무리한 소행에 그치고 만다. 행동도 마찬가지다. 말은 급히 하면서 몸은 서서히 움직인다는 것도 고의나 의식적인 극히 부자연한 행동으로 일시적일 뿐이다. 그 이유는 지극히 간단하다. 인간의 행위와 행동의 근원은 그 자신의 감정적이고 생리적이기 때문이다. 다른 말로 말해서 감정은 심리적이면서 동시에 생리적이기 때문이다.— 말과 행동은 그래서 일치하는 것이다."13)

연기자에게 주어진 대사는 단순히 작가가 써준 글로써 존재하는 것이 아니라 대사를 하는 연기자의 입에서 마치 자기가 하는 말처럼 나와야 함과 동시에 그 말이 가진 의미에 따른 몸짓과 표정을 동반하여 주어진 상황에 맞추는 것이라야 한다. 왜냐하면 모든 인간은 자신의 말과 행동을 통해 의사 표현을 하기 때문이다. 따라서 이러한 말과 행동은 심리인 동시에 생리의 육체적 발현이다. 즉, 인간의 오욕칠정의 감정은 곧 목소리와 얼굴 그리고 몸 전체에 나타나는 것으로, 즐거울 땐 입가에 미소가 떠오르며 환호성이 나오고, 슬프면 눈물을 흘리며 울먹거리게 되고, 놀라면 비명소리와 함께 눈이 커지고, 긴장하면 육체가 굳어짐과 함께 가슴이 두근거리는 심리와 생리적 현상 및 음성이 발현되는 것이다.

언어의 구성요소를 뜻과 의미(Meaning), 소리와 음성(Speech sound), 글자와 문자(Letter) 등 3가지로 나눌 수 있다. 언어란 인간의 의사를 교환하는 사회적인 도구이므로 반드시 어떤 의미와 기호를 지니기 마련이다. 여기에 언어의 감정과 느낌(Feeling)을 추가하면 연기자가 대본을 통해 구사해야 할 연기화술의 구성이 완성된다.

---

13) 이원경, 앞의 책, p.126.

대본에 의해 연기자에게 제시된 대사는 문학성과 예술성, 오락성 등 작품이 요구하는 여러 가지 사항들을 고려하여 짜임새 있게 조직된 특수언어이다. 작품에 출연한 연기자가 외우는 대사는 일상적으로 주고받는 말이 아니다. 특별히 구성되고 특별히 다듬어진 음성언어이므로 아무나 아무렇게 외울 수 없고, 대사가 요구하는 여러 가지 목적에 알맞게 특별히 체계적으로 외워야 하는 극 언어인 것이다.

연기자는 다른 사람의 말 즉, 작가가 쓴 텍스트를 말하게 된다. 그렇기 때문에 연기자 자신의 필요나 욕구에 일치하지 않을 때가 많고, 일상에서처럼 자신이 보고, 느끼고, 생각하는 바를 말하는 게 아니라 허구의 등장인물이 되어 그 사람의 욕구를 말하는 환경 속에 있다. 따라서 극중에서 하는 말에는 반드시 어떤 느낌이나 영혼이 담겨져 있어야 한다. 말과 행동이 불가분의 관계를 맺고 있듯이 말과 생각도 불가분의 관계를 맺고 있다. 무대에서의 말은 연기자의 느낌, 욕망, 생각, 내적이미지, 시각이나 청각 같은 감각을 불러일으키는 역할을 해야 한다. 상대 배우한테도 그렇고 관객한테도 마찬가지다.

이처럼 대사는 모든 연기의 기초이며, 연기는 통상 대화체(Dialogue)의 대사를 중심으로 진행되는 행위예술이다. 대사는 일상적으로 이루어지는 생활언어인 듯 보이지만 실상은 특별히 경제적으로 조직되고 구성된 언어이므로 가장 엄격한 환경과 분위기에 의하여 표현되어야 한다. 이런 특성을 지닌 대사를 주요 표현 수단으로 하여 구성된 하나의 작품이 대본이며, 대본은 대화체를 중심으로 독백과 방백 그리고 지문으로 짜여진 문학이다.

대본을 구성하는 요소 중 대화체는 두 사람 이상의 배우가 무대나 카메라 앞에서 주고받는 화술로 연기의 대사는 대화체가 모두라 해도 틀린 말은 아니다. 연극이나 드라마 연기는 주고받는 대화체가 중심이며 핵심이다. 또한 대본을 구성하는 요소 중에서 독백대사(Monologue)는 모노드라마나 무대연기에서는 종종 사용되기도 하지만 TV드라마에서는 방백대사(Aside)와 마찬가지로 사용이 흔치 않다. 여기에 입말이 아닌 글말로 작품의 내용을 보다 구체적으로 설명해주는 것을 지문(Stage direction)이라 하는데, 이 지문은 작품의 흐름과 배역의 행동, 대사의 형태 등을 확실하게 밝혀주는 구실을 한다. 즉, 작가가 작품의 진행과 흐름에 특별하게 강조하고 싶은 것들을 대본 상에 지적해 놓은 글을 말한다.

일반적으로 연기화술의 요소에는 포즈, 억양과 강세, 말의 완급, 흐름의 전환, 성조, 음색, 음량, 음률 등이 있다. 대사의 최고 기술은 잠깐 멈춰주는 사이처리와, 호흡을 이용하여 분위기와 내용과 감정을 전환시키는 요령, 말끝의 억양을 처리하는 능력에 따라 좌우된다고 할 수 있는데, 화술에서 가장 중요하고 큰 부분을 차지하는 것은 포즈(Pause)라고 하는 사이 띄기이다.

연기자가 대본을 받으면 말하기 위해 맨 먼저 하는 것이 대사의 구절을 마디로 끊어 사이를 두는 일이다. 이를 마디분할이라고 했을 때 마디로 분할한다는 행위는 대사를 작은 단위로 나누는 것으로서, 몇 개의 단어들을 모아서 한마디단위로 만들어주고 그렇게 해서 만들어진 마디단위를 다른 마디와 분리 해주는 행위를 말한다. 이때 대사를 작은 단위로 나누기 위해선 논리적으로나 심리적으로 합당한 이유나 근거가 있어야 하는데, 이런 합당한 근거에 의해 마디를 분할하는 것을 '포즈두기'라고 한다.

포즈는 크게 두 가지로 구분해 '논리적 포즈'와 '심리적 포즈'로 나눌 수 있다. 이렇게 구와 절을 마디 단위로 끊는 이유에 대해 스타니슬라브스키는 "마디로 분할하고 그에 따라 텍스트를 읽다보면 전체구절을 분석하게 되고 핵심이 무엇인지 파악하게 되네. 그렇게 하지 않으면 도대체 어떻게 읽어야 할지 알 수가 없지. 마디 단위로 말하는 습관이 들면 자네들 화술이 형식면에서 더 고상하게 되고 내용면에서는 깊이 있고 명료해지네. 무대에서 하는 말의 본질적 의미를 놓치지 않게 해 주거든."14)

화술이나 말에 관련해서 첫 번째로 해야 할 작업은 구와 절을 마디로 분할하고 합당한 위치에 '논리적 포즈(Logical pause)'를 두는 일이라는 말에서 보듯이 말하는 행위에는 어법상 일련의 논리적으로 합당한 포즈가 형성되는데, 이 논리적 포즈는 마디나 구절 전체를 정서개입 없이 분할해 주기 때문에 문장을 이해하는데 기여하는 포즈이다. 따라서 논리적 포즈는 아주 짧은 시간동안만 유지된다. 경우에 따라 길고 짧을 수는 있지만 어떤 일정한 시간을 넘기기는 어렵다. 일정시간을 넘어서면 대부분의 논리적 포즈는 심리적인 포즈로 변신한다. 이때 논리적 포즈를 사용함에 있어 유의해야 될 점은 대사를 한 마디 한마디로 조각내어 뱉어선 안 되고, 한 구절 안에 있는 단어들을 발음할 때에는 될 수 있는 대로 상당수준의 통일성을 유지한 채 거의 한 단어처럼 들리게 해야 한다는 것이다.

'심리적 포즈(Psychological pause)'는 강조하려는 마디나 구절에 생명력을 불어넣어주고 말속에 담긴 내재적 의미를 전달하는 포즈이다. 논리적 포즈는 논리와 상관이 있기 때문에 다소 형식적이고 비활동적인데 비해, 심리적 포즈는 역할의 상황내지는 심리하고 상관이 있기 때문에 활동적이면서 그 속에 많은 내용을 담아낼 수 있다. 심리적 포즈에서는 말 대신에 눈, 얼굴표정, 몸에서 나오는 느낌의 방출, 어떤 암시를 주는 미세한 움직임들의 의식적이고 무의식적인 모든 교감수단이 사용

---

14) 스타니슬라브스키, 앞의 책, p.147.

되기 때문에 심리적 포즈 없이 말을 하면 대사에 감정과 생명을 느낄 수 없게 된다. 심리적 포즈야말로 인간심리를 중심으로 하는 연기예술에서 빼놓을 수 없는 가장 중요한 요소라고 말할 수 있겠다. 따라서 심리적 포즈는 논리적 포즈와는 달리 문법적으로 포즈가 불가능한 곳에서도 사용할 수 있으며, 시간에 구애받지 않는 특징을 갖는다.

즉, 심리적 포즈는 어떤 행동의 목적이 달성될 때까지 얼마든지 계속 될 수 있으며, 이런 심리적 포즈의 순간에 관객은 극중 인물이 처한 상황으로 빨려들게 되는 것이다. 다만 심리적 포즈라고 해서 일정 논리를 배제한 채 무턱대고 길게 끌어서는 안 되는데, 그 까닭은 심리적 포즈가 연기자의 다음상황에 대한 단순한 기다림으로 전락해선 안 되기 때문이다. 그러한 포즈를 위한 포즈는 결국 시청자를 지루하게 하고 나아가 극의 완성도를 해치게 하는 요인이 된다.

포즈를 줌에 있어서 덧붙여 중요하게 다루어야할 요소 중 하나가 바로 호흡이다. 호흡은 행동과 함께 극의 흐름을 전환할 수 있게 하는 요소로서 극의 내용과 분위기를 전환한다는 것은 호흡이나 휴지(Interval)를 통해서 문장과 문장 사이를 끊어주는 것을 말한다. 호흡의 전환으로 사이가 생기게 되면 결과적으로 공기의 양이 조절되어 앞과 뒤의 톤이나 느낌에 변화 또는 차이가 나타나게 된다. 숨을 쉬게 되면 공기의 양이 달라져서 자연스럽게 앞뒤가 전환되게 되는데, 이처럼 숨을 쉬어 호흡을 바꾼다는 것은 곧 에너지를 바꾸는 것으로서 필연적으로 목소리의 활동성이나 공명에 변화가 일게 된다. 따라서 호흡으로 흐름을 전환할 때는 앞뒤의 내용과 느낌, 사건, 상황이 서로 대립되거나 반대를 나타내고자 할 때에 사용할 수 있다.

연기화술의 요소에 있어서 상대방과 교감하는데 결정적인 역할을 하는 것이 포즈와 억양이다. 억양이란 말하는 사람의 말투로 감정이나 뜻에 따라 말하는 속도와 높낮이, 세고 여림, 길고 짧음을 달리하여 말끝을 처리하는 현상을 말한다. 즉, 대본에 나와 있는 마침표, 물음표, 느낌표 등의 문장부호에 따라 말끝에 변화를 주는 것을 억양의 변화라고 하는데, 가령 명령할 때는 밀어주고, 모르는 사실을 물어볼 때는 굴려주고, 의견이나 뜻을 분명히 드러낼 때는 올린 듯이 끊어준다. 그리고 반대나 부정을 나타낼 때는 끌어당기는 듯 처리하는 것이 일반적인 억양구사의 방법이다. 하지만 연기자는 대본에 작가가 표기해 놓은 문장부호에 너무 정직하게 얽매일 필요는 없다. 이는 각각의 연기자마다 호흡의 양이나 끊어 읽는 습관이 다를 수 있고, 더욱이 문장의 부호보다도 드라마의 내용과 분위기, 배역의 성격이나 감정, 상황, 인물의 신분에 맞추어 억양이 결정되어야 하기 때문이다. 스타니슬라브스키는 억양에 있어서의 구두점과 쉼표에 대해 "구두점은 각기 특정한 억양과 연관되어 있네. 마침표, 쉼표, 느낌표, 물음표 등은 고유한 함축적 의미를 가지고 있지. 특정한 억양으로 구두점이 처리되지 않으면 제 기능을 다하지 못하는 거네. 마침표가 있는데도 목소리를 떨어뜨리면서 말을 마무리하지 않으면 듣는 사람은 문장이 종결됐는지 안됐는지 알 수가 없네. 물음표에서 물음표 특유의 억양을 없애버리면 듣는 사람은 질문을 받았는지, 받았다면 무슨 질문을 받았는지 알 수가 없다는 말일세. —쉼표는 아주 놀랄만한 성질을 가지고 있네. 쉼표 앞에서 말을 올리는 것은, 경고를 주기 위해서 손을 올리는 것과 거의 같은 느낌을 주기 때문에 듣는 사람은 꼼짝없이 다음 말을 기다릴 수밖에 없게 되지—쉼표가 나오기 전까지는 자네에게 말을 하는 임무가 있었지만, 쉼표에서는 듣는 사람한테 군소리 없이 기다려야 하는 임무가 잠시 주어지는 거네."15)

---

15) 스타니슬라브스키, 앞의 책, p.151.

스타니슬라브스키는 다년간의 연출경험을 통해서, 배우란 발성과 발음이 뛰어나야하고 대사의 구절이나 단어뿐만 아니라 음절이나 글자 하나까지도 느껴야 한다는 걸 절실하게 깨달았다고 말하고 있다. 이 말은 연기자가 대사를 함에 있어서 얼마만큼이나 글자 하나하나까지 속속들이 느끼면서 표현해야 하는지를 단적으로 대변해주는 말이라고 할 수 있다.

연기의 대사에 있어서 강세 두기의 요령은 우선 말 자체가 가지고 있는 느낌이나 관념, 이미지를 단어에 부여하여 그 의미를 떠올린 후, 말을 함에 있어서 중요한 단어를 분명히 부각시키되 나머지 부분은 가볍게 첨가시켜 전체내용이 무엇인지를 전달하면 된다. 이런 강세 두기에 대해 스타니슬라브스키는 "한 문장에 강조가 다양하지 않을수록 그 문장은 명백해진다. 물론 강조가 핵심단어들 위에 놓여졌다는 전제하에 강조를 없애는 것은 강조를 하는 것만큼이나 어렵다. 그렇지만 이 두 가지를 모두 배워야 한다."고 하였다. 즉, 강세의 횟수가 적을수록 문장은 더 분명해지는 것이다.

좋은 연기자란 무의식적이라 할 만큼 적정한 곳에 강세를 두어 문장을 살아있는 말로 만들 수 있는 능력을 가진 자라 할 수 있다. 즉, 좋은 연기자는 문장의 의미를 정확히 이해하고 핵심단어를 판별해내어 그 단어에 강세를 부여하는 감각을 가져야하는 것이다. 그래야 적소마다 강세의 패턴을 조절하여 평면적이고도 딱딱한 글말의 패턴에서 대사를 자유롭고 살아있는 것으로 만들 수 있게 된다.

화술의 요소 중에는 말의 느리고 빠름을 나타내는 완급 또는 속도가 있다. 본래 말의 빠르기와 느리기는 말하는 사람의 성격과 관계가 있으며, 아울러 진행되는 드라마의 상황과 밀접하게 관련되어 있다. 즉, 말의 완급은 명암과 함께 인물의 성격과 감정의 갈등을 나타낼 때 주로 이용되는 화술의 성분으로, 드라마에서 창조할 인물의 성격, 출신지, 감정의 갈등, 상황의 전환, 사건의 진행 등에 이용된다.

연기를 할 때 긴장이 일어나면 몸이 굳어 바른 역할수행을 하지 못하듯이, 말에도 긴장이 일어나면 올바른 대사구사가 되지 않는데, 이를 연극용어로 일명 '고 긴장 연기(High-tension acting)'라고 한다. 이런 고 긴장 연기는 말에 볼륨감을 주기위해 몸에 힘을 줄 때 나타나는 것으로 결과적으로 음역이 좁아져 고함치는 듯한 소리나 목이 쉰 듯한 소리를 내게 되어 말의 자연스러움을 해치는 결과를 낳는다.

연기자는 타인의 삶인 극중 역할을 수행할지라도 자신의 타고난 자연스러운 목소리를 통해 역할에 접근해야 한다. 연기자는 발성기관의 긴장이 제거된 상태에서 대사에 임해야 한다. 말의 이완과 음성훈련에 대해 스타니슬라브스키는 "모든 발성기관을 이완시키고, 모든 긴장을 풀고, 열정적으로 하겠다는 생각을 버리고, 볼륨에 대해서도 너무 신경 쓰지 않는 거네. 같은 구절을 다시 하는데 이번엔 조용하게, 하지만 음역을 최대한 확장하고 억양을 살리면서 해보게. 그리고 느낌을 불러올 수 있는 상황을 마음속에 그려보고-. 힘을 실어야겠다는 생각이 들면 목소리나 억양을 여러 가지 음성패턴에 따라 구사해보라고. 꼭대기에서 바닥까지 오르락내리락 하면서 말이네. 분필로 칠판에다 자유롭게 여러 가지 선을 그린다고 생각해보게. 큰소리를 내야만 파워를 실을 수 있다고 생각하는 배우를 본받지 말게. 소리를 크게 내는 것하고 힘하고는 다르지, 그건 그냥 큰소리일 뿐이고 고함치는 것일 뿐이네."[16] 대사의 힘은 단순히 고함을 쳐 소리를 높인다고 생기는 것은 아니다. 화술에서의 에너지는 극적 상황에 맞는 적절하고도 논리적인 포즈와 강세 그리고 제반 억양요소들이 일관성 있게 대사에 반영될 때 만들어진다.

---

16) 스타니슬라브스키, 앞의 책, p.166.

연기자의 음성조절 능력은 소리의 높낮이와 속도, 셈과 여림의 세 가지 요소들을 자유롭게 구사하고 응용하느냐에 따라 평가될 수 있다. 즉, 말할 때 나타나는 높고 낮음의 고저, 느리고 빠르기의 변화, 세고 여림의 소리크기 등을 조절할 수 있는 능력을 연기자가 얼마나 갖추었느냐에 따라 음성조절능력은 결정된다.

말의 고저, 템포, 크기를 가리켜 말의 '성조'라고 하는데, 성조를 극적 상황에 따라 바꾸어줌으로써 대사를 입체감 있는 말로 만들 수 있으며 대사가 가진 의미를 부각시키기도 하고 듣는 이에게 재미를 줄 수도 있다. 따라서 성조의 활용은 주로 주요한 생각과 뜻을 강조하고자 할 때, 서로 다른 뜻을 가늠하여 표현할 때, 말하기의 진행에서 단조로움을 없애고 보다 흥미 있는 변화를 만들고자 할 때 이용된다. 다만 여기서 주의해야 할 점은 성조를 통해 전체적인 극 분위기에 변화를 주더라도 이때에도 기본 톤은 유지하는 선에서 변화되는 상황에 맞게 성조를 바꾸어야 함을 유의해야한다.

언어의 구성요소인 문자나 음절, 단어는 스타니슬라브스키가 말한 바처럼 본래 인간이 만들어낸 것이 아니고, 인간의 본능, 충동, 그리고 자연과 시간과 장소에 의해 인간에게 제시된 것이기 때문에 대사는 상황에 알맞은 감정과 행동에 부합되어야 한다. 따라서 연기자의 움직임과 말은 기본적으로 동시에 일치하여 일어나지만, 그럼에도 불구하고 대사와 움직임이 동시에 일어나 무엇 하나에도 집중되지 않는 경우가 발생되기도 한다. 이럴 때 연기자는 몸을 먼저 움직인 후에 대사를 구사한다는 것을 유념할 필요가 있다.

대사가 가진 기능 중 하나는 대사의 내재적 의미를 시각화하여 상대방과 의사소통하거나, 내재적 의미를 우리 눈앞에서 흘러가게 하는 것이다. 여기서 '내재적 의미'라 함은 서브텍스트(Subtext) 즉, 대사 속에 숨어있는 본질적인 의미와 의도로서 그 대사가 지향하는 진짜의 목적을 말한다. 이는 작가가 대사를 통해 말하고자 하는 진실한 감정과 의도이므로 연기자는 대사를 분석하고 구사함에 있어서 대사가 가진 내재적 의미를 도출해 내어 극적 상황에 맞는 말의 영역을 구축해야 한다.

작가가 써놓은 대사는 작품의 목표를 달성하기 위해 사용되는 수단에 불과하고 그 본질은 서브텍스트에 있다. 따라서 연기자는 말의 피상적 의미에 매달리지 말고 본질적 의미에 부합되는 대사를 구사해야 한다. 목적이 있는 진실한 행동은 창조성의 가장 중요한 바탕이 된다. 이는 화술에서도 마찬가지로 대사 안에 감추어진 진실한 의미들을 해석해 내어 그 목적에 맞게 바르게 구사할 때 연기자는 비로소 창조자가 된다.

연기화술에 있어서 대사라는 것은 연기자가 마치 자기 자신의 얘기 같은 애착이 있을 때에 비로소 살아있는 말이 될 수 있음을 명심하고, 연기화술이 단순히 말하는 법을 배우는 것으로만 완성되는 것이 아니라 항시 우리말에 대한 표준어법과 더불어 극적 상황에 연관된 정서 및 인간의 감성 등이 유기적으로 결합되었을 때 비로소 총체적으로 완성되는 것임을 간과하지 말아야겠다.

스타니슬라브스키는 "화술에서의 가능성을 최대한으로 활용할 수 있느냐 없느냐하는 문제는 자네들의 경험, 지식, 심미안, 감수성, 재능에 달려 있네. 말에 대한 탁월한 감각과 모국어에 대한 진정한 이해로 무장된 배우는 자신이 하는 말을 조정하고, 입체감과 균형 잡힌 시각으로 그 말을 처리하는데 거장다운 솜씨를 발휘할 수 있을 거네. 그런 능력이 모자라는 사람들은 더욱 열심히 지식을 섭취하고 모국어에 대한 공부를 해야겠지. 또 경험도 축적하고 실제적인 연습으로 스스로를 숙련되게 만들어야 하네. 배우가 보다 많은 가능성과 여러 가지 수단을 활용할 수 있으면 자신이 하는 말을 더욱 활기차고, 강력하고, 표현적이고, 매력적인 것으로 만들 수 있을 걸세."[17]라고 화술의 완성에 대해 연기자에게 당부하고 있다.

6. 연기자의 발음

6.1. 발음 문제의 원인 및 배경

말은 커뮤니케이션의 으뜸가는 도구이다. 오랫동안 인류는 장구한 역사 안에서 이러한 언어구사 능력을 통해 자신의 의사를 말로 표현해 왔다. 그런데 오늘날 말이라는 소리(Audio)의 기능과 그림(Video)이라는 시각적 표현도구가 동시에 결합된 텔레비전 매체가 등장하여 우리의 생활에 많은 영향을 주고 있다. 현대인의 언어습관에 가족이나 학교 그리고 교우 이상으로 큰 영향을 미치는 것이 매스미디어라고 볼 수 있는데, 그중에서도 특히 방송인 것이다. 그런데 방송이 이처럼 현대인들에게 지대한 영향을 미치는 매체로서 공공의 언어문화를 계도해야할 사회적 책임에도 불구하고 지나친 시청률 경쟁으로 인하여 재미있고 자극적인 내용으로 바른말 고운 말 대신 비속어와 유행어, 거칠고 센말들이 오히려 득세하는 결과를 낳아 방송이 국민의 언어 교사역할을 하는 것이 아니라 오히려 우리말의 질서를 무너뜨리는 주역이라는 비판을 받기도 한다.

오늘날 우리말의 혼란에 대한 사회제도적 요인 중 또 하나는 국가시책에 의해 추진되어 온 국어교육의 순 한글전용 정책에서 비롯된 고저장단의 혼란이다. 우리말의 구조가 한문을 토대로 하고 있으며, 한자를

---

17) 스타니슬라브스키, 앞의 책, pp.189~190.

쓰지 않더라도 일상에서 한문이 많이 상용되고 있음에도 한문을 배우지 못하여 한문학의 고저장단을 익히지 못한 이유로 우리말이 가진 장단음과 높낮이를 구분하지 못하여 이상한 어조나 말의 의미를 불분명하게 하는 요인을 낳게 하였다.

또한 말하는 방법을 가르치는 화술교육의 부재와 글말(Written language)중심의 국어교육 및 가르치는 선생님의 자질 문제도 한 몫을 했다고 볼 수 있다. 원래 말은 입으로 소리 내어 귀로 듣는 소리 말과 눈으로 보는 글자 중심의 글말로 나뉜다. 그런데 역사적으로 보나 사용량으로 보나 또는 언어습득의 순서로 보나 소리 말은 글말에 우선한다. 그럼에도 불구하고 우리나라의 국어교육은 소리 말을 제쳐놓고 글말에만 역점을 두는 경향이 강하였다. 소리 말에 대한 교육을 소홀히 한 결과는 바로 발음의 혼란으로 직결된다. 낱말의 맞춤법이나 뜻풀이 및 독해에 신경 쓸 뿐 정확한 표준발음이나 리듬유형에 무관심하므로 발음의 표준화가 이루어질 수 없는 것이다. 세대간의 발음차이가 있고, 사투리발음이 분별없이 난무하는 것은 바로 소리 말 교육, 다시 말하면 표준발음을 중심한 음성교육을 정상적으로 하지 못했기 때문이다.

현대사회에서의 인간은 핵가족화 된 가정을 중심으로 하는 도시생활을 거점으로 한다. 이런 도시화에 따른 핵가족화는 자라나는 아이들에게 혼자 있는 시간을 갖게 하고 나아가 대화할 상대를 찾지 못하여 혼자서 놀고 때론 침묵해야하는 개인적 환경을 조장하게 된다. 이는 대화의 부재이며 언어학습에 대한 심각한 제약으로서 결국 말하는 법과 발음에 대한 올바른 방법을 습득할 수 없게 만드는 요인으로 작용한다.

또한 60년대 이후 정부의 산아제한 정책과 함께 최근 교육비 증가부담으로 자녀출산이 감소하여 한 둘밖에 없는 자식이 귀하게 자라기를 바라는 부모의 배려에 편승하여 그 자녀들은 이미 성장을 마친 어른이 되었음에도 불구하고 어리광을 부리는 습성이 언어생활에 잔재로 남아 잘못된 억양과 부정확한 발음으로 유아적 습성에 따른 '유아어'를 구사하게 되는 배경이 되었다.

현대사회에 새롭게 등장한 매체로서 컴퓨터 및 인터넷의 보급 확장은 우리말의 혼란을 더욱 부채질하는 한 요인으로 작용하고 있다. 인터넷을 대화수단으로 사용하는 네티즌들의 언어왜곡 및 파괴현상은 매우 심각한 현실로 나타나고 있다. 현대인들에게 있어서 멀티미디어로서의 인터넷은 자기가 원하는 정보를 언제든지 쉽게 얻을 수 있고, 한꺼번에 많은 사람과 정보를 주고받을 수 있다는 점 때문에 이제 현대인에게 없어서는 안 될 중요한 매스미디어가 되었다. 현대인의 삶에 필요한 도구로서의 인터넷은 고립되고 개인화된 현대인에게 대화와 만남을 갖게 해주는 중개매체로서의 순기능과 대화 수단으로 이용되는 통신언어를 통한 일상 언어의 왜곡 및 파괴라는 역기능을 동시에 가진다.

통신언어의 문제점은 표기상의 문제에만 국한되지 않는다. 통신에서의 대화는 상대와 직접 만나 말로 하는 것이 아니라 주로 음성이 담기지 않은 표기문자를 사용해 대화하는 방식이기 때문에 일상어에서 표현되는 말의 높낮이, 빠르기, 성량, 음색 등의 기본 억양을 무시하는 언어생활을 초래할 우려가 커진 것이다.

6.2. 발음 교정에 대한 방법과 훈련

발음훈련의 궁극적인 목적은 연기자의 목소리를 인물성격과 극적 상황의 요구에 정확하고도 자유자재로 표현할 수 있는 신체도구로 개발시키는데 있다. 이를 위해선 일상에서는 거의 의식하지 못하는 잘못된 발음습관이나 장애로부터 벗어나야 하며, 특히 발음을 관장하는 근육에 대한 개발과 훈련은 절대 필요하다고 할 수 있다. 어떤 음성을 낸다는 것은 신체의 근육 조직과 깊은 연관을 맺고 있으므로, 결국 음성의 발화는 근육조직을 통해서 배역과 만나는 첫 단계가 되기 때문이다.

연기자에게 있어 발음의 부정확성은 분명 심각한 장애요소 중 하나이며, 극복해야할 대상으로서 그에 대한 집중적인 훈련이 요구된다고 할 수 있다. 하지만 사람은 저마다 각기 다른 얼굴과 신체적 특징을 가지는 것처럼 입술과 혀의 놀림이나 길이가 각기 다르고, 발성기관인 인두, 후두의 모양, 성대의 폭, 길이 등도 제각각이므로 일률적인 잣대로 평가하여 훈련해서는 안 되며, 개인에 따른 적절한 지도와 치료가 요구된다고 할 수 있겠다.

6.2.1. 심리 및 정서적 훈련법

발음에 대한 문제로 연기자의 심리 및 정서적인 측면으로부터 언어 저작 장애를 겪는 경우와 발성 및 신체적 측면으로부터 저작 장애를 겪는 경우를 들 수 있다. 선천 및 후천적으로 억압받은 심리와 정서로 말미암아 의사표현이 온전하게 이루어지지 않는 심리 및 정서적 발음 장애가 있다. 이는 막혀 있는 심리적 요인을 제거하는 의학적 수단을 동원해야 할 경우가 많으며 대표적으로 말더듬이, 너무 급하거나 지나치게 느린 말, 군소리 등이 있다.

말더듬이(Stuttering)는 단어의 첫소리 또는 중간에서 막히거나 되풀이되거나 길게 이어져 말이 흐르는 리듬에 이상을 가져오는 것을 말한다. 말이 막히지 않고 잘나오더라도 더듬는 것을 감추기 위한 입술의 예비운동이나 떨림 또는 안면근육의 경련도 말더듬이 증상이다. 이의 발생원인은 말의 공포에서 오는 것, 중추신경의 발어(發語)자극이 일어나지 않아 오는 것, 일상생활에 부적응의 결과로 오는 것, 시각과 청각

심상의 부족에서 오는 것, 어떤 외상경험이 말하기의 조건반응을 저지하는 데서 오는 것 등이 있다.

말더듬이 증상이 발생하였을 경우 일련의 머뭇거림에 대해서 말을 보충해 주지 말아야 하며, '천천히 말해라!' '숨을 깊이 들이 쉬어라!' '말의 내용을 정한 뒤에 시작하라!' 등을 강요하지 말아야 한다. 또한 높은 언어수준을 요구하거나 느린 말일지라도 빨리하라고 재촉하지 말아야 하며, 낯선 사람들 앞에서 억지로 말을 시키거나 책을 읽게 하지 말아야 함을 잊어선 안 된다.

이에 대한 지도방법으로는, 호흡: 복식호흡, 단전호흡, 빨리 들이쉬고 천천히 내뿜기, 발성: 목 긴장을 풀고 다양하게 발성하기, 아래턱 원활하게 움직이기, 혀 원활하게 움직이기, 정확한 조음, 구형(口形) 연습하기, 일부러 더듬은 것을 과장함으로써 더듬는 것을 극복하기, 남의 질문에 속으로 숫자 10을 센 뒤에 천천히 응답하기 등이 사용되는데, 되도록이면 말할 때 성공감과 만족감을 느낄 수 있도록 배려해 주어야 하며, 말하기 힘든 단어를 몇 번이고 반복시켜 어려움을 완전히 극복했을 때 성취되는 만족감을 느끼게 하여 말하기가 즐거운 행위임을 자각하게 해주어야 한다.

급한 말(Cluttering)은 말이 좀 빠르더라도 발음이 분명하면 괜찮으나 너무 빨라서 발음이 잘못되거나 구절과 쉼의 사용이 잘못되어 알아듣기 어려운 경우를 말한다. 말이 너무 빨라서 더듬는 것 같기 때문에 말더듬이로 오해받기도 하는데, 말더듬이와 다른 점은 말더듬이는 말의 내용에 주의를 집중하면 더 더듬게 되지만 급한 말은 주의를 집중하면 다소 나아지므로 말하는 내용에 집중한 상태에서 천천히 말의 스피드를 늦추어주는 방향으로 교정을 요한다.

너무 느린 말은 말의 템포가 너무 느려 말의 요지를 이해하기 어렵고 지루한 경우로, 원래 정신적 템포가 느리거나 또는 성장과정에서 형성된 잘못된 습관으로 인해서 생긴 현상이다. 또한, 대화의 주제에 대해 별 생각이 없어서 말 할 내용이 없을 때 주로 나타나므로 정해진 주제에 대해 적극적인 사고 및 말하는 습관을 길러주어야 한다.

군소리는 말을 이어가는 도중에 말 사이에 '음-', '어-', '저어-', '에-' 등의 군소리를 넣어야만 말이 순조롭게 이어지는 습관을 가진 경우를 말한다. 이런 군소리를 너무 많이 넣으면 듣기에 지루하고 말을 순조롭게 진행시키지 못할 만큼 사고능력이 모자란다는 인상을 줄 수 있다. 주로 잘못된 언어습관의 결과로 군소리가 자주 사용되는 경우와, 말의 템포는 빠른데 대뇌의 언어화 기능이 느려서 그 사이의 공백을 군소리로 메우는 경우가 있는데 이에 대한 적절한 치료와 화술지도가 요망된다.

이밖에 정서적으로 이완상태에 들게 하는 '노래 부르기', '명상(Meditation)' 등 심리적 안정감을 갖도록 하는 정서적인 발음치료방법이 있다. 그중 노래 부르기를 이완방법으로 택하는 이유는 발음장애에 대한 심리적 부담감을 줄여줌으로써 심리의 내면으로부터 정서적 안정과 이완을 불러올 수 있게 하기 위해서인데, 연기자의 자연스러운 화술구사에 도움을 줄 수 있는 비교적 손쉬운 방법 중 하나이다.

6.2.2. 신체 및 발음 훈련법

현대인의 언어의 문제점은 발음부정확성에 있다. 이는 입을 힘들게 놀리지 않으려는 현대인들의 개인적 습성에 따른 결과와 나쁜 발성의 영향으로부터 연유한 것이다. 그러므로 좋은 발음은 좋은 발성의 마무리라고 할 수 있다. 왜냐하면 발음이 좋지 않다는 것은 호기가 제대로 통제되지 않고 새나가거나 지나치게 구강 안에서 머무른다는 것을 의미하기 때문이다. 따라서 발음의 부정확은 내용의 전달 면에서 어려울 뿐더러 배우의 에너지 흐름에도 영향을 준다고 말할 수 있다.

발음기관을 관장하는 구강 안의 발음 부위는 능동부와 수동부로 나뉜다. 능동부란 아랫입술, 아랫니, 혀 등 주로 아래턱 위에 있는 부위를 뜻하며, 수동부란 윗입술, 윗니, 잇몸, 입천장 등 주로 구강의 위 부분에 있는 고정된 부위를 말한다. 그리하여 발음을 한다는 것은 주로 아래쪽에 있는 능동부가 위쪽에 있는 수동부로 향하는 상향운동에 의해서 이루어진다.

섭식과 발화의 기능을 동시에 수행하는 구강의 기관들은 불필요한 게 하나도 없다. 특히 말을 하는데 있어서 구강기관들이 얼마나 움직임을 정확하게 하느냐에 따라 발음도 정비례해진다고 말 할 수 있다. 발음의 문제에 대해선 여러 가지 이유와 원인이 있을 수 있겠지만, 대체로 긴장으로 발음의 활동성이 낮아져 어둡게 발음되는 경우, 말을 배울 때 청각의 이상으로 바르게 배우지 못한 경우, 발음기관의 이상으로 발음을 정확하게 익히지 못한 경우를 꼽을 수 있다. 그 중 긴장이나 발음기관의 문제는 연기자들이 선천적으로 이상을 보이지 않는 한 훈련을 통해서 충분히 극복이 가능하다.

안면근육과 조음기관의 움직임은 발화와 매우 밀접한 관련이 있어서 이들의 원활한 움직임여부에 따라 발음도 명확해질 수 있다. 따라서 안면근육과 조음기관의 긴장을 제거해야 한다. 발음이 정확하지 않은 것은 정확한 입모양이 이루어지지 않기 때문이다. 입 모양을 정확하게 하지 않음으로 해서 발음이 새거나 지나치게 공명된 소리가 나올 수 있다. 입모양이 정확하지 않은 배우들은 말을 우물우물하거나 또 작은 소리로 하는 습관이 있거나, 충분히 이완되지 않음으로 해서 신체 전체에 긴장이 유도될 때 안면의 근육과 조음기관 역시 마찬가지로 긴장함으로 해서 정확한 변화를 적시에 해주지 못한다는 것이다. 충분히 이완된 상태에서 입모양을 원하는 대로 움직인다면 정확한 발음을 얻어낼 수 있다.

연기자는 입주위의 근육을 적극적으로 움직이는 지속적인 훈련을 통해서 나중에는 의식적 노력 없이도 정확한 입모양을 만들 수 있어야 한다. 또한 부정확한 발음은 입술과 혀의 움직임이 느리고 허술한 데에도 한 원인이 있으므로, 연기자는 조음기관을 활발하게 움직이고 일상 대화에서보다 입을 좀 더 크게 여는 연습을 해야 한다.

발음 및 발성에 대한 구체적인 훈련방법으로 대사연습 요령으로써 '완벽한 발음'을 내면서 텍스트를 읽게 한다. 그리고 발음이 고통스러울 정도로 분명해질 때까지 소리를 과장해서 내도록 하고 그것이 의미를 지닌 말들의 연속이 아니라 단지 소리의 연속인 양 읽게 한다. 이 방법은 한자씩 강하게 씹어 읽음으로써 자음과 모음을 분명하게 하고, 어려운 단어를 천천히 말하게 함으로써 '이중모음' 등을 분절해 발음을 강화하는 데 목적이 있다.

또한 신체자세를 통해 발성 및 발음문제에 도달하는 방법으로, 대사 연습 시에 목말을 태우고 무릎을 구부린 상태에서 읽게 하거나 물구나무서기를 한 상태에서 읽도록 한다. 이것은 복근에 무리를 줌으로써 횡경막의 사용을 인위적으로 응용할 수 있게 하기 위함이다. 물구나무서기는 그로토브스키의 방법으로 후두가 닫히는 것을 방지하기 위해서 고안한 방법이다. 즉, 물구나무서기는 발성기관의 하나인 후두를 개방해 줌으로써 억눌리지 않은 맑은 소리를 내게 하여 정확하고도 원활한 발음을 낼 수 있도록 하는 신체적 연습방법인 것이다.

발음을 강화하는 훈련 중에는 연기자의 입에 볼펜을 물려 연습시키는 방법이 있는데, 이는 'ㅅ', 'ㄹ' 등의 자음이나 특정한 모음의 발음이 구강조건의 부적합으로 좋지 못할 때 하는 발음연습방법이다. 먼저 연필을 앞 이빨 사이에 가로로 끼워 넣는다. 그 다음 이빨로 연필을 움직이지 않게 고정시킨 다음 2분 동안 대사를 말해본다. 이때 이빨사이의 방해물로 인해 말하는데 힘들고 턱 주위의 근육이 아프게 되는데 이것은 그동안 잘 사용되지 않고 있던 근육이 움직이고 있다는 걸 의미한다. 마지막으로 연필을 빼고 나서 다시 한 번 대사를 한다. 이번에는 첫번째 보다 좀 더 발음이 정확해졌음을 느낄 수 있다. 즉, 그동안 습관적으로 사용했던 것 이상으로 조음기관을 움직였을 때 발음은 보다 정확해진다는 것을 알게 된다.

발음에 대해 저작 장애를 겪는 사람을 '언어 이상자'라고 한다. 여기서 말하는 언어 이상자란 보통사람과 의사소통을 할 수 있을 정도의 말을 하는 사람 중에서 음성기관의 이상이나 습관으로 말씨가 보통사람과 현저하게 달라서 의사소통이 자연스럽지 못하여 청취자가 말의 내용에 주의를 기울이는 것 이외에 말씨에도 주의를 기울이게 되는 말을 하는 사람을 뜻한다. 이렇게 발음기관에 문제가 있거나 잘못된 언어 습득 등으로 인해 조음을 제대로 내지 못하는 경우로는 혀 짧은 소리나 우물쭈물하는 흘림 말이 대표적이다.

혀짤배기 말이란 혀가 짧거나 혀 놀림의 그릇된 습관에 의해서 담화 때에 혀가 원활하게 움직이지 못하는 발음을 하게 되는 것을 말한다. 유전적으로 혀가 짧았을 경우에는 적절한 의학적 치료를 요하며, 습관에 의한 경우로 입안에서 우물거리거나 어리광을 피우는 말버릇 때문에 유아음을 내게 되어 마치 혀 짧은 소리처럼 들릴 수 있는데, 이는 조음기관이 제 움직임을 가질 수 있도록 혀와 입술을 크게 놀리고 글자 한자 한자씩 끊어서 뱉어내듯 말하는 연습을 꾸준히 하면 문제의 유아음도 제거된다.

흘림 말이란 혀나 아래턱 또는 입술에 어떤 이상이 있거나 그릇된 언어습관으로 인하여 우물쭈물 말을 흘려버려서 청자가 이해하기 어렵게 되는 경우를 말한다. 여기서 말하는 그릇된 언어습관이란 혀나 아래턱을 움직이지 않거나 발성기관과 몸 전체에 지나치게 힘을 뺀 상태에서 발화행위를 하는 것을 뜻하므로 혀나 아래턱을 활발히 움직여주고 배에 힘을 준 상태에서 호흡을 입 밖으로 밀어내듯 하면서 말을 또박또박하는 습관을 키우면 교정이 가능해진다.

콧소리(Humming)는 비음인 'ㄴ', 'ㅁ', 'ㅇ' 이외의 소리를 발음할 때에도 코로 통하는 콧길이 열려 비강공명이 일어나서 콧소리처럼 들리게 되는 현상으로서, 심하면 발음전체가 뭉개어져서 그 말의 의미를 알 수 없게 된다. 콧소리는 입 밖으로 발성음을 밀어내지 않고 비강을 거치는 습관에서 기인한 경우가 많으므로 입을 크게 열어 음성과 호흡을 입 밖으로 내뱉는 훈련을 통해 극복할 수 있다.

대사를 생명으로 하는 연기자는 심리적으로나 신체적으로 발음의 제반 요소에 대해 그 누구보다도 철저하고도 진지한 자세로 훈련하여 발음장애로부터 벗어나야 한다. 하지만 발음훈련에서 절대로 잊어선 안 되는 것 중 하나는 너무 과장해서 발음하지 말라는 것이다. 지나치게 매 단어를 정확하거나 확대하여 발음하게 되면 주의만 끌게 될 뿐 오히려 발음능력이 부족함을 스스로 드러내는 꼴이 된다. 억지를 부린 듯 자연스럽지 못한 대사가 될 뿐만 아니라 별로 중요하지 않은 상황조차 템포를 늦추어 극적 긴장을 느슨하게 만드는 요인이 된다. 따라서 극적 상황을 표현하기 위한 대사를 단지 발음강화 쪽으로만 치우치게 하여 연기자의 감정표현과 분위기에 방해요소로 작용하는 실수를 범하지 말아야 한다.

좋은 발음이란 매 단어를 지나치게 정확하거나 과장해서 발음하는 것이 아니라, 발음의 분명함은 단순히 입을 일상대화 때보다 좀 더 크게 여는 연습과 단어자체에 쓸데없는 강세를 두지 않으면서 조음기관을 활발히 움직이는 연습을 통해서 진전을 보일 수 있다. 아무리 배우가 음량 조절능력을 훌륭히 갖추고 있다 해도 스피치가 또렷하고 명확하지 않으면 대사전달에 지장이 있게 된다.

7. 맺음말

오늘날 연기자들이 처한 현실적인 환경은 그리 좋지 만은 않다. 갈수록 더해지는 우리말의 혼란과 연기훈련이 정서훈련과 신체기술 위주로 진행되는 풍토 및 화술분야에 대한 무관심은 올바른 연기훈련과 언어문화에 대한 전망을 그리 밝게 하지 않고 있다. 뿐만 아니라 일부의 연극현장 등에선 이상하고도 틀에 박힌 말투의 억양과 강한 목소리를 우선시하는 공연풍토가 남아있고, 혼자서 독백대사 훈련으로 일관하는 연습방법으로 연기자들에게 자연스러운 대화체의 화술을 다시 배우게 하는 모순을 낳게 하고 있다.

따라서 본론에서 언급한 언어의 본질과 화술요소 및 화술에 대한 탐구는 이런 이유에서 의미가 있다고 할 수 있겠다. 종합적으로 연기화술의 특징을 몇 가지로 요약해 보고자 한다.

첫째, 연기화술은 일상에서와 마찬가지로 자연스럽게 말하되 분위기를 극적상황에 맞추어 말해야 하는 것이다. 여기에 더하여 연기자는 자신이 살아가고 있는 시대와 삶의 본질을 통찰할 줄 아는 혜안을 갖추어 연금술 하는 재주를 넘어 하나의 언어문화를 창출하는 주체가 되었을 때 연기자는 비로소 예술창조자가 될 수 있다.

둘째, 연기화술에 있어서 발음 및 호흡과 발성에 대한 훈련을 쌓아 역할창조에 콤플렉스 없는 상태를 유지해야 한다는 것이다. 연기자에게 목소리나 발음에 결함이 있다면 그것은 치명적일 수 있다. 따라서 연기자는 발음에 대한 자기진단 및 전문가의 처방에 따라 적절한 훈련이 필요한 것이다. 발음의 부정확성에 대해선 여러 가지 원인이 있겠지만 주로 구강구조의 문제, 입 주위 근육의 긴장, 발화의 잘못된 습관, 사투리 구사 등이 대표적이므로 연기자 스스로가 문제인식을 통한 노력여하에 따라 교정이 가능하다.

셋째, 화술의 제반 요소에 대한 철저한 습득과 훈련을 해야 한다는 것이다. 화술의 요소에는 포즈, 억양과 강세, 말의 완급, 흐름의 전환, 성조, 음색, 음량, 음률 등이 있다. 화술요소 중에서 가장 핵심적인 요소가 포즈와 강세이다. 왜냐하면 논리적인 포즈와 강세를 통해 발화의 기본인 의사 전달을 명확히 하고 심리적인 포즈를 통해 그 말이 가진 의미와 감정을 관객에게 보여줄 수 있기 때문이다.

또한 말의 주제와 뜻을 더욱 분명하게 하기 위해서 타당한 곳에 바른 강세가 필요하다. 강세두기 요령은 우선 말 자체가 가지고 있는 느낌이나 관념, 이미지를 단어에다 부여하여 그 의미를 떠올린 후 중요한 단어를 분명히 부각시키되 나머지 부분은 가볍게 첨가시켜 전체 내용이 무엇인지를 상대에게 전달하면 된다.

화술의 요소 중에서 말의 빠르기와 느리기는 말하는 사람의 성격 및 진행되는 작품의 상황과 밀접한 관련이 있으므로, 이러한 말의 완급을 통해 창조할 인물의 성격, 감정과 갈등, 상황의 전환, 사건의 진행 등에 변화를 줄 수 있다. 여기에다 말의 고저, 템포, 크기를 나타내는 성조를 극적상황에 따라 바꾸어줌으로써 대사가 가진 의미를 부각시키거나 듣는 이에게 재미를 줄 수 있다. 대사가 가진 감정이나 뜻에 따라 말하는 속도와 높낮이, 세고 여림, 길고 짧음을 다르게 하여 말끝에 변화를 주고 음색, 음량, 음률 등을 덧붙여 놓으면 마치 현재 살아가고 있는 사람이 쓰는 일상어와 같은 대사를 구사할 수 있는 것이다.

마지막으로 연기화술은 작품을 완성하기 위한 연기술의 일부라는 것이다. 작품에서 연기자는 주어진 대사를 통해 극중 목표에 도달하고 자신의 개성을 창조하기 위해 자신만의 화술을 구사한다. 하지만 연기자는 극중 목표를 이루는 하나의 수단으로써 대사가 극중 인물에게 주어진 말이라는 것을 잊어선 안 된다. 연기화술은 연기자의 개성을 추구한다는 미명아래 극중 상황에서 벗어난 자유로움을 구가할 수 없으며 반드시 제시된 의미를 분석하고 도출해 내어 대사와 극중 인물이 가진 감정과 정서를 표현하는 데에 그 목적을 두어야 한다.

말이라는 도구를 통해 연기자는 연기예술을 창조적 세계로 이끌어야 한다. 연기자가 몸과 마음속에 가진 한계나 콤플렉스를 꾸준한 노력으로 갈고 다듬어서, 화술의 기본요소에 대한 철저한 훈련을 통해 거듭났을 때 개성이란 것도 여기에서 비로소 예술로 승화될 수 있는 것이다.

참고문헌

그로토브스키, 「가난한 연극」 고승길 역(교보문고, 1987)

김석만 편저, 「스타니슬라브스키 연극론」(이론과 실천, 1993)

김석호, 「발성훈련과 화술」(도서출판 숲속의 꿈, 2003)

스즈끼 타다시, 「스즈끼 연극론」 김의경 역(현대미학사, 1993)

스타니슬라브스키, 「배우수업」 오사량 역(성문각, 1970)

스타니슬라브스키, 「성격구축」 이대영 역(예니, 2001)

아리스토텔레스, 「시학」 천병희 역(문예출판사, 1976)

에드윈 윌슨, 알빈 골드파브 「세계연극사」 김동욱 역(한신문화사, 2000)

이원경, 「연극연출론」(현대미학사, 1997)

진중권, 「미학오디세이」(도서출판 새길, 1994)

Constantin S. Stanislavski, *My Life in Art*(London; Penguin Book, 1967)

Nikolai M. Gorchakov, *Stanislavski Directs*(New York; Minerva Press, 1964)

Abstract

A Study on the Art of Conversation in Acting

Jeong Chul

An actor's words cannot become alive until he regards his words in a play as a part of his own life. The art of conversation is not mastered merely with learning how to speak. It requires his good command of the standard Korean language. It is perfected only when his words include the natural emotions and human feelings associated with the given dramatic situations.

An actor should lead the art of performance into the world of creation through the tool of words. His own personality cannot be sublimated into art until he overcomes his own complex and is reborn through intensive training in the basic factors of the art of conversation.

The purpose of this paper is to propose several principles and methods of the art of conversation in acting. It is also an attempt to clarify the cause of problems with articulation and to find their solutions. It is expected that this study will help performers to be not acting technicians or imitators but holistic and organic art-creators, in other words, professionals who will play important roles in the development of culture industry.

주제어: 연기화술, 연기자, 표준어법, 연기(공연)예술, 집중훈련, 예술창조자, 연기전문가, 호흡조절, 연기양식, 이완.
Key Words : art of conversation in acting, an actor, standard korean language, art of performance, intensive training, art-creators, acting technicians, breath control, styles of actings, rela-xation.

연출의 연극 막스 라인하르트 작품 연구

표 원 섭*

I. 서론

막스 라인하르트(Max Reinhardt 1873~1943)는 1873년 오스트리아의 바덴에서 궁핍한 유대인 사업가의 아들로 태어났다. 14살에 학교 공부를 그만두고 직업전선에 뛰어들면서 한편으로는 개인 교습을 받고 연극학교에 다니게 됨으로서 1890년 배우로서 연극의 경험을 쌓기 시작했다. 1893년 짤쯔브르크 쉬타트 극장에서 공연하는 기회를 갖게 되었다.

독일의 위대한 평론가이며, 자연주의의 개척자인 오토 브람이 그의 연기를 보고 감명을 받은 것도 이곳에서였다. 1894년 2월 오토 브람은 베를린에 있는 도이치 극장에서 라인하르트를 그의 극단에서 활동하도록 초청하였다. 배우로서 라인하르트의 능력과 성공은 연출가로서 그의 개성과 방법을 이해하는데 가장 중요하다.

* 가야대 연극영화학과

그의 관점에서 본다면 연극은 주로 배우의 매체였다. 인간매체의 기적과 개성의 유일성 및 풍부함에 대한 심오한 믿음이 라인하르트의 예술적 신조의 기초가 되었다. 라인하르트는 배우의 진정한 임무가 부끄러움, 매너리즘, 약속과 같은 두꺼운 층 속에 깊이 감춰져 있는 진정한 개성을 발견해서 점차 발전시키는 것이라고 주장했다. 그에게 있어서 배우의 임무는 풍부한 자신의 경험과 심오한 품성으로 인물 성격의 개성을 표현하고, 구축하여 인물의 본질을 표현하도록 최대한 가능한 정도로 자기 자신의 개성을 활용하는 것이었다.

라인하르트는 기능적인 극장, 그가 연출한 특정 작품을 위한 적절한 수단, 극장의 발전 및 기술적 진보, 레파토리에 대한 그의 방법론, 공연을 준비하고 연습하는 방법 등을 지속적으로 탐구했던 것으로 기억되어져 있다. 그에 있어서 예술가와 기술자를 분리하는 것은 쉽지 않은데, 왜냐하면 그는 연극에 있어서 실제적인 사람이었다. 그는 연출가로서 무한한 적응력을 가지고 있었으며, 그의 많은 작품은 연출 작품마다 매우 달랐다.

그는 치밀한 스튜디오 극장에서부터 거대한 원형극장에 이르기까지 모든 형태의 공연과 열정적인 사실주의에서 고도의 양식화에 이르기까지 모든 극적 형태를 실험하려고 했기 때문에 서양 여러 나라의 연극에 영향을 주었다고 할 수 있다. 특히 연극에서 연출가에 대한 현대적인 개념을 창조하고 확립하는데 그가 얼마나 공헌했는지를 살펴보는 것은 가치가 있다.

연극이 흥행사의 매체이며, 관객에게 즐거움을 줄 수 있는 능력이 중요하다면 그의 확신은 연극에서 광범위한 범위의 적절한 관심과 기술을 갖춘 배우, 제작자 그리고 연출자였다. 그는 실내극, 웅장한 장관, 전위적 실험, 오페레타, 현대 및 고대 명작 레파토리에 대한 대가였다.

본 고에서는 그의 많은 연출 작품 중 다양한 극장 공간의 활용과 연출의 창조성, 실험성을 중심으로 한 중요한 양식의 작품만을 살펴보겠다.

Ⅱ. 본론

연출가로서 라인하르트는 극장 공간을 매우 중요하게 생각했다. 그가 다양한 공연 공간을 사용한 것은 한편의 연극 공연이 단순히 무대 위에서 제공되는 것으로 완성되는 것이 아니라 관객의 판타지에 미치는 강력한 효과로 완성된다고 보았다.

그래서 모든 형태를 결합한 연극 즉 극장적일수록 더 좋다고 생각해서 공연할 수 있는 무대를 선택 할 수 있다고 확신했고, 당시에 13개 이상의 극장을 건축 또는 재건축 했으며, 한때 베를린과 비엔나에서 그 중 10개를 동시에 운영했던 적도 있었다고 자랑스럽게 주장했다. 극장 그것을 뛰어넘어 관습적인 극장건물의 밖에서 무대화를 위한 기술의 발전에 있어서 라인하르트의 업적이 훨씬 더 인상적인 것이다. 조명의 사용에 있어서 그의 혁신, 전기 산업의 가장 필요한 명제를 제공함으로써 기술적인 발전을 도모하였으며 전 유럽에 널리 영향을 미쳤다.

그는 각각의 작품에 가장 적절한 양식을 모색하기 위해 여러 양식을 섭렵하였다. 그의 작품 연출은 바그너식의 총체연극을 시도한 작품이었으며 그의 연출에서 가장 돋보이는 것은 스펙터클한 공연의 처리였다.

그는 자신의 목표에 도달하기 위해 기존의 또는 새로운 극장적 개념을 끌어 들여 공연 시 모든 요소가 완벽한 조화를 이루게 하였다. 초기에 그는 19C 전통과 단절하려 하고자 하였으나 본질적으로 인식된 한 무리의 극장 혁신자로서 관념을 위한 용도로서가 아닌 그 자체로서 중요성을 가진 예술로서 인식하였다. 대부분의 그의 연출에 있어서 그는 단순하지만 표현적인 배경과 사실적인 연기를 이용하여 완벽한 환상감을 창조하려 했다.

사실적 극장주의에 대한 반작용으로서 연극이 인상 자체가 아니라 극작가, 연출가, 배우의 인생관에 대한 세부사항을 주의 깊게 선택하고 배열한 것 뿐 이라고 주장했다. 연극이 생활의 한 단편이 아니라 무대화된 작품이라는 정의를 내리기 위해 이것은 극장의 모든 요소를 활용한다.

이에 대한 수행으로서 그는 절충주의 양식의 연극 연출과 관련되어진다. 그의 절충주의에 대하여, J.T.Styan은 다음과 같이 기술하고 있다:

> 사실주의 무대의 발전에 대해 앙드레 앙트완, 오토 브람, 스타니 슬라브스키 그리고 인상주의자 및 상징주의자의 무대 발전에 대해 고든 크레이그, 메이홀드, 장루이 바로, 서사극의 고안에 대해 어윈 피스카토르, 베톨드 브레히트 등이 특별한 공헌을 했다고 우리는 쉽게 인정할 수도 있지만, 각 작품을 위해서 그것들을 적절히 혼합하여 사실주의, 상징주의 및 표현주의의 동시간적 요소들을 포함하는 여러 양식의 범위 내에서 라인하르트가 독자적인 위치를 차지하고 있다.[1]

라인하르트가 연출한 작품을 보면 연극의 모든 장르가 총망라되어 있으며 희랍극, 중세 종교극, 셰익스피어, 독일 고전극, 몰리에르, 카바레, 코메디아 델라르테, 발레, 판토마임, 음악적 레뷰, 오페라, 오페레타

---

1) J.T.Styan, Max Reinhardt, Cambridge: Cambridge University Press, 1981, p.3.

등 그가 손대지 않은 연극 장르와 양식은 거의 없다.

결혼관습에 대해 공격한 입센의 초기 운문작품인 사랑의 희극(Love's Comedy)으로 1900년에 공식적인 연출데뷔를 하였다. 그 직후인 1901년 그는 안경 또는 장관(Die Brille)으로 불리었던 한 그룹의 리더가 되었다. 이것이 후에 소리 그리고 연기(Schall und Rauch)라는 심야 카바레가 되었다. 여기에서 그들은 노래와 풍자적 모방 시문 그리고 풍자적인 묘사를 이용하여 자신의 상상력과 풍부한 기질을 유감없이 발휘 할 수 있었다. 여기에서 화려한 의상, 기이한 분장, 정교한 어릿광대짓, 지나친 과장의 이 모든 것은 자연주의 무대에서는 금기였으나 자유롭게 이용될 수 있었다. 그 후 1920년 카바레 살운트 라우흐는 클라이네스 극장으로 발전하였으며, 그 다음해 라인하르트는 오토브람과 도이치 극장을 떠났다. 클라이네스 극장에서 거둔 첫 번째 결정적인 성공은 막심 고르끼의 밑바닥에서(Lower Depths) 공연이었는데, 엄청난 반향을 일으켰고 대규모의 관객을 끌어들일 수 있었다. 이 공연의 성공은 너무나 대단했기 때문에 그룹은 쉬프바우어담의 노이에스 극장이라는 두 번째 극장을 인수하게 되었다. 오늘날 브레히트의 베를린 앙상블의 모태가 되었다.

라인하르트는 상징주의적인 양식을 이용하여 극장주의 기술을 보여주었기 때문에 오트브라함의 절대적인 자연주의와는 매우 상이했다. J.L.Styan은 오스카 와일드의 살로메(Salome)가 성공한 것을 다음과 같이 기술하고 있다:

본래 런던에서는 금지되었던 살로메는 베를린 클라이네스 극장에서 100번 이상 공연을 하였다. ……화가 Lovis Corinth와 조각가 Max Krus가 그 당시의 이국적인 의상과 무대장치를 디자인 한 것으로서 이 공연은 주로 기억되었다. 라인하르트는 비치는 휘장을 이용하여 무더운 분위기와 중동의 관능성을 포착하였고 원형파노라마를 배경으로 청색 실크를 실험하였으며, 월광 효과를 내기 위해 스포트라이트를 함께 사용한 간접조명의 새로운 Fortuny System으로 조명을 하였다. 클라이네스 극장 무대의 공간이 그렇게 훌륭하지 않았다 하더라도 분위기가 강렬하고 독창적이었다고 라인하르트는 그의 조수인 Bertold Held에게 보낸 편지에서 말했다.[2]

1903년 클라이네스 극장에서 공연된 호프만슈탈의 희곡인 엘렉트라 (Electra)에 대하여 Styan은 다음과 같이 기술하고 있다.

> Corinth와 Krus가 다시 디자인을 맡았는데 그들은 기괴한 감옥의 벽과 같은 벽을 이용하여 거대한 궁궐을 만들어 냈다. 메테링크의 그림자 같은 신비주의에 영향을 받아 이 엘렉트라의 양식은 서사시와 같은 정도로 음운적이었으며, 소포클레스의 자제력이 있고 위엄을 갖춘 비극적 여주인공은 라인하르트의 손에서 프리마돈나의 열정에 의해 소멸되는 여인이 되었다:오레스테스가 클리뎀네스트라와 아이기스토스를 죽였을 때 아이졸트가 야만적인 승리의 춤을 춘 다음 쓰러졌다—이것은 희랍비극에서 상상할 수 없는 결과이다. 그러나 이러한 것들은 새로운 양식을 실험한 초기 시도들 중 하나였다.[3]

클라이네스 극장과 좀 더 큰 노이에스 극장의 두 가지 극장 시스템으로 라인하르트는 일년에 약 20개 작품을 제작할 수 있었고 매우 폭넓은 범위의 작품들을 관객에게 제공할 수 있었다. 그의 성공으로 대극장 소극장 개념이 엄청난 영향을 미치게 되었다. 좁은 범위의 극장적 접근으로 전문화를 시도한 동시대인과는 달리, 라인하르트는 각 작품

---

2) J.L.Styan, *Max Reinhardt*, pp.25~26.
3) Ibid., p.26.

이 자체의 내재적 양식과 함께 독립된 총체성을 가지고 있다고 생각했으며, 연출가의 임무가 이러한 양식을 발견하여 작품제작을 통해 전달하는 것이라고 믿었다. 따라서 그의 작품제작은 자연주의에서 낭만주의 및 표현주의까지 당대의 중요한 극장양식 대부분을 반영하게 되었다. 라인하르트의 초기 연출에 있어서 정점은 1905년 노이에스 극장 공연의 한여름밤의꿈 (A Midsummer Night's Dream) 이었다.

> 그가 그의 경력에 있어서 중요한 지점에 도달했을 때마다 라인하르트는 한여름밤의꿈을 제작 하였다: 첫 번째 1905년 그는 셰익스피어의 도움으로 많은 관객을 극장으로 끌어들이는데 성공하였다 그들은 더 이상 셰익스피어 연극이 아닌 그러나 라인하르트의 꿈을 보러왔다: 이것은 새로운 예술적 매체 및 당연한 권리를 가진 예술자체로서 연출가 및 연출의 향상을 허가한 발전이었다.[4]

라인하르트와 디자이너 Gustav Knina는 당시 독일에서 가장 흥미진진한 셰익스피어 작품을 제작하기 위하여 장치, 의상, 조명, 음향 효과, 그리고 기계와 같은 극장의 자원을 총체적으로 결합하였다. 윙, 보더 그리고 배경막이 있는 관습적인 2차원적 그림으로 된 장치를 버리고, 두터운 나무 밑동과 풀이 무성한 오솔길이 있는 3차원적인 숲을 창조하였다. 여전히 환영적 관점에 주로 의존했지만, 자연주의와 낭만주의를 매력적으로 결합한 자유로운 양식이라는 결과를 가지게 되었다.

> 1905년 1월 라인하르트가 한여름밤의꿈을 제작할 때 장엄한 효과를 위해 회전무대를 사용하였는데 이 작품은 그 후 30년 동안 최소한 11번 그가 공연했던 작품이었다. 라인하르트와 그의 디자

---

4) L.M.Fiedler, "Reinhardt, Shakespeare, and the 'Dreams'" *Max Reinhardt—The Oxford Symposium*, ed. by M.Jacobs and J.warren, Oxford Polytechnic, 1986, p.79.

이너 Gustav Knina는 회전무대를 두개의 대조적인 장소로 분리하
였다: 대리석 원형극장으로 표현된 아테네의 실제 세계, 궁궐 앞
의 앞마당, 마지막 부분의 결혼식을 위한 넓은 홀—한때 정령의
세계였던 자연공간인 숲, 연인들과 만남을 위한 피난처—기계를
위한 장소.5)

셰익스피어와 라인하르트의 관계에 대하여 S.Leiter 다음과 같이 기
술하고 있다:

그는 셰익스피어 작품을 매우 좋아했기 때문에 22개 작품을 연
출 또는 제작하였고, 총 2,527번의 공연을 하였다. 이중에, 한여름
밤의꿈은 427번 공연되었다. (그의 1913~1914년 시즌은 라인하르
트 셰익스피어 페스티벌로 알려져 있다: 셰익스피어 작품 중에서
10개의 작품을 무대화 하였다) 한여름밤의꿈을 리바이얼 할 때 마
다 매번 새로운 환경에서 고전주의에서 낭만주의에 이르기까지
여러 다양한 양식을 시도하면서 새로운 접근법을 모색하였다.6)

슈뮤런(Sumurun)는 라인하르트의 첫 번째 대사 없는 연극이었는데,
1910년에 공연된 음악과 무용이 있는 시각적으로 황홀한 마임 극이었
다. 그것은 라인하르트가 가지고 있는 300석의 캄머슈필레 극장에서 초
연되었고 공연 첫날의 성공으로 인해 옆에 있는 1,000석의 도이치 극장
으로 옮겨 공연되었다. 후에 그것은 비엔나, 런던, 뉴욕, 파리에 공연되
었다.
아라비안나이트(The Arabian Night)의 이야기에 기초하여 라인하르트
는 너무 정교한 세트와 의상을 배제하고 대신에 관객의 상상력을 자극

---

5) E.Braum, *The Director and the Stage*, London: Methuen Drama, 1982. p.99.
6) S.Leiter, *From Stanislavsky to Barrault*, U.S.A.: Greenwood Press, 1991, p.86.

하여 제작에 영향을 미치도록 매혹시키는 단순한 장식을 추구하여 무대와 관객을 재결합하고자 했다. 아라비안 모티브에 대한 제안으로서, 이용된 간소한 백색 배경은 화려한 터키 의상의 멋진 표현을 두드러지게 했다. 라인하르트와 디자이너 Ernest Stern은 중요한 등장을 위해 극장을 통해 들어오는 통로와 같은 서양의 극장기술에 새로운 장치를 더했다.

> Munsey's magazine(march 1912)의 한 필자는 공연의 특이한 점이 배우가 극장에 들어오는 순간에 일어났다고 설명했는데 넝쿨처럼 엉킨, 기이하게 조명을 받은 통로가 뒷좌석에서부터 무대에까지 뻗어 있었다. 이 좁은 통로—일본의 가부키에서 벌어온 하나미치(hanamich,) 즉 꽃길—위를 따라 쭉 일련의 전기조명이 관객들 위로 희미한 보라색 불빛을 비추고, 한 배우가 양손을 벌리고 천천히 웃으면서 꿈을 꾸듯이 걸어 들어오고 그의 감각은 꽃향기로 진정된다.……(Academy,February 11, 1911)[7]

슈뮤런(Sumurun)은 눈부신 매력을 가진 극적인 상징주의였다. 볼거리가 없는 단순성의 평평하고 중립적인 배경을 제공하기 위하여 라인하르트는 공연시작 12시간 전에 검은색 바닥 위에 있는 모든 세트를 하얀 색으로 다시 칠하도록 시켰다.

> ……배우들의 행동은 항상 벽 가까이에서 이루어져야 하는데, 우리가 상상 속에서 배우들을 충분히 명백하게 파악해 관점에 대해 생각할 수 없도록 가까이에서 이루어져야 한다. 따라서 행위가 이루어지고 있는 동안에도 우리는 모든 것—배우, 동작, 황갈색의 상, 분홍색 벽—을 하나의 수직면에서 거대한 평면과 완벽하게 조

---

7) Brigitte Kueppers, "Max reinhardt's Sumurun", *The Drama Review*, p.77.

화를 이룬 프레스코기법으로 생각한다. 마침내 여기에서 진정한 의미에서의 회화가 무대위에서 성공적으로 이루어졌다—이것이 라인하르트의 발견이었다고 N.W.Stephenson은 말했다.[8]

슈뮤런(Sumurun)은 동작, 조명, 장치, 음악을 조화롭게 결합한 절묘한 공연이었다. 그것은 사실주의 전통에 서있는 현대극이 아니라 순수한 환상으로서 생각되는 작품이었다. 라인하르트는 무대의 실제가 인생에 대한 외부적 사실성에 의존한다고 생각하지 않았다. 현실감은 작품자체 속에 내재되어 있는 진실을 표현하는 수단에 의해 이루어질 수 있으며 그 주제나 방법이 얼마나 비현실적인가 하는 것은 문제가 되지 않았다.

호프만스탈이 번역하고 Stern이 의상을 맡았으며, Alfred Roller가 디자인한 소포클레스의 오이디푸스 왕(Oedipus Rex)은 1910년 9월 뮌헨의 뮤직페스트할레에서 공연되었다. 그것은 곧 베를린의 슈만 서크스장과 여러 중부유럽 도시에서 공연되었다.

라인하르트의 아들인 Gottfried는 오이디프스 왕(Oedipus Rex) 공연에 대해 다음과 같이 말했었다.

> ……그것은 연극의 자율성과 자유롭게 표현하는 역동적 요소를 가지고 있었다. …… 엑스트라가 아닌 것은 오늘날 연출상의 문구이다. 그러나 20C초 20년 동안 그것은 진보적인 것으로 간주되었다.[9]

오이디프스 왕(Oedipus Rex)에서 그가 거둔 성공의 결과로서 라인하

---

8) Ibid., p.81.
9) Edward Braum. *The Director and the Stage.* p.104.

르트는 대중극장으로서의 슈만 서커스 장을 사들였으며, "5천극장"에 대한 개념을 생각해 냈다. 그의 꿈은 고대 그리스와 로마극장의 규모를 가진 극장에 대한 것이었는데 이는 대규모의 관객과 정치적 무대의미를 가진 대중이라는 개념을 가지고 설계한 장엄하고도 제의적인 극장이다. 그러한 극장에서 관객은 공동생활의 행사에 참여하는 구성원으로서, 자신을 생각하게 된다.

> 이러한 실험에 있어서 라인하르트가 가진 관심은 배경에 대한 보완물로서 많은 수의 액스트라를 사용하는 것이었다. 예를 들어 그의 오이디프스에서 극을 처음 시작하는 무대는 아무것도 없지만 희미한 고통스러운 울부짖음을 멀리에서 들을 수 있다: 울부짖음은 점점 커지다가 밀물처럼 갑자기 수 백명의 테베의 사람들이 사방에서 넓은 원형극장으로 솟아져 들어와 마침내 수많은 팔들은 왕이 궁궐에서 나올 때 그에게 인사를 한다.[10]

오이디프스는 라인하르트가 5,000극장이라고 불렀던 것에 대한 최초의 시도를 표현하였다. 거대한 환경 속에서 무대화 한 공연으로서 방대한 규모의 군중장면, 폭넓은 영웅적 연기 그리고 장엄한 무대배경을 이용하여 고대 연극의 경외하는 힘을 포착하고자 했다.

라인하르트는 모든 작품 중에서 가장 장엄한 제작 작품인 기적(Miracle)을 가지고 국제무대로 돌아와 1911년 런던의 올림피아 홀에서 공연을 하였다.

> 1986년 12월 23일은 지금까지 공연된 가장 획기적인 크리스마스 판토마임으로 논의되었던 이 작품의 75주년이었다. 1911년 같

---

10) Martin Essilm, "Max Reinhardt—High Priest of Theatricality", *The Drama Review*, New York: New York University, vol.21, no.2, June 1977.

은 날 2,000명의 배우들과 함께 프로듀서C.B.Cochran과 막스라인하르트는 특별히 의뢰한 무언의 신비 장엄극 즉 Karl Vollmoeller 시나리오, Ernest Stern 디자인, Engelbert Humperdinck 의 음악으로 런던에서 공연하였다 그들의 거대한 종교극을 위하여, 철로된 대들보와 유리로 된 철도역인 켄싱톤의 올림피아 스타디움은 관객이 회중이 되는 고딕 성장의 내부로 개조되었다.[11]

유혹에서 죄와 구원에 이르는 단순하지만 강력한 이야기는 음악과 합창을 반주로 하여 동작, 음향, 조명 그리고 무대 효과를 통해 전달된다. 이것은 홀의 실내를 고딕성당의 외형으로 개조한 의미에 있어서 라인하르트 최초의 완전히 환경 연극이었다.

여기에서 연극은 마침내 극장건물 자체로부터 해방되었다……
기적에는 많은 음악과 무용이 있으며 상당한 양의 화려한 구경거리가 있다. 의상은 호화로웠으며 긴 옷자락과 화려하게 올린 머리장식을 이용하여 배우의 몸짓을 과장하도록 디자인되었다. 런던의 공연은 너무나 성공적이었기 때문에 각 공연은 30,000명의 관객이 지켜보았으며, 원래의 런던 공연에 이어서 후속 공연이 이루어 졌다. 비엔나(1914) 그리고 뉴욕(1924).[12]

런던의 올림피아 홀 공연에서 라인하르트는 거대한 전시회장을 실물크기의 성당으로 개조하여 중앙에서 연기가 이루어지는 동안, 관중들은 양쪽 회중석에 자리 잡게 하였다.

뉴욕에서는 커다란 프로시니움 극장인 쎈추리 극장을 이용했기 때문에 Stern's 오래된 장치는 적합하지 않았다. Bel Geddes의 특이한 고안

---

11) Margaret Shewring, "Reinhardt's 'miracle'at Olympia: a Record and a Reconstruction", *New Theatre Quarterly*, Cambridge: Cambridge University Press, p.3.

12) Martin Esslin, *The Drama Review*, p.12.

으로 그것을 웅장한 성당으로 개조하여 관객들이 종교적인 의식에 참여하고 있는 것처럼 느끼게 하였다. 통로는 제의적인 행렬로 가득 찼으며 중세 교회 생활의 냄새, 소리, 색깔, 동작으로 관객을 둘러쌓다.

라인하르트는 누구나(Everyman)의 제작으로 1920년 짤쯔부르크에서 연극축제를 가졌는데, 그것은 관객이 돔플라츠의 넓은 광장에 자리를 잡은 짤쯔부르크 성당 계단에서 무대화되었다. 1911년 슈만 서커스 장을 시작으로 하여 여러 실내장소에서 누구나(Everyman)를 제작하였음에도 불구하고 라인하르트는 연기를 위한 자연적인 장치로서 이용할 수 있는 실외 환경 속에서 이 종교극을 공연한다는 생각에 사로 잡혔다.

여기서 라인하르트는 짤쯔부르크 전체도시와 그 자연적 건축적 장치를 결합하여 극장의 범위를 총체적인 환경연극으로 좀더 확장시키는데 성공하였다. 무대 배경은 최소한으로 하였다: 성당으로 들어가는 입구와 같은 높이의 연단만 있었다. 성당 정면에 있는 커다란 바로크 동상들이 그 위에 우뚝 솟아 있었다.13)

라인하르트는 자신의 극적 상상력을 이용하여 자신의 기회를 최대한 이용하였다. 공연 자체의 성당문 앞에 있는 연단장치에서 이루어졌지만 연기가 무대를 넘어 적절히 확장되었다는 감각은 모든 가능한 장치에 의해 도움을 받았다. 배우들은 인접해 있는 광장에서 입장을 하였으며 에브리맨 자신은 관객석에서 입장을 하였는데 그곳에서 그는 검은색 외투를 입고 조용히 앉아 있었다. 천국이나 지옥에서 갑자기 나타날 수 있도록 플랫폼 근처에 입구가 숨겨져 있었으며, 그때 악마가 성당에서 갑자기 뛰어 올랐다. 합창과 오르간 소리가 안으로부터 들렸을 뿐만 아니라 주의 깊게 시간 측정을 한 순간에 라인하르트는 또한 다른 교외 종들이 울리도록 하였다. 그 순간이 되었을 때 불가사의한 목소리가 먼 거

---

13) Ibid., p.14.

리에 있는 뾰족탑으로부터 에브리맨에게 그의 죽음을 알려주고 그 도시에서 어렴풋이 보이는 나무로 된 요새인 호헨짤쯔부르크에서 바람을 불게 했다.[14]

라인하르트의 음향 효과는 유명했다. 극의 처음에 거대한 현관에서 트럼펫 부는 사람들이 울리는 팡파르: 교외 탑과 요새 공동묘지로부터 믿을 수 없을 정도로 멀리에서 메아리치는 에브리맨의 울부짖음: 극의 마지막에 그러나 최대한의 효과를 가진 관현악곡으로 편성된 배우들의 목소리 이러한 관현악단이 연주하는 효과는 호프만스탈의 극적인 운문에 의해 필요할 뿐만 아니라 라인하르트의 의식적인 계획에 의하여 삽입되었다.

> 보클라인은 극단적으로 명확했으며 배우들은 고음의 클라리온 음색에서 낮은 베이스 음조까지 재빨리 음절을 생략한 시문에서 엄숙하고 속도가 느린 리듬까지 통과하도록 요구되었다. 이러한 모든 것들은 연출노트(Production book)에 충실하게 적혀 있었는데 이것은 라인하르트가 1920년에 준비한 것이었다. 그것은 1937년까지 매년 재무대화 할 때 그의 조수들이 예비리허설에서 충실히 사용하였는데 위대한 라인하르트 자신은 공연시작 1주일 전쯤 나타나서 다소 기계적으로 무엇이 이루어졌는지를 살펴보고 작업을 시작하여 새로운 각 배우들을 배역에 맞게 적응시키고 차가운 초안에 생명과 활기를 불어 넣어준다.[15]

군중을 다루는 기술을 지속적으로 시험했음에도 불구하고 라인하르트는 군중장면에 있어서 대가로서 인정받아 왔다.

그는 군중장면에 모든 극적인 흥분을 불러일으키는 조명의 사용에

---

14) J.L.Styan, *Max Reinhardt*, pp.90~91.
15) Martin Esslin, *The Drama Review*, pp.14~15.

있어서 대가였다. 라인하르트의 극단은 능숙하게 훈련이 되었으며, 앙 상블처럼 유연성이 있었으며 주인공이 따로 없다고 라인하르트가 강조 한 원칙에 따라서 극단의 조화가 이루어졌다.

나는 앙상블 정신을 발전시킨 그의 방법을 훨씬 존경했다. 라 인하르트는 이론에 대해 그의 참을성이 없었다. 그는 배우의 연출 가이었으며, 주로 연기자의 잠재성을 최대한 활용하는데 관심을 가지고 있었다. 그는 그들이 얼마나 서로 다른 미학적 개념을 가 지고 있느냐에 관계없이 가능한 최고의 공연을 만들어낼 수 있도 록 공동의 노력으로 그와 협력하도록 배우들에게 기대했다. 그의 실용주의는 충분한 보상을 받았다. 그의 지도력 밑에서 좀 더 보 수적인 배역의 구성원들과 새로운 접근 방법을 모색하는 사람들 이 두 가지 양식을 완벽하게 결합하기 위하여 기꺼이 협력하였다. 따라서 라인하르트 작품 연출은 다른 연출가들이 이룰 수 없었던 양식의 조화를 이룰 수 있었다.[16]

Ⅲ. 결론

창조적 연출의 실험으로서 라인하르트의 절충주의는 그의 범위가 넓다는 보편성의 표현이었으며, 또한 양식이 없는 양식의 연극이라 할 수 있다. 그러나 오늘날 우리는 피터 브룩과 피터 슈타인의 현대극에서 그의 영향을 찾을 수 있다.

이러한 절충주의는 연극자체에 대해 막이나 결점이 아니다. 왜

---

16) Walther R. Volbach, "Memoirs of Max Reinhardt's Theatres 1920~1922", *Theatre Survey*, University of Pittsburgh, vol. 13, no.la, fall 1972, p.74.

314

냐하면 20C연극은 연극의 진정한 장점이 국제적이며 복합적인 힘
으로서 인식되었던 때가 아니라면 그것을 원하지 않았을 것이다.
아마도 오늘날 피터 브룩이라는 연출가만이 라인하르트가 당대에
했던 것처럼 쉽게 국경선을 넘을 수 있으며 그러한 예술가만이
본질적인 지방주의를 연극에서 제거할 수 있다고 확신 할 수 있
다.17)

브룩은 많은 자료로부터 빌어 와 극단적으로 절충적이지만 항상 독
창성을 추구해 왔다. 예를 들어 한여름 밤의 꿈에서 그는 메이홀드, 코
메디아 델라르테, 서커스, 1960년대 진보적인 연극그룹을 끌어 들였지
만, 그 결과는 독특하게 그만의 것이었다.

피터 브룩이 세네카의 오이디푸스를 제작할 때 메아리를 사용
하기 위하여 국립극장 출입구에 합창단 배우들을 두었는데 그때
건물 자체가 제공하는 것을 포함하여 극장의 모든 가능성을 충분
히 활용하기 위하여 상상력을 가지고 있었던 제작자가 있었다는
것에 놀라움과 존경을 표시하였다. 호프만스탈의 에브리멘을 제
작한 짤쯔브르크 전체도시를 이용한 20년대에 막스 라인하르트란
이름으로 한때 연출가가 있었다는 것을 잊었거나, 또는 단순히 알
려지지 않았을 수도 있다.18)

1977년 9월 20일에 공연된 피터 슈타인의 뜻대로 하세요(As you like
it). 연출은 라인하르트 이후 독일에서 있었던 가장 장엄한 셰익스피어
작품공연 이었으며, 피터브룩의 한여름밤의꿈(A Midsummer night's
Dream) 이후 가장 중요한 셰익스피어 작품의 연출이었다. 슈타인이 동

---

17) J. L. Styan, *Max Reinhardt*, p.3.
18) Honhaness I. Pililian, "Max Reinhardt and Total Theatre", *Drama*, no.91, winter 68,
    p.47.

시에 추구한 명확성과 미적가치는 다음과 같이 기술될 수 있다:

> 여러 면에서 그는 막스라인 하르트 연극의 미학적 즐거움을 재
> 발견(뜻대로 하세요. 에서 가장 명백하게), 하였으나, 라인하르트
> 작품 제작의 순수한 감각적 즐거움에 빠지지는 못했다. 브레히트
> 의 명확성과 정치적 관련을 라인하르트의 미학적 만족과 함께 결
> 합한 것은 대단한 업적이다.[19]

막스 라인하르트는 연출자로서 연극예술작품에 대한 모든 협력적인 공헌을 훌륭하게 결합시키는 목표에 도달했다고 기술할 수 있겠다. 그가 접했던 각각의 새로운 원리들을 마치 그에게서 처음 나온 것처럼 독창적이고 신선해질 때까지 쇼맨십과 예술적 취향, 상상력을 이용하여 변형되었다.

그는 예술에 있어서 냉철한 아카데미즘은 피곤하고 지루하다고 생각했고 연극을 연극답게 만들기 위해 노력하는 것을 결코 중단하지 않았다. 따라서 대부분의 그의 작품에 있어서 단순하지만 표현적인 배경과 사실적인 연기를 사용하여 완벽한 환영감을 만들어 내려고 하였다. 그는 군중장면과 가장 친밀하고 섬세한 효과를 표현하는데 천재였다. 팬터마임의 장관과 운 문극, 그는 현대적인 장면디자인과 무대기술의 가능성을 탐구하였다. 그는 20C기술의 특징적 한 요소인 회전무대를 고안해 냈으며, 조명에 있어서 모든 최신의 발전된 조명기를 이용하였다.

그는 관습적인 프로시니엄 무대에서부터 원형극장에 이르기까지 가장 친밀한 연극에서부터 가장 장엄한 연극에까지 그리고 실내에서 실외로까지 그가 살았던 당시에 알려진 그의 모든 종류의 극장적 환경을

---

19) Michael Patterson, *Peter Stein*, Cambridge: Cambridge University Press, 1981, p.168.

창조하고 실험하였다. 그의 양식적 창조성이 매우 다양하고 폭이 넓었기 때문에 절충주의 연출자로 기술 될 수 있으며, 지금까지 알려진 가장 위대한 연극연출가라고 생각한다.

그에 의해 연극은 비로소 문학의 종속에서 벗어났고 본격적인 의미의 연출가 시대가 열려 오늘날 연극에서 실험적 창조적 연출가의 연출 개념을 확립시키는 데 많은 공헌을 하였다고 생각한다.

참고문헌

Braun, Edward, The Director and The Theatre: From Naturalism to Grotowski, London: Methuen Drama, 1982.

Claus, Horst, The Theatre Director Otto Brahm, Michigan: UMT Research Press, 1981.

Esslin, Martin, The Drama Review, New York: New York University, vol.2, no.2, June 1977.

Isaacs, Edith J.R., ed., Theatre Arts, vol.28, no.1, January 1944.

Jacobs, Margaret, and Warren, John, ed., Max Reinhardt: The Oxford Symposium, Oxford Polytechnic, 1986.

Kirby, E.T. ed., Total Theatre, New York: E.P. Dutton and Co. Inc., 1969.

Kueppers, Brigitte, The Drama Review, New York University, vol.24, no.1, March, 1980.

Leiter, Samuel L., Form Stanislavsky ro Barrault: Respresentative Directors of the European Stage, New York and London: Greenwood Press, 1991.

Mobley, Jonnie Patricia, NTC's Dictionary of Theatre and Drama Terms, Illionois: National textbook Company, 1992.

Patterson, Michael, Peter Stein: Germany's Leading Theatre Director, Cambridge: Cambridge University Press, 1981.

Pililian, Hovhaness I., Drama, no.91, winter 68.

Rorrison, Hugh, New Theatre Quarterly, vol.2, no.7, August 1986.

Rowell, George, ed,. Theatre Research, vol.5, no.3, 1963.

Shewring, Maurice, Theatre Arts Magazing, vol.7, no.1, January 1923.

Styan, JL., Max Reinhardt, Cambridge: Cambridge University Press, 1982.

Modern Drama in Theory and Practice vol.3: Expressionism and Epic Theatre,
Cambridge: Cambridge University Press, 1981.

Taylor, John Russel, The Penquin Dictionary of the Theatre,

London: Methun and Co. Ltd., 1966.

Trewin, J.C., Peter Brook: A Biography, London: MacDonald, 1971.

Volbach, Walther R., Theatre Survey, vol.13, no.1a, Fall 1972.

Abstract

Research of Director′s Theatre, Max Reinhardt

Pyo won - soub

This research studied Germanic director Max Reinhardt's important production work that contributed to the theatre concept of production today. Also, this study observed on the change of space environment, writing down together, set, lighting, music, analysis of play, and the effect of his production work.

As director, Reinhardt thought theater space was very important.

It conducted completion of theatre performance that is completed by strong effect on spectator's fantasia that use theatre space that he is various. So, from elaborate studio theater to reach in the huge amphitheater he built or rebuilt more than 13 theater so as to select the stage where he can play. And for stage of outdoor play he combined the Salzburg whole city and a natural enemy construction system and contributed to extending theatrical extent to general environment theatre.

He made a reform in use of lighting and studied the idea of set, music, the use Repatori of sound Mani for performance a lot. Scouring several forms to grope the most suitable form to Greece play, middle ages religious drama, Shakespeare, various work of operetta and so on, he served and played them. He insisted that the genuine duty of an actor find a genuine personality that is hidden to his own, develop it gradually and utilize it. He can be evaluated to eclecticism theatre director producing utilizing total theatre's attempt and spectacle and theatrical all elements such as total theatre, realistic acting, proprietor of a theater and so on. And he influenced to West theatre Peter Brook, Peter Stein etc. Theatre was escaped from literary subordination for the first time by Reinhardt and a regular director age could be opened. he did much for establishing the concept of modern production.

주제어 : 총체연극, 절충주의, 진정한 개성, 극장주의, 연출의 연극, 문학의 종속
Key Words : total theatre, eclecticism, genuine personality, theatricalism, director's theatre, literary subordination

극문학과 현대공연예술

인쇄 2005년 4월 8일
발행 2005년 4월 18일

발행처 • 한국드라마학회
발행인 • 양 원 옥
펴낸이 • 한 봉 숙
펴낸곳 • 푸른사상사

등록 제2-2876호
서울시 중구 을지로3가 296-10 장양B/D 701호
대표전화 02) 2268 – 8706 – 8707
팩시밀리 02) 2268 – 8708
메일 prun21c@yahoo.co.kr / prun21c@hanmail.net
홈페이지 //www.prun21c.com
ⓒ 2005, 한국드라마학회

값 20,000원
ISBN 89-5640-326-0-03840
* 저자와의 협의에 의해 인지는 생략합니다.